郑州大学新闻与传播学院院训

"勿忘人民"院训碑

新传青年说总决赛

参加总决赛的选手与出席活动的领导、评委合影留念

郑州大学党委副书记贾少鑫同志（左一）为获得一等奖的选手颁奖

新华社—郑州大学穆青研究中心主任董广安教授进行点评

雷丹青

腾文强

文子玉

徐丽娟

李猛

赵心航

范昊阳

刘袁抒

李孟斐

薛鹏飞

郑翅

杨婷婷

杜雨萌

李唯一

钱博宇

第一期 家乡说

新闻与传播学院党委副书记孙保营副教授（右一）
为获奖选手颁奖

新闻与传播学院副院长郑素侠教授
宣布比赛结果

新闻与传播学院新闻系李凌凌副教授
进行点评

参赛选手与评委合影留念

刘伟亚

折辰慧

王思奇

皮乾敏

王慧

候心雨

杜雨萌

邱锦仪

王锦琪

雷丹青

韩思佳

宋笑笑

范昊阳

曾欣

杨纠

第二期 两会说

新闻与传播学院工会主席、新闻系主任周宇豪教授进行点评

新闻与传播学院广告系郑达威副教授（右一）为获得一等奖的选手颁奖

新闻与传播学院广电系宗俊伟副教授（左一）为获得二等奖的选手颁奖

新闻与传播学院学工办主任熊杰老师（右一）为获得三等奖的选手颁奖

李唯一

柴婷婷

腾文强

文子玉

杨岚

郭歌

沈敏缘

李林翰

宋贺扬

张丽娜

孙贺霞　朱灵婕

韩晓东

周静阁

孙一鹏

4

第三期 莫负好时光

新闻与传播学院院长张举玺教授（左一）
为获得一等奖的选手颁奖

新闻与传播学院广告系史历峰副教授（左一）
为获得二等奖的选手颁奖

新闻与传播学院广电系王振宇老师（左一）
为获得三等奖的选手颁奖

新闻与传播学院新闻系褚进勇副教授
进行点评

李富军

王恩豪

何博博

李兰馨

康勇涵

张飞帆

于红萱

王慧霞

赵心航

肖田田

郑杨

刘莹莹

吴桐

李雪丽

何丽丽

第四期 青春颂

评委认真聆听选手们的精彩演讲

郑州大学学生处副处长邱红老师（左一）为获得一等奖的选手颁奖

郑州大学文化素质教育办公室主任吴艳利老师（左一）为获得二等奖的选手颁奖

新闻与传播学院广告系郑达威副教授（左一）为获得三等奖的选手颁奖

罗碧

沈文文

康玉垚

李孟斐

刁思雨

姜一玲

方雅轩

于梦佳

宋瑞洁

梁琪美

赵程

朱欢欢

尚进

王燕

杨婷婷

第五期 毕业季

新闻与传播学院党委副书记孙保营副教授
进行点评

郑州大学党委办公室副主任何建强老师（中）
为获得一等奖的选手颁奖

郑州大学学生处副处长张世勋老师（左三）
为获得二等奖的选手颁奖

新闻与传播学院新闻系王一岚博士（左三）
为获得三等奖的选手颁奖

蔡珂

丁靓琦

冯菲

韩旭

何玉婷

金毓慧

吴佩俊

谢然

张淏晴

赵亚萍

周文豪

第六期 一带一路说

参赛选手与评委合影留念

郑州大学党委宣传部副部长魏强老师（右一）
为获得一等奖的选手颁奖

新闻与传播学院新闻系刘宪阁教授（右一）
为获得二等奖的选手颁奖

新闻与传播学院广电系宗俊伟副教授（右一）
为获得三等奖的选手颁奖

尚继茹

杨翠丽

师文颂

马小倩

陶培培

申雪

王红

王妮

缪怡然

刘袁抒

杨岚

段玉梦

钱博宇

薛鹏飞

邢皓月

第七期 说说这五年

郑州大学学生处副处长魏民老师（右一）
为获得一等奖的选手颁奖

郑州大学文化素质教育办公室主任吴艳利老师
（左一）为获得二等奖的选手颁奖

新闻与传播学院广告系延婧副教授（右一）
为获得三等奖的选手颁奖

参赛选手与评委合影留念

刘林

李奕霏

李猛

李杰

侯钰莹

王子勍

王德昕

路佳明

徐健

吴淑静

吴梦凡

武勐娜

郑翅

杨岚

徐丽娟

第八期 新时代·新征程

郑州大学团委副书记王红晓老师（右一）
为获得一等奖的选手颁奖

新闻与传播学院副处级干部孟春建老师（右一）
为获得二等奖的选手颁奖

新闻与传播学院学工办主任熊杰老师（右一）
为获得三等奖的选手颁奖

新闻与传播学院党委副书记孙保营副教授
进行点评

孙艺霖

王艺

肖田田

梁露

王晨阳

房靖欣

滕文强

钱博宇

李雅楠

杨晶茹

何縢宁 张易昔

李步霜

李雪娟

韩彦平

向依航

中共河南省委宣传部与郑州大学共建新闻与传播学院
新华通讯社与郑州大学共建穆青研究中心 大学生实践成果

"卓越新闻传播人才培养教育引领工程"系列丛书

2017年度郑州大学学生工作项目（思想政治教育类）《新传青年说》（2016—YX—017）

2018 第一辑

尽展未来传媒人的风采
——"新传青年说"演讲优秀作品集（2017）

JINZHAN WEILAI CHUANMEIREN DE FENGCAI
XINCHUAN QINGNIAN SHUO YANJIANG YOUXIU ZUOPINJI（2017）

主编　孙保营

郑州大学出版社
郑州

图书在版编目(CIP)数据

尽展未来传媒人的风采:"新传青年说"演讲优秀作品集/孙保营主编. —郑州:郑州大学出版社,2018.7

("卓越新闻传播人才培养教育引领工程"系列丛书.2018.第一辑)
ISBN 978-7-5645-5574-0

Ⅰ.①尽… Ⅱ.①孙… Ⅲ.①演讲-中国-当代-选集 Ⅳ.①I267

中国版本图书馆 CIP 数据核字(2018)第 126837 号

郑州大学出版社出版发行	
郑州市大学路 40 号	邮政编码:450052
出版人:张功员	发行部电话:0371-66966070
全国新华书店经销	
河南文华印务有限公司印制	
开本:710 mm×1 010 mm 1/16	
印张:22.5	
字数:434 千字	彩页:6
版次:2018 年 7 月第 1 版	印次:2018 年 7 月第 1 次印刷
书号:ISBN 978-7-5645-5574-0	定价:72.00 元

本书如有印装质量问题,由本社负责调换

卓越新闻传播人才培养教育引领工程
《2018 第一辑:新传青年说》
编委会

主　编　孙保营

副主编　杜建锋　熊　杰

成　员　高一哲　邱雅龙　袁　露

序 言

2014年6月,新华通讯社与郑州大学签约共建穆青研究中心;2014年12月,中共河南省委宣传部与郑州大学签约共建新闻与传播学院。两个共建协议的签订和实施,为郑州大学新闻与传播学院提供了宝贵的跨越式发展机遇。两个共建的主要目标,是实现新闻传播高等教育与新闻实践之间的相互贯通、深度融合、协同发展,探索出一条培养优秀新闻传播人才的有效路径。

为了落实"两个共建"协议,郑州大学新闻与传播学院提出了"能写会说创意强"和优秀"全媒体人才"的人才培养目标。为了实现目标,学院创新人才培养模式,2015年举办了第一季"新传青年说",并取得了较好的成效,赢得学生的好评和追捧。2016和2017年度,分别举办了7次月度赛,一次毕业季赛和一次总决赛,分别有129和131名选手参赛。2016年的参赛优秀作品已经于2017年3月由郑州大学出版社出版,并在校内外产生了广泛好评。

"新传青年说"作为郑州大学首档语言竞技类系列比赛项目,新闻与传播学院通过精心拟定主题(以每个月党和国家的时政新闻、社会舆论热点为主线),让选手以演讲的形式发表自己的看法。广大同学从图书、报刊、网络、电视及社会实践中搜集信息和资料,从优秀的作品中受到熏陶,并在情感体验的潜移默化中促进积极人生态度和正确价值观的形成;从哲理类文章中提高对事物的认识和思辨力;从社科类媒体中培养热爱生活、热爱自然的情感;从新闻载体中了解我国与世界的重要政治事件……多数同学养成了作摘抄、写随笔、诵美文的好习惯。他们对这些知识和社会热点问题进行消化、吸收、凝练和再认识,对于他们的思想道德和学识有较大的教育价值,起到净化思想、陶冶情操、感化心灵、改善情感的教育效果。

2017年各月度比赛的主题分别是:2017年2月赛是"家乡说",选手分享寒假春节观察家乡的变化和发展的体会;3月赛是"两会说",青年学生关心政治从关心"两会"开始,新传学子学习传媒从学习"两会"起步;4月赛是"莫负好时光",鼓励身处最幸运时代的青年学生,一定不负好时光;5月赛是"青春颂",聆听同学们最美好的青春颂歌;6月赛是毕业季特辑,"不怕与不悔",优秀毕业生讲述自己的大学经历,畅想未来的人生;9月赛是"一带一路说",一带中华情,一路中国梦,书生意气、挥斥方遒;10月赛是"说说这五年",大家说说五年来自己、家乡、国家的变化和发展;11月赛是"新时代、新征程",引导青年学子用习近平新时代中国特色社会主义思想和理论武装头脑,志存高远、脚踏实地,迈向新征程。2017年年度总决赛的主题定为"求是担当说",是基于郑州大学校长刘炯天院士在2017年新生开学典礼上的主题为《秉持求是,勇敢担当》的讲话,他在讲话中提出并系统阐述了"求是担当"的郑大精神。总决赛以"求是担当"为主题,旨在提升广大新闻学子的求是精神和担当意识,以培养"勿忘人民"的卓越新闻传播人才。

自"新传青年说"活动举办以来,学生参与热情高涨,每一期报名参赛的学生都在50人以上,有些学生还要求多次参赛。每一期比赛的精彩瞬间,都在朋友圈、微博等自媒体上进行了广泛传播;人民网、新华网、大河网等对每个年度的总决赛进行了专题报道;郑州大学党委宣传部、学生处、团委非常关注"新传青年说"的开展情况。所属网站多次对"新传青年说"的活动进行报道。

"新传青年说"品牌项目牢固树立培育意识和精品意识,坚持立德树人,认真探索新时期高校思想政治工作的有效途径和方式,有效提升了大学生思想政治教育的科学化水平,因此,"新传青年说"先后被评为2016年度"河南省高等学校思想政治工作优秀品牌",2017年度全省高校实践育人工作优秀案例社会实践类一等奖,并入选2017年全省高校辅导员工作精品项目建设计划。

为了把广大参赛者的精彩演讲内容更好地呈现给大家,给广大学子以借鉴,也为了鼓励广大新传学子以后更加积极参与比赛活动,我院专门把"新传青年说"的优秀作品结集出版。

在"新传青年说"付梓之际,特别要感谢新闻与传播学院领导班子及全体教师对学生工作的重视、关爱与支持;感谢学院团委、学生会学生干部对"新传青年说"活动的精心组织和辛苦劳动;感谢各位参赛同学的认真准备和精彩演讲。同时,对郑州大学出版社成振珂编辑对本书出版给予的支持表示衷心的感谢。

河南省新闻传播学类专业教学指导委员会主任委员
郑州大学新闻与传播学院院长、教授、博士生导师
张举玺
2018年3月30日

目 录

年度总决赛　求是担当说

实现中国梦　青春永担当	杜雨萌	3
中国故事,世界聆听	文子玉	6
敢想敢担当	李唯一	9
你的肩上是这个世界	李　猛	11
做自己的摆渡人	李孟斐	13
求索图一是,担重人自当	钱博宇	15
修身齐家治国平天下	薛鹏飞	17
征途远,肩宁息——传媒人的求是与担当	郑　翅	19
求是担当,大学精神	范昊阳	21
"志"在担当	雷丹青	23
担当在脚下	刘袁抒	25
求是担当:我辈岂是蓬蒿人	滕文强	27
人要担当,但无须事事都担当	徐丽娟	30
步步落地,事事担当	杨婷婷	33
摘星星的人	赵心航	36

第一期 故乡情·说家乡

小城故事	杜雨萌	41
龙乡濮阳	范昊阳	44
家乡人的故乡情	雷丹青	46
双城记	邱锦仪	48
家乡的故事	宋笑笑	51
万安——一个努力"脱帽"的小县	曾 欣	54
落叶归根	韩思佳	57
有一个地方	皮乾敏	59
她有个名字叫绿城	王锦琪	61
我理解的故乡	侯心雨	63
家乡情:深深鹤壁情	刘伟亚	66
蜕变	王 慧	69
悠悠石板路	王思奇	71
桃花源	杨 纠	74
"鬼城"之殇	折辰慧	76

第二期 "两会"说

在一个时代里缓慢行走	李唯一 郭 帅	81
从尘埃里开出花来	文子玉	83
我们所说的教育公平,都是一场美梦	李林翰	86
与爱同行,精彩无限	宋贺扬	89
话家国	杨 岚	92
文化复兴 自信中国	柴婷婷	95
教育公平听我说	郭 歌 王蓉蓉	97
我想发声,为过去的我和现在的他们	沈敏缘	100

这个时代,我们需要什么样的影视作品	滕文强	103
政治参与需要有青年的光芒	韩晓东	106
谈"钱"不伤感情	孙贺霞	108
从于欢案切入——论规整"媒介审判"的必要性	孙一鹏	110
用全域旅游康复多彩丽江	张丽娜	113
"融合梦"何时圆	周静阁	116
当医生拨打120时	朱灵婕 何丽丽	119

第三期 莫负好时光

平凡的日子会开花	张飞帆	123
原来我的十八岁已经过去了四年	吴 桐	125
我生君已老,莫负好时光	赵心航	128
出生入死,向死而生	康勇涵	131
我们的20多岁	李雪丽	133
无惊无喜倒也无妨	王慧霞	136
韶光"郑"好,都用来茁壮生长	肖田田	139
不负今日,时光正好	郑 杨	142
看世界,从春天开始	刘莹莹	145
人生不只有年轻,它还是一场马拉松	何博博	147
记录好时光	何丽丽	149
在诗中奔向远方	李富军	152
莫辜负好时光	李兰馨	154
追赶时代 莫负时光	王恩豪	157
创造价值,莫负好时光	于虹萱	159

第四期 青春颂

无畏即有味儿	杨婷婷	165

篇名	作者	页码
21 ℃的青春	李孟斐 鲍弥佳	168
采访青春	罗碧	170
青春,也可以是一场奔跑	沈文文	172
青春是什么	于梦佳	174
青春很短,不如去闯	方雅轩	177
青春——让意外降临	尚进	180
青春,我不负你	宋瑞洁	182
青春是一场选择	王燕 王凯悦	184
我要我青春无悔	刁思雨	186
我的青春我做主	姜一玲	189
做生活的艺术师	康玉垚	192
"热气腾腾"的青春	梁琪美	195
没有人能替你成长	朱欢欢	197
努力实现梦想的人最青春	赵程	199

第五期　毕业季特辑:不怕与不悔

篇名	作者	页码
整理着装再出发,相见时刻不后悔	吴佩俊	203
有个目标,有点冲动,有份怀念	冯菲	206
读博是一种生活方式	韩旭	209
怕,你就输了	蔡珂	212
别怕,请勇敢捍卫你的梦想	何玉婷	214
遇见你告别你,夏虫可以语冰	谢然	217
光阴渡我	丁靓琦	220
一切都是最好的安排	金毓慧	223
勿忘初心　方得始终	张淏晴	225
无悔:做自己尊重的人	赵亚萍	227
生活即在眼前,此刻"好好告别"	周文豪	229

第六期 "一带一路"说

"一带一路"实现中国梦 …………………………… 薛鹏飞 233
讲好中国故事 …………………………………… 刘袁抒 236
跨越千年时空——"一带一路"筑梦中国 ……… 缪怡然 238
丝路绵延梦如帆 ………………………………… 钱博宇 241
加法的力量 ……………………………………… 邢皓月 243
我的"一带一路"说——梦回汉唐盛世 ………… 申 雪 245
你我同路 命运共联 …………………………… 师文颂 247
悠悠丝路,壮我中原 …………………………… 陶培培 250
从敦煌看丝路 …………………………………… 王 妮 253
跨越千年的承诺 ………………………………… 段玉梦 256
"一带一路" 携手共建 ………………………… 马小倩 259
中原崛起与共建"一带一路" …………………… 尚继茹 262
"一带一路"之你我生活 ……………… 万 颖 王 红 265
"一带一路",共同发展 ………………………… 杨翠丽 267
我们的征途,是黄沙瀚海 ……………………… 杨 岚 270

第七期 说说这五年

砥砺奋进这五年 ………………………………… 郑 翅 275
五年,从未改变 ………………………………… 李 猛 277
于无声处听惊雷,看砥砺歌行又五年 ………… 李奕霏 279
五年,我家的变化 ……………………………… 刘 林 282
五年,你我共同成长 …………………………… 徐丽娟 284
细说这五年 ………………………… 徐 健 安奥杰 陈 瑶 286
五年=普通成长 ………………………………… 路佳明 289
前行之路 ………………………………………… 吴梦凡 292

我和我的"笑忘书"	杨 岚	295
五年勇敢过,得失在心间	侯钰莹	298
万卷书还是万里路,这是个问题	李 杰	300
说说这五年之——不忘初心、继续前进	王德昕	302
理想燃烧这五年	王子勋	304
这一路我们依然与爱同行	吴淑静	306
中国在腾飞	武勐娜	308

第八期 新时代·新征程

远航不忘挥桨人	钱博宇	313
新时代记者要有新担当	滕文强	316
不忘初心 继续前行	何燚宁 张易昔	318
共享梦想 砥砺前行	向依航	322
新时代谈文化自信——"非遗"保护,持续关注	杨晶茹	324
追寻梦想,担当责任	房靖欣	326
新时代,勇踏新征程	李步霜	328
新时代:我想抛给自己两个问题	王晨阳	330
寥廓天地携剑游,书生意气正当时	肖田田	333
东方未晓,莫道君行早	韩彦平	336
我们的征途,是星辰大海	李雪娟	338
贫穷真的限制了我们的想象力吗	李雅楠	340
合格的"传媒人"	梁 露	342
新时代,我们在路上	孙艺霖	344
新时代,做有信念的新闻人	王 艺	347

年度总决赛　求是担当说

西班牙学者奥尔特加·加塞特在其著作《大学的使命》中指出:"把大学当作一种精神比把它当作一个机体更为合适。"一所大学,校名可以变更,人员不断流动,校舍可以变换,办学可存可停,但只要大学精神不灭,其价值永恒。

一流大学,必须有一流的大学精神。近代以来,西方大学适应社会发展的大势,为社会发展进步做出了巨大的贡献,也正因为这些贡献,造就了世人心目中的一流大学。这些大学,或从建校之日起,或者在办学过程中,都形成了独特的大学精神。大学精神,是办学的宗旨,是育人的衡准,也成了世人心中大学之"名片"。

近代以来,中国大学的命运与国家、社会的命运紧紧相连,形成了丰富并不朽的大学精神。作为新文化运动的发源地,北京大学形成了爱国、进步、民主、科学的精神。西南联合大学共存在了8年零11个月,这所学校的师生秉持"刚毅坚卓"的校训精神,虽颠沛流离但仍保持信念、弦歌不辍,延续了中国文化的火种,产生了一大批优秀的科研成果,培养了一大批杰出的学生,为中国以至世界的发展做出了重要贡献。西南联合大学的精神,至今仍然为大家所铭记,供一代又一代师生汲取养分。

2000年7月,三校合并组成新的郑州大学。17多年来,郑州大学师生继承三校的优秀传统,立根中原,齐心协力,克难攻坚,学校发展取得了显著进步。郑州大学也终于进入世界一流大学高校建设序列,实现了河南高等教育发展的历史性突破。在此过程中,郑州大学逐渐形成了郑大精神。

2017年9月16日,在郑州大学2017级新生开学典礼上,刘炯天校长作了题为"秉持求是,勇敢担当"的讲话,系统阐述了"求是担当"的郑大精神。这是站在新的历史起点上,郑大师生面对机遇和挑战做出的积极应对和回应。

作为未来的传媒人,我们应当如何践行"勿忘人民"的院训精神?
作为郑州大学的学生,我们怎样"秉持求是,勇敢担当"呢?
作为新时代的青年,我们如何才能无愧青春,不负时代?
2018年1月9日,学院师生群聚一堂,聆听你的故事,见证你对"求是担当"的解读。

实现中国梦　青春永担当

杜雨萌

　　我是来自新闻与传播学院2015级广告学专业的杜雨萌。今天我演讲的题目是："实现中国梦，青春永担当。"我生于1996年，是典型的"95后"，我，正青春。

　　我拿到这个主题的时候，离比赛还早。我刷手机搜了一下什么是"求是"和"担当"。百度上说：求是指追求、探究本质；而担当的基本意思是指承担、担负任务、责任等。"90后""00后"的我们正青春，那么，什么是我们青春的求是担当？我发朋友圈问："你们说什么是青春的担当？"收到了很多回复，这其中包括考研失败准备二战的学长，有追求心爱女孩失败的学弟，也有新时代的有志青年。

　　我是"95后"，正青春。和所有的年轻人一样，爱发朋友圈，爱刷微博，爱游玩。初生牛犊，觉得社会一片和谐，没有不幸和苦难。有一天我收到舍友的信息，信息内容是有关新华社中国经济信息社河南中心与郑州大学新传院共同开展的驻马店上蔡县精准扶贫成效第三方评估工作，我报名参加。

　　从第一天全队叽叽喳喳出发，到晚上回宾馆全部沉默。这五天，我见过一家都是精神疾病患者，只有爷爷自己拖家带口的家庭；见过因为知识贫乏坚持生儿子好，结果生了四个女儿，最后使家庭负债累累；见过身体残疾的奶奶，偏偏要拉着我说"在家里吃吧，我给你煮面"。作为全队唯一的一天接触三名艾滋病人的调研员，到了晚上我实在忍不住痛哭起来。不是因为害怕，是因为当我拉着那位艾滋病阿姨的手交谈时，她说："孩子你离我远一些吧，你还年轻。"我生怕自己的调研不公正，坚持实事求是。一遍一遍地问着农户，只为确定他们今年真的拿到了那每月仅有的200元低保金。我走过臭味熏天的垃圾堆，跨过坑坑洼洼的泥泞道路，也乘过全是灰尘的三轮车，却穿着价格快四位数的鞋子，用着他们一辈子也不一定用得起的手机。仿佛救赎自己一样，我那么努力，却还是那样地格格不入。

　　我们敬爱的习近平总书记在党的十九大报告中谈到，确保农村贫困人口到2020年如期脱贫，一时间刷遍朋友圈。娱乐社会，那时的我怎知这是多么严肃的一件事情。1919年，风雨飘摇的国人看不到未来，五四运动让中国青年登上了历史舞台,向世人宣告一个青春中国正在挺立。湘江边的青年振臂高呼:"天下者我们的天下,国家者我们的国家,社会者我们的社会。我们不说,谁说?我们不干,谁干?"这样的呼声,回响于近代民族独立、自强、复兴的整个过程。也正是这一环扣一环的梦想接力,才熔铸成如今一个日渐清晰的中国梦。调研的最后一天,访问完我负责的最后一家农户,村干部带着我回驻村工作队的路上突然对我说:"你不知道这个社会多么需要年轻的你们。"身肩重任,敢于挺身,便是青春的求是和担当。

我是"95后",和大家一样,正青春。无比向往遥远的国度。我的朋友在美国留学,21岁的我觉得,那里光线夺目。后来我才知道,因为汇率问题生活费不够,他尝试去打工,每次面试看到亚洲人面孔,都会被问到是不是日本人?他都解释说不是,每次面试都是以失败告终。而他的日本同学,第一次面试就被录用了。他终于明白,反正也不查户口,只要他回答"yes",就能很快被录用。但是暑假过后他回到国外继续上学,临走前给我留言:"我这一辈子就算省吃俭用就算饿死,也会回答'No, I am Chinese'"。

2017年5月21日,在夏季马里兰大学毕业典礼上,云南昆明的留美大学生杨舒平那句"这里连空气都是新鲜而甜美的"传遍网络。在出国读书五年并受邀请在毕业时演讲,这本是我们中国学子的骄傲,但是这一句话瞬间激怒了所有的留学生。留学生纷纷在网上发视频表示,这种不实事求是的言论,"空气很差"这个锅,不好意思,我们中国不背。他们诉说家乡美好,用自己的亲身做法,告诉世界,我们中国,一样美丽。少年强则国强,年轻的我们,自然成为祖国的焦点。在国外的一言一行,都成为一个民族的缩影。"此去西洋,深知中国自强之计,舍此无所他求;背负国家之未来,取尽洋人之科学,赴七万里长途,别祖国父母之邦,奋然无悔。"这是百年前中国留学生的临别寄语,也是前辈们告诉我们的信仰。为国争光,不负国望,才是青春的求是和担当。

我是"95后",和在座的同学们一样,正青春。今年上大三。对我自己来说,什么是求是和担当?我的人生中,有两次高考,而我也在被大家称为魔鬼高中的衡水中学读了四年书。高三那年,我还是个不学无术的差生,明明在那么优秀的学校,却没什么目标和志向,每天和那些让老师头疼的学生在一起,高考结果可想而知。我一辈子都会记得第一次高考成绩出来的那一天,我一点也没有难过,却让我一直坚强的妈妈哭了;也会永远记得他们为了让我能继续在衡水中学复读,我一向骄傲的爸爸是怎样的谦卑求人。他们一句也没有训斥我,只对我说"你自己的人生自己负责"。复读的那一年,入学我就是班里倒数第一名。因为落下太多功课怎么也赶不上别人。那段日子怎么去描述呢?大概是从起床到操场只用3分钟,为了节省时间一个星期洗一次澡,从教室奔跑到食堂吃饭的路上都在背古文64篇……因为压力太大,半夜自己躲在被子里痛哭,第二天咬着牙继续学习。是这一年,教会了我人生不是虚无缥缈的口号,而是实事求是的努力;也是这一年教给了我绝对不能认输。高考后复读,是到目前为止我人生选择中最正确的一次,是这个选择让我明白,"单枪匹马与世界对饮,历经磨难亦不忘初心",就是青春的求是和担当。所以今天,此时此刻,我才有幸通过自己的努力,来到郑州大学,来到这里,站在大家面前,讲述我的故事。

  李大钊在《新青年》上撰文:"以青春之我,创建青春之家庭,青春之国家,青春之民族,青春之人类,青春之地球,青春之宇宙……"对自己负责,才能对家庭、对国家、对社会负责。"实现中国梦,青春永担当"是习近平总书记在参加五四主题团日活动时发表的重要讲话。以小梦筑大梦,青春本来就是一场负重前行。而这其中需要的,便是年轻的我、你、我们,对社会、对国家、对自己的求是和担当。促进社会发展,维护民族荣誉,坚定人生目标,才是青春该有的模样。而正是这一个又一个前赴后继的青春之躯,才能激励我们,实现一个又一个中国梦。

中国故事,世界聆听

文子玉

大家好,我是2014级穆青新闻实验班的文子玉,今年大四了,现在被保送到华中科技大学新闻与信息传播学院攻读传播学专业的硕士学位,研究方向是跨文化传播。我清楚地记得,面试时老师问我,为什么选择这个研究方向,我回答说:"我很想明白为什么现在我们一提到日本的电饭煲、德国的马桶盖时会下意识地想到'嗯,高级';为什么一看到街上有人身着汉服时就发出'咦,他这是在玩cosplay吗'或'这是和服还是韩服'的疑问;为什么直到现在,有人还是会不由自主地认为'外国的月亮比中国的圆'。尽管中国已经成为当今世界第二大经济体,外汇储备世界第一,皮尤研究中心的调查也显示中国是民众满意度最高的国家。"

有人会说,呵,这是亘古不变的奴性啊!

但我想,针对这个问题,《时代周刊》给出了更好的答案:"中国虽然近年来综合实力和国际地位不断上升,但中国的软实力和话语权,还处于亟待'补课'的地位。"没错,长期以来,以美国为主的西方国家控制了全世界90%以上的信息,包括中国在内的大多数发展中国家在国际传播中处于无言和失语的地位。习近平总书记说,现如今我们比历史上任何时期都更接近中华民族伟大复兴的目标。我们要复兴、要自强,要回到世界舞台上漂漂亮亮地讲述自己的故事,就需要我们每一位新闻人乃至每一位华夏儿女,秉持着追求真理、勇敢担当的精神,主动掌握话语权,用中国叙事,讲好中国故事,以正视听。

在风雨飘摇的民国时期,有这样一位报人,在枪林弹雨里,坚守着"国家中心论",为中华民族的根本利益奔走呼号。他就是"报界宗师"——张季鸾。

在他担任《大公报》总编辑的最后三年里,张季鸾已经身患严重的肺结核,但彼时的中国内忧外患,社会矛盾、阶级矛盾、民族矛盾错综复杂。国难当头啊,作为一名新闻人,他笔耕不辍,撰写大量社评。在"西安事变"爆发,中华民族危在旦夕之时,他发表社评呼吁:"我想中华民族,只有彻底的同胞爱与至诚能挽救。我盼望飞机把我们这一封公开信快带到西安,请西安的大家看看,快快化乖戾之气为祥和。这是中国的生路,各军队的生路,也是西安二十万市民的生路。"这是一种怎样的赤子之心,支撑着张季鸾在病重时刻仍然把国家、民族的利益记挂心头。

在肩负民族使命的同时,他并没忘记新闻专业主义的操守,提出了"不党不卖不私不盲"的"四不"方针,正是有了"四不"原则,张季鸾的社评始终表现出一种冷静辩证的取向。在抨击"国民政府"的腐败政治时,能针对具体问题做出客观分析;在抗战烽火正烈,全国军民共御外辱时,能把日本军国主义政府与人民相区别,不一概而论加以声讨。

张季鸾及其领导下的《大公报》,凭借其"求是担当"的价值导向,获得了令人瞩目的对外传播效果。1941年,密苏里新闻学院还将"密苏里新闻事业杰出贡献"荣誉奖章授予了《大公报》,这也成了中国新闻史上光辉灿烂的篇章。

对照现实,我们当代的新闻工作者在向世界讲述中国故事时,经常面临一个问题,那就是新闻客观性与倾向性之间的权衡取舍。那么我想,我们的新闻前辈已经身体力行,告诉了我们答案:担当起维护中华民族利益的使命,这就是我们的首要立场,我们的倾向性;永远不放弃对客观真理的追求,对事实忠实具体地表述,这就是我们致力的客观性。

子曰"近者悦,远者来",一个内部没有认同感的国家,不可能对外具有持久的吸引力,所以讲好中国故事,不仅关乎新闻媒体的职责,更是我们每一位华夏儿女责无旁贷的任务。

南京大屠杀和你有什么关系呢?那么这段历史之于她,又有什么关系呢?父母皆为哈佛大学博士的张纯如,本可以选择安宁、富足的一生,但这位如水般温柔美丽的女孩像是被使命驱使到了这里,坚定地投入了这场揭露历史的战斗中。而那一年,她不过29岁。在写作《南京大屠杀》一书时,她因看了太多真实的影像资料、听了太多幸存者的讲述,一度被噩梦缠身,甚至受到日本右翼势力的持续威胁,精神濒临崩溃。但所幸,《南京大屠杀》一书出版后,连续登上《纽约时报》畅销书榜,她收集的所有素材和史料,完整又真实地还原了整个事件的原貌,在国际社会引起了巨大反响,甚至使中国在"二战"中、在东亚战场上的关键性作用被重新估量。

人们都说,遗忘历史的民族是没有前途的。因为遗忘和沉默就是忘记这个民族最惨痛的教训,就是忘记我们努力奋斗的初衷,就是迷失了我们前进的方向。而张纯如用了整整七年时间,向我们诠释了何谓"追求真理,勇敢担当"。如今的中国早已不再积贫积弱,我们不需要也不应该再沉默,让世界听到中国的声音,我们需要张纯如,千千万万个。

讲好中国故事,我们需要实事求是,因为这是中国故事在世界传播的前提和基础;讲好中国故事,更需要我们在座的每一位挑起担子、记挂心头,因为你生于斯长于斯,因为这是你的祖国!

敢想敢担当

李唯一

大家好,我是来自2015级的李唯一。今天在这里,我所呈现给大家的是一封写给父亲的信——敢想敢担当。

"闺女,大三都快上完了,你考研吗?考研考啥方向啊?"

"你阿姨家的姑娘去年考上郑州一个什么部门的公务员,又嫁了个好人家。你看人家过得多好。"

"小姑娘家,安稳一点。咱家不指望你出去拼死拼活赚多少钱。"

回顾最近几次跟你的视频聊天,你总是旁敲侧击,有事没事开始跟我说起这些,但每次一听到这些事情,我都想把一首《凉凉》送给自己。不过玩笑归玩笑,说真的,爸爸,我想跟你说说我真正热爱的东西和自己想要的未来。

上周五,我听了腾讯公司一个自由撰稿人的讲座,他讲的是我一直都非常喜欢的"非虚构写作"。我之所以喜欢非虚构写作是因为它所有的素材都来源于生活。就像他提到的《江城》《寻路中国》,都是用写小说的方式以一个美国人的视角向我们展现一个不一样的中国,这样的中国更接近平民,更具牵引力和震撼力。更令我惊喜的是他讲的这种创作方式和我本就喜欢的影视结合了起来,向我展示了一个全新的领域。而我也意识到,这个领域将成为我为之奋斗一生的方向。

爸爸,你说你一直记不住我的专业。我也知道,我的专业不是法学,不是会计,不是金融,不是那些耳熟能详的能赚好多钱的专业。但是我还是想说,我的专业是广播电视学,我学习影视,喜欢影视,喜欢那种直达人心的力量。有一部电影叫作《忠犬八公》,讲的是一条忠实的狗至死等待主人的故事。虽然这部电影的创作手法就像一部写实的日记,但是它那真实的故事背景和影像力量的加持,让几乎所有看过的人都为之动容。一部《辛德勒的名单》把德国那段黑暗的日子拍得深入骨髓,通过真实事件的还原,让人们几十年后在心中仍能铭记和平,也引导着德国一代又一代青年人不忘历史。我相信影视本身那种潜移默化的影响和独特的魅力是其他任何东西都替代不了的。所以,我现在已经不甘心只做影视传播的接受者,我更想在这个领域去创造,去生产,我希望用更多有影响力的作品把真实的生活百态和真正的中国印记展现出来,我也希望将来的中国电影能通过我们这一代人的努力骄傲地走向世界。

我一直都很羡慕那些有梦想的人,羡慕他们谈论起自己所爱的东西时眼神里的那片光。现在,我终于找到了那片属于我的光,我也想做那个眼里有光的孩子。

爸爸,我想认真一次。也想像你一样,做一回真正的自己。两年前,你还是那个天天坐在办公室,按部就班领工资的职员。但是去年这个时候,年近五十的你说要自己创业,虽然几乎遭到了全家人的反对,但是你依然坚持下来了,你下定决心赌上了这些年所有的积蓄,到现在终于有了自己的一片片果园。将近30年没有下过地干过农活的你也开始乐此不疲地让手上、脚上沾满泥巴。你每次看起来漫不经心但是脸上却乐开了花,跟我谈论你的果树时,我就知道,你从来没有后悔过,因为这是你的梦想。也许是你承受了生活中太多的压力,深知在这个社会中行走的不易,想让我走上一条不怎么费力的捷径。于是把这种安稳的想法一遍遍地向我灌输。但是我不希望你们用爱的名义绑架我,让我去做那些我不喜欢的事情。

爸爸,这是我第一次这么掏心掏肺地跟你们讲我的心里话。现在的我跟你是一样的。你的担当是照顾好这个家,我的担当是不辜负我的未来,不辜负我的梦想。每次看到外国的电影在中国市场上大笔地捞钱,看到他们的价值观深深地影响着我们这代青年,我的心里就有一万遍想要改变些什么的想法。虽然现在说这些不太实际,但是我依然想告诉你,我要为了我自己的梦想终生学习;为了中国电影的未来能有国人自己的精神支柱和信仰而努力。这才是我最终的责任与担当。

你的女儿:唯一

你的肩上是这个世界

李 猛

说到求是和担当,我不知道大家能想到什么。很多人都说我们的肩膀上扛着"责任"二字,可我却觉得责任这样的字眼太小了,我总觉得我们的肩上,应该扛着这个世界。唉,我又看到有些同学一脸不屑了,也许你会说:"李猛你又在开玩笑,世界什么时候能让你扛起来了?"对,没错,这个世界有它本身的运转规律,不会有任何一个人能主宰它的命运,可是啊,你们有没有想过如果是一群人呢,而我们每个人,都是这人群中的一员。

前不久我去参加了一个自媒体的采访,他们问我:"你有过哪些最不切合实际的梦想?"我记得我当时回答说:"我小的时候想要改变这个世界。"可是回答之后我就后悔了,因为这个梦想从来都没有不切合实际过。

像我这样满腔热血的堂堂七尺男儿……你甭管有没有七尺吧,但满腔热血却是必然的。我从初三那年开始写小说,也正是那个时候开始对出版行业有所熟悉,可是作为一个十四五岁、尚且没有能够完成一本书稿能力的男孩,我却开始在替我国为什么没人得过诺贝尔文学奖而发愁,一个未经世事的小孩却要妄图改变这个世界了,天真可笑吧?可是也有人试图抹杀这分天真。

那是在我上高三那年,我给我的编辑交了一个图书出版的选题,他几秒钟就回复我了,回复的自然不是那个预期中的好消息,可是我没有想到他拒绝我的理由却和选题内容无关。他说:"李猛,你的粉丝太少了,就算出版了图书也很难卖出去,你去各大图书热销榜上看看,那些热销书作者,哪个人不是拥有百万粉丝的人气明星?"我坐在电脑边愣住了,许久都没回过神,我去查了很多资料,而后竟真的发现了一个问题。不知道从什么时候起,一个明星可以拍摄大量的照片配上几句小学生水准的话就出一本畅销书,一个网红大 V 似乎可以随便凭借几篇毫无营养的毒鸡汤就被冠以作家之名。

于是,我对编辑的话深信不疑,我又回到 QQ 上,我回复他说:"嗯,编辑,我觉得你说得特别对。"然后戳开他的个人主页,点击了"删除好友"。

我总觉得,一个人如果明知这个世界的险恶却仍不去阻止,那他便是险恶本身了。在那之后我仍旧坚持着去写自己想写的故事,我相信,我一定会遇到一群人,他们和我一样不满意这个世界的丑与险,竭力让这个世界变得更好。幸运的是,我遇到了很多这样的人。我问过我现在的编辑,我几乎就没有粉丝,也没有很大的影响力,很可能会影响销量,为什么还要出版我的书。他回复我的那句话至今让我想起仍旧心有戚戚,他说:"写得好就够了啊,如果所有人都奔着钱去,这个世界得变成什么样子?"

你看,我们没有很多的粉丝,也没有去迎合市场,我们本着对文字的热爱与坚持在这条路上一直前行着,我相信一定还会有更多的人如我们一样,努力让这个世界变得更好。

我的一个朋友曾经在西安做编剧,她对那个领域的一些规则始终都难以苟同,总和我说她一定要改变这个现状。我记得她有一天来找我聊天,几乎是带着哭腔,她说:"李猛,我刚写完的剧本又没有署名权,知名度就这么重要吗?我是一个编剧啊,我不是机器。"只此一句,深深地扎痛了我。我突然想起前不久在网上被炒得纷纷扬扬的《风筝》编剧署名事件。网上总说我们国家缺少好的编剧,可我始终都觉得我们最缺少的是对编剧尊重的态度。

我的朋友最终选择了离职,换了一个工作谋生,但她并没放弃所爱,她仍旧在写她的故事,时不时给我发个语音,其实更像是在给她自己打气,她说:"我们总会遇到那些对所有不公都愤愤不平的人。"

前不久她在微信上告诉我,她新写的一个剧本已经签约了,署的是她的名字。我在手机这边听着她的语音百感交集。你看啊,这个世界上有很多人和我们一样,目睹了一些不公,且不愿同流合污。我们肩负着对这个世界的担当,终究会遇到一群志同道合的人,当力量足够大的时候,一起把这个世界改变得更好。

我们的力量和这个强大的世界比起来显得无比单薄。可是我们难道就该选择放弃,就该随波逐流了吗?我们不能,我们是大学生,我们是这个国家乃至世界,这一代人的希望。

电影《熔炉》里说,我们之所以努力,不是为了改变世界,而是为了不让世界改变我们。而我觉得,不让世界改变我们只是个过程,改变世界就是我们的目标。我们生来不是为了顺应这个世界,而是为了改变这个世界的。

身为大学生,也许你的力量和滚滚巨轮比起来薄弱到不堪一击。但是你至少不要随波逐流,不趋炎附势,不低眉折腰。你总会遇到一群和你一样满腔热血的人,肩负着这个社会的责任与担当,而后要的就是这种积沙尘成高山,聚水滴成江海的气势,手牵手,肩并肩,一起让这个世界变得更好。

而我,只是希望这样胸怀热血的人,再多一点。

做自己的摆渡人

李孟斐

无意间看到这样一句话:"每个人都是一座孤岛,没有谁可以泅渡谁,只有自己可以做自己的摆渡人。"这真的是我近来看到的最引人深思的一句话了。渡江容易,那人生呢?

我曾经采访过这样一个人,他来自平顶山市马庄村的一个普通家庭。在他高三那年,父亲因劳累过度患上痛风,全身上下各关节肿大变形。但为了生计,父亲强忍着病痛坚持工作,错过了最佳治疗时机,导致病情加重,被医院诊断为重症尿毒症。祸不单行,奶奶也几乎同时被查出患上了结肠癌,需要立即手术。突如其来的家庭变故让他的成绩一落千丈,与理想大学失之交臂。但他不愿意就此放弃求学路,瞒着家人上了高四。终于,功夫不负有心人,他以高分考取郑州大学机械工程学院,如今在西安交通大学机械工程学院攻读硕士学位。

他叫宋纪元。从小痴迷科技的他,到了大学更加没日没夜地进行着自主创新。他第一次参加的大型科技创新比赛是挑战杯,其间却多遇坎坷。2014年寒假,他和同伴留在学校做挑战杯的参赛项目仿生式扑翼机。在实验的最后关头,由于团队成员错装了一个零件,飞行器瞬间炸开,几个月的辛苦毁于一旦。宋纪元站在空荡荡的寝室,看着窗外的烟花,他说:"当时很迷茫,不知道为什么要待在这里。"但第二天,团队重整旗鼓,一切又重新开始。当第一代仿生式扑翼机飞起来时,他流泪了。

接着,他又参加了全国机器人大赛和 iCAN 物联网大赛,不巧的是两个比赛的时间撞在了一起,他就每天只睡两三个小时来研究参赛项目,整整一个月都没有出实验室,这样超负荷的工作最终让他在医院住了五天。他说:"有时我也会感觉撑不住了,但就是看不得有一点不完美,看到就想改,改着就忘了时间。"最后,他和队友在全国机器人大赛中获得冠军,在 iCAN 物联网大赛中获得一等奖。

"想要拿奖并不是出于功利,每次拿奖回去,家人都很开心,这是目前我唯一能为家里做的事情了。"

瞧,这是宋纪元的泅渡法宝,它叫穷理致知。为了赢得人生的这场泅渡比赛,我们需要这种对真善美的由衷热爱和执着信仰。这种热爱就是求是,是实事求是,更是求科学之是,求真理之是;这种信仰又叫担当,是人皆有之的慈孝之心的担当,更是"苟利国家生死以,岂因祸福避趋之"的担当。

1967年,在美国加州的一所高中,一位青年教员为了让学生明白什么叫法西斯,搞了一场教学实验。他用严苛的条规束缚学生,向他们灌输集体主义,要求他们绝对服从。令人惊讶的是,学生都自觉地穿统一的制服,甚至形成了一个组织,还为其命名和规定了统一手势。这个组织仅仅成立五天便风靡整个校园,它似乎有一种神奇的魅力,以致老师宣布结束实验后,一位沉溺其中、渴望这个集体壮大的学生竟因无法接受这样的事实而吞枪自尽。41年后,这个故事被德国人改编成电影《浪潮》。在电影的开头,老师问同学们如今还有没有必要继续背负纳粹时期的负罪感,许多同学都嗤笑着说那是历史,不可能重演。只有一位女生坚定地反驳:"这跟负罪感无关,这是我们对历史的责任感。"而这位女生,也是唯一的直到故事最后都没有被这场"浪潮"淹没的人。

如果说承认并反思历史是一种责任的话,那铭记历史何尝不是一种担当?

大家还记得12月13日是什么日子吗?那天纪念南京大屠杀遇难者的推文刷屏了我的朋友圈,有我的老师们、同学们,也有亲戚好友。"谁忘记历史,谁就会在灵魂上生病。"在公祭日正式上升为国家层面的第四年,关注这件事情的人群终于从专家学者,到万千大众。人们对国家公祭日持续升温的关注,就好比万千条滚滚的河流,它们奔腾而去,终将汇聚到一片叫"中国梦"的汪洋大海,这片海面的每一片粼粼波光都映射着勿忘国耻、自尊自强的担当;映射着不忘历史、矢志复兴的担当;映射着珍爱和平、开创未来的担当!

也许你会说这样的担当未免太崇高。诚然,如今我们不需要再像谭嗣同那样以流血应变法;也大可不必"前边不管是地雷阵还是万丈深渊都义无反顾"地舍生取义;甚至不需要再"三过家门而不入"。但是当我们穿梭在人生舞台的各种角色里时,做好自己的事情,本身就是一种担当。"报得三春晖",是儿女的担当;"勿忘人民",是新闻儿女的担当;"匹夫有责",是每一个华夏人的担当。

渡江容易,那人生呢?如果人生是一叶扁舟,那么船上的你,就是摆渡者。让我们以知识为船,以行动为帆,以求是和担当为桨,做自己的摆渡人,任凭东西南北风,直挂云帆济沧海!

求索图一是，担重人自当

钱博宇

自盘古开天地华夏初成至今，有无数人在我们脚下这片土地上或流血或流汗。因此，我们有了贯穿全国联通世界的高铁，有了覆盖全球信息飞速传播的互联网。在党的十九大精神传入千家万户的今天，又有多少人，肩扛时代的大旗，勤勤恳恳地，行走在这条路上。

在本学期开学典礼上，我校校长刘炯天院士提出了"求是担当"精神，那么，何谓求是，又何谓担当呢？刘校长在讲话中提道："'求是'既是探究自然、社会和人本身运动的奥秘和规律，更指追求真理的科学态度和科学精神。'担当'既是立人之本，更是成事之基。"刘校长所言，不无道理，我们生活的世界要不断发展，自然少不了要有人头顶风雨、脚踏沙尘，肩上扛着沉重的担子，却带着微笑，一路昂首阔步，不断向前。

但是，这个世界需要的，真的只是那些足够被记录在史册的伟大吗？我倒觉得，这世界之所以温暖，之所以值得我们倾心以付，其实不更是因为在我们身边，有着无数细如发丝的爱吗？那些太容易被我们忽略的小小善意，拧成一团绳子，把我们的心紧紧地捆在了一起。那么接下来，便随我，一起看看那些属于平凡人的求是与担当，一起回顾那些温暖人心的故事。

请大家先和我一起来想象这样一个场景，你和朋友相约旅行，在返程的高铁上，玩累了的你昏昏欲睡，睡眼惺忪之间，你看到身边有一位老人，头发花白，正聚精会神地拿着手中的图纸研究着。

这是发生在2017年6月12日，在开往北京的高铁二等座车厢的真实场景，这位老人叫刘先林，是中国工程院院士。被网友拍下时，78岁高龄的他，正为了准备一场学术报告，在高铁上认真备课。78岁，一位年过古稀的老人，一位把毕生的精力都投入自己的事业和科技进步中的老人。

就是这样一位老人，在我们嬉笑打闹挥霍青春的时候，却在自己本该用来安享天年的时间里，继续奔跑在研究这条道路上。刘老先生从事测绘行业50余年，致力于高端测绘设备的自主研发，中国测绘科学研究院院长张继贤这样形容他:"每当国内的测绘业发展到瓶颈阶段,老刘就会站出来解决关键问题。"

这,大概就是刘校长报告中所言的"求是"吧,求索一生,只为一真知而是。如果说我们的老前辈还依旧行走在那条追寻真理的路上,那么扛起时代担当的责任,一定担在我们青年人的身上。

2017年11月29日,在河北保定,一辆白色越野车行驶途中侧翻,车身变形,两名男子被困在车里,情况十分紧急。就在大家束手无策时,现场的一名小伙拿起一块石头,砸向越野车的车窗,并徒手撕开天窗上的碎玻璃,把车里的人救了出来。现场参与救援的群众发现,救援结束之后,这名小伙的手上,布满了划痕,殷红的鲜血正一滴一滴地滴到地上。他的名字,叫马骏东,是一名海军仪仗兵。据悉,事故发生时,是他休假的最后一天,当时他正在赶往火车站的路上。救人后,马骏东让医生简单地处理了一下伤口,就急匆匆让父亲赶快送他去火车站了。母亲实在看不下去,劝说马骏东向部队请一天假,妥善处理了手部的伤再归队。而他的回答,再一次感动了所有人:"部队钢铁纪律,我可不能违反。"

救人的时候可以不顾自身安危,救人之后,却要以部队纪律为重,当殷红的鲜血从他的手上滴落,泛起的涟漪深深地刺痛着我们每一个人的心。而他,却笑着摆摆手,告诉大家,没事,洗洗就行了。

这就是中国人,这就是中国军人,他们扛得起枪,做得到保家卫国,也能在你需要的时候,成为你最坚强的臂膀。他用那双伤痕累累的手告诉我们,真正的担当,就是担得起时代的重任,也担得起身边的风雨。

也许浏览一张图纸算不上是大的科研,手撕一块玻璃也算不上大的担当,但正是因为有这些温暖的瞬间,我们才能这样平安喜乐地生活在这个最美的时代。

这,是最好的时代,因为有薛建兴这样的人坚持恪尽职守、服务群众,面对汛期防洪,冲在一线;因为有我们郑州大学这样的地方愿意买下贫困毕业生的25吨西瓜,并免费分发给师生品尝。

正是因为有这些看似平凡的小事,正是因为有无数人履行着"求是担当"的精神,在他们的生活中,行走一路,便留下一路芬芳,我们的世界,我们的时代,才能不断地向前发展。

"求索图一是,担重人自当。"愿我们每个人,都能记住这几个字,愿我们每个人,都能在这世间,种下一朵最美的花。

修身齐家治国平天下

薛鹏飞

　　2017年年末,我的朋友圈被一张张18岁的照片刷屏了。因为网友说,过了元旦,最后一个"90后"也成年了,所有"90后"携手告别了少年时代。是的,没错,我们已经不再是孩子,曾经饱受争议的"90后",终于一路被推着登上了社会的大舞台。而作为一个成年人,一个优秀的成年人,担当的确是一个我们绕不开的话题。我在大一时的专业是物理学,我的物理是个什么水平呢?上初中的时候学电的原理,老师说摩擦会生电,还打了个比方,说逆着抚摸猫的皮毛能看到电火花。那时候我的脑海里浮现的画面是什么呢?一个发电站,养了好几万只猫,一群工人就这样一直逆着摸猫毛。上大一的时候我19岁,有很多人比我小很多,就已经做成了很多看似遥不可及的大事。数码宝贝阿武8岁拯救世界,神奇宝贝小智10岁周游列国,七龙珠悟空12岁参加天下第一武道会,中华小当家13岁拿特级厨师证,名侦探柯南17岁破案无数,我一个19岁的成年人,知道自己学物理不能给社会做出什么贡献,因此我来到了新传学院,这是我成年后的第一次担当。

　　那么,到底什么是担当?我认为一个真正有担当的人,在面对困难的时候,无论做得是好是坏,他都能坦然地接受结果,并且用尽一切可能的资源去止损。在我的朋友里,有这样特性的人,往往最终不会有太差的结果。我们会说:"你很争气。"当一个人很争气的时候,就会自然而然地考虑到身边其他人,并且会慢慢上升到一个越来越高的层面。古人所说的"修身齐家治国平天下",讲的其实就是一个人的担当逐渐提升的过程。

　　先说说修身齐家,这里我要给大家讲一个人的故事,他叫魏延政,是北京大学计算机专业的高才生,留英博士,曾任华为公司无线营销部总裁助理。他是人人羡慕的精英人士,但是却在2011年被确诊患上世界罕见癌症"透明细胞肉瘤",失去了整条右腿。与病魔斗争了5年之后,还是不幸于2016年8月8日病逝,年仅41岁。面对无法逃避的死亡,魏延政表现出了一个男人强大的内心,他积极进行自我修整,辞职后到各大企业、高校分享自己的工作经验。但是最让人动容和钦佩的,是他在即将离世时和儿子的告别方式。去世前的两个月,魏延政在微博上写道:"朋友,你可曾想过,假如某一刻你的生命突然倏忽而去,你该给你最挚爱的人留下些什么?"面对4岁的幼子,魏延政留下了三句话:智力毅力、朋友助力、眼界定力。虽然他的儿子还不理解这些话的含义,但是这必定会是其子一生的宝贵财富,同时也感动了万千网友。面对家人和妻子,他没有表现出对生命即将终结的恐惧,而是尽自己所能让他们去接受事实。最后他留给儿子一本书《天涯若比邻》,这也成了魏延政留给世界的最后礼物。

接下来我们说说"治国平天下"。当今社会,其实很多人有能力去做一些事情,但是他们选择了逃避的态度,而且认为这是君子所为,善莫大焉。我们在一些文学作品中也能看到一些这样的影子。比如陶渊明把桃花源作为自己的心灵寄托,并作诗"久在樊笼里,复得返自然"。金庸笔下的那些大侠们,大多在武功大成之后,选择归隐,退出江湖。而我最喜欢的大侠则是郭靖,一介平民,守襄阳古城,明知不可为而为之,最终战死沙场。如孟子所言,道之所在,虽千万人吾往矣。我觉得为国为民,这才是真的侠之大者。当然这是小说里的人物,我们现实中也有这样的大侠:鲁迅,弃医从文,以笔为矛,点醒国人;梁思成,克服万难,保住了中国无数的古建筑;邓稼先,毅然放弃了美国的优越条件,回国改写了中国的核历史。我们今天所要呼唤的,并不是像杨过、张无忌那样的远离喧嚣的世外高人,而是无数个像鲁迅、邓稼先这样的人,他们用入世的精神,撑起了中华民族的脊梁,而这种入世精神,正是我们今天的年轻人,尤其是年轻的读书人应该秉承的处世精神。

现在有很多键盘侠,他们喜欢抱怨社会不公,抱怨世态炎凉,抱怨人心不古。他们空有改变世界的愿望,却没有改变世界的行动。你问他,为什么不去做呀?他会说,我不去蹚那摊浑水!但是我们想过没有,如果水都清了,那还要我们干什么呢?即使不是朗朗乾坤,即使不是昭昭日月,我们作为一个有担当的读书人,怎敢苟且偷安,更不能同流合污!

是的,我们生活的世界自然不会只有阳光和彩虹,当一切难题摆在我们面前的时候,永远的敌人只有永恒流逝的时间和与生俱来的软弱自怜。未来是由我们创造的,未来注定会有一段历史因我们这一代人而荣耀!

今天我站在这个舞台上,也是以一种入世的精神希望去改变点什么,因为我不能沉默,我们在哪里沉默,哪里就会变为谎言,我们在哪里发声,哪里就有真诚的力量!今天我们要在青年说的舞台上,发出自己的声音!新传青年说,未来听我说!

征途远，肩宁息
——传媒人的求是与担当

郑 翅

"平生愿，唯报国，征途远，肩宁息？到峰巅仍自朝乾夕惕。"这是我国当代著名新闻工作者范敬宜老先生送给友人的词，它包含了老一辈新闻工作者的爱国情怀、求是精神与责任担当。路漫漫其修远兮，我们探求的是什么？是事实与真相；士不可以不弘毅，任重而道远，我们担当的是什么？是社会责任与人民向往。

传媒人是秉持求是的，扎根基层得真知，务实深入做真人。

2017年12月，我有幸聆听了第四届"好记者讲好故事"郑大巡讲报告，其中《辽宁日报》的记者李万东讲述的故事令我印象深刻。20年前，一对濒临绝望的父母在村里人的建议下，带着重病的孩子从辽宁前往北京，想找当年跟他们同饮一井水的老范。老范一家在"文革"期间被下放到他们的村子，在村里人看来，他肚里有墨水为人又和善，很值得信任。而老范也倾尽所能，联系医院，筹集善款，最终孩子得救了。故事里的老范就是范敬宜老先生，那个获救的孩子就是故事的讲述者李万东。范老在改革开放初期，写过一篇通讯《莫把开头当过头》，就辽宁建昌农村的生产情况做了调查，认为"尊重和保护生产队自主权只能说刚刚开头，还有很长的路要走"。这一论断，促进了人们思想的解放，引发了社会的强烈反响。很多人奇怪，范老凭什么敢做出这样的政治判断？其实答案就在范老的采写过程中。正是因为范老重返建昌深入采访，扎实调查，把根扎在了基层，真正了解老百姓的所思所想，所以才能发出担当之音，振聋发聩！范老说过一句话："离基层越近，离真理越近。"对于媒体人而言，什么是求是？就是实事求是地采访调查，尊重真理，尊重规律，尊重真相。在当时的政治背景下，范老依然敢于讲真话，这就是求是。

这让我再次想到穆青老先生，1991年他根据改革开放初期的社会现状，深入广东实地调查采访，写出长篇通讯《风帆起珠江》，深入记录了广东改革开放以来的巨大成就。但在当时,却因为观点太过于敏感而只被《经济日报》一家报纸刊发出来,由此也可见老一辈新闻工作者的远见卓识与求是精神。

传媒人是勇敢担当的,聚焦时代大主题,不惧艰险求正义。

第十一届长江韬奋奖获得者、《河南日报》著名摄影记者王天定前辈曾经历时一年多时间,采取客观、公正、全面、纪实地讲述河南的脱贫故事。他是这样讲述拍摄脱贫攻坚中河南故事的思路和目标的:留住贫困村现状、记录脱贫攻坚进程、展现脱贫攻坚成效、用脱贫故事吸引读者和观众。而他的成功之处,一方面在于他牢牢把握了脱贫攻坚这个党的十八大以来中国社会发展的重大主题,另一方面是贴近实际,贴近群众,密切关注人民群众的利益与呼声。什么是担当? 就是想百姓所想,说人民所感,扎实工作,勿忘人民。他想用自己的镜头,记录中国贫困村在脱贫攻坚中的一点一滴的变化。同一个村子,他反复去拍,站在同一个地方,见证了柏油路的诞生、危房的改造、扶贫产业的成长壮大以及村里百姓获得感的日渐增加。而这样的责任与担当,也应该成为媒体人的职业操守与永恒追求。而不惧艰险求正义的江苏省新华日报社内参部高级记者陈道龙,采写重要舆论监督稿100多篇,使80多名失职渎职、违法乱纪者因此受到党政纪处分或刑事处罚,其中两人被判刑5年以上。26年记者路上,他被人威胁过,被抢过相机,撕毁过记者证,但是他一次都没有退缩过。陈道龙说:"如果时光倒流,我还要选择舆论监督报道,因为人民需要,因为社会进步需要。"这位老记者的笔下有良心,肩上有担当。即使前路艰辛,但是只要秉持内心的担当与责任,向真相发出探寻,终会在万间广厦中构筑希望之光。

说了这么多记者们的故事,在座的各位对于传媒人的担当与责任是否有了更深入的思考呢? 有人问过我这样一个问题:"你为什么要学新闻?"我用了一年半的时间,大概找到了答案:新闻是一条注定要长跑的路,一朝一夕不足以改变这个世界;要相信新闻依然有助于让这个世界变得更好一点,你会是千万推动者中的一员。一位有新闻理想和情怀的传媒人,首先要秉持求是,要坚持实事求是的新闻专业精神;其次要勇于担当,要有着扶正祛邪的责任与职业素养。

秉持求是,必然担当;勇敢担当,源于求是。求是担当,是郑大人的历史练就,是新传学子的学养追求,也是传媒人和每一个社会人的合理发展。征途远,肩宁息? 站在新的历史起点上,作为未来的传媒人,我们任重道远,唯有求是担当,方能眼前有光,脚下有路,心中有苍生,笔下有乾坤。

求是担当,大学精神

范昊阳

"万里长征,辞却了五朝宫阙。暂驻足衡山湘水,又成离别……待驱除仇寇,复神京,还燕碣。"这首词是西南联大的校歌,传唱了8年零11个月,唱出了抗日战争期间中华民族的血与泪,唱出了大学师生们的求是与担当。

1937年,日本侵略者进犯,中华民族的灾难降临三座顶尖学府——北大、清华、南开,三校南迁,教授、学生们扶老携幼,一路辗转,历尽艰辛。其中最令人钦佩的,当属有"文人长征"之称的"湘黔滇旅行团"。200多名师生军事化行军,一路上风餐露宿、饥寒交迫,跋涉3 600里,徒步走到昆明。行程历时68天,广大师生对中国的落后、底层的疾苦有了深切的体会,也因此坚定了求学报国的决心。

在近代中国最黑暗、最恐怖的日子里,"国立西南联合大学"正式成立,校训定为"刚毅坚卓"。其条件之艰苦令人无法想象:一间校舍要住40个学生,教室里只有椅子没有课桌,图书馆里所谓的书架,不过是在废油桶上放上一块木板。修建校舍时,校长梅贻琦请来著名建筑设计师梁思成夫妇设计,两人花了一个月的时间精心设计出一个方案,梅校长一看,当即否决:"联大没钱建这样的房子。"夫妇二人只好再改,前后五稿,从高楼到矮楼再到平房,越改越简陋,但仍然不被采用。梁思成忍无可忍,把方案往地上一摔:"你们到底要什么样的校舍?"梅贻琦说:"除了图书资料室做砖瓦建筑,教室用铁皮做顶,其余统统做茅草屋。"听罢,梁思成大怒:"茅草屋农民都会建,干嘛要我这个建筑专家来设计!"梅贻琦赶忙说:"国难当头,我们也是没有办法呀……"当晚,夫妇二人重新设计,这也许是梁思成一生中最痛苦、最委屈的工程,林徽因一边改一边流泪,哭的是联大,也是中国。

联大的名师们早年何等优雅,如今却破衣烂衫,食不果腹。一年冬天,昆明异常寒冷,朱自清只好从赶马人手上买了件廉价披风,晚上当被褥,白天裹在身上御寒。一次出门,一个乞丐追着他要钱,他无可奈何地说:"别追了,我是联大教授。"话音刚落,乞丐扭头便走。因为当时联大的教授,每日只能吃稀粥度日。风雨如晦,鸡鸣不已,"刚毅坚卓"的顽强精神,始终贯彻在联大人的心里,尽管生活艰苦,朝不保夕,他们依然"理必求是,事必担当"。

吃有问题,住也有问题。数学家华罗庚放弃国外的大好机会,到联大只能租住农家牛棚,在牛棚上搭了间摇摇欲坠的屋子。白天吃饭,下面牛粪臭气熏天;晚上睡觉,牛在柱子上蹭痒,摇得一家人根本无法入眠。华罗庚要批改作业到深夜,然后埋头钻研自己的学问,一晚上被牛虻咬得遍体鳞伤。可就是在这样的环境里,他攻克了多个世界级数学难题。这种追求真理的科学态度和直面挑战的科学精神,凝练了求是与担当。

老师苦,学生亦苦,每天住着满是臭虫、虱子的茅草屋,吃着掺杂糠皮、稗子的粗饭。但这样一群贫寒学子,却始终求知若渴、未曾有半点抱怨。经济学家陈岱孙曾说:"身处逆境而正义必胜的信念、对国家前途命运的高度责任感,支撑了抗战时联大师生对敬业、求知的追求。"

当时的联大学子,虽然生活困苦,但精神可谓非常充实。狂儒刘文典给学生讲写文章的方法,只要注意"观世音菩萨"就行了。"观"是要多多观察生活,"世"是要明白人情世故,"音"是文章要讲音韵,"菩萨"是要有救苦救难、为广大人民服务的菩萨心肠。如此生动有趣的讲述,勿忘人民的信念,使学生们受益匪浅。

国家兴亡,匹夫有责。在抗日救亡的洪流中,同样有联大学子刚毅的身影。九年间,先后有1 200多名学生投身于抗日救国的大军,其中14人壮烈牺牲,用生命诠释了何谓家国情怀和时代担当。

历史记载了先辈们筚路蓝缕的奋斗历程,如今,学兴中州、三强熔铸,一所崭新的综合性现代化大学屹立在中原大地上。从联大到郑大,变化的是学校、是时代,而一脉相承的是培育人才、投身科研、报效国家的精神。郑州大学肩负起新的历史使命,承载着引领河南高等教育发展、服务河南区域经济社会发展的时代重任,锐意进取,砥砺前行,不断迈上新的台阶。

千秋耻,终已雪;中兴业,继往烈。相信在"求是担当"郑大精神的鼓舞下,我们定能肩负起时代的担当,沿着先辈的足迹继往开来,薪火相传。

"志"在担当

雷丹青

2016年7月26日,是我在南阳支教的第十天。那天晚上,我躺在临时搭建的平顶房里,一宿没有入眠。酷暑的余温笼罩着整个房间,闷热得让人窒息。窗外田间夏虫聒噪的鸣叫,就像那时我煎熬的心境。那一晚,我的枕边放着这张字条,泪水无数次顺着脸颊滑下,又悄悄地溜回了眼眶,心里却把这上面的话念了一遍又一遍:"青年是国家的未来和民族的希望。希望同学们肩负时代责任,高扬理想风帆,静下心来刻苦学习,努力练好人生和事业的基本功。做有理想、有追求的大学生,做有担当、有作为的大学生,做有品质、有修养的大学生......"

这段话是2016年4月26日,习近平总书记在考察中国科技大学时对同学们说的;这张字条,是一位参加过抗战、走过长征路的老党员写的。就在7月26日下午,因为癌细胞复发被送进医院,剩下的生命只能在病床上度过。这位老党员是我的外公。

在离家900公里以外的南阳,进行志愿支教的我,多想能陪在外公的病榻边,和他说说话,可怎么能放下班里的孩子?我拿起枕边的这张字条又一次次放下,脑海里浮现出5月回家时外公把这张字条塞到我手里说的话:"这是习总书记对你们大学生的期望,你回去好好学习!"

想了一宿,我明白了,外公让我学习的不就是这份责任和担当吗?

作为一名志愿队员,要担起自己在团队里的任务;作为一名支教老师,要负起对孩子们的职责。所以,我决定留下来,继续完成我的支教任务。幸而,外公等到了我回家和他分享这段志愿经历,等到了我被评为"郑州大学2017年度最美志愿者"的时候。现在的外公依然躺在病床上,看着每天的日出日落,听着每周我的思想汇报。希望他还能等,能等到我成长为一个有"求是担当"精神的郑大人的那一天。

刘炯天校长在今年的开学典礼上提出"秉持求是,勇敢担当"。这让我也想起了雏鹰志愿队的队训:"聚是一团火,散是满天星。"无论我们身处何时何地,作为一名志愿者,追求的精神是"奉献、友爱、互助、进步",应有的担当是"互相帮助,不求回报"。

所以,在零下5摄氏度的寒冬早晨,我们顶着凛冽的寒风环校暴走,宣传活动,让更多的人来认领孩子们的心愿;在盛夏40摄氏度的酷暑正午,我们走在泥泞的田埂间,把孩子们一个个安全送到家中,自己的衣服却早已让汗水浸湿;在温暖的冬至午后,我们来到敬老院,和孤寡老人们一起动手擀面皮、拌肉馅,为他们端上一碗碗热腾腾的饺子;在夕阳的余晖落下后,我们和康复中心的自闭症孩子们拥抱道别,告诉他们下个周四我们还会来,还会陪他们一起看动画片、带他们唱歌跳舞……

每一次活动之后,在志愿者们身上留下的唯一的烙印,可能就是那最朴实,却又能给人带去无限力量和温暖的微笑吧。

可又有多少人知道我们背后担负的责任呢?

去支教之前,连着一个礼拜,朝九晚五在自习室里写教案,从来没有一个人迟到早退;每次活动之前,都会对志愿者进行培训,告诉他们应该怎样和孤寡老人交流、应该怎样小心呵护自闭症孩子稚嫩的心灵;每次外展活动前,连着好几个晚上,或趴、或跪,不停地画呀画,才有了一块块漂亮的展板……

却依然有人质疑:"支教你就去一次,有什么意义?""去陪孩子们唱唱歌跳跳舞,对他们有什么帮助吗?""离开敬老院之后,老人们不还是只能伴着孤灯,没有人陪?"

如果说,作为新传学子,我们的担当是"勿忘人民";那么我想说,作为志愿者的担当是"固守善良"!

一个人的一次善举,也许无法给那些在困境中的人带去多大的改变,但是我们会用自己的行动感染身边的人,让更多的人一起加入志愿者的队伍,和我们一起把这份善良传递下去,让它成为志愿者一生的担当和责任!

习总书记曾对我们这样说:"作为新一代大学生志愿者,更应发挥自身优势,在思想上、文化推动上、生态维护上、社会和谐发展上都发挥作用!"

作为新传人,"勿忘人民"我们会谨记!作为青年志愿者,"固守善良"我们会传承!作为郑大学子,"求是担当"我们会弘扬!

担当在脚下

刘袁抒

自古以来,我们民族就重视"担当"二字。

"一人做事一人当",是普通百姓对担当率直快意的表达。

"天下兴亡,匹夫有责",是仁人志士丹心报国的担当誓言。

"维护世界和平,促进共同发展",是一个国家和民族致力国际担当的庄严承诺。

今天,在这里,我想给你们分享两个故事,谈谈我对"什么是担当"的思考。

大家想想,如果一种植物即将在你眼前灭绝,你有什么办法挽救它?钟扬,复旦大学生命科学学院的教授,同时也在西藏大学任教。在过去16年里,钟扬平均每年有150天在西藏度过。在西藏的大部分日子里,他都和学生深入青藏高原,采集植物种子。为避免出现杂交的问题,钟扬要求每种植物必须相隔50公里采集,一天至少行进800公里,每年至少要行进3万公里。

高原反应大致有17种,在过去的16年间,他差不多每次都有那么一两种。钟扬在西藏和上海都有工作,每个月要往返好多趟。刚摆脱高原反应,到上海又出现醉氧。很多人对他说"别干了",但他认为,青藏高原有6 000个高等植物物种,其中更有1 000多个西藏独有物种。要让西藏物种的多样性维持下去,必须培养一批留得住的藏族学生。在《一席》的节目演讲中,他说:"一百多年后假设大家发现有一种植物有抗癌作用,然而由于气候的变化,这个植物在西藏已经没有了,但大家一查,发现一百多年前有位姓钟的教授好像采过了,这不就好了吗?当然也有人说,如果一百年以后,这个种子没有用了呢?我期待看到种子没有用的那一天,这说明什么?说明那些植物还在呢。"

多年两地奔波的生活让他的心脏肥大,还有些痛风。两年前,钟扬突发脑梗,险些去世,医生再三警告,不要再去西藏。然而9个月后,他又背起行囊。今年8月18日,钟扬在演讲中提到:"今年我们要在墨脱开始新一轮收集,如果这样,在未来的10年中,我们有可能再完成20%的任务……"然而,9月25日,钟扬在鄂尔多斯因车祸去世。那位常年穿着格子衬衫、牛仔裤的钟教授就这样没有说一句再见匆匆离开。

我还想问大家一个问题,如果一段活历史即将消亡,你又有什么办法去挽救呢?

我采访过一位大姐,叫张爱兰,她很普通,一米六左右,中等身材,笑起来眼睛眯成一条缝。她也不普通,2008年,张爱兰卖掉了经营多年的超市,在郑州创办了中国第一个抗美援朝老战士之家。

张爱兰的父亲是抗美援朝老战士,父亲年老的时候,对她说:"你要是能让我们战友团聚一下,我这辈子就没有啥遗憾的了。"孝顺的张爱兰想着那就找找这些人吧!谁曾想,这一开始就停不下来。一次,几位老战士和张爱兰说:"我们都八十多了,要是有一天能再到朝鲜,为战友扫扫墓,那该有多好!我们代表那些牺牲的战友给你行军礼。"几位八十多的老人颤颤巍巍地站起来给张爱兰行了一个标准的军礼。为了老人的心愿,张爱兰用了一年多的时间,敲开了赴朝扫墓的国门。

为了让这个"家"可以存活下去,张爱兰曾经同时打四份工。在外人眼中,这个身高一米六左右的女人永远精神饱满,但很少有人知道她患有冠心病,一回家就累瘫在床上。有人说:"傻大姐,人家有捡钱的,有捡东西的,你咋捡爹呢……"张爱兰无奈地说:"改变不了别人,就改变自己。既然我站出来了,那就做一些实事,做到哪一步就到哪一步。让我们的英雄少留一些遗憾,多留一些幸福。"采访结束时,我曾问那些老战士:"如果用一句话来形容张爱兰,你们说啥呀?"他们异口同声:"我们的女儿爱兰!"

现在老战士之家登记在册的抗美援朝老战士有5 000余人,张爱兰目前在为这些老战士建立档案,整理记录他们的作战经历。张爱兰说:"我觉得国家不应该忘记这些老功臣,这些档案以后一定会派上用场的!"

钟扬、张爱兰这两个名字,或许是因为今天大家恰巧坐在这里听我演讲才熟识。的确,不是每一个人都能成为站在风口浪尖上去把握国家命运的人物,你我不过是这个庞大的社会机器上一颗小小的螺丝钉。可是我们依旧要以一己之力,去努力担当,做那一颗最坚定的螺丝钉。

勇于担当,不是摇旗呐喊的豪情壮志,而是几十年如一日的坚守与付出。勇于担当,要立足本职工作,当你把最本职的工作做好,你便是一个大写的"人"。钟扬则将这种担当做到了极致;勇于担当,要有那么一些"不务正业",张爱兰便将这种"不务正业"发挥到了极致。当太多的人执着于日常的琐碎,沉浮于生活的泥淖,张爱兰选择了身体力行向老英雄致敬,以一己之力与岁月抗衡。

总有一天,我们这批"95后",会站在历史舞台中央,扛起社会责任。勇于担当是我们不可忘却的宝贵品质。担当在脚下,让我们一起努力!

求是担当：我辈岂是蓬蒿人

滕文强

"新传青年说，郑大听我说"，再一次站在舞台上，太熟悉和亲切了。我还记得11月赛的时候我和大家分享了我做学生记者这一年的经历和收获，但今天我想借着"求是担当"的话题，和大家聊聊前辈和我们的故事。

在中国，有这样一个人，他被称作中国的卡帕，但他在中国摄影史上被记录的文字不超过一百个。1937年7月，25岁的方大曾，带着一条毛毯、一把雨伞、一个背包，还有一台照相机，骑着自行车要赶往卢沟桥，赶往中国抗日战争全面爆发的起点。方大曾是报道卢沟桥"七七事变"的第一人，他留下了1 000多张最真实的底片，同时写下了长篇通讯《卢沟桥抗战记》。他的照片记录下了那个时代的伤疤。但是两个月后他失踪了，在发完最后一篇新闻报道之后，就再也没有任何关于他的消息，在之后的漫长岁月里，一个战地记者的名字，从此消失在时间的浩瀚中。

62年后，29岁的电视纪录片编导冯雪松，因为一个偶然的机会，发现了一份传真，上面写着陌生的名字"方大曾"，这便是冯雪松与方大曾的初次"见面"。他从方大曾的家人那儿得到了837张摄影底片，在没有任何新闻线索，甚至没有经费的情况之下，冯雪松开始寻找方大曾。

这是冯雪松一生中最长的选题。他在图书馆里一待就是四个多月；他走遍了所有方大曾可能到过的地方，行程超过4 000公里。他说："这好像是在追一条断尾的新闻，但其实是在抢救一个逝去的历史。"他不仅要对一个家族交代，还要对一个民族交代，这一寻就是16年。

从一部纪录片到一本专著，再到一个纪念馆，这个在中国摄影史上不足百字的人物，终于在淹没了70多年后重新被推上历史的舞台。终于在冯雪松的找寻之下，我们触摸到这个战地记者的模样，他有着罗伯特·卡帕一样的棱角，他关切最底层的民众，他为民族的危亡奔走呼喊。在那837张底片当中，可以看到烽火连天下的具体面孔，还有目光坚毅下的时代轮廓，更有这个战地记者心中的责任担当。方大曾的照片无所谓光线构图，甚至没有多少摄影技巧,有些还会虚焦、失焦,但这丝毫不阻碍他因为求是而崇高,因为担当而伟大。

今年,恰好是"七七事变"的第80个年头。80年的那头,方大曾因为担当为一个国家的生存状态留下了历史底片;80年的这头,冯雪松因为求是为一个民族的战争记忆寻得了信念标杆。跨越时空的求是与担当,如雕龙画凤的脊梁,撑起了两个时代的记忆。

秉持求是,必然担当;勇敢担当,缘于求是。"求是"是追求真理的科学态度和精神,"担当"是立人之本,更是成事之基。从方大曾到冯雪松,从那台老式相机再到数码相机,镜头的精度系数在改变,时间在改变,但是镜头当中的焦点依旧是每个新闻人心中的责任担当,焦点背后的故事是每个新闻人的真诚求是,一代代新闻人怀着赤子般的真诚,砥砺前行。

2016年9月,刚入大学的我加入了郑州大学校报记者团,还记得进团时师兄对我说的第一句话就是——"记住,你是记者,要记录真实",这便是求是。在这一年多的时间里,一次次的采访,一篇篇的新闻稿,让我感受更多的是受访者身上"求是担当"的郑大精神。

2017年校运会,男子1 500米冠军获得者聂旭东在接受我采访时,说了一句让我到现在仍然记忆犹新的话:"我既然选择了上场,我就要给新传争光。"在平时训练时,聂旭东给自己制订了严格的计划。对于他来说,短短的27秒十分重要。每组十个的200米变速跑必须每个跑进27秒5以内,但凡有一个没跑进,他就要给自己再加一个。在筹备校运会期间,聂旭东担负起教练的角色。郑州4月的清晨,寒气袭人,每天早上天空刚刚泛白,他就早早地来到北操场,半个多小时后运动员才陆陆续续到达场地。聂旭东就这样一天一天地坚持着训练,一点一点地指导着运动员的动作。最终他给新闻与传播学院带回了男子1 500米冠军、男子800米冠军两块奖牌。

我校材料科学与工程学院的郭文文在2017年第六届全国大学生金相技能大赛中,从全国167所本科院校的501名选手中脱颖而出,荣获一等奖。大学四年,他早早就进了实验室,在实验室里搞发明、搞科研。现在的他已经被保送到中国科学院攻读博士学位。在前几场比赛中,他频繁出现失误,钢样被打飞,手指被磨破,但他一直坚持着"我要给郑大带回去一个礼物"的信念,不断调整自己的状态。采访的最后我问他:"你将来想从事什么工作啊?"他说:"我想留在中国科学院继续搞科创、搞发明。作为郑大人,即使离开了郑大,我也会带着'求是担当'的郑大精神,在以后的科研路上继续前进,不给郑大丢人。"

从潜心科研保研复旦的刘桐江,赛场上下始终如一的校运会1 500米冠军聂旭东,到八朵金花齐上名校的234学霸宿舍,郑大的金相工匠郭文文,每一个郑大人的身上都闪烁着"秉持求是,勇敢担当"的光芒,正如刘炯天校长在2017级新生开学典礼的致辞中说的那样:"任何伟大的塑造都来自于过程的艰辛和艰难,需要我们每一个郑大人的求是与担当。"

习近平总书记说:"青年兴则国家兴,青年强则国家强,青年一代有理想、有本领、有担当,国家就有前途,民族就有希望。"在郑州大学就读的我们,有理想、有担当,郑州大学就会有前途、有希望。是秉持求是,让我们的话语掷地有声;是践行壮语,不忘初心,勇敢担当,才让我们头顶的光芒无比闪耀,让脚下的舞台无比坚实。

何为求是,是对真实的不懈追求,是对真理的无穷渴望;何为担当,是对自己的严格要求,是对集体的荣耀至上。"新传青年说",五个字背后真正闪耀的,应该是每一位行动家、实践者的名字,这里可以是站着语言的王者,但更应站着行动的巨人。因此,我要出发了,不知你我归来是否少年,但我会始终秉持"求是担当"的郑大精神,虽一无所有,但一往无前。

人要担当,但无须事事都担当

徐丽娟

大家好,我是2017级广告学一班的徐丽娟。今天很荣幸可以站在"新传青年说"的舞台上跟大家谈谈"担当"这两个字。什么是"担当"？辞海有云：承担并负责。自我记事以来,我们总会被教育要成为一名有"担当"的人,做好自己负责的事情,担当自己应尽的责任。好像,一个人担当得越多,他就会成为我们的榜样。今天,我不想说那些我们耳熟能详的人和故事,我想说说我的故事。从小到大,"担当"这两个字就一直与我相伴而行。

2011年10月,我上初一,站在一个能够容纳1 000人的大舞台上,留着幼稚的板寸头,做了一篇名为"做有责任感的好公民"的演讲。那一次,是我上初中后的第一次演讲比赛,也是我人生中的第一次演讲比赛。我从校赛,到片区赛,到区里初赛、决赛,最后到北京市决赛,从上万名北京市初高中生中突出重围,走上了"演讲"这条路。

而在那一次比赛之后,我的人生轨迹就变了,老师开始注意我。因为我才初一啊,我是所有选手里最小的,但我也是我们学校这么多年来唯一进入市里决赛的。之后,"演讲"的担子好像就压在了我的肩上。学校所有需要外出参加的演讲比赛,都直接推荐我去参加。而我也乐此不疲,我觉得,这是对我的一种肯定,我也享受站在舞台上表达我的思想,说给别人听的感觉。

2012年5月,这是我人生的又一重要节点,因为我被评为了"十佳中学生"。这个称号有多重要呢？跟我们如今的"校园之星"差不多。全区每年从5万多名初高中生中选出10个学生作为表彰对象,而我在初一作为我们学校建校以来的第一位也是唯一的"十佳中学生"登上了颁奖的舞台。区里颁奖的第二天,学校举行了表彰仪式,所有的初中生、高中生和部分学生家长都来了,之后我的肩上又多了一个担子"十佳"。

"十佳"是什么？"十佳"就是所有的同学、老师都对你另眼相看,觉得你哪儿都优秀；"十佳"就是老师对你的委以重任,同学对你的期许,让你做班长,让你做学生会主席;"十佳"就是兄弟院校都盯着你,把你打造成学校学生的榜样。"十佳"就是你做什么事情所有人都会对你补上一句:"别忘了,你可是十佳!"

但是,似乎所有人都忘了,我是徐丽娟啊!我有名字的,我不叫"十佳"。

似乎所有人还忘了,对于所有新事物我也需要学习、成长,我不是天才;似乎所有人也忘了,一个一个沉重的担子压在身上,是会把人压塌的。而我的崩塌,偏偏那么巧,发生在了中考。

历史总是惊人的相似。

今天,我作为2017级的代表,作为最小的演讲者站在了"新传青年说"这个舞台上跟大家聊起了和"责任感"大同小异的"担当"。所以当我听到这个"题目"的时候,我就笑了,太像了。之前的经历像一部部电影浮现在我的眼前。

但是,历史是用来干什么的呢?是用来反思的,是用来借鉴的,用来学习的。

今天,我不想再像初中时那样大发空泛的议论,也不想再缅怀自己的过去,而是以我的故事,说说我对"担当"的重新定义。

人要担当,但无须事事都担当,因为精力有限。一个人一天的精力有多少,这一天的精力又足够你去完成多少的事情?给我们上口译课的老师总是会跟我们强调一句话:"Do one thing and one time. 一个人,每天不要给自己安排超过三件事,否则,哪件事你都做不到完美。"但是再看看我们现在,试问有多少同学每天忙得团团转,但自己却总觉得一无所获?试问又有多少同学每天感叹现在最大的期望是可以有大量时间用来看书写作业?这样的情况在大一尤为明显。

人要担当,但无须事事都担当,因为能力有限。芸芸众生中,天才屈指可数。就算是天才,也往往只在某一个领域。我们不是天才,所以,没有必要一蹴而就,也没有必要一揽子全收。我们去做每一件事情都需要不断地探索,把一件事情做好,做到近乎完美,才是对"担当"二字的最好诠释。

人要担当,但无须事事都担当,因为承受有限。如今在座的各位同学,大部分头上都会有两三个头衔,包括我。但是,有多少人清楚自己可以同时承受多少担子压在肩上?每个人的承受能力都是有限的,我们也只有在自己的承受范围之内做事才能保证自己不被压垮,才能保证做到尽善尽美,做到心满意足。

人,要有担当。因为是担当使我们有了坚定下去的信念;是担当给予了我们不停走下去的勇气和动力;是担当让我们得以实现自己的人生价值,收获灿烂和美好。但同时,无须事事都担当。因为只有把自己的姿态放低一点,只有让自己的腰稍微弯一点,只有让自己的肩膀稍微轻松一点,我们才有力量,昂起头,挺起胸,大踏步地向前迈进,彰显属于自己的昂扬斗志。

给我们上思政课的孙楠老师,曾经对我们说过,他对努力的定义是感动自己。当我们对自己所担当的事情尽心尽责,甚至焦头烂额时,是否曾经想过放弃,但当我们坚持到最后,回头看看,那个努力担当的自己才是最令自己感动的。

所以,同学们,今天,你感动自己了吗?

步步落地，事事担当

杨婷婷

阿弥陀佛，善哉善哉！作为一个即将跟郑大说再见的准毕业生，论文、工作让我脱发一大把、失眠一整夜，热水泡枸杞都拯救不了我日渐消沉的状态。所以，为了逃避这些压力，我毅然扛起佛系大旗，随波逐流，凑合生活。可最近，我得过且过的人生态度却被三个人狠狠地耻笑了一通，他们亲自给我上了一节关于如何过好这一生的大课，让我羞愧不已。

第一个人呢，叫张淼。他是郑州音乐艺术学校的一名豫剧老师，因为拍摄视频，我走进了他的故事。走路风情万种，说话娇柔妩媚，才27岁就伤病加身，上下楼梯还要徒弟搀扶，比女人还女人是我对他的第一印象。

张淼是江苏人，因为热爱豫剧，17岁的时候不顾家人反对，背井离乡来到郑州学戏。但正值变声期的他在老师眼里就是废材，不被重视。他就攒足劲儿，每天看着DVD自己摸索，从无意识地模仿，到有意识地根据经典进行适合当下舞台审美的创新，自成流派。作为反串男旦，为了在舞台上呈现出女儿家自然的柔美姿态，在台下他就严格要求自己抬手投足都是风情。比女人还女人是他的求是担当。

他也被星探盯上过，但他就是不愿意离开这三尺讲台，给多少钱都不去。他就想每天给孩子们抠戏，看着他们唱豫剧，把豫剧传承下去；文化局局长是他的伯乐，想要把他培养成"第二个梅兰芳"。他又说："艺术家高高在上，离课堂太远了，想要保持唱戏的初心就难了。"

我问张老师周末一般去哪儿玩时，他掩嘴一笑，说他从来没有周末，不是自己琢磨戏，就是给慕名而来的学生免费辅导。说出来你们可能也不相信，来郑10年，不要说二七塔，就连学校门口的动物园他都没有去过。回家的次数更是屈指可数，为了学生的演出甚至没有赶得及见老父亲最后一面。他一直很轻松地说着他的苦和累，说到这儿，他才忍不住痛哭流涕。但他仍说："戏比天高，唱戏、教戏就是我的全部。"

第二个人，是用脚步丈量故宫的守门人——单霁翔。暑假在人民网实习期间，我有幸见到单院长，真切地感受到，他对于传承文化的责任感和使命感。

他是一个衣着朴素、脚穿布鞋的萌大叔，大叔虽萌，可对于故宫的保护工作却是一丝不苟。刚刚任院长时，他就说："一个博物馆要体现出历史感和沧桑感，但不能有破败感。"于是，每天他就带着1 000多名员工巡视故宫，查漏补缺，要求屋顶上没有一棵草，地面上不能有一片纸……这些体贴入微的行动正是单院长对故宫的热爱与忠诚。

网友们都说他是网红、段子手，他却说："我是在严肃地说文物。"所以，他承诺故宫门票绝不涨价，因为价格可能会把真正需要文化的人挡在门外。所以，为了让更多的人走进故宫，他锐意创新，让历史人物花式卖萌吸人眼球。所以，故宫的藏品数他张口就出，是1 807 558件套。所以，他用整整五个月的时间走遍紫禁城里的9 371间房子，磨破了20多双布鞋。所以，他软硬兼施向领导伸手要了4个亿来改善文物的储藏条件，就为上对得起祖先，下对得起子孙。

单院长可谓尽职尽责，他说："我的职责就是把故宫看守好，把壮美的故宫完整地交给下一个600年。"

第三个人，是把报国作为使命的科研疯子——黄大年。不同于张老师和单院长的面对面授课，我是通过影像资料认识到这位海归战略科学家的。

黄老师在朋友圈发布的最后一条状态是他最爱的诗句："轻轻地，我走了，正如我轻轻地来。"可七年前，他的归国，却深深地震惊了海内外。正如海外媒体的评价："他的回国，让某国的航母演习舰队后退了100海里。"回国7年，黄大年带领数百位科学家，用5年的时间走完了西方国家20年走过的路，让中国正式进入了"深地时代"。

很多人问黄大年："为什么你要放弃英国的高薪洋房，回到祖国从零开始？为什么你总说'活一天赚一天'，愿意在科学岗位上燃尽自己的生命？"我想，他的毕业留言能够回答："振兴中华，乃我辈之责。"从响应国家"千人计划"的召唤毅然归来，到带领几百名科学家奋力创造出多项领先世界的科研成果，再到潜心为祖国培养后继创新人才……黄大年用实际行动诠释了其人生信条——"为国担当"。

他的心里有国家，每当疲惫时，他就会打开手机反复听他最爱的歌——《我爱你，中国》，他是真的把个人奋斗和祖国命运紧紧相连的大英雄。习总书记说他"心有大我、至诚报国"。他生前的好友马芳武教授说："黄老师在科学引导方面，可以跟邓稼先比较；在工作刻苦方面，可以跟焦裕禄比较。我说他是科研疯子，更是值得我们每个人敬仰学习的大侠。侠之大者，为国为民。"

这三个来自不同领域的人,用各自的故事告诉我:求是担当才是无愧于人生的选择,一味地逃避注定要被时代淘汰。而我,更应该扛起的是三位老师递交给我的关于担当的大旗,做一个能在时间洪流里留下姓名的"斗战胜佛",不逃避,不屈服,珍惜研究生生涯的每一天,做郑州大学新闻与传播学院优秀的毕业生,做一个卓越的"勿忘人民"的新闻传播人才!步步落地,事事担当!

摘星星的人

赵心航

各位旅客大家好,我是你们的乘务长赵心航。今天,我将带大家开启一趟特殊的旅途。我们将一起去摘星星。首先,我先为大家介绍我们的两位导游。

第一位叫乔尔达诺·布鲁诺,是中世纪一位意大利的天文学家,他非常渴望打破以往对宇宙狭隘局限的认识,不愿束缚在《圣经》和教廷的铜墙铁壁里。

在漫长的修道生活中,在真理沉寂的无尽黑夜里,布鲁诺被卢克修来的《物性论》深深打动了。《圣经》里说,上帝创造了天和地,又创造了日月星辰来照耀众生。毫无疑问,上帝是一切的主宰。可卢克修来却让他的读者去想象,如果你站在宇宙边缘,向外面射出一支箭,如果这支箭无限向外延伸,那么可以说明宇宙是无限的;如果这支箭被一堵墙所阻碍,那么你就继续站在这堵墙上向外射箭,得到的结果不外乎仍是这两种。周而复始,宇宙仍然是无限的。

在这种不同于以往的理论中,布鲁诺兴奋狂喜又惶恐。他感到自己发现了真理、证明了谬误。怀着求是的勇气,他向前走着。他感到前所未有地视野开阔,他说:"我展开自信的翅膀飞向太空,向上高飞,至无尽的太空,那里无上、无下、无边无际,也没有中心。地球只是一颗普通的行星,太阳也不是什么宇宙的中心。宇宙中有无数围着太阳运转的行星,和我们的地球一样。"这是和当时的宇宙观背道而驰的思想。布鲁诺因此被逐出教会、被逐出意大利。他走遍欧洲,向年轻的人们宣扬着他的宇宙无限论。

结果是什么,相信大家了解。在长达8年的囚禁和折磨后,布鲁诺被当作异端,处以火刑。而面对熊熊烈火,他说:"火不能征服我,未来的世界,会了解我的价值。"

"亦余心之所善兮,虽九死其犹未悔",这是古今中外所有秉持求是精神的人的共同呼喊。

下面我们即将到达途经的第一个景点。

现在大家所看到的是冬季天王星座——猎户座。在北纬79度到南纬67度之间全年可见。本地最佳观测时间是每年11月到次年4月,有兴趣的旅客可以在自由活动时间自行观测。大家所见到的中间连为一条线的三颗星就是我们民间传说中"三星高照"的"福禄寿"三星。新的一年里,祝大家2018,三星高照。

每当我看到猎户星座,我就会想:这一束星光,经历了几百万年的漫长路途,每一分、每一秒都因为冰晶和尘埃的折射变得更虚弱,只是为了照亮你人生中某个黑夜的黯淡时刻。在无数个面对太阳的白天、低头工作的黑夜,它消失在你理所应当的忽视中。它面临着遇见黑洞、失去未来的可能性,只为了到你身边提醒你:宇宙无边无际,真理却触手可得。

这句话,来自我们的第二个导游,中国天文学家协会理事,也是我的老师,俞瀛。认识他的那一年,我11岁,当时他刚刚退休,就立即投入了义务教育阶段天文知识普及的事业中,到现在已经是"背灯和月就花阴,已是十年踪迹十年心"。没有任何支持,没有任何回报,甚至没有学校主动邀请他去讲课。他敲开一扇扇校长办公室的门,推广他的教育理念。他说:"我们脚踏实地太久,不能让孩子们忘记仰望星空。"说这句话的时候,他坐在马路牙子上,等往来的路人花两块钱用他的天文望远镜来看一次"双星伴月",这是他在这件事上唯一的收入。"我想让大家意识到,我们需要普及天文知识。"他说。

不知道大家在观测星座的时候,会不会想到,我们在地面上看到的这个二维图形,在宇宙空间中,其实并不存在于同一个平面。看上去同样大小的三星,其亮度、到地球的距离都不相同。但是世界上很多事都是这样,不是因为对等才完美,而是担当了它的使命才更显价值。

无论是布鲁诺还是俞瀛,对于认定的真理,他们都选择了勇往直前,虽然有时候显得力不从心,但他们从未放下这担当。如果说真理就像星星,求是的过程绝对不会比摘星星更容易。但在这次旅途中,我们都不会放下这份担当。

好了,各位旅客朋友,到现在为止,我们的旅途就要正式开始了。接下来,让我们一起去摘星星吧。现在就去,跑着去。

第一期　故乡情·说家乡

无论是土生土长的家乡人,还是生活在当地的外乡人,谁不对自己的家乡有份难舍的情怀,每个人都爱自己的家乡。家乡是生命的摇篮,记载着自己的人生轨迹,想起自己的家乡,就会想起家乡的亲人,想起带给自己快乐的童年和充满激情的青春,除了她固有的可爱以外,家乡已经被注入了情感内涵,这种情愫已经融进了我们的生命。

树高千尺,落叶归根,故乡之思,永远都是游子的至诚抒怀。家乡是他们心灵的依靠、感情的寄托。家乡是缕阳光,冷寂时可以寻得温暖;家乡是个港湾,孤单时可以停泊靠岸。他们借诗言志,表达自己对家乡的思恋。由此便衍生出了无数千古动人的诗章,在汩汩流淌的华夏文化长河中,卷起层层浪波。

寒假是每个大学生期望并享受的时光。观察家乡的变化,享受与家人的团聚,书写家乡的巨变,也是每个大学生寒假学习和生活的真实写照。改革开放38年来,你的家乡也许已经发生了天翻地覆的变化,也许出现了多种我们不想提及的问题和伤痛。

爱你的家乡,就把它写出来,讲给大家听。

家乡的故事?请你来慢慢讲述。

2月23日,咱们的新传青年说(2017第1期),就谈谈家乡那些事。

小城故事

杜雨萌

我的家乡和故乡都是一座小城,河北衡水。

在寒假,我就和发小嚷嚷着我要去参加"新传青年说"啦!主题是我的家乡!我的发小有点震惊,问了我下面这几个问题:

它富裕吗?我的衡水,是一个在新闻报道时说"连四线城市都算不上"的地方。没有油田,没有山脉,资源少之又少,经济一直在河北倒数,盖一栋30层的楼在我们那里都能上头条。它在大家看来,并不富裕。

它美丽吗?小小的城,又短又窄的街道,三轮车自行车横行,暴土扬尘,每年在新闻上看见它大概有一半都是因为空气污染指数在全国靠前。它在大家看来,并不美。

它好吗?好是什么?连一家星巴克和麦当劳都没有的城市,商场一只手就能数得过来,和朋友出去玩都不知道去哪里。晚上八点之后街上基本没车,更别提夜生活,所有的服务业都关了。甚至连高铁站都没有,火车站破烂到楼梯都在掉渣。它在大家看来,并不好。

它有什么特产吗?特产?教育算不算?全国那数不清的大大小小的城市,只有每年的6月高考,衡水中学的教育才可以让人们偶尔想起这个地方。哦对,还有能喝出男人味的衡水老白干。

她最后问我:没有大城市的好,没有小桥流水人家的特色,你去了说什么啊?

其实她应该这么问我:你爱它吗?

怎么办?这么破这么烂这么没有特色、没有什么资源,比不上北京的繁华、没有上海的文明、更别提广州的特色,每次我们出去旅游看遍了别的城市回来自己都会嫌弃它。可是家乡就是这样吧,是一个你自己每天骂她一万遍也不允许别人骂它一次的地方。

我爱它。出奇的爱。

我爱它,因为我就是它的缩影。我的脾气、我的性格、我的学识,我18岁之前的眼界甚至连我的语言,都是它。是它教会我"夜了个"是昨天,"赶明个儿"是明天。它告诉我人不能做一个"蹦蹦果儿",它告诉我要像"知了猴儿"一样坚韧。是它的安宁和淳朴,我学会了与人为善、学会了帮助别人。是它的慢节奏,我知道人不能一直为了生活而忙碌,你停一下生活超级美丽。是它的教育,我知道了人一生应该有"单枪匹马与世界对饮"的勇气,应该有破釜沉舟的决心,我也会永远感谢那些流泪也不认输的青春,才能让我经过高考,有机会现在站在大家面前讲它的故事。

我爱它,因为它也爱我。它是天赐给我的选择。就像父母一样,这生来无法选择,可是我们彼此相爱。它包容着我少年时"我长大了一定不要留在这里"的不懂事,将我送出它的怀抱,等我见过了繁华和喧嚣满身尘土垂头丧气回来时,它又给我一个安宁而踏实的拥抱。

我爱它,因为它在陪我一起成长。从我小的时候只有平房的小城镇,到现在的地级市。那里有比我年龄都大的楼房,上面爬满着爬山虎。那里有我爱的衡水湖,春季的鹅蛋、夏季的荷花、秋天的芦苇、冬天的冰面,一年四季的美景成了我从小到大的惦念,它成了马拉松比赛的重要城市,也终于让人们见到了它本就有的美丽。它开发周边,终于有了大城市的影子,它吞并了周围的县,有了足够的地盘发展。它的高铁在近年通车,二小时环京津冀不再是梦。它有热爱它的百姓,建一座高架桥都能传遍整座城。

我爱它,因为它有那些你不知道的特产。深州蜜桃是寿桃的原型,深州还是黄韭的原产地,武邑扣碗是汉族的名肴,故城熏肉是礼品的首选,桃城区的鼻烟壶和金鱼,武强的年画,侯店的毛笔。

立春的打遁,过年每三天一个集,祭祖的礼节全面,长长的家谱在家里悬挂。没有那些现代的繁华,可有的却是中华传统的民俗。人杰地灵,小小的城市有着数不清的名人:罢黜百家独尊儒术的董仲舒,文景之治时期的窦太后,唐代诗人高适等。

我爱它,我当然爱它,因为我的家人在那里。有人说:"有家人的地方就是家乡。"没错啊,这也成了我心心念念的原因。不论我到了哪里,不论我长多大,我都会记得小时候妈妈带我逛集市,给我买喜欢的糖人和小金鱼;会记得爸爸教我画鼻烟壶;会记得奶奶家春季的梧桐花、夏季的向日葵;会记得每年姥姥都带我去摘桃子,以至于上了大学还会问我要不要寄来;会记得和姐姐一起在大年二十三,去买糖瓜粘了一嘴;也会记得和弟弟一起偷偷放烟花被家人知道,他对我说"没事,我保护你"。

在我高中毕业要离开它远行的那一年,家人都希望我选近一些的学校怕我不回来。其实,我上学走得再远、走得再久,都会回来生活。因为只有这里有我的家人,会有人盼着我回去,会有人对我说:"你回来啦?累不累啊?我想你了。"只有这里才有人担心我,才有人在我哭泣时给我无私的安慰,在我冬夜雪天风尘仆仆回家时,端来一碗热汤,也只有这里,有全世界最好吃的,妈妈做的饭。

这才是我的家乡啊。任何一个城市都替代不了的地方。

我们家在我很小的时候就喜欢旅游,自驾走过那么多城市。

有一天我问我爸:"你为什么这么喜欢旅游啊?"我以为他会说我喜欢啊、我很闲啊、我很无聊啊之类的。他说:"因为每个城市都有自己的故事。"

所以我也拿起背包,跟着他走过了大大小小的城市,其实也就是你们心心念念的家乡,每个城市都有它独特的气质。

《成都》那首歌一下子就火了,一开始我觉得成都对于我来说只是一个旅游过的城市,没有什么太多的情感,后来听了那么多遍,才终于明白歌儿唱的不是成都,唱的是对一个城市的情怀。

我们一直在努力发展自己,终会回到自己心心念念的那个地方创造价值,希望有一天你来到我的家乡衡水,我也可以带你在衡水湖畔走一走,告诉你它那些不为人知的故事。

龙乡濮阳

范昊阳

大家好！我是来自2014级广播电视学专业的范昊阳，在"新传青年说"这个舞台上也算是老面孔了，今天我想跟大家聊聊我的家乡。

我的家乡，在京南16环上，那里南枕黄河，北望太行。练这段的时候室友吐槽我："噫乖乖——还北京16环，你就说你是濮阳嘞，不丢人！"对，我的家乡叫濮阳，是位于河南北边的一个小城。城市规模虽然不大，但提起它的名头那可是如雷贯耳——中华龙乡。我们中华儿女都是龙的子孙、龙的传人，那我的家乡为何得名于此呢？这还得从20世纪说起。

1987年，在河南省濮阳市西南角上西水坡的仰韶文化遗址中，出土了用蚌壳拼成的龙形图案，叫蚌塑龙。距今有六千四百载，这可比中华五千年文明还要早一千多年呐！所以在考古界，专家一致认定，这是中华第一龙。蚌塑龙一鸣惊世界，从那时起，我们濮阳中华龙乡传美名。五千年的岁月像一首歌，中华巨龙闪转腾挪。龙族龙源，到哪里去寻找，请到濮阳西水坡。

濮阳的历史很久远，濮阳的文化同样厚重。在濮阳，有个春秋时期的"联合国"，叫戚城，里面的会盟台，就是古代各路诸侯开会的地方。在濮阳，有中国最伟大的发明之一，是二十四节气。历史上有很多名人都出自我们濮阳：造字圣人有仓颉，"五帝"之一数颛顼，孔门十哲之一的子路，著名孝子张清丰，吴起圆了军事梦，商鞅立志变法更，坐怀不乱的柳下惠，天文学家僧一行。真可谓群英荟萃，人才辈出！

今年大年初九，我去濮阳体育馆听了"小岳岳"岳云鹏的省亲专场。作为当下最火的相声艺人，小岳岳就是我们濮阳市南乐县人。成名之后，他不忘回报父老乡亲——听相声不要钱！说到这个，我听见后排有学妹说："我的天呐，这么神奇吗？"是这样的，演出现场非常火爆，那真是：锣鼓喧天、鞭炮齐鸣、红旗招展、人山人海呀！一首《五环之歌》唱出了演唱会的感觉。小岳岳开场第一句就用濮阳话问大家："老乡，怎都七了某哇？"底下喊："七啦！"小岳岳又问："七了啥呀？"下面喊："凉皮！"两句话，拉近了一个明星和家乡父老乡亲之间的距离。有的同学可能没听懂这说的是什么意思,这就跟北京人在街上问好是一样的:"您吃了吗?""没呢!"我们那儿管吃不叫吃,叫"七",所以就是"七饭了某哇""某家嘞"。这凉皮也是我们濮阳的特色小吃之一,尤其是裹凉皮,好吃爽口,跟嚼炫迈似的,根本停不下来呀,在全国都是绝无仅有,有机会到濮阳来一定得尝尝。

了解我的人都知道,我是一个不折不扣的吃货,生长在河南这片土地上真的是太幸福了,因为河南好吃的特别多,尤其是我的家乡,走到哪儿就能吃到哪儿。吃,在我的家乡、在河南,乃至在中国,已经成了一种文化的象征,这才有了《舌尖上的中国》《味道》等一系列专题片的出现。昨天我看了美国CNN评选出了全球最好吃的十大美食,看完之后虽然也口齿生津,但还远远没达到垂涎欲滴的地步。我觉得他们一定没去过我的家乡,濮阳有那么多的美食,随便哪个都能与这世界十大美食相媲美。不信我来给您做个对比。

排名第一的是泰国马沙文咖喱,传说中的咖喱之王,又辣又甜又咸,这让我想到了濮城的杂拌,荤素搭配、营养均衡、不落下风。第二位的是意大利那不勒斯比萨,饼加肉加菜,有了!我们濮阳有壮馍,刚出锅的壮馍色泽金黄,外焦里嫩,食之鲜而不膻,香而不腻,比比萨好吃。墨西哥有巧克力,我们濮阳有枣糕;日本有寿司,我们有范县大包子;德国有汉堡,我们有肉盒,也叫"呱嗒",蛋清蛋黄葱花香,整个人瞬间"倍儿爽";泰国有冬阴功汤,濮阳有滑脊汤;美国有哈根达斯冰淇淋,我们有雪汇小脆筒,价格是其百分之一,味道不相上下。在濮阳竟然有这么多好吃的能与世界级美食媲美,真诚地邀请各位到我们那儿转一转、尝一尝。

孩童的时候,坐在妈妈自行车后座上穿过街巷,随处停下都能吃到竹筒粽子或是烤鹌鹑蛋等,小小的胃填满了,就去追问天为什么那么蓝。少年时候,每天都盘算着手里的一点零花钱要给摊鸡蛋灌饼的叔叔还是炸鸡柳的阿姨,用硬币决定好了以后,书包拍着屁股哒哒哒地跑过去。中学时候,疲惫的下课铃声响过,路过卖凉皮的摊位,勾起了馋虫,不忘让阿姨多加点芝麻酱和花生碎。以前觉得每个城市都有自己的味道,后来发现整个世界都连锁了,城市同质化这个词有些大,但能觉察到每座城独特的感觉在慢慢消逝。

但家乡于我,就像深夜灭得最晚的那盏灯,明亮而温暖。

家乡人的故乡情

雷丹青

听说有一把剑
历经千锤百炼
穿越千年依旧散发出威严
听说有一种瓷
釉色青如翡翠
就像触摸着你青春的容颜
我想要这把剑
斩断心头杂念
我想要这种瓷
写满我的思念
走千山跨万水
去寻找传说中的龙泉

大家好,我是10号选手雷丹青,来自申城——上海。也许在很多人眼中,故乡和家乡指的是同一个地方。但是对我来说,上海是我的家乡,而在刚刚那首诗中所提到的龙泉,则是我的故乡。

龙泉,是位于浙江省西南边界的一个小城,素有"瓯婺八闽通衢"之称,被誉为青瓷之都,宝剑之邦。自古人文昌盛,是南宋著名诗人叶绍翁的出生地,是诺贝尔文学奖获得者——莫言的祖籍。十分荣幸,我的祖籍也在那儿,所以称之为故乡。在上海,每每有人问起,我总会说自己的故乡是龙泉,因为我的根没有从故乡的泥土里拔出过,走多远,根就会延伸多远,故去乡情,归去来兮物是人非,这也是许多家乡人都有的一份故乡情。

而上海,是我呱呱坠地、蹒跚学步的地方,有我所有美好的成长记忆,我称它为家乡。上海是一座移民城市,在清朝开埠之前,还只是一个小渔村;而开埠后,越来越多的人来到上海,并在此定居,世代生活下去。而那些因为祖辈的迁徙,在上海出生、长大的一代被称为新上海人,我便是其中之一。

上海是世人眼中的"东方巴黎",浪漫、梦幻,是叫人流连忘返的魔都。而关于它,我最喜爱的还是它的特色民居——弄堂。

其实"95后"这一代,很少有人感受过弄堂生活,但因为我的阿婆住在那儿,我倒是会常往弄堂跑。印象最深的是春天的弄堂,有飘着花香的吆喝声。

记得小时候,常有一位苏州的老奶奶,穿着蓝底白布小青花的衣服,一手拎着小板凳,一手挎着竹篮子,篮子里放着一块小木板,用一块蓝布铺在上面,湿淋淋的,白兰花、栀子花、茉莉花,它们静静地躺在蓝布上,如一个个刚出生的婴儿,睡在摇篮里,呼出悠悠的花香。

苏州奶奶,60多岁了,却依然迈着优雅轻盈的步伐,穿梭于弄堂,在街楼底下吆喝"栀子花、白兰花"。阿婆喜欢茉莉花,常叫苏州奶奶用细细的白棉线把茉莉花串成一个手镯,戴在我的手上,说:"阿拉囡囡还是戴茉莉花好,小巧玲珑,讨人欢喜。"

有时,苏州奶奶还会送我一朵白兰花,别在衣服上,说:"小姑娘啊要像白兰花一样,优雅芬芳。"反正,两位老人喜欢借着茉莉花、白兰花,一本正经地教育我要成为一位淑女。

但不知从什么时候开始,这样温柔的吆喝声从记忆中渐渐消失了。阿婆告诉我,奶奶回苏州去了,我问为什么,阿婆说:"故土难离,总归要回去的。"那时我还不太懂故乡的含义,直到7岁那年寒假,父母领着我返回了故乡。他们带我拜访了老祖,也就是爷爷的父亲。那年老祖正好88岁,父亲告诉我,老祖曾经在私塾做过教师,所以也称得上是个文化人。在除夕夜,寻常人家会给小孩儿包红包,但是老祖却送了我一幅字——和。老祖说,希望我为人和善友爱,凡事以和为贵。

后来,随着我慢慢长大,在外求学,有时感到学业的压力,生活的乏味,便会想起家乡上海的蓬勃生机,想起故乡龙泉的闲适安逸,想起老祖为我题的"和"字,自然会释然许多。也是在那时我似乎明白了,龙泉是无法割舍的故乡,上海是时刻想念的家乡!

双城记

邱锦仪

我有两个故乡。

我的第一个故乡是重庆市潼南县,她是我的过去时、现在时和将来时。我不喜欢她,准确地说,2016年8月26日之前,我不喜欢我的故乡。我不喜欢她拥挤的街道,充斥着汽车鸣笛和沿街商店里的促销叫卖声;我不喜欢她高高低低的山坡,让我从小到大爬在似乎永远望不到头的天梯;我不喜欢她吵吵闹闹的儿女,夜半还操着一口方言不知疲倦地划拳喝酒。我不喜欢褊狭的她,肮脏的她,落后的她。直到2016年8月26日10点52分,开往郑州的火车加速、加速、加速到120公里每小时,这意味着我将用接近20个小时远离这个我生活了17年的小城,去一个1 200公里以外的陌生省会,并且在那儿度过我的四年青春。于是我感到了前所未有的恐惧,那是一种害怕失去的惶恐。

我在想,故乡,她到底是什么?为什么她能让我又讨厌,又害怕失去她?

春节前夕,中国新闻网有一则图片新闻,说的是十万返乡摩托大军。摄影师的镜头中,特写的是那一双双裹着红色塑料袋的腿。每年"春运"期间,都有超过十万在珠三角的务工人员,驾驶摩托车日夜兼程几百公里赶回家过春节。为了保暖,他们脚裹塑料袋,并缠上胶带,但很快就会被磨损掉。一身泥泞,一路艰辛,但归乡心切,所以也顾不上美观了。春运,是我国最大规模的人口迁徙,而十万摩托大军只是其中一个缩影,镜头之外,我们还可以看到千千万万的人们乘坐各种交通工具,沿着大路小路,午餐泡上一碗速食面或者一块面包,躺着坐着或者站着,花上十几个小时甚至几天几夜,回家。今年春节,是我第一次亲身感受春运。我和我哥上车的时候,行李架上已经被塞得满满当当的,我们的行李只能放在脚边和座位上,因此我只能在肩膀宽的位置上挤着。我以为我够憋屈了,但去上厕所的时候,我才看到过道上、洗漱台上,甚至厕所门外全部都是人,他们买的是站票,所以只能在这些缝隙里落个脚,打个盹儿。火车一路向南,十几个小时里,我听到最多的竟然是方言的攀谈和笑声。我想问他们,回家这么累,明年还回吗?答案早已知晓了。

因此,故乡,她绝不仅仅是地图上的一个地标或一块范围,她代表的是家和家人,是许久未见但情依旧的好友,是一种依恋,是内心的归宿感。

在郑大,别人常常问我:"诶,你是哪儿的?"我总是很骄傲地说:"我是重庆的!"我会教他们重庆的方言,比如经典的重庆绕口令:"你啷个楞个嘞个啊?我斗是楞个嘞个又啷个了嘛?"我会告诉他们从小到大我上过的学校,以及无论是医院、水厂还是电厂等,无一例外都是在山坡上,我还会介绍重庆的穿楼轻轨,我告诉他们百度地图在山城就是个废图,滴滴打车也基本是个废嘀,在山脚定位叫的车,司机停在十一楼的山顶告诉你已经到达定位地点等你上车。重庆的繁华,重庆的国际化,重庆的风景,重庆的美女(当然我不算),重庆的方言,重庆的美食越来越吸引着各地的人们。

近年来,重庆的美誉度愈来愈高,我多次看见外地朋友脸上露出的表情是对山城的向往。毋庸置疑,这与重庆近年的快速发展分不开。2016年重庆市经济较去年增长10.7%,增速全国第一,而我的故乡潼南又以11.2%的增速位列重庆第一。十几年来,我看到的是她落后的过去,却没有深刻体会她高速发展的现实。她是西部菜都,也因油菜花节受到广泛关注,她有全国最大的饰金大佛,是原国家主席杨尚昆、烈士杨闇公以及道家陈抟老祖的故里,她的工业迅猛发展,她结束了1642年的县制历史,于2015年成功实现撤县设区,她在重庆率先实现脱贫"摘帽",打造了全市乃至全国精准脱贫的样本。她不是丰饶的东北,不是温柔的江南水乡,只是神奇山城中的一个小小县城。可那又怎样呢?她是我的故乡啊。

我的第二个故乡是河南省郑州市,她是我的现在时和将来时。带着远走高飞和见见世面的愿望,我用三年时间和一张试卷换了一张车票,与郑州相遇。来这儿之前,我对她一无所知。五个月的时间,说来不长,我却已经历了许多。第一次住校,第一次拉外联,第一次做志愿者,第一次吃烩面,还有此时此刻的第一次演讲。未来,还会有许许多多个第一次、第二次、第三次……2016年可能是我生命中变化最大的一年。高中结束,大学开始。从山城到平原,从生活了十几年的小城到一个遥远的省会,从马尾到长发,从不敢到厚着脸皮上,我的普通话不算好,我的见识不够广,我甚至特别容易脸红,我去面试,我去参加各种活动,当然,失败是常态,我曾经有一天连续面试三场又连续失败三场,但我始终不放弃,一直挑战,一直相信着我年轻,心不死,也许这样,才能在这儿留下点儿我的痕迹吧。可以想象的是,四年之后,郑州将会成为我的第二故乡,这儿会有我眷恋的人、风景、回忆和黄焖鸡米饭。

费翔在《故乡的云》里唱:"那故乡的风和故乡的云,为我抚平创伤。"故乡是母亲,孩子再大也需要母亲的安慰;故乡是风的源,风吹得再远也带有故乡的味道;故乡是人的魂,人在他乡再好也要"举头望明月,低头思故乡"。4年、10年、20年之后,我在何处,我做着什么工作,我是喜是悲,都不管,但在不经意间望向明月的那双眸子里,始终会住着两个城市,一个叫潼南,一个叫郑州,她们有一个共同的名字——故乡。

家乡的故事

宋笑笑

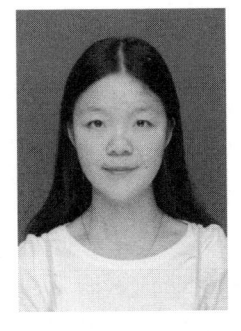

今天,我想在这里讲讲我和家乡的故事,真诚地、带着敬意地讲述我记忆中的那方土地。

平顶山市鲁山县和洛阳市汝阳县交界的那座大山下,是爷爷和爸爸出生的地方,爸爸把和妈妈结婚用的新房修在了那里,东边是青砖白瓦的石房,中间是世代相依的一口老井,西边是爷爷奶奶住着的20世纪50年代的土坯房,坐北朝南的房前是一阶一阶的梯田,田间栽种着爷爷从山上挖回来的梧桐、松柏、孔雀树,和冬日埋在雪下的麦子、夏日顶着烈日的玉米以及昼夜变幻的天幕星空映衬着,一同长大。

离开家乡那年我五岁,不记得是怎样离开的,也不记得是怎样与和我一同长大的玩伴道别的,只是那年,爸妈带着我来到城市,学着城市人的样子生活。渐渐地,我似乎忘记了乡下人的生活方式,融入了城市的血液中。但是,我总会在梦中重温和家乡一起走过的路,那些记忆总会在不知不觉中出现在我的脑海,萦绕在耳畔。

我和家乡的故事从我出生前便发生着。

很久很久以前,地主死了老婆,留下一个尚未成年的女孩,地主另娶一房生下了孩子,后母便将少不更事的女孩赶出了家门。女孩一个人流落飘荡,她爬上山顶寻找吃食,夜里就睡在山顶的老树下,山里的孤狼嗅着她却没有咬伤她的脖颈。终于她被砍柴的樵夫发现领回了家,在他们成亲的那天,女孩身上穿的是离家时的衣服,只是已被风雨吹打得褴褛不堪。女孩成了樵夫的妻子,为樵夫生下两男五女,在最小的孩子15岁那年,这个苦命的女人因为疾病缠身离开了人世。在女人生下她的第六个孩子那年,山那边一个30岁的"老光棍"仍然一事无成,他带着干粮离开了家乡,回来时手中牵着一个疯癫但美丽的女人,村人们问男人从哪儿牵回来一个花媳妇儿,男人只说是外地遇见的,情投意合。男人和疯女人成了亲,生下了两个男孩。在疯女人生下第一胎后,她的疯病越来越严重了。一个家中无人的午后,女人在锅里放满水,加满了柴火,把孩子放上了蒸笼,嘴里喊着:"蒸死孩子吃肉咯,蒸死孩子吃肉咯……"但终究孩子的肉没有吃上,女人的婆婆赶回来救下了不足周岁的男婴。

这个差点被自己亲生母亲杀死的男婴便是我的父亲,山那边樵夫的小女儿便是我的母亲。父亲稍大点,奶奶的病也好了点,但是奶奶做的饭仍旧难以下咽。父亲赤着脚光着身子长到了十几岁,因为贫穷,父亲辍学外出打工挣钱供他的弟弟读书;母亲跟着哥哥姐姐到地里放牛割草,15岁失去母亲,她便成了全家的厨娘,负责父亲和哥哥姐姐的一日三餐。母亲嫁给父亲是因为姥姥的善心,母亲说,姥姥一辈子善良,看父亲人好但家穷,临走之前便替母亲定下了这门亲事。父母结婚用的新房是父亲亲手用自己烧制的青砖垒成的,里里外外没有请一个工匠。母亲在她21岁那年生下了我,在我五岁之前的五年中,我和母亲住在父亲盖的房子里,等待着外出打工的父亲带回来城里的新玩意儿。

母亲喜欢和左邻右舍的姐妹们摆牌桌,每次牌场结束,夜都已经睡下了。天上有月亮的时候,地上满是洁白,母亲拉着我踏着夜路往家的方向走;天上没有月亮时,母亲用风干的玉米秆点起火把,火焰映着母女俩的影子在夜路上慢慢移动着。那时候星星缀满了夜幕,低低地压在水天之间,路旁的溪水淙淙地流着,水面上是弥散的星空,水里的游鱼追逐着星光从山涧游入河流。夏日夜晚的蝉鸣和蝈蝈的乐曲伴着我和母亲闲散的脚步,远山的水雾被月光照得如薄纱,缭绕在重峦叠嶂间,在孩童的眼中如诗如画。母亲牵着我、举着火把在那条路上一走就是三年。

忘了从何时起,我有了第一只宠物。是父亲从羊群里带回来的一只刚学会走路的山羊崽儿。父亲把羊羔留下就又坐上了去城里的列车,我就盼望着羊羔一岁的时候爸爸能回来。小羊刚到我家时,时时刻刻都显得急躁,母亲搓好了麻绳拴在羊脖子上,把另一头挂在铁窗上,在窗户下面给羊造了一个小窝,从那以后,山路上便留下了母亲、我和羊羔的足印。后来,山羊和我成了朋友,我再也没有用麻绳拴着它和我一起走,它总是走在我前面,尝着路边的鲜草,驱赶家门前的恶狗,它似乎代替父亲成了我的保护神。然而父亲在年前回来时,用大刀在羊羔脖子上划了一道大口子,羊羔终于躺在鲜红的血泊中停止了挣扎,它的眼睛里映着我的眼泪变得越来越浑浊。

我和家乡的故事怎么讲也讲不完,家乡是个传奇而神秘的地方,无论我走到哪里,说起我的家乡我总会滔滔不绝。家乡贫穷、偏远,没有水泥路,没有大学校,可她是我的骄傲。踏上这片土地,每一步都是风景,每一寸都是热忱,前人在田间播撒的汗珠和滚烫的热泪汇成一条河淹没了村口的古树。

七年后,当我再次回到家乡,斜穿过土路的流水一去不回头,石底的青苔摇曳着,车轮从水底碾过又被水冲散。我的家乡修了水泥路,乡亲们盖起了小平房,架起了天线,村口的小学书声琅琅,我和母亲走过的那条路还是那副模样,只是逢年过节村子里不会再有杀猪宰羊的哄闹声。我用手抚摸老旧的木窗铁锁,拂去母亲缝纫机上的尘土,坐在桌前和家乡人聊着这些年的变化,我们都笑着。

我和家乡的故事不知是真是假,有时候我会分不清是现实还是梦境,但是家乡的新变化确实是现实的。母亲在我记事时总喜欢问我关于家乡的事,我那时就有了用自己的力量改变家乡的壮志,至今这份志气不减,我也在实现这份志气的路上慌忙地走着。

感谢大家听我讲这些陈旧的琐事,我的家乡情全都源于并寄予在这些或真或假的故事上,若是台下的诸位听了我的故事有了想家的念头,那么请大家在某个夜晚安睡的梦境中,好好回忆一下家乡与你肌肤相亲时的温度。

万安——一个努力"脱帽"的小县

曾 欣

能与大家分享关于我的故乡——万安的故事,我感到十分荣幸。这只是一所位于南方山区农村的再普通不过的房子:瓦片斜盖的屋顶,橡木做的房梁,石块混凝土外斑驳脱落的墙皮是岁月无情雕刻的痕迹。

岁月似无情,而人应有意。眼前的土坯房门前开始依稀长起杂草,或许再过几年,它会被埋没在一片肆意生长的蓬蒿或芦苇丛中,甚至只是一堆残碎的瓦砾、一抔肥力不高的废土中,但它将永远存于我的心中、我的梦里。

20年前的秋天,常绿的亚热带植物叫嚣着炎夏,屋后的樟树也可能只是微微飘落些叶子,而一个瘦小的女婴却在这所房屋里呱呱坠地了,她如今已长大成人,就站在大家面前,讲述着她的故乡。

我的故乡是江西省吉安市的一个贫困县,名叫"万安"。"吉州南上水环湾,十八滩头是万安",这里的十八滩即南宋诗人文天祥的诗句"惶恐滩头说惶恐,零丁洋里叹零丁"所述之地。惊涛骇浪陪衬了爱国诗人的窘境,也见证了万安的落魄时光。

延绵不绝、四季常青的山脉是上仓赐予万安的聚宝盆,也一度是阻碍其发展的道道难坎。举个例子,我爸爸和妈妈的爱情故事,不是"漂洋过海来看你",而是翻山越岭去找你。如今一个多小时的车程,在1996年却是历时32个小时的跋山涉水。在2003年左右,那时我才五六岁,身子骨十分单薄,个头也特别矮小,快上学的年纪却还能穿两三岁时的衣裳,严重的营养不良、体弱多病。每次深夜发烧呕吐,奶奶都把我背在背上,拿着那种银白色的老式手电筒,蹚过小溪,爬过一个小山丘去敲村里医师家的门。那些深夜里的犬吠声、田野里的蛙叫声和当时迷迷糊糊看见的星星,都已经成为我脑海里一幅幅不可磨灭的童年记忆。

关于童年的记忆,许多20来岁的万安人都有着同样关于贫穷的定格画面:六七岁时学校唯一的老师用一盒零碎的粉笔头教学生识字;七八岁时已是丰收时节稻田里的半个劳动力;八九岁时上山砍柴挣得自己的学费……

至于放牛、下地等更是早已不在话下。

幸运的是，犹如脱茧的蚕虫，又如刚刚钻出土壤的春笋，如今的万安县不再是惶恐滩头的一片荒芜，而是像它的名字一样——"万民以安，五云呈祥"。

近几年，万安县为推进脱贫攻坚工程，确保提前"摘帽"，一方面重点推进精准扶贫工作、完善贫困地区基础设施建设。在政府官网上有其脱贫攻坚专栏的报道，还在贫困山区新建了低年级学校，当然，扶贫工作的开展与脱贫工程的建设远远不止我列举的这些。另一方面大力发展特色工业、高效生态农业和现代服务业，并且在不断完善基础设施建设的同时，也加快绿色崛起的步伐，努力打造生态文明示范县。万安的现代工业园、农业园，吸引了许多万安人民在家乡就业创业，同时也是人们假期游玩的好去处。这几年万安还新出现了一批旅游景点，比如建立在农民生活区附近的特色观光园，获得联合国关注的农民画家村，给当地农户增收了好几万元的年收入。据统计，"十二五"期间，万安县的生产总值接近实现翻番，2010年至2015年年均增长13.4%。

然而，我并不想用冰冷的数字去证明万安的发展，也无心于科教文卫体之间去介绍万安的进步。我只想像讲述家庭故事一样地去讲一讲我的万安。

我只是一个普通人，是万安几十万普通老百姓中的一员。我不知道县里的水电站、现代农业园、现代工业园或是旅游景点增创了多少产值，也算不清这几年扩建了几条大道、新增了多少基础设施。我知道的是，在农村，老人们每年都能得到补贴和免费的体检服务，青年们可以在家自由地上网；我知道的是，村里的叔伯们都盖起了新房，住在环境优美的新农村，大伯家残疾了30多年的女儿得到了越来越多的关怀；我知道的是，在城镇，旅游景点越来越多，孩子们的校园越来越大；我知道的是，楼下的阿姨晚饭后会去公园跳舞，工厂里的叔叔工薪待遇逐年提高……

而我呢，我从当年上山砍柴，拾荒为生的小可怜变成了可以去县图书馆借阅无数图书的学生，成了可以在奶茶店和发小们谈笑的消费者。

可以说，我的变化、我家人的变化、村庄和小镇的变化，无一不得益于全县的发展。虽然现在的万安仍然是个戴着"帽子"的"贫困生"，但在党中央坚决打赢扶贫攻坚战，建设社会主义新农村的号召下，万安县正在努力"脱帽"，迈向更好的未来。

无论万安县未来发展快慢，会新增多少陌生的面孔，变幻成怎样的容貌，它都仍旧是生我养我的故乡。我会惦念万安鱼头的鲜美滋味，会记着留一张返回那里的车票。我会想念那方土地之上的父母，或许多年以后，我会在那方土地之下想念着我的孩子。

变化还在继续,而我的故事已经结束。

这就是我的万安——一个努力"脱帽"的小县。

落叶归根

韩思佳

前面的同学为大家介绍了家乡的方方面面。我呢,想为大家介绍一位故乡老友。你们猜一猜它是谁?

是树,没错。不过你们说得不全,准确来说,它是一棵800多年的老银杏树!

话说这棵老银杏树呀,经历了800多年的沧桑,什么场面都见过,当年被战火烧过,一阵润雨就又活了过来。老人们说,这树上住着88位神仙,可不敢乱碰,不知从什么时候起,还围着砌了个水泥坛,偶尔有老人来这里烧几炷香。这样一来,我打小呀,就对这棵老银杏树尤为敬畏。

这老银杏树是长在我的小学里的,夏天那枝叶茂盛的,完全没有"老年人"的不振之态,树前是我们的小操场,被枝叶荫庇了小半边。每到下课,铃声叮铃铃刚落,我们就冲下楼,抢占个阴凉地儿,手心手背地分个组,扯开皮筋,便开始边跳边唱:"小河的水,哗啦啦,我和姐姐采棉花,姐姐采了八斤半,我采了一朵雪莲花……"妈妈给扎的两个麻花辫儿,跟我这小姑娘一般倔,不知怎么拧巴的,朝天翘着,跟着步伐,一上一下地飞舞着。额前散下的刘海儿,随着风吹银杏叶的沙啦沙啦声,柔柔地飘着。那时的夏天,好像因为这树荫,并没有那么热。

到了中学,考虑到乡下的教学质量不高,爸妈便把我转到县城最好的中学。在乡下啊,我可一直是"十佳生"呢!就那种,每次新学期要开大会,那家伙,真的是,红旗飘展,人山人海,锣鼓喧天,鞭炮齐鸣。我们就戴着大红花,伴着特喜庆的音乐走上台去,副校长亲自给我们颁奖。对于那个年龄的我来说,这实在是很令人骄傲的。所以啊,我想着转学肯定没问题,可是,一切并不是我以为的那么美好。

在新学校的第一个月,因为不熟悉环境和学习方式,就那样浑浑噩噩地过去了。第一次月考,我考了年级368名,英语成绩只有59.5分。对,连及格都没有。那时候我坐在教室最后一排的角落,常常听不清老师在讲些什么。身边没有一个朋友,没有老师的关注,没有奖状,我好像一下子失去了所有的光环。

我不知道那时11岁的我都在想些什么,我只记得,每个昏暗的午后,我背着重重的书包,低着头,一步步地慢慢往回走。爸妈质问也好,鼓励安慰也好,我都很少应声,我不知道说什么,只是觉得很委屈。我就躲在房间里偷偷地哭,还怕爸妈听到了会担心。

周末回家看奶奶,奶奶说:"哎哟,你爸也真是,非给你转学,奶奶现在只能一周见你一次了。对了,前儿个下了场秋雨,我专门去你小学那儿,拾了些银杏叶,洗洗晒晒,刚好你回来了能喝。等着,我去给你沏一杯去!"说着,奶奶就给我泡了茶,加了两颗冰糖,是我的口味。我接过茶,轻轻地抿了一口,甜甜的,还带有银杏叶特有的清香,溢了满嘴!那是我再熟悉不过的味道,从小到大,每年秋天我都能喝上一杯那样的银杏茶。那一瞬间,我内心所有的委屈、自卑、苦恼全都涌了上来。我开始不顾一切地哭,可把奶奶吓坏了,"这,这是咋地了?怎么喝杯茶还哭上了?是不是新学校不好,不行咱就转回来。我跟你爸说,咱在哪儿都能学好。"我平静下来的时候,擦着眼泪对奶奶说:"没事儿,新学校挺好的,我就是想你了,等我下学期回来,给你拿个大奖状!"奶奶笑了,说:"好,我等着,还等着你长大给我买大'别野'呢!"我说:"哎呀,奶奶你又取笑我!都说了小时候不认识那个字,大别墅、大别墅!"

返校前,我很想看看那棵老银杏树。回到小学,看见金灿灿的一片,想起在这里小心翼翼捡起的那片银杏叶还夹在童话书里,想起在这里丢过的沙包,堆过的雪人,还有那些夏天的橡皮筋。我坐在水泥坛边,瞥见那个小香炉,突然想起来这树上还住着88位神仙呢,个个灵通!我偷糖,抄作业,给邻家弟弟剪头发,他妈数到我家嚷嚷:"瞅,你闺女给我儿子剪得跟秃驴一样!"我做过的好的、坏的,我的所有小秘密它都知道,我想,它一定认得我,关注着我。我突然觉得很安心,也有了一股干劲儿,想要努力给自己看,给它看!

回到学校后,我开始认真地记笔记,不会的地方必须弄清楚,英语笔记一定要背完再睡。有时候妈妈不让熬夜,我就打着手电在被窝里偷偷背。成绩很快好转,那时我就觉得这一定是老银杏树给我的鼓励。想懈怠的时候,我想着肯定瞒不过它,就不敢了。就这样,那段涩涩的中学时光,它陪我度过,让我的英语从最初的59.5分到最后可以考到119分,让我见到一个坚强而不服输的自己。

我的故乡很小很小,小到只有一片绿荫,只是一杯茶,只是一棵老银杏树。她给我快乐,给我成长,助我坚强。我就像是她枝上的银杏叶,在枝头闪耀过,在风中飘零过,最后悠悠地、平静地,落入土里,归到根底。这是归属,是我的故乡。

有一个地方

皮乾敏

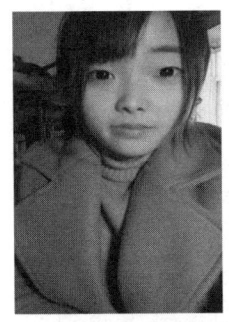

大家好!我是2015级新闻学专业的皮乾敏。很荣幸能够站在这里,向大家介绍我的故乡。今天我演讲的题目是"有一个地方"。

有一个地方,在河南省的最南端,她叫信阳市。

有一个地方,在信阳市的最南端,她叫商城县。

她就是我的故乡,河南省信阳市商城县。

说到故乡啊,我想每个人心里都会浮现出某一个地方。作为一个土生土长的农村女孩,我的故乡,其实就是我的家。有一句话叫"一方水土养一方人",那么请大家看看我,是不是觉得我故乡的水土很肥沃呀?

现在,我的故乡距离我三百多公里。

你们可能会想,才三百多公里,不是很远啊。其实,确实算不上很远。但是,仅仅是这三百多公里的距离,便能让信阳呈现出和中原其他地方不一样的景象。

我的故乡啊,是一个很别致的地方。与其说别致,倒不如说奇葩。作为河南人,我们却不会说河南话。每当我跟着别人学说河南话的时候,我都感觉我大概是一个假的河南人吧!

浩浩中原,有一个地方却高山绵延。她,就是信阳,我的故乡。

大家可能会说,有山并不稀奇啊,大家都见过山。只是故乡的山,郁郁葱葱,一座连着一座,几百年来安安稳稳地拥抱着我的村子。就像是父亲用臂膀温暖地拥抱着我,给我安全感。

你们能想象吗?信阳有那么多的山,有山的地方就会有水。所谓山水相依,大概就是这个样子吧。广阔的水库,不仅养育了那一带的居民,还成了美丽的旅游景点。弯曲的河流,总能想方设法地把各个地方串联起来。每到插秧时节,她便灌溉了沿途一望无际的稻田。说到这里,不要惊讶,信阳以米饭为主食,当然要种水稻啦!

很多人至今都没有见过水稻,甚至不知道我们吃的大米,来自于嫩绿的秧苗。故乡,四五月份,是插秧时节,村子里异常忙碌。小时候,我的家里养了一头水牛,每到插秧时节,爷爷牵着牛去田里犁田,然后亲手将几亩水田插满秧苗。慢慢地,爷爷没力气了,卖掉了水牛。我清楚地记得爷爷卖掉水牛的时候,眼角流出了不舍的泪水。因为,那头水牛陪伴了爷爷很多年。后来,水田荒废了,因为,我的爷爷,老了。

信阳被誉为山水茶都,素有"江南北国,北国江南"之称,在这里茶树生长具有得天独厚的自然条件。有人问我信阳的特产,那就非信阳毛尖莫属了!信阳毛尖,中国十大名茶之一。作为一个正宗的信阳人,自然对我们的信阳毛尖爱之深,情之浓。

最值得一提的还数故乡的天气啊!雾霾,就问你们怕不怕?反正我是很怕的。每当朋友圈被雾霾刷屏的时候,信阳的天气总能成为朋友圈里的一股清流:蓝天白云,艳阳高照。千万不要觉得这是偶然。信阳是全国唯一连续八年入选中国十佳宜居城市的地方,荣获中国优秀旅游城市、中国最具幸福感城市等荣誉。这样的信阳,你们不得不服啊!

既然向大家介绍故乡,就不得不提家乡的节日了。自从故乡于我只有冬夏,我便只能享受到家乡的春节和元宵节。在信阳,腊月一到,年就到了。腊鱼腊肉是故乡的年味,也是信阳的特色。谁家没有腊鱼腊肉,就真的不像是过年。鞭炮齐鸣是故乡的年味,虽说现在很多地方禁放爆竹,但是也得尊重民俗呀!走亲访友是故乡的年味,今天我去你家拜年,明天你来我家还年,亲戚之间就这样,越来往越亲。

我们那里的元宵节就是一个词,"重视"!如果非要再加一个词,那就是"热闹"!故乡的正月十五,灯火通明,爆竹烟花响彻天际。出门在外的人,春节不回家,没有关系,但是元宵节不回家,便是不孝。因为元宵节这天,我们会给祖先的坟头送去光亮,意味着后继有人。然而,我这个人总是容易乐极生悲,此刻所有的亲人都在身边,可是明天呢?正月十六,打工的走了,上学的走了,就剩下寂静的村庄和守着家的老人和小孩。想想这一别又是一年啊,怎能不伤感?小时候看着别人远行,心里满是不舍,现在到了自己,更是不舍。今年的正月十六,天还没亮我就坐上了离家的汽车,我感受到了滚烫的泪水在眼眶打转。这种感觉,我想大家应该都有体会。

树高千尺,落叶归根。不管以后我走多远,我还是会回到家乡,回到那个生我养我的地方,因为我的根在那里,我爱的亲人在那里。家乡,就是这样一个神奇的地方,一个哪怕只是它的一捻土、一朵云,都能让我落泪的地方。

她有个名字叫绿城

王锦琪

十年前她十分骄傲,处处绿树,天天蓝天,没有高楼大厦,没有地铁高架;十年后她也可能是骄傲的,拥有了一个现代化城市该有的一切,也变成了二线城市的领头羊,但她的面貌却朦胧了,大家在冬季时常看不清她的脸,唯有泪流满面才能让大家不迷失在她的胸襟之中。她是郑州,还有个名字叫作绿城。

她是我特殊的"母亲",在她的呵护下我平安降生在世上,在她的陪伴下我上了小学、中学、大学,从一个懵懂少年到青年再到成年。如果你问我对她的印象,只有两个字,"普通"。人多,繁华又杂乱,算是知名但不出众。如果让我说我有多么爱她,不,没有,甚至厌烦。来看看我的上学路你就懂得了。小学,那是从2004年开始,出门坐126路公交直达,途经鞋城、客运总站。啊,是个繁荣的地方,也是我堵车之旅的开始。到了六年级,我有了自己的第一辆自行车,然而政府可能察觉到路窄了些,决定要扩建一下道路,我的车也休假了一年。到了初中,想着可以骑车啦,也蛮兴奋的,然后又莫名地开始修路了,车又休息了三年;到了高中,终于不修路了,哈哈,开始建高架,终于开始了人生中最艰难的上学路。

终于要高考了,我立志要离开郑州、离开河南,可最后我还是来了郑大,可能是缘分,可能是不舍,好吧,骗你的,没有不舍。当知道了这个消息时我还沮丧了一阵子。毕竟又是四年要和这个母亲待在一起。然后就抛开一切和同学开启了半个月的草原之旅。就是这样一段经历,没有家人,没有熟悉的地方,我才发现我竟然想她了,尤其是在回家的火车上十分激动,到了站,吸一口郑州的雾霾,啊,神清气爽,最后,我成功被堵在回家的路上。

在这里生活了这么多年,我目睹着老城区的拆迁改造,目睹着自己上学路上陇海高架的建起,目睹着地铁一号线的开通,目睹着上合组织首脑会议的召开,这一切的一切,也说明着我的城市母亲逐渐向更发达的现代化大都市靠近;也是在成长的过程中,熟知了一个词"雾霾",毕竟它是为数不多的能让我的城市母亲在全国那么多城市中名列前茅的关键。也经常在冬天的校园里，调侃着郑州宛如仙境般的美丽。现在回头想想，其实我的城市母亲才是受害者，而真正的凶手是我们自己。母亲也深知是孩子对她好，所以也不曾抱怨。我也不会再后悔进了郑大，不会后悔留在了这里，毕竟我目睹了她的发展，她见证了我的长大。其实想起寒假看着外地同学们提着大包小包回家，我想到的一句诗是"长大后，乡愁是一枚小小的邮票"，那时感觉我还是挺幸运的。

其实，人们也是逐渐意识到环境问题的，像现在过年时禁放了爆竹，虽然是少了些年味，但过年这些天城市母亲也是光鲜亮丽的。其实我们是能够改变的，让绿城不再只是回忆，只要我们放慢些节奏，多去在意一下母亲的感受，这样才是正确的方向。

最后，我想说，郑州，其实我还是爱你的，回家别堵我了，求你了。

我理解的故乡

侯心雨

我一直以为故乡和家乡是不同的。如果说家乡是一种写实记叙,故乡更像是一种情感记忆,她本身就蕴含着思想和生命。每个作者笔下的家乡景色都是不一样的,有关家乡的记忆也不一样,但是对于故乡,他们都有一种愁。愁的是时间流逝所带来的物是人非,是笑问客从何处来的心酸无奈,更是许多复杂的我难以说清的种种感情。我的家乡在一个小村庄,我生在那儿,长在那儿,8岁的时候我离开那儿到镇上上学。我知道故乡情需要一定的时间与阅历来生成,我也算大致体会到这一点了。

我的家乡处于华北平原,种植农作物是每户村民的基本收入。村东头有一条河流,上面有两块水泥石块,小时候我每次骑三轮车经过的时候都怕车把歪了掉进去,越害怕我越是看着石块和河水,结果就越害怕。村里还有老头山,其实就是一个地势较高的小土坡,上面种的都是桃树,大概一二百棵的样子,我还曾想象过有老婆山呢。旁边还有一个湖泊,春天桃花盛开的时候气温已经回升了,我就会坐在桃树枝杈上玩,你知道桃树的两个分叉处是很低的,很适合坐人,我经常看见村里的妇女拿着毯子带着小孩坐在桃树下的草地上玩。而我的哥哥和村里的其他男孩就在湖里游泳、玩闹。那湖基本上就是男孩的领地了,我至今也不会游泳,而我经常在夏季和小伙伴们一起去河流的浅水处摸虾捉鱼,当年的河水挺清的,虽然收获不大,但我们可以用河螺,也就是蛤儿凑数,用清水泡,把泥沙冲出来,小的就用水煮了加调料吃,大的就把肉挑出来掺面炒着吃,每次都香得不得了。

我的家乡还有好几个奇怪的人,这在我年幼的心中留下了深刻的印象。第一个是傻婆娘,她是一个整天穿得破破烂烂的中年女子,在村庄的路上走来走去,也不和人说话,有一次我哥哥骑着自行车从她面前经过,她就追着我哥的自行车跑,还发出傻笑声。家里晚上点着蜡烛吃饭的时候,烛光把每个人的影子都拉得很长,影影绰绰的,我坐在面对门口的桌子一侧,每当这时我脑子总想些乱七八糟的事情,我姐若说了一声"你看你的后面",我就吓得不得了。第二个人物是坐轮椅的大叔。据说他生下来的时候就是玻璃性骨头,骨头很脆,不能站立,我印象中他个头很小,整个身体就像萎缩了一样。但是他很温柔,经常和我聊天说说话。他这些年一直待在家乡,去年我回去的时候他还记得我的名字并问起我的近况,依然有一群人围着他聊天。我觉得他一点都没有变,还是那个瘦弱并温柔的他。第三个人物是斗鸡眼阿毛,他做事很极端,而且不计后果。他曾经在一个下雨天骑着自行车向同样骑着自行车的我顶头撞过来,然后在我们都摔倒的时候冲我笑;他也曾经用手去砸墙把手砸出血。我问过我哥他为什么斗鸡眼,我哥给我讲了一个听起来很玄乎的故事:阿毛家养过一只鸡,后来鸡死了。有一天阿毛早上用水盆洗脸的时候,水盆倒映的不是阿毛的脸而是一只鸡,然后那个鸡叨了阿毛的眼,阿毛就成斗鸡眼了。我追问为什么鸡会叨阿毛的眼,我哥说鸡成精了,当时把我吓得有一段时间都害怕鸡会过来叨我的眼。后来,我去镇上上学就很少见他了,我问我爷爷阿毛去哪儿了,我爷爷说他去中学偷电线的时候被电死了。后来我再问爷爷,他又说阿毛被警察抓走了,我不知道是真是假。在我渐渐模糊的儿时记忆里,我经常想起他们,他们给我的童年增添了色彩和欢乐。

但今年我回去的时候,这些美好的记忆都消失了,湖泊的水污染了,桃树被砍了不少,还有人在那儿看守,和我同龄的玩伴都去打工了,有的甚至还结婚了。至于我记忆中的故人呢?只有坐轮椅的大叔还见得着。家乡两旁的树被砍了,参差不齐的楼房在田里建着,家乡的样子已经变了。但她还是故乡,在某一个时刻,在某一个场景,我还是会想起她。

我们都学过鲁迅先生的《故乡》,小时候读不觉得,现在才了解鲁迅先生的悲哀与愤怒。鲁迅写到"我所记得的故乡全不如此。我的故乡好得多了。但要我记起他的美丽,说出他的佳处来,却又没有影像,没有言辞了。仿佛也就如此。"更重要的是闰土,在月下瓜田用钢叉刺猹、在雪地捉鸟、在海边捡贝壳的活泼少年闰土。他也不再是作者记忆中的闰土了,他们之间已经隔了一层可悲的厚障壁了。作者写:"我在朦胧中,眼前展开一片海边碧绿的沙地来,上面深蓝的天空中挂着一轮金黄的圆月。"我想鲁迅先生还是忘不了少年的闰土吧。

还有三毛,那个到撒哈拉去流浪的姑娘,那个用笔在沙漠里开出一朵花的作家。她在《故乡人》中写道:"曾先生,我们虽然不认识,可是同样是一个故乡来的人,请安息吧。这朵花是送给你的,异乡寂寞,就算我代表你的亲人吧。""可怜河边无定骨,犹是春闺梦里人。"三毛的怜悯也是她对故乡的爱,"你是我的同胞,有我在,就不会成为孤坟"。

小学四年级时校长给我们上课,在黑板上抄了一首诗,当时无甚感觉,现在却感谢他的良苦用心。那是余光中的乡愁。

小时候/乡愁是一枚小小的邮票/我在这头/母亲在那头
长大后/乡愁是一张窄窄的船票/我在这头/新娘在那头
后来啊/乡愁是一方矮矮的坟墓/我在外头/母亲在里头
而现在/乡愁是一湾浅浅的海峡/我在这头/大陆在那头

家乡情：深深鹤壁情

刘伟亚

什么是家乡？我们每个人对于家乡的理解是什么？我听到身边有朋友说："刘伟亚，你离学校那么近，肯定不会想家吧？"每当听到这个，我就笑了，是啊，30分钟的高铁在现实的距离上也许称不上远，但是心理的距离呢？寒假的时候，我看到央视播出的一个采访，问题是："你什么时候最想家？"有人回答说是走进楼道闻到别人家的饭香时，有人说是和父母视频时……是啊，一种味道、一种声音都能成为牵引家乡情愫的丝丝缕缕。

虽然今天的这个演讲主题在很多人看来不够前卫，就像是小学时候语文老师布置的作文题，但是对于刚刚进入大学生活离开父母独立成长的我们，心里多多少少都会有新的感受和体味。那么现在，就让我来说说我的家乡鹤壁。老实说，小时候去外地别人会问我是哪个城市的，我说鹤壁，大多数人都不知道这个城市，更不用问知不知道鹤壁属于河南省，每当看到他们脸上迷茫的表情，我就会骄傲地说："那你知道《诗经》吗？其中很著名的一句'淇水汤汤，渐车帷裳'就是发生在鹤壁。"是的，因为爱鹤壁，所以我会骄傲地向别人介绍；因为爱鹤壁，我今天也站在了这里，向你们饶有兴趣地介绍这个城市。

爱家乡，爱她的内秀。鹤壁，因为两只仙鹤栖于南山峭壁的传说而得名。说她内秀，是因为她有古韵的芳香。殷商王朝四代帝王在此建都，林姓、殷姓等多个姓氏均源于此；"高风亮节""毛遂自荐"等100多个成语也源于此地。她虽然小，却承载了五千年中华文明，骨子里有着中原文化的精髓。

爱家乡，也爱她的盛世美颜。一条淇河，风流三千载。《诗经》里也不忘用笔墨赞叹她的容颜："淇水在右，源泉在左，巧笑之瑳，佩玉之傩。淇水悠悠，桧楫松舟，驾言出游，以写我忧。"作为河南唯一没有被污染的河流，她为整个城市提供了可供饮用的水源，也正因此，才盛产出美味的鲫鱼、缠丝蛋、冬凌草，还有有名的淇河三珍。不仅有绿水，这里还有古灵山、云梦山、大伾山等俊美的山峰。首先来说说云梦山吧,虽然海拔不高,但是也峰峦叠嶂,顺着山路,你能听到泉水叮咚,林间鸟鸣,如果风景不美,爸妈当初为什么会选择在这里约会呢?而大伾山也是风景独特、古存丰富,有大石佛、摩崖石刻等令人赞叹的古迹。其中最值得一提的就属大石佛啦,因为它是中国最早、北方最大的石佛。关于这座石佛的由来也十分有意思。相传古时候,黄河流于山脚下,每到雨季,常会洪水泛滥,故雕石佛以镇之。那这座石佛在百姓心里就拥有了神的力量,被人们所崇拜。

爱家乡,爱她的人情味。每年正月十五,浚县都会举行盛大的庙会,从大伾山开始绵延近十里,人山人海,舞狮、扭秧歌、踩高跷、唱戏曲、跑旱船,每年都会有许多精彩的民俗文化表演。在锣鼓喧天的热闹中,有着一种回归传统的年味。在儿时的记忆里,人挤着人看表演,卖糖葫芦的,卖金箍棒玩具的,卖气球的,卖烤红薯的,我都想要,我都好奇。我就坐在爸爸的肩上,吃着糖人,冻红着小脸,就算是手上沾满了化了的黏糊糊的糖,流着鼻涕,也觉得非常幸福。

爱家乡,爱她的努力。虽然鹤壁这座城市比较年轻,浚县、淇县也是1986年才划给鹤壁管辖,但是这座城市却有着后生可畏的志气,她不再以采矿业为主要经济增长点,而是遵循着"低碳、节能、环保"的生态理念,努力发展循环工业、循环农业。当然了,粮食产量在河南这个农业大省也有优势,其产量连年刷新,享有"黎阳收,顾九州"的美誉。中原经济区战略的提出给家乡的发展带来了福音。作为首批国家级创业型城市,这里也不断聚集着越来越多的高新技术和高端人才。她不再是以前那个灰头土脸靠煤吃饭的城市,她在不断地进步,一座座高楼大厦也在拔地而起,也有越来越多的人到这里旅游。鹤壁的樱花大道,在每年春天的时候,樱花竞相绽放,吸引众多游客。近几年来,家乡举办了中国鹤壁樱花文化节,更是为鹤壁的樱花大道添了名气。除了淇河之外,鹤壁还有另一张闪亮的名片,它不仅努力发展着经济和科技,也在努力打造本地的文化产业,塑造着文化品牌。就像我的成长也伴随了她的成长一样,从平房到楼房,从上学的泥泞土坡路到平坦的马路,在日新月异的变化中,我依然会记起院中那棵飘香的槐花树,那作为秘密基地的大土沟,那曾是我的童年,我童年的故乡。我喜欢从前的故乡,但我也爱现在的她,焕然一新的她。我也希望当自己学成归来时,也能为家乡的建设做一份贡献。我当然尊敬那些为了自己的理想和想要的生活而去国外或者大城市打拼的人,但我也更敬重那些回家乡建设的人。而我,也想要并努力成为这样的人。因为我也明白,我们在享受着家乡发展变化带来便利和幸福的同时,应该想到这是家乡人共同努力的结果。我们应该学会感恩且回报。这,也是真正爱家乡的一个表现吧。

当一个人的小学、初中、高中时光都是在一条街上度过的,当每日吃着差不多口味的饭菜,当骑车路过每天都经过的路口,也许这时候我对家乡并没有什么特别的理解。但当我在郑州做错公交而迷路时,一个人去食堂却不知道要吃什么的时候,当我走路去上课的时候,我开始怀念家乡街上卖烧饼老板的那一句"夹火腿吗",开始怀念桌前那一杯妈妈递过来的热水,甚至开始怀念街道转角处长达50秒的红绿灯,而我也明白,无论将来我去向何方,遇见什么样的人和事,家始终是我最熟悉的,陪伴我的,我最依赖的地方。

蜕 变

王 慧

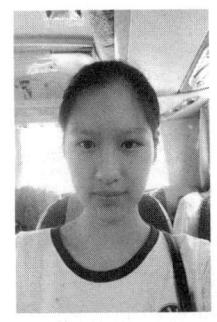

说到家乡啊,最先浮现在我脑海里的是那座小村庄,那是我生活了十几年的地方。在这十几年间,我看到了她的蜕变,而她见证了我的成长!

小时候,我生活的村庄小小的,有红砖青瓦的房屋,湛蓝湛蓝的天空,成片的树林和田野。那时候,大人们最喜欢的事就是坐在大门口,吃着饭说着家长里短,而我们最喜欢的是在树林里玩捉迷藏,在空地上扔沙包。我记得,那时候,村里最热闹的事是有人来村里放电影,师傅还没把幕布拉起来,村里人就拥上来了。尤其是那些调皮的孩子,跑到幕布前,两只眼睛紧紧盯着它。那时候,村里只有一部电话,每当电话铃响起的时候,守电话人的喊声能穿过大半个村子,听到喊声的人们都互相转告着,"那谁谁,你家来电话了,快去接吧",直到接电话的人匆匆到来。

长大后,村里一座座楼房拔地而起,路也修建了起来,形成了一种奇特的格局。什么格局呢?比如这里有一片空地,在这地上有一座一座小楼房,楼房中夹杂着一个一个平房,在这之中呢,还点缀着茅草屋。空调、手机走进了村里人的家里,大家再也不用守着那部电话机啦。这几年网上购物也悄然在村子里流行起来。我曾看到一个爷爷在问怎样使用支付宝,我当时很好奇啊,老爷爷这个年代的人还会用支付宝吗?于是就悄悄地走近他们,不动声色地听他们讲话。我听到老爷爷说:"小盼呐,你知道这个怎么弄吗?我想用手机直接交话费,你来帮咱看看。"说着他就把手机给了小盼,让她帮忙。我婶婶说,她现在就不怎么出门了,衣服很多都是在网上买的,村里像她这样的人有很多。

岁月在流淌,村口的那棵古树刻下一圈又一圈的年轮。转眼间,我升高中了,来到了县城上学。在这座小城里,藏满了我酸甜苦辣的回忆,有我人生中最快乐的时光;在这三年里,我了解了很多小城旧事,也亲自见证了小城的蜕变。

十几年前,小城里到处是低矮而混乱的民房,拥挤而肮脏的街道,还有垃圾遍地的菜市场。随着小城的发展,现在的她则有整齐有序的高层建筑;

宽阔的大街,鳞次栉比的市场;还有那历史悠久的太昊陵。在我的家乡,二月会是最热闹的日子,太昊陵里的人完全可以用"人山人海"来形容。当然,她还有很多美的地方,风景优美的龙湖,古色古香的陈楚古街。现在的她变得这么美,就像鲁镇那样,有水乡的温润色泽,还有都市的轻快明丽。还有那一低头的温柔,恰似一朵水莲花不胜凉风的娇羞的姑娘。

如果你来到小城,我很乐意领着你转一转,那时你就会发现小城的魅力有多大。这里的人们邻里之间有说不完的家长里短,吃的用的总会和邻居分享,脸上时常洋溢着灿烂的笑容。打个比方吧,她现在就像茧里的蛹,正要破茧而出,获得新生,迎着初升的太阳,焕发出蓬勃的活力。

今天,家乡在发展,家乡在蜕变。家乡的背后站着的自然是勤劳的家乡人民。我心里一直有个画面,小时候,收玉米,我爸爸用铁锹把玉米秆一个一个砍倒,在烈日下,我清楚地看到他的汗顺着脸颊往下淌。就这样,一直到晚上,妈妈回家做饭了,我和爸爸就坐到草甸上,说着话,看着天空中闪闪的星星。那时候,大家都是这样的,对家乡的土地怀有深沉的感情。

其实在我的记忆里,家乡是有味道的。这种味道是特别亲切的,独一无二,温暖心扉。这种味道是人生最初的记忆,从童年开始,然后随着岁月流转,慢慢沉淀,日渐丰满。无论走到哪里,都能凭借这股气息,回到家乡温暖的怀抱。我的家乡呀,又有多少文字能描绘出我对你的感情呢?

悠悠石板路

王思奇

大家好,我是2016级新闻学专业的一名学生,我叫王思奇。今天我要讲的题目是"悠悠石板路"。

我的家乡在山西省晋城市一个很小的村子。常常乘车下了公路后还需要步行一段时间。在接下来的介绍中,大家可以和我一起想象一下这样的画面:首先我们会拐入一个小巷,然后便可以看到一条窄窄的石板路向远处延伸,一小块一小块的青色石板排列特别整齐。石头缝里会有那种用手指一掐就流出乳白色汁液的小野花。两旁是老旧的房子,有的墙壁上面有小孩子用粉笔随意涂鸦留下的痕迹。整个画面特别和谐。走过小巷和石板路,站在一排长长石阶的顶端已经可以看到我家的影子。因为房子的第二层挂着几个大红灯笼,隔着很远也能隐约看到红色灯笼在风中晃动。过年时,只有走过这条路,自己才会有回家的感觉。

我们怀念家乡,或许在某些程度上源于一些人或是情的牵绊,我也是一样的。

我童年的很大一部分时光是和姥姥姥爷一起生活的。他们都是很普通的农民,现在年龄已经接近70岁,却始终只愿守在那块四四方方的土地旁,或许那样的生活方式已经被刻进了记忆,轻易很难改变。但就是在这似乎象征着枯燥、乏味、单调的生活下,其实隐藏了姥爷的另外一个世界,那一方院子便是他土地之外生活的延续。院子里有一大半种着各色我叫不出名字的花,被他打理得井井有条,有一小块围栏里养着鸡,偶尔还可以看到狗和猫,格外和谐地躺在院子里晒太阳。本该是天敌的它们在这个院子中似乎发生了不一样的故事。而这样的画面总能轻而易举地勾起我小时候的一些有趣的回忆。

说到这儿想和大家分享一两件我小时候的趣事。第一件是关于偷药的故事。或许大家会特别好奇,哪有小孩子喜欢吃药的呀!其实,我姥爷是一名乡村医生,家里有一个小小的药房,小时候有一段时间不知为何自己特别迷恋消食片的味道,总在姥爷出去的时候跑到药房里偷消食片吃。不被发现还好,一旦被发现那可惨了!会被他从院子里一直追到街上。那时候门前的路还是土路,坑坑洼洼,他怕我摔倒,一般只是象征性地追几步就停下来,但我自己却撒丫子跑得格外的欢畅。成长过程中,很多记忆都已经逐渐消逝,但唯独这个片段却异常深刻地留在了自己的脑海中。

第二件事是小时候放牛的故事。可能对于同龄的许多同学来说,童年里有娃娃、换装游戏、四驱车等,所以说到放牛会觉得格外陌生。但是那时,我所在的村子里很多人养牛,我总喜欢跟在大人后面晃荡,帮不了什么忙也总爱跟着。父母说其实我每次去的时候都只是找理由坐在山坡上偷懒,说是要帮忙看守水和干粮。往往他们很累的时候回来休息,就会发现我已经将东西解决了一大半,而且安心地睡着了。被他们叫醒后的我,只能面红耳赤地跟在后面帮忙把牛赶到一个池塘边饮水。

这些当时不以为意的小片段却在之后的时光中令自己格外怀念。纳兰性德曾在《长相思》中说:"风一更,雪一更,聒碎乡心梦不成,故园无此声。"席慕蓉也曾在《乡愁》中说:"故乡的歌是一支清远的笛,总在有月亮的晚上响起;故乡的面貌却是一种模糊的怅惘,仿佛雾里的挥手别离;离别后,乡愁是一棵没有年轮的树,永不老去。"上初中的时候我已经离开了家乡,到现在还记得初三时模仿他们写了一篇关于家乡的作文,是初三时分数最高的一篇,当时的自己异常地骄傲。虽然后来老师的评价是这样的:"思奇啊,这篇作文分数高的原因或许是老师真的是不懂你在写些什么,太抽象了。"从此掐灭了我偶尔装一把文艺青年的幻想。

前面所叙述的这些都是我印象中的故乡,但近期回去后却发现故乡已经发生了特别大的变化。

当年多次计划的逃窜路线,多是在那条小土路上得以实施,而如今小土路早已经变成了水泥路,车子也可以直接开到村子里面。同时,大多数的路灯也已经更换成了太阳能路灯,不仅能够达到节能的效果,村民们的利益也得到了很大的保障。另一方面是文化建设,相传"孔子回车"的故事便发生在我的家乡,之前仅仅有一个雕像用来纪念,而现在为了保护和传承其中所蕴含的特有文化进行了重新修建,将一条街道进行改造,搜集了与这个故事相关的文字记载,更详尽地进行了阐释。除了这些,有一些却在潜移默化中变成了陌生的样子。原来许许多多养牛的人渐渐消失,曾经饮牛的池塘变得逐渐干涸,原来街道上有小孩子追逐打闹,年轻人交谈,老人拿着小板凳聚在一起,朝路过的每个人打招呼。而现在年轻人大都走了,小孩子也被带走了,村庄变得越来越萧条,也越来越安静。

如果说在百度上搜索与我们村庄相关的内容,可能会看到这样的信息:它位于山西省晋城市泽州县晋庙铺镇的北端,是个地下无资源,地上无企业,集体村民无收入的村庄。近年来,该村坚持大力发展种植业和养殖业,始终坚持以服务城市、富裕农村、繁荣经济、优化生态为目标,坚持围绕市场结构调整,建设新农村劲头十足,但经济及社会建设目前尚落后。

很多东西都变了,虽然我不确定是否所有的变化都是好的消息,不确定那些离开的人是逃离还是想改变,总之不像诗歌里那么美好,不像表面上那么欣欣向荣,甚至有人站在屋檐下抱怨着,吐槽那么一两句。

但家乡啊,真的就是这样,我们抱怨、吐槽着,都只是期待着她越变越好,变成我们曾经向往的样子。新年时自己曾写下一句话,这一天是村庄最热闹的时候,所有的疲累在这一天会得到很好的抚慰,成人也变成了孩子,在一个屋角掩着被子睡得格外安稳。我相信我们都需要这样一个角落。所以我想重新踏上那条石板路,看到一个越来越好的家乡。

桃花源

杨 纠

大家好,今天我演讲的题目是"桃花源"。这也是我家乡的名字。桃花源属于常德,常德古称武陵,史称川黔门户、云贵咽喉,所以三国时这儿也是兵家必争之地。陶渊明曾在《桃花源记》中这样描述她:"忽逢桃花林,夹岸数百步,中无杂树,芳草鲜美,落英缤纷……有良田美池桑竹之属……黄发垂髫,并怡然自乐。"每年3月18日是桃花节,桃花节前后桃花闹春意,沿河沿路都是花瓣,整个小城也被桃花包裹着,全都被落得个粉红粉红的。

阳春三月的太阳最解人意,连绵的春雨也落得不失韵味。春雨过后,江水涨起,春江水暖,鸭子和小孩子是一起知道的,穿着小裤衩一头扎进水里,忽地又从另一边冒出来。传说这江是张果老用犁给犁出来的。所以老人都说沅江是有灵性的,夏日的她,一甩往日的温柔,雷是可以炸破半边天的,雨也是随性而豪爽的,来来去去的人,穿梭在这场倾盆大雨间,被一场大雨拥抱,又被另一场大雨送行。直到连连绵绵的秋雨包裹了整个秋,丝毫不像冷冽的冬,但即使是冷冷的她我也是喜欢着想念着的。

想念的她,不仅有美好的季节,还有特多好吃的。简单地说就是,一碗米粉几个蒿子粑粑,一碗擂茶,配点腌臜。若是有机会去湖南,除了凤凰张家界,来常德桃花源,我带你吃好玩好。

我的家乡,叫桃花源,她温柔又有个性,并用各种独到的美食牵绊着我。她春天的温柔,夏天的个性,秋日的缠绵,冬日的冷冽,占满了我的整个19年。倚在她身边时不觉得,离开千里万里的现如今,只有对她满满的想念了。也是直到去了很远的地方,才发现这个小地方这么好,有最温柔的春秋,最滂沱的大雨,最炽热的太阳,最闷湿的午后,还有层叠的稻田和低垂的远山。生我养我的小城,走到哪里都不会迷路,有最最爱的家人在等我回来。从城南走到城北,城东走到城西,来来去去都走不出这个甜蜜的圈。而今我越发地想回家,但每次都像个游客,来去匆匆。越是长大越是期盼那种归属感,却也越发难以捕捉。来来去去的人在和她共舞,而我只能抱着青石板假寐,醒来时就是离开时,想念着的,仍是她分明的四季和分明的味道。

"鬼城"之殇

折辰慧

当看到今天的主题——"故乡情·说家乡"的时候,我几乎没有任何犹豫就下笔写了这篇演讲稿。因为我已经迫不及待地要把我家乡的面貌展现给大家。希望大家在我的演讲中,能看到一个全面、完整的内蒙古鄂尔多斯。

就如同人们一直认为广东人都有商业头脑,新疆人天天吃羊肉串,东北人个个很彪悍一样。我的家乡内蒙古自治区也有着自己独特的"标签"。在大家的眼中,内蒙古人似乎都应该穿着蒙古袍住着蒙古包,打开水龙头就是牛奶,一望无际都是大草原。套马的汉子威武雄壮,男男女女骑着马儿唱着歌,让我们红尘做伴活得潇潇洒洒。我开始上网冲浪的年纪比较早,那时跟网友表明我是来自内蒙古时,他们就会问我在大草原上怎么上网,我眼都不眨地告诉他们我把路由器绑在牛角上,一边放牛一边上网。

近些年来,随着时代的进步和互联网的普及,这些可笑的流言早就不复存在。鄂尔多斯有了一个怪异的新标签——鬼城。

之所以叫"鬼城"就是因为这个城市明明只有20万的人口,却做出了可以容纳100万人的城市。

这其中更深层次的原因还要追溯到2011年。

2011年的前十年,是煤炭产业的黄金十年。而鄂尔多斯坐拥大量的"黑色金子"——煤炭资源,在这十年内迅速崛起。公路上到处跑的都是满载"黑尘"的运煤车。本来一袋方便面分两个人吃的家庭突然间就变成了富甲一方的万元户。家家户户都有了小汽车,甚至两辆或三辆。在鄂尔多斯的大街上,路虎、宝马、奔驰、奥迪的比例十分高,贵妇人身上都是LV、Dior和香奈儿。不少人开玩笑说不做煤老板也要娶煤老板的女儿。

民间有了钱,税收跟着增加,一时政府的钱包也鼓了起来。于是政府一鼓作气,征地、拆迁,盖起一座又一座的高楼大厦,希望这个曾经破烂得一文不名的边陲小镇能一跃成为大都市,这时候鄂尔多斯的GDP赶超香港,房价一涨再涨,直逼北上广。人们把征地拆迁得到的几十万、几百万都投入高利贷的洪流中,高额的利息冲昏了人们的头脑,甚至自己继续过省吃俭用的生活也要拿钱出来放高利贷。

这时的鄂尔多斯沉浸在虚伪的泡沫之中不可自拔。

2011年年底,是这个噩梦醒来的时候。煤炭价格狂跌,人们投进房地产中的高利贷随之陷入了危机。成品楼卖不出去,正在建设中的楼没钱继续施工,街两旁经常可以看到只有钢筋水泥骨架的烂尾楼,尴尬地立在那里。打工的热潮很快散去,那个声称人均三套房的鄂尔多斯,变成了一座没有什么人的"鬼城"。

但是在外界都一致抨击鄂尔多斯,把空旷的城市照片在网上大肆传播的时候,没有人注意到居住在这个地方的那些人。他们只当我们都是暴发户,抑或被泡沫经济席卷过的穷光蛋,但这么多年来,鄂尔多斯并非一直在做无用功,并非一无是处。这个城市仍然有我们可以为之骄傲的地方。

这里产的鄂尔多斯羊绒衫还是那么温暖舒服,这里的蓝天白云还是常客,在每天晚上的天气预报中,鄂尔多斯的空气质量总是优。这里的音乐喷泉和富有蒙古特色的建筑群还是那么美丽;这里的成吉思汗陵,游人还是络绎不绝。这里的居民还是每天都享受着干净的城市和空气,过着大城市人所没有的慢节奏生活。

这里也并非空无一人,每日美食广场上都有大量的顾客,逢年过节的中轴线广场和夏日傍晚的喷泉广场甚至还需要交通管制。

现在的鄂尔多斯已经成了一座著名的4A级旅游城市,政府还设计了旅游线路,打造了一个又一个旅游景区,承办第十届少数民族运动会、国际那达慕大会等许多盛会,推出了冰雪节等一系列节日活动。鄂尔多斯并没有倒下,而是正在努力寻找新的出路。

从鄂尔多斯走出来的我,总有一天会回到大西北,回到鄂尔多斯,去建设她,爱护她。因为这是一片美到让成吉思汗的马鞭掉落的土地,这是生活着我最爱的人的土地,这是生我养我的土地,这是我的家。

第二期 "两会"说

3月,对于我国的政治生活而言,无疑意义非凡。2017年3月3日15时,中国人民政治协商会议第十二届全国委员会第五次会议在首都北京开幕;2017年3月5日9时,中华人民共和国第十二届全国人民代表大会第五次会议开幕。群贤毕至,国是共商。从政府工作报告审批到人大代表各项议案表决;从路线方针、经济政策到法律政治、军事外交;从文化教育、科技创新到民生社保、生态环保,无所不含,无所不论。

3月,对于我们新传人而言,无疑是忙碌而重要的。青年学生,关心政治从关心"两会"开始;新传学子,学习传媒从学习"两会"起步。"两会",不只是国家经济体制改革,不只是宏观大政方针,不只是宪法修正讨论,两会也"接地气":

医疗改革——求医就诊、医患矛盾、医德医风……你怎么看?

住房问题——房价起伏、住房保障、房贷高低……我们的窝迟早自己搭!

环境保护——蓝天VS雾霾、清水against污染、原野PK黄沙大战……如何取胜听你说!

就业创业——创业政策、市场环境、就业压力……你要何去何从?

教育公平——英语考不考、"素质"教育怎么看、城乡教育咋端平……你们一定有话说!

文化复兴——国学进教材、"非遗"续传承、综艺放异彩……听听你们怎么说?

收入分配、食品安全、社会保障……"两会",我们听你说!

"两会"进行时,新传人看"两会"。

新传青年说,期待你的发声!

在一个时代里缓慢行走

李唯一　郭　帅

"蒹葭苍苍,白露为霜。所谓伊人,在水一方。"这是撩动人心弦的遇见。

"这位妹妹我曾经见过。"这是宝玉和黛玉初次见面时欢喜的遇见。

"遇见你之前,我没有想过结婚,遇到你之后我结婚没有想过和别的人。"这是钱锺书和杨绛之间决定一生的遇见。

伴随着优美的文字和旋律,我要为大家带来我今天的演讲《在一个时代里缓慢行走》。

想必在座的有人已经听出来了,我刚刚朗读的那段文字是大型文化综艺类节目《朗读者》的开场白,带着语言自身的美,就这么润物无声地进入了我们的视野,仿佛整个世界都在这一刻放慢了脚步。

就在今年年初,这档综艺界的清流《朗读者》和大家见面了,初次见面不知为何会有一种久旱逢甘霖的感觉。可能它真的是"千呼万唤始出来"吧。它是央视著名主持人董卿的心血倾注,花了将近一年的时间去准备,她在节目里这样说:"朗读者就是朗读的人,在我看来可以分为两部分来理解,朗读是传播文字,而人则是展现生命。"到这里我们已经不难理解,这舒缓的节目节奏,配合着它深厚的文化底蕴,使它所传递出的责任感和温情正符合着国人的传统价值。

其实在《朗读者》之前,《中国诗词大会》等节目已经获得了巨大成功,因此,优秀传统文化教育也成了今年两会关注的热点。我国教育部部长陈宝生这样说:"传统优秀文化教育是一个固本的工程,对人们的世界观、价值观、人生观的形成有着系统的阐述。"政协委员姜昆也提出:"孩子们的成长要用优秀的传统文化来潜移默化地渗透。"可以看出,我们国家已经开始意识到留住传统文化、多一些人文情怀的重要性,并已经成了当今这个浮躁社会继续前进的强心剂。

网上也流传着这样一种说法:"文化综艺节目天然是有使命感的,它自出生就被寄予传承和改变的希望。"

于是我迫不及待地去关注微博。结果发现它的粉丝数量只有26万,这是一个什么概念?也就是我们随便去一个当红小鲜肉的微博账号一看,都有几千万的粉丝。此时此刻我才发觉,《朗读者》就像一位引吭高唱的独行者,在浮躁的时代里艰难却又坚定地撒播着文化复兴的火种。因为它知道,星星之火,可以燎原。将来会有越来越多的人在这个时代里跟它一起慢慢走下去。

其实,让时间慢下来的不只是文化节目,还有那些宝贵的文化遗产。今年的两会上,国家文物局局长刘玉珠也提出"让文物活起来,让文化活起来"。他之所以这样说,肯定也是看到了我们的文化遗产正在慢慢消失。就拿我自己的家乡来说,小时候每年正月十五,大街上会有村民们组织的传统大鼓和戏曲表演,但是近两年我却发现每到这一天再也没有我小时候看到的那些盛况了。还有那些比如河图洛书、河洛大鼓等虽然已经进入了"非遗"的名录,但仍存在着后继无人、难以传承的问题。也许它们不太适应这个快节奏的社会,但是我们不能否认,不管传统技艺现在的价值是怎么样的,只要你把它保存下来,就是保存了一段历史,也许以后它的价值又会显现出来。正如我们平时看到的那些关于文化遗产的纪录片,民间艺人的守护,让我们的文化遗产焕发着勃勃生机,拍摄者的不遗余力,也让传统文化一步一步地走进我们的生活。原来,我们的传统文化是具有生命力的,它们不会因为时间的流逝而消失,更不会被这个时代抛弃,反而会像陈酿的老酒,历久弥香。

这是一个最好的时代,也是一个最坏的时代。我们感谢这个高速发展的社会给我们带来了极大的物质世界的丰富,但是也不妨静静聆听精神世界中慢速生命的色彩。

文化复兴是一条很长很长的路,在这条路上,无论是"两会"还是我们都任重而道远。唯有保持着这种在纷繁世界中缓慢行走的态度,才能让这个社会有温度,我们的国家才会源源不断地散发着它独特而又深沉的魅力。

从尘埃里开出花来

文子玉

  我想先请大家看这样几张图片：几十平方米的土坯房里摆放着几样简单的家具，斑驳的墙壁上满是黑色的蜘蛛网，炊具和餐具上落满灰尘，一阵劲风可以不费力地吹进屋内，只剩下窗户在呼呼作响，一位年过七旬的老人独坐在堆满破旧衣物的木板床上，等待着这一天日落的到来。可能，你会觉得不可思议，但我想告诉大家的是，这就是真实的豫北贫困农村，可能，这也是万千中国贫困农村的真实缩影。

  有位诗人曾说过：贫穷是戴在脖子上的枷锁，是压在心尖上的秤砣。从温总理的"扶贫先扶志"到习总书记的"精准扶贫"，减贫依旧是政府今年"两会"的重要议题之一。而我十分有幸地参与了河南省精准扶贫成效第三方评估项目，踏上豫北大地，走村访户，了解最底层民众的生存状态，调研国家扶贫政策的落地情况。"源头有活水，基层天地阔"，正像穆青先生说的那样，"新闻人就要扎根基层，获取鲜活的新闻素材"，所以今天，我在此把豫北扶贫调研的故事分享给大家。

从尘埃里开出花来

  "从尘埃里开出花来"，想到这些困难群众，我脑海中首先冒出这样一句话。尽管经济拮据，尽管住在破败不堪的房子里，尽管种的粮食仅能果腹，尽管岁月把他们的脸庞揉捏得如沟壑般纵横……但是，这并没能带走他们一丝丝的朴实和善良。

  鹤壁浚县的王清学，一位七旬老人，他的妻子常年卧病在床，老两口相依为命。由于年迈缺少劳动能力，政府给他们办理了最低生活保障，每年不到5 000元的低保补助金是他们的全部收入。但王爷爷一直"闲不住"，为了贴补家用，他养起了蜜蜂，看着庭院中十几箱的蜜蜂，他说："在自己还能动弹的时候，就不要给孩子和国家添麻烦。"

  安阳内黄县的董占国，年仅31岁就因脑溢血落下了偏瘫的后遗症。年轻的夫妻俩只能靠种的2亩地来维持生计和支付医药费,其生活的拮据程度不言而喻。但当提到他们年仅2岁的儿子时,董大哥满脸期待,他说:"趁着国家的好政策,我得好好治病,赶快好起来供我的孩子读书上大学!"

其实啊,就像塞涅卡曾说的那样,我们赞美的不是贫穷,而是那些贫穷不能使之卑躬屈膝的人。

贫穷浇灭梦想,谁来灌溉希望

但当贫穷真正浇灭他们的梦想时,谁又能给他们希望呢?

今年两会上,习总书记再次重申"精准扶贫"的含义。所谓精准,就是由"千篇一律"到"私人订制",由"大水漫灌"到"精准滴灌"。它不仅包括建立"一户一档"的扶贫精准识贫机制,还包括确立帮扶负责人、产业增收、危房改造、扶贫助学、医疗救助等精准扶贫措施。

"在致富奔小康的路上,不能落下任何一个人。""到2020年,农村贫困人口全部脱贫,贫困县全部摘帽。"这是习总书记代表党中央立下的"军令状",也是万千贫困家庭的一剂"强心剂"。

家住安阳市内黄县梁庄镇牡丹街村的刘书根老人,家中四口人,年过六旬的他,带着一个残疾的儿子和两个尚且年幼的孙子生活。我们走访时,老人正在家门口剥花生,孩子们拿着饼干在庭院中嬉戏打闹。仔细询问情况后得知,老人的儿子因为一场意外导致了双腿残疾,从此丧失了劳动能力,老人又疾病缠身,仅靠种地糊口,儿媳妇因为无法忍受这种家境,弃家而去,当时,最小的孩子才刚满一岁。

谈到这些,再看看庭院中玩得欢快的孩子们,老人眉头紧锁,显得十分失落。但好在政府开展精准识贫、精准帮扶,针对这种缺少劳动力的家庭,给予了更加全面的照顾,比如孩子在幼儿园阶段就享受贫困生资金补助,全家都能享受最低生活保障以及新农合、新农保等保险。除此之外,政府还指派专门的帮扶责任人实施"一对一"救助,就在去年年底,帮扶责任人还代表政府送来了米面油以及五只小羊,来帮助刘大爷家改善生活。

如今,这个四口之家的吃穿住行已经不成问题,他握着我们调研队员的手连连说:"感谢党的好政策啊,我是赶上了好时代啊……"就在我们临走时,这位淳朴的老人提着一篮子花生硬要送给我们吃,我们边走边拒绝,但老人还是小跑着送了我们好长一段路。

贫困是社会的伤疤,减贫是政府的天职,扶贫济困是人类的良心。在贫困来临时,那些面朝黄土背朝天的农民,他们能依靠且唯一能依靠的就是我们强有力的政府。从党中央"精准扶贫,坚决打赢扶贫攻坚战"的正确政策引导,再到基层干部"开展小麦种植、肉羊养殖等技术培训以及建立现代农业产业吸纳贫困户在企务工"等扶贫工作方式的创新,我们有理由相信,尽管万千贫困民众的脱贫之路是坎坷曲折的,但终将会踏上全民小康的康庄大道!

我们所说的教育公平,都是一场美梦

李林翰

不知道大家是否了解,有一所学校,它每年有上百名毕业生都能考上清华北大,其教育模式被全国高校模仿,没错,它就是衡水中学,这是衡水中学的寒假作业,厚厚的一摞,我看见这个忽然就懂得了什么叫没有人性;如果你知道这个学校,那你也肯定知道有一个省,高考总分750,它的理科生考到了700分,也上不了清华北大,没错,它就是我的老家河北省。

作为一个土生土长的河北人,我从小就被老师告知:你们是全中国最辛苦的考生,没有之一。后来我发现这句话是错误的,因为我来到河南才发现,河南考生才是全中国最艰苦的考生,没有之一。如果你的身边有一个河南人,请你一定要珍惜他!因为你不知道,他是在高考独木桥上超越了不知多少人之后才来到了你的身边,所以你一定要珍惜他。

我们总是习惯对比,当看到这样的一组数据时,我和我的小伙伴们都惊呆了。以中国人民大学的招生为例,2016 年,人大在各地的录取比例与各地的高考人数之间的巨大落差成了我们这代年轻人源源不断的吐槽点。像这样的例子还有很多,它们都透露着同样的一个信息——教育不公平。

前一段时间,我的朋友圈被一个人刷屏,她的名字叫方丽平,她以全国人大代表的身份向人大会议递交了这样一份提案:让京津冀三地高考考生平等竞争。这意味着什么?意味着京津冀三地的考生将在以后的高考中用同一张考卷,考同一所学校会有同样的分数线。用我同学调侃的话来说,以后河北考生将会用成绩告诉他们什么叫作碾压。说实话,听完这句话我就笑了,这是一种怎样的笑,我想用三个字表达——不可能。那并不是一种开心的笑,那是一种苦笑。

在很多人的眼中,方丽平的提案只能停留在一张白纸上,它很难落实。而我们所期待的教育公平,都是一场美梦,这场属于河北人的狂欢终会以落寞收场。

那么,我们到底要怎么做?有人对我说:"那就这样得过且过吧,反正中国的教育制度从古至今都是这样,你看过有什么大的改变吗?"还有人对我说:"我们都是普通的人,有谁会真正听我们的呼声呢?"他们的话在传达同一个信息——我们所说的教育公平,真的是一场美梦。

可是那场美梦如果不是一场虚幻的梦,而是一场美好的梦想,它万一可以实现了呢?

我知道,我们看过太多让我们难以启齿的教育现实,我们经历过教育弊端给我们带来的种种不公,我们那颗炽热的雄心早已被一张张试卷摧毁得面目全非。可是,我还是想问你,你还相信梦想吗?

我一直把这样的一句话当成我的信仰——"不是现实支撑了梦想,而是梦想支撑了现实。"我还十分清楚地记得,高考前的我们天天像个傻子一样大声地喊着同样的一句口号:"血拼到底,名牌同班;血拼到底,清北同班。"是不是特傻特傻? 可是,就是这一声声口号,就是那一场场美梦,支撑了我最难忘的复读时光。我们这些曾经高考失败过一次的人,我们这些曾经徘徊在一本二本分数线边缘的人,最终都考上了一本。而我想告诉你的是,这就是梦想的力量。

而对于教育公平呢? 我看见,这个世界不仅仅有一个方丽平在努力,还有那么多人跟她一起扛。我看见,全国政协委员胡卫履职5年,提交教育公平的提案十几个;我看见,王源作为中国青年代表在联合国青年论坛中发出男女教育平等的愿景;我还看见,贵州大学校长郑强在西南大学演讲中戳中教育弊端,为教育公平常年奔走呼号。

这个世界根本就没有什么特别伟大的人,我们都是小人物,我们都是平凡人,我们依然会为社会的种种不公感到愤怒,我们依然不想堕落成我们曾经最讨厌的那种人,我们依然会像蜗牛一样背着重重的壳却心怀着大大的梦想。

我们真正缺少的不是敢想,而是缺少敢于再来一次的勇气,再一次去追逐梦想,再一次选择责任与担当,再一次为了更多人能分享到阳光。这个世界永远欣赏敢于再来一次的人,因为只有这样的人,这个民族才会越挫越强!

所以我希望在座的各位,无论今后的我们赚了多少钱,取得了多高的地位,我们都要站在自己的岗位上勇敢地为教育公平发声。而我能够保证的是,无论未来的我是否做一名记者,我都会像方丽平代表一样,就算那个愿望不那么切合实际,也要为教育公平发声!

最后,我想讲一个小故事,是初中时我和我父亲的故事,那一天我问我父亲:"为什么市区的孩子跟我考了同样的分数,他却上了市里最好的学校,而我只能上一个普通的初中?"我父亲没有回答我一个字,只是默默地走开了。

我现在好像已经知道了答案,但是我更想说的是,如果未来的某一天我的孩子也问我同样的问题,我希望我的回答是:"我在为这种现象的改变,一直努力着。"

而你们又会怎么回答呢?

与爱同行,精彩无限

宋贺扬

我今年23岁,这是一个什么样的年纪呢?可能这是一个需要被过来人多加指引的年纪,因为它是你人生的第三个十年。在这期间,你可能会继续读书深造,可能会步入职场,可能会结婚生子,但这一切一切的起步,都需要一些恰到好处的指引。相信在座的许多同学可能跟我一样比较幸运,在成长的道路上总会有父母的关心和陪伴,生怕我们得到的爱不够多,得到的关心不够暖。

我是一个喜欢热闹的女孩儿,从小就喜欢演讲,在高三考大学时义无反顾地报考了播音主持专业。除了要参加高考,我们还得参加专业课的考试。为了考上理想的大学,我就要和其他同学一样从头开始系统地学习播音专业的相关知识。可是问题来了,从我的学校到学习专业课的地方有两个多小时的车程,如果遇上堵车可能还会迟到,这可怎么办?就在我想不到合适解决方案的时候,我的母亲走到我跟前斩钉截铁地告诉我:"孩子,你放心。有我跟你爸在,就不会让你耽误要学习的课程。"

就是从那天开始,爸爸就成了我的司机,而妈妈则成了我的陪同。每天下午5:40他们会准时出现在教室外面。同时等着我的,还有妈妈从不曾忘记的晚饭。虽说不上是山珍海味,但每一顿饭都有他们最无私的爱。一共40节课,无论刮风下雨,无论多忙多累,他们从来没有迟到过一次,也从来没让我落下一节专业课。

我就读的那所高中要求学生必须在校内住宿,因此在我学完专业课之后爸妈还得把我送回学校。就这样,妈妈跟着我一起成了那里的学生,而我的专业课老师也形象地称她为"陪读生"。在跟老师学习的那段时间,她总是再三叮嘱我常犯的错误,甚至在空闲时间不厌其烦地一遍又一遍地帮我检查新出现的问题,我知道那是因为她太希望我能取得哪怕一丁点儿的进步。我不敢说那段时间我获得了多大的提高,但就是因为他们默默的付出和陪伴,让我意识到自己是多么的幸福,而他们的支持和鼓励也成了我前进道路上最大的动力。当然,我也没让他们失望,最终考上了自己心仪的学校。

　　我分享的故事只是在成长的道路上父母给予我们关怀的一个小小的缩影，甚至有些时候我们会觉得这就是些再平常不过的小事。但恰恰就是这些在我们眼中视为平常的小事，对于生活在这个社会中的另外一群人，却是一种奢望。他们就是——留守儿童。

　　在中国，随着社会经济的快速发展，越来越多的青壮年走进了城市，而在广大农村也就随之出现了一个特殊的未成年人群体——留守儿童。他们由于长期无法享受到父母在人生观、世界观、价值观上的引导和帮助，缺少情感上的关心和呵护，极易产生成长的偏离和心理发展的异常，甚至有些人因此而走上了犯罪的道路。可以毫不夸张地说，他们的教育问题迫切需要家庭、学校以及社会给予高度关注。

　　其实，早在2004年，国家就启动了农村寄宿制学校建设工程，但由于条件限制，缺乏有力的政策支持和经费保障，这一项目仍然面临着各种各样的问题。而在今年的政府工作报告中，李克强总理明确地指出："要加强农村留守儿童关爱保护和城乡困境儿童保障。"

　　在查阅资料的过程中，我发现了一个非常意外的结论，有研究表明，父母的冷漠才是留守儿童最大的悲哀，甚至在一些留守家庭中，由于和父母长期无法团聚，个别留守儿童竟已经忘了父母的相貌。

　　不知道在座的各位有没有看过湖南卫视的一档角色互换节目——《变形计》，这档节目通常会选择两个来自不同家庭的孩子，让他们进行身份互换，分别体验对方的生活。其中有一期节目讲述了这样一个故事：一个是来自辽宁鞍山的假小子刘珈辰，一个是来自云南文山乖巧懂事的小姑娘杨杰，两个拥有相同旅程却截然不同的女孩儿彼此穿越3 700多公里来到对方的世界，完成了《变形记》有史以来最远距离的身份互换。在节目播出前刘珈辰就是一个对抗父母、对抗学校、对抗社会规则的女孩儿，一味地用金钱、用叛逆肆意地宣泄着自己的青春。但自从来到那个偏远的大山，看到山里爸妈宁肯生病也不去医院，就为省出钱给她买自己想要的衣物时，这个倔强的孩子第一次流下了眼泪。在节目的最后，我记得她说了这样一段话："我对钱其实看得没那么重要，我觉得我爸我妈要是能陪我，我也不需要用钱去买那些东西。"

　　原来，她只是在用物质的索取去填补内心的孤独，用一种过激的方式去寻找缺席的温暖和陪伴，而这何尝不是一个孤独的孩子对亲情最深的呼唤呢？

　　其实，孩子需要的不仅是"培养"，而是"陪养"。当农村的孩子因为生活所迫成为留守儿童，城市孩子又何尝不是另一种形式的留守？无论是迫于生计外出打工造成的数千万乡村留守儿童,还是因为父母疏于陪伴的城里孩子,他们都面临着一个问题,就是父母的精神关爱远远不够,这不仅是节目中孩子们缺失而渴望的爱,更是全中国的孩子都希望得到的一份成长温暖。

在快速工业化、城市化的进程中,这些孩子却被卡在了时代前进的齿轮中,生活让他们小小年纪便饱尝孤独和思念,他们像野草一样顽强地成长,用稚嫩的小手写下了家的坐标,用单薄的身体守护着团圆的希望。

我所讲的故事只是我国9 000多万留守儿童中几个代表性的案例,但他们的声音却在大山里不绝于耳地回荡,正如歌曲《我想有个家》中所唱的那样:"我想有个家,一个不需要华丽的地方,在我疲倦的时候,我会想到它。我想有个家,一个不需要多大的地方,在我受惊吓的时候,我才不会害怕。"与爱同行,精彩无限,在走的或许是时间,在变的或许是世界,但不变的一定是我们对爱的执着与期待。

话家国

杨 岚

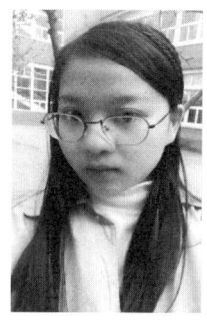

本期"新传青年说"的主题是"青年说·说两会",那么,两会是什么?2017年3月3日,中国人民政治协商会议第十二届全国委员会第五次会议在北京开幕;2017年3月5日,中华人民共和国第十二届全国人民代表大会第五次会议开幕。这就是两会,和《新闻联播》里的介绍一样,看似冰冷疏离,和我们的生活并不相关,最多不过是上了年纪又爱卖弄的老人在茶余饭后拿出来显摆的一点谈资,大家七嘴八舌地议论一番,话题又在哄笑声中回到家长里短的琐事上去。

所以,为了不让大家笑话,今天我索性放弃高谈阔论的演讲,咱们一起来谈谈家长里短的那些琐事。

玉龙雪山下,三江并流之地,坐落着我的家乡。可能大家已经猜到了,对,就是丽江。今天我要给大家讲的故事,就发生在这个山青水秀的地方。故事有点长,就先从我的太外祖父那一辈说起吧。我的家人都是纳西族人,外祖父既是家族里的当家人,也是当地德高望重的尊长。在纳西族文化里,他这样的人,被称作"东巴先生",方圆以内,婚丧嫁娶,都要得他首肯才算是尘埃落定。所谓先生,识文断字,丝弦乐律都是懂得的。只是那文字不是之乎者也而是东巴文;那乐器并不精美华丽而是简单粗犷。最妙的是他懂一种口弦琴,可以用一根细线和口腔共鸣发出悠扬的琴声。这样的人显然是不符合那个时代标准的,因为他的富有,也因为他的存在挑战了秩序的权威,更因为他代表着一个相信鬼神的旧时代,但是旧时代的天,已经垮了。家里人时常说起他,说他晚年变成了一个脾气古怪的人,终年不见笑容,也不开口说话,只是眼神阴郁地坐在一个地方,从朝霞绚丽到落日西沉。家里人只当他是因为生活的打击,毕竟它忍受了在新旧更替时,属于他那一类人的苦难,他不说,再怎么猜也是枉然。直到这个倔老人临走,哭着说"没了,书都没了",大家才明白他多年的郁郁寡欢是因为那些书,也恍然大悟他为什么倔强地在那些书被烧毁的地方坐着。"是因为值钱吧。"家里人都这样想。毕竟那种纸在以前弥足珍贵,一卷纸就值30只羊。

然后是我外祖父那一代。外祖父少年时也享受过阔绰的日子,因为这种阔绰,让遭变后的生活变得异常难以忍受。他变得异常节俭而固执,听不进任何人的劝说。他的生活道理也十分简单粗暴,饿了就大碗吃饭,病了就大把吃药。我总觉得,他是把每一天都当成最后一天在活。这样的粗暴必然有所隐忧,所以前几年,他的身体开始以病痛反抗他的暴政。但是即使是整夜整夜地胃疼到天亮,他也不愿意给他的儿女们开口说一句痛。是街上的医生发现了他的异常,因为他买药的次数过于频繁。问起为什么不好好接受治疗,他的理由是他已经老了,老了就不值得再花那些冤枉钱,钱要留起来,留给下一代,留给我们。家里人试图说服他,现在大家的生活已经可以兼顾,不用舍弃谁。但他不信,钱留着总是好的,谁知道明天呢?

再后来就是我父母这一代。我爸的家庭条件还不错,又是家里最小的孩子,从出生起就被家里人宠着惯着,变得飞扬跋扈。直到11岁遇到我妈,从此就像孙悟空带上了紧箍咒一样,开启了另一种人生。但那时候我妈妈的条件绝对不是适合的结婚对象,一个破落地主家的少数民族姑娘,从出生起,就承担着过于沉重的标签。21岁,发现和家里没有沟通的余地后,两个年轻人,一床毛毯,541块钱,以一种决绝的姿态,开始了背井离乡的打拼。23岁,因为有了我,也因为受够了租房的种种不便,他们决定买房。拿着家里微薄得可以忽略不计的积蓄,远亲近邻一个个借过来,奇迹一样地凑够了首付。从此,我家开始了漫长的还贷之路。

然后是我。英语基础薄弱却不甘心读一个普通的二本,为这一点不甘,我真的付出了很多。高中时第一次分班考试,我的英语考了54分,占总分数的三分之一。凭着数学和文综的成绩,以倒数的排名上了重点班。整个高中时代,我都在和英语做斗争。但有些东西并不是努力就可以的,苦读三年,高考时也只是及格分。还是凭借着我全省前五的文综和优秀的数学成绩,才有幸上了郑大,成为大家中的一员。

故事讲了大半,大家听得还尽兴吗?想不想知道故事的结局?

2017年3月,两会召开。会议上,就传统文化保护、医疗保障改革、买房难还贷难、高考英语改革等问题展开了讨论并且寻找合理的解决方案。

我想,我那不曾见过的外祖父可以安心了,他所担心丢失的东西,交由这个国家守护;我的外公也终于愿意接受手术,治疗他的胃溃疡和白内障;我的父母可以稍减忧心,不必过度担心自己的子女以后因为住房问题而陷入生活的重压;我呢?我的孩子未来有希望不用面临和我一样的困境,对于学习,他会有自主选择的余地。

这就是我要谈的家长里短,事实上,这也就是我们的两会。无数个平凡家庭在柴米油盐里淘出的沙砾,由人民自己筛检出来,放到国家的石磨下碾碎。一个家庭的力量是有限的,而问题无穷无尽。13亿人的力量是无限的,能够解决的问题也是无限的。这会议的意义:是关怀是问候,是设身处地地为人民考虑,是真心实意地想要解决问题。它是家长里短,也是国政大纲;它是大国的声音,也是人民自己的力量。

所谓两会,其实只有一句话:家是最小国,国是千万家。

文化复兴　自信中国

柴婷婷

今年两会期间,多名代表、委员就如何传承中华优秀传统文化,让优秀传统文化在新时代焕发生机,展开一系列交流与讨论。

全国人大代表连辑认为,文化要想自信,首先要在精神上形成凝聚力。最核心的是发展好中华优秀传统文化。全国政协委员汪国新甚至提议通过打造"中华国服正装",保护和传承传统文化。全国政协委员冯骥才认为,尽管快餐文化、流行文化形成风潮,传统文化看似与社会生活疏离,其实,传统文化流淌在每一个人的血液中。我们所说的汉语就是传统文化。他把加强中小学生传统文化生活体验的建议写入了提案。

传统文化为何会受到如此推崇呢?

中华传统文化润物无声般地滋润着我们华夏儿女。中华文明早在我们不经意的时候,渗入了我们的骨髓。那些待客之道,"有朋自远方来,不亦乐乎""人不知而不愠,不亦君子乎";那些炎黄、神龙、嫦娥等从小在枕边说起的故事;那些我们从孩提时期就背诵的诗词典籍;还有使用至今的二十四节气……这些早就一点一滴地渗透在我们的血液里。

近些年来,有人提出疑问,让孩子们背诵他们根本就不懂的古诗词,有何意义?古诗词作为中国传统文化精华的一部分,按照现代人的观点,似乎真没什么用。我们已经看不到"簌簌衣巾落枣花,村南村北响缲车"的生活场景;也几乎不太可能拥有"山静似太古,日长如小年"的生活作息了;我们也不太可能体会"料得年年肠断处,明月夜,短松冈"的长相思、断肠苦……

但是,无论时代怎么变迁,人们永远都会追求美,追求浪漫,追求文明。中华传统文化里,就有流传了千年的文明与浪漫。当我们熟读古老的诗书典籍,开心的时候,可以说"春风得意马蹄疾,一日看尽长安花",而不是只会说"哈哈哈,老子今天太开心了";当我们失意时,想起的是"多情自古伤离别,更哪堪,冷落清秋节",而不是只能说"蓝瘦,香菇";当我们见到喜欢的意中人时,想到的是"有匪君子,如切如磋,如琢如磨",而不是一味地惊叹"哇,他好帅,哇,太帅了,我要摔倒了,要帅气的小哥哥亲亲抱抱才能起来";想和男朋友撒娇时,想起的是"卖花担上,买得一枝春欲放。怕郎猜道,奴面不如花面好。云鬓斜簪,徒要教郎比并看",而不是"嘤嘤嘤,都怪你,也不哄哄人家,拿小拳拳捶你胸口"。

一个有着传统文化诗书沉淀的女生,一举一动、一言一行已然有着文性的得体、稳妥。说个之前看到的一个真实的事情让大家感受一下:有个女生拒绝了一个家境富裕的男生的追求。男生追她时送了一件挺贵重的礼物,她当时就把礼物退回去了,并附上一首诗隐约表明拒绝的理由。她附上的诗是这样的:"碧玉小家女,不敢攀富德。感君千金意,愧无倾城色。"这是古人的诗,大意是我是小家碧玉的女生,十分感谢你对我的情意,但是我不敢高攀你这样有德行的富家子弟,我很感谢你对我的喜欢,同时也很惭愧没有倾城的姿色,配不上你的喜欢。听完后是不是感觉女生特别知书达礼,特别温婉?

作为中国传统文化精华的诗书典籍,也可以帮助我们传情达意。有个男生追求他的心上人,心上人是个中文系的妹子,追了很久,女神一直没有表态。中秋节至,妹子给他发了句"海上生明月,天涯共此时",男生当时秒懂,欣喜若狂,立即买了机票去找他的女神,结局当然是抱得佳人归喽。说到这里大家可能会有疑问:男生秒懂了什么,为什么会欣喜若狂?又是怎么知道妹子接受了他?其实呀,张九龄的"海上生明月,天涯共此时"的下半句是"情人怨遥夜,竟夕起相思",意思是两位有情人天各一方,暗自怨恨长夜漫漫,惹起了相思之情。妹子是学中文的,这就暗示了男生已是自己的有情人了。如果男生把"天涯共此时"当作普通的祝福短信,两个人说不定就错过了这一段美好的爱情。

习近平总书记在中央文艺工作座谈会上指出:每到重大历史关头,文化都能感国运之变化、立时代之潮头、发时代之先声,为亿万人民、为伟大祖国鼓舞与欢呼。正如习近平总书记所言,实现中华民族伟大复兴需要中华文化繁荣兴盛。人大代表、政协委员为中华传统文化发展做出的提议,必将帮助国人重拾文化自信,提高国人的文化情怀和文化品位,增强面对外来多元文化挑战的底气。

教育公平听我说

郭 歌 王蓉蓉

开学后第二周,2月21日,下了一场大雪,除了雪景,我的朋友圈还被一张证件刷爆了,什么证件呢?一张张把年龄打了马赛克的选民证。21日中午,我们在院办参加了第十六届中原区人大代表选举活动。拿到选票,我发现有的同学还拿出手机,百度两位人大代表的详细信息,并且互相讨论。事后我想,这应该就是历届两会带给我们的力量,是我们院的同学有着强烈媒体人意识的表现。

三月,除了关注为我们大家熟知的植树节、女生节、妇女节和"3·15"晚会,作为新传人,我们也应时时刻刻关注的,便是两会。

说到两会,我想先跟大家聊一聊今年的热点话题。比如这个,全景相机小黑,他能在180秒内拍摄并产生全景照片;而且在两会期间,我们也可以关注人民日报,看直播总理答记者问,以及央广主播王小艺请求加你为好友,两会朋友圈随便看等。在新媒体浪潮的推动下,两会报道的画风逐渐从"老干部"变成了"年轻态"。从大喇叭式的单向传播,进化到强调参与感的双向互动。此外,对于去年引起广泛关注的毒跑道、校园霸凌等问题,人大代表们也提出了相应的对策建议,比如校园跑道实行"代建制",建好之后交钥匙。这就有了法治思想,依法治理乱象的解决办法。此外,还有我们大学生群体很关注的取消漫游费、英语课程应不应该取消等问题。

说到英语,我想到上学期郑开马拉松志愿者招募活动。会一口流利的口语,能够和外国友人顺畅地交流,是一个志愿者的基本素养。我因为以前没有系统地学习过口语,因此无缘面试。与此相反,我舍友是广东人,他们高考的英语听力,语速快,连续多,甚至还要人机对话,你说人家的英语能不比我强吗?在我看来,北上广这样的一线城市,重视自身能力理所应当,可二三线甚至四线城市,也应同样重视这个问题。入学机会的概率,师资水平的差距,教学质量和水平的差距,都是城乡教育差距的现状。此外,资源配置不平衡也是值得关注的问题之一,河南高校同北京高校数量的对比,在各省内部普通高等学校和其他高职高专的教学规模、资金配置也存在差别。

前段时间有个说法很火:如何形容郑大的大,从北到南有三个地铁站,从东到西有四个公交站点,从北门到南门要走足足半个小时,你说大不大。还有一个河大的同学这样跟我说过,河南的教育资源,郑大占80%,河大占10%,其余学校则要分剩下的10%。当然,这种说法有些夸张,但是我们有着庞大的校区,也有着各方对我们的支持,因此,我们更要利用现有的资源,同其他学校多加交流,不断进步。

资源配置公平与城乡教育自带"热搜"体质,也是目前教育领域最大的民意诉求。那么,对于教育公平中存在的这些问题,两会又是打算如何解决的呢?首先,今年两会重点强调教育建设公平、优质教育。如何公平?何谓优质?公平,包括教育资源配置的公平,城乡教育的公平。优质,要求教育质量优,教育资源优,重点提出建设"双一流大学"。

今天,对于公平这个领域,我分三点谈谈自己的看法。第一,实现城乡教育的公平化,首先要加大山区基础教育投入力度,比如修缮宿舍、食堂,保证孩子们的饮食起居。我们也可以提供行动上的配合,通过高校对口援建山区贫困小学的政策,参加支教活动,对学校进行定期访问,就像我们青年志愿者去九十九中一样,多多帮助他们。高校里的我们像是一股热血,能温暖教育资源缺乏地区孩子们的心灵。第二,实现地区间教育公平化,前提是缩小校与校之间的差距,解决"择校热"的问题。我小的时候,爸妈总想让我上名校,觉得上名校就能考上好的大学。其实不然,正因为这种思想的存在,导致地方学校教学质量每况愈下。在我看来,提升整体教育实力是关键。学校要多举办交流活动,增强联系。第三,改善资源配置不均衡的问题,就要优化投入结构,将重心转移到课程调研、教师调研、课外活动等方面,就像平时新闻专业的同学多采编写稿,广电专业的同学拍摄校园MV、微电影,广告专业的同学则可以参加大广赛,通过亲身实践发现并解决问题。我们也可以利用"互联网+教育"对资源进行再利用与再分配,通过大数据了解学校状况。

说了这么多,教育公平这条路虽然漫长,但我们还是要有决心与勇气,只有这样,才能将理想变为现实。

百年大计,教育为本。教育公平,让更多的孩子有信心努力下去;教育公平,让更多人的才华得以展现。实现教育公平,是我们需要解决的首要问题。

关于两会啊,我这里还有个顺口溜:

三月桃花始盛开,

热点教育共徘徊。

媒体科技神助攻,
环境总会好起来。
经济政治与文化,
百姓安乐最精彩。

我想发声,为过去的我和现在的他们

沈敏缘

在开始我今天的演讲之前,我想给大家说一说我自己拍摄的一段视频,视频是我在校园随机采访同学们最关心的"两会"民生问题,大家对就业关注度较高,但我想说我最关注的是校园欺凌问题,请看这样一组数据:在被调查的中国18个省(市)学校的学生中有66.1%的男生、48.4%的女生遭受过不同程度的欺辱。其中被恶意取笑是学生中最常见的欺辱行为,报告率为43.2%;其次为性欺辱,报告率为27%。

不知道大家看到这组数据有什么感想,其实,我也有校园被欺凌的经历,或许在你们看来,那真的是不值一提的小事,但是对于我来讲,却一直影响着我。幼儿园的时候,我的零食经常会被班上的小霸王,一个肥头大耳的小男孩抢走,他凶神恶煞地指着我说,不可以告诉你爸妈,然后扬长而去。那时的我只有五六岁,不敢哭,也不知道我是不是那个时候学会了忍气吞声。小学六年级时,这个小男孩成了我的前桌,他跟社会上的不良青年接触很频繁,在学校里拉帮结派。而我,从小就是众人眼中的乖乖女,看见那些男孩子从走廊的那头走来自己就会贴着墙根走。不知道那些男孩子现在长大都怎么样了。但我知道那个抢我零食的小男孩,读了职业技术学校,现在当了一名厨师。不久前,碰见了他,跟他再谈及这件事时,他笑了笑表示自己已经忘了。

2016年12月,一篇《每对母子都是生死之交,我要陪他向校园霸凌说NO!》的文章在网络上流传。发文者称,自己就读于中关村二小的儿子被同学扔进厕所垃圾筐,孩子因此失眠,做噩梦,恐惧上学。但是校方却声称这只是一起偶然事件,舆论一片哗然。我们应当知道,并不是周围的人去评判是否为校园欺凌,而是受害者自己有没有觉得受到伤害。这只是众多的校园欺凌案件中的一件,但是在这个社会上,还有多少无辜的学生依旧心惊胆战地去上学呢?

值得庆幸的是,今年的两会上,有许多代表关注了这个问题,并提出了相应的提案。下面,我以重庆教师刘希娅的方案为例。

第一点,她认为中小学生校园欺凌和暴力的主要原因是由于立法和惩戒机制的缺失,使得中小学校园暴力长期以来停留在道德层面,而没有上升为法律议题。就像惩罚酒后驾车一样,只有把校园欺凌关进法制的牢笼,才能够真实有效,而不能寄希望于道德感化。

　　第二点,她认为不单单要加强对欺凌者的法律惩罚,同时通过立法,进一步明确学校、家庭和社会在校园欺凌中的安全教育、管理和防范的责任。兰州理工大学研究生院副院长马建苹认为,依据未成年人保护法等法律规定,长期以来对未成年人违法犯罪多施以教育感化,而对受害者权益重视不足。老师们对于打架斗殴习以为常,几百字检讨就是一个完美的句号。那么试问,这种态度难道不是滋生校园欺凌的温床吗?

　　第三点,具体案例具体分析,应该根据青少年的身心发展规律,适度调整刑法适用年限以及承担刑事责任的罪种。的确,在《犯罪行为和心理学》中提到,对青少年的处罚必然是个性化的,应该依据每个罪犯的特性和处境以及人身危险性做出决定。作为一个孩子,他们的心智是不成熟的,其实在某种程度上他们是恶劣的家庭环境、不合格的教育环境以及社会环境下的无辜者。让孩子们知道自己错了,自己还有希望,还能够继续健康成长。

　　大家还应注意,校园欺凌角色构成中,除了欺凌者、受害者、学校、父母,还有那些旁观的人,附和的观众。

　　我认识一个女孩子,她每次只能考一个个位数的成绩,整个人看起来比较自卑,目光飘移,你与她交流的时候,她永远也不能和你直视。从小到大,没有一个孩子愿意跟她坐在一起。她经过的时候每个人都会刻意去避开,脸上露出嫌弃的神色。尤其是班里的男孩子们都会跟着大家一起起哄,女孩子们虽然不会说什么,但是也难免露出嫌弃的神色。甚至老师也从来不会关注她,只会在办公室里向其他老师抱怨这个女孩子拉班级后腿。她被孤立被取笑,但是我们却习惯了,我们没有想过应该怎样去帮助她。

　　以前我一直会对网上爆出来的校园欺凌事件感到愤怒。但是现在我感到惊慌害怕,因为在那个女孩子受欺凌的那段岁月中,我虽然充当的是旁观者、无视者,但这背后,其实我就是一个欺凌者,群体欺凌者之一。我在无形之中就加入了这个群体。所谓的校园欺凌不仅仅是肢体上的欺凌,更是心灵上的侮辱、诽谤、蔑视。你的言语行为在那个女孩身上狠狠地刮上一刀,随着时间的推移,变成两刀三刀,直到她遍体鳞伤。

　　作为旁观者我们该怎么办?两会中并没有提到这一点。但是美国有一个民间组织叫飞跃,英文名叫 breakthrough,针对印度社区里家庭暴力广泛存在的现象,开展了按门铃("ring the bell")的大型媒体倡导活动。当邻居发生家庭暴力的时候只要去摁一下门铃借点盐,可以巧妙地解决问题。所以我想家长、学校都应该教会孩子们在偶遇校园欺凌的时候勇敢地站出来用机智的方法去及时制止。

  我们现在所处在的时代,不是你能不能发声,而是你想不想发声的问题。今天我想发声,我想为过去的我和现在依旧心惊胆战忍受欺凌的他们发声;我想为校园欺凌发声。而不是沉默地去肯定,去纵容欺凌。

这个时代,我们需要什么样的影视作品

滕文强

去年成龙在接受采访时,在视频中对当下小鲜肉的不敬业态度一番怒斥,视频一出,娱乐圈一时间掀起了猜人游戏,李易峰、黄子韬、张艺兴等小鲜肉纷纷躺枪。

而最近热播的《三生三世十里桃花》也被指抄袭网络小说《桃花债》。

面对这些乱象,今年"两会"上全国政协委员、《闯关东》编剧高满堂呼吁:"影视创作者们在追逐收视率和金钱的同时,也应当负起责任,为后代留下一些好的作品。"但现实是,为了让当红小鲜肉赚票房,一部一亿成本的电视剧,仅花在演员身上的片酬就有七八千万,留给导演、编剧、后期制作的经费却寥寥无几。该花钱的地方搪塞对付,导致大量垃圾作品出现,甚至形成恶性循环。

那么,到底什么才是观众需要的优秀影视作品呢?这些小鲜肉们,又是否都该成为众矢之的呢?

优秀作品的核心永远是编剧

在刚刚结束的2017年电视剧编剧论坛上,清华大学新闻与传播学院尹鸿教授提出:"多变的时代究竟不变的是什么?"我想答案正如他所说,不变的是一种情怀,是一个匠心。今天,再谈情怀、谈理想,大家似乎都觉得是一件特别可笑的事情,但面对影视圈IP被炒,传统原创编剧影响日渐式微、小鲜肉身价一夜暴涨的现状,我想说:无论是编剧还是演员,都应该用工匠精神,讲中国故事。

有这样一个人,他总是被人笑称写剧本时"用情太深",很多人一年甚至几个月就能写成剧本,他打磨了七年。闭关九个月写剧本后突然尿血,最后被诊断为疲劳综合征。他就是写成历史三部曲的刘和平。在拍摄《大明王朝》的时候,刘和平的工作室里供着两个古人,一位是嘉靖,一位是海瑞。每天,他都会把手洗得干干净净,把香烧了,磕三个响头再创作。那时很多人都极其诧异,甚至今天在场的你我都不能理解他为什么这么做,可刘和平只是觉得,这样能让自己感受到内心的孤独感,同时和人物对话,这对人物的塑造具有很重要的作用。

我不知道现在还有多少编剧对作品怀有这样的"敬畏之心";也不知道在铺天盖地的粉饰太平中,还有多少影视作品表达着对人的生命、尊严、信仰的尊重;更不知道在当红小鲜肉大行其道的影视圈里,还有多少人记得隐于华丽银屏之后的编剧的努力。

我记得,在《男人帮》里,孙红雷扮演的顾小白说:"你肯定能够说出好多个著名导演,但是你能说出几个著名编剧来呢?"的确如此,我们现在看到,越来越多的影视作品将目光投向网络小说,《三生三世十里桃花》《大唐荣耀》这类电视剧比比皆是,但最终又留下了什么呢?

有人会问,我们有没有好的编剧作品呢?我可以大声说,有,而且还不少。

去年正好是《士兵突击》创作十周年,我们不妨从这部剧说起。《士兵突击》有复杂的剧情吗?根本没有啊,就是讲了一个部队"阿甘"如何从一个人人嫌弃的普通士兵蜕变为军中精英的故事。剧情虽然简单,可编剧却极用心地表现了每一名士兵的特征。大家会不会记起高城连长那副暴脾气的样子?会不会记起袁朗"兵痞"的样子?会不会想起许三多那句"人要好好活着,好好活着就是做有意义的事"。这些深入人心的角色,正是编剧用心雕琢的成果。

还有一部——《金婚》,十年前的电视剧,引起了席卷全国的收视风潮。它为什么受到如此高的关注?原因依然很简单——我们每个人都能在片中找到自己的影子。金婚五十年,就是共和国五十年的一部历史,只不过从一个家庭的视角呈现了出来。剧本也很简单,但老百姓的家长里短在剧中却如此真实、如此细腻。所以我们看,优秀作品的核心永远是编剧。他们往往从一个很简单、很日常的切入点将观众带入,然后认认真真地给我们讲故事。当讲不明白复杂的故事时,就该把一个简单的故事讲好,而不是过分追求视觉效果。

小鲜肉是受害者还是施害者

讲完编剧,我们再来说说小鲜肉。首先,在我看来小鲜肉是受害者。我们不妨先想想,现在这些"霸屏"的小鲜肉中,有多少是有深厚功底的呢?又有多少能拿得出够分量的作品来呢?很遗憾,基本上凤毛麟角。然而市场让他们仅凭外形便能日进斗金。用小鲜肉是因为他们是腕儿,这样才有人看。

而小鲜肉同时又是施害者。再来看当今影视市场的乱象:用替身,擅改剧本,摆谱充阔,缺乏艺术修养和敬业精神,这些都是被诟病的乱象。但是,我们真要把小鲜肉们"烤了",将小鲜花们"折了"吗?答案是否定的。

其实,当盈利点集中在"演员"身上的时候,这个演员是否能够引起关注,就成为这部电影是否有人去看的重要标准了。这个现象的产生,实际上折射出整个文化产业中影视领域的浅薄。然而这种趋势的形成,绝不是嚷嚷着"把小鲜肉烤了"就能扭转,也不是我们疾呼良心电影回归就能实现的。

部分从业不良、有点钱就要"放飞自我"的小鲜肉们,的确是我们应该批评的对象。但真正将他们宠坏了的,却是那些幕后老板们。正因为这样,中国的影视作品才会良莠不齐,中国的才人巨匠才会被埋没搁浅。中国的影视产业绝对不缺乏人才,但缺乏的是如何让影视人才涌现出来、壮大起来的市场运作模式。

今天,我们需要什么样的影视作品?这是时代向我们抛出的问题,是人民向我们抛出的问题。

我们需要票房口碑双佳的作品,我们需要紧扣时代脉搏、蕴含文化底蕴的作品,而这些背后需要有黄金编剧、实力演员,更需要一个日益健全的文化体制。正如全国政协委员宋丹丹和陈凯歌在两会中所说的那样,拍电影就应该潜心创作,沉到水底去,别老露面。而作为新闻与传播学院的学子,作为这个时代未来的媒体人,我们应坚定受欢迎、有市场、能体现社会主义核心价值的优秀作品,才是值得追求的。做出有品质的影视作品是我们所有人的追求,而作为观众的我们,始终相信内容为王,这才是对社会及观众最大的尊重。

政治参与需要有青年的光芒

韩晓东

今天咱们分享的主题是两会,而我讲的题目是"政治参与需要有青年的光芒"。为什么青年要关注两会呢?细数每年的政府工作报告和人大代表提案内容,涉及社保、环境、医疗各个方面,听起来好像天花乱坠,但根据马克思主义经济基础决定上层建筑的理论,说到底,无非就是总结一下去年我们政府的钱花在哪儿,明年我们要把钱往哪儿花。打个比方,两会就好比开家族大会,大舅二姑三叔四姨凑在一起,计划未来一年家庭财政预算,如果你置身事外,放弃应有的知情权,万一长辈们把你明年的零花钱给扣了,那你还拿什么给女朋友买礼物呢?

两会不仅是长辈们的正事,更是我们青年维护自身发展权的关键会议。要说青年议政,我想和大家分享"9"和"6"两个数字。

"9"是今年全国人大代表中,30岁以下人大代表的数量。他们有前奥运跳水冠军陈若琳、青年军官罗尕机、大学生村官王玲娜等。他们的名字听起来有些陌生,人数也不多,但关注的问题却足够广泛。从非明星运动员权益保护到少数民族文化传承,从农村电商发展到全面两孩政策落实,他们的提案从自己的真实经历出发,展现出青年人有温度的视角,有锐度的思考。

比如说这位,她叫铁飞燕,曾为云南公路收费站的一名普通员工。2010年5月,她跳下18米的高桥,从湍急的河水中救出一名落水民工,然后将政府奖励的7 000元捐助给当地小学,其见义勇为的事迹被网友们称赞为"最美'90后'女孩"。有意思的是,这个出生于1992年的女孩在人大代表中也算是个老资历。铁飞燕履职人大代表的第二年,就提出"为留守儿童建立成长档案"的议案,她还呼吁高度重视西部民族边远地区教师工资待遇低和人才流失的问题。而这些建议都引起了教育部的重视,其中云南省教师工资的问题在去年得到了落实。她是本届两会年龄最小的人大代表,但她用实际行动证明了"90后"的担当与能力。

"6"则是今年经由政协委员提交的中学生提案的数量。从西安市中学生提交的农业电商人才培养计划到河北衡水中学模拟政协提出的互联网养老,这群十几岁的"小委员",利用课外时间调查研究,尝试去反映社会热点,并把他们的智慧有模有样地传递到京城代表们的提案桌上。想想自己十几岁时,还是一个"两耳不闻窗外事,一心只做模拟题"的苦行僧。对此,我只能说,"'00后'太会玩。"

事实上,青年人掌握着这个时代与社会最丰富的信息资源,他们几乎每天18个小时都和手机、电脑捆绑在一起。灵活运用两微一端,在微博、贴吧上讨论社会议题、调侃两会八卦,已成为年轻人参与政治生活的重要方式。人民网舆情监测室联合腾讯指数发布的一份数据显示,关注今年政府工作报告的网民中,20~30岁的年轻人占比高达38%。除了与自己密切相关的"全面二孩""住房"等话题外,"环保""医疗"等话题也成了焦点。

谁说我们是"个人主义"?谁说我们是"政治无感"?这些感性化的标签,往往掩盖了青年丰富的时代面貌。为什么我们常讲"少年强则国强",实则是因为"国强而少年强"。从两会议题里,国的走向、家的未来皆可管中窥豹,所以两会的事不仅仅是国事,更是家事。"现实的成功是最好的理论",只有深入社会治理的具体层面,面对这一个个真实鲜活的问题,我们才会发现,其实那些由意识形态差异而生的门户之见,那些因年龄代沟而起的误解乃至冲突,很多都是扭曲甚至荒谬的。不同领域、不同阶层、不同年纪的人正是通过两会这样的制度安排参与国家治理,并努力去创造一个学有所教、住有所居、病有所医、老有所养的理想国。

3月16日的《人民日报》评论版有篇文章《政治参与需要年轻人的光芒》,里面有一段话是这样写的:"青年历来是国家政治生活的重要参与者,从梁启超发出'少年强则国强'的呼喊,到五四运动中进步学生的担当,再到远渡重洋寻觅救国良策的早期留学生,年轻人的积极参与,见证了许多关键的时间节点,亦推动历史车轮不断向前。时代在变,参与政治生活的方式也在变,不变的却是年轻人积极、向上的生活态度。"

人的一生有两件事不能做,首先是不能低估自己,再就是不能低估别人。希望未来有一天,在场的某位就坐在两会的议桌旁,提案的内容是,将郑州大学新传青年说在全国高校推广。

谈"钱"不伤感情

孙贺霞

　　钱不是万能的,但没有钱是万万不能的。钱是极具魔性的,它让我们每个人都极度依赖它。人们常说:"谈钱俗气,但不谈钱容易伤感情啊。"亲兄弟明算账或许就是这么来的。今天我们就来谈谈钱,不过今天谈的"钱"不是一般的钱,而是改变农村生活现状的帮扶钱。

　　党的十八大以来,习近平总书记经常亲自到贫困地区进行考察和调研,获取第一手资料,并进行具体的扶贫指导工作,这其中也免不了大量的资金支持。那么这些钱存在的真正意义是什么呢?

　　我先给大家科普一个小概念——"理性人"。这是经济学里一个常用的概念,所谓"理性人"就是人们所采取的经济活动都是力图以自己的最小经济代价去获得自己的最大经济利润,这与我们平常所说的"算计"有异曲同工之妙。比如,大妈们去菜市场买菜总是喜欢讨价还价,老板们总是力图以最小的资金成本赚取最大的收益……那么问题来了,你们是理性人吗?

　　有一个老大爷,在家种了大半辈子的地,每年只有几亩地的收入,没见过大钱,更没有见过大世面。当他知道自己被评为贫困户的时候,心里很是兴奋,终于不用干活就能拿到国家给的钱啦!但是当他知道只有经营一定的农业项目才能得到这笔钱时,他就想出了一个法子。他主动向村委会申请买4只大羊和几只小羊羔,搞养殖项目,村委会很高兴,认为他觉悟很高。在了解一下养殖情况以后,就把相应的扶贫款给了他。然而,这个老大爷在拿到钱之后却很干脆地把羊都给卖了,还杀吃了一只,老大爷心里是美滋滋的。然而,当上级下来进行贫困复查时,村委会却被批评了,上级检查人员反问道:你们把羊搞哪儿去了?故事很搞笑,但它教给我们的道理却很重要。大爷认为自己能白白拿到这笔扶贫资金已经是他的最大福利了,能解决他的基本问题,但这只能解决一时之需,并不能帮助他们从根本上解决问题。扶贫款的初衷是在给贫困户提供条件的情况下,让他们通过自己的努力找到发家致富的门路,而不是走走过场,转转手,把钱送到贫困户手中就算万事大吉,那样只是隔靴搔痒,无济于事。

在河南农村有一个普通而特殊的家庭。这个家庭本应该有三个可爱的孩子,他们生活简单而又充实;但不幸的是三个孩子都患了脑瘫,无法像正常的孩子一样生活和学习,只能在医院度过美好的童年时光。大女儿现在12岁,小女儿现在3岁,他们在刚出生不久都被检查出患有脑瘫。10多年的求医问药之路,夫妻俩花光了家里的所有积蓄,但是三个孩子的病情并不像那么乐观。平常,妻子负责在医院照看孩子,丈夫工作,但收入远供不上看病,孩子母亲说:"说句实话,医院像个无底洞,三个孩子一年得十几万!不过,这都不算什么,只要能还给我一个正常的孩子就行!"多么语重心长的一句话。现在孩子在医院治疗,头上每天都要扎30多针,扎完之后整个头皮都是肿的,父母看在眼里疼在心里,但什么也做不了。乡政府得知他们特殊的家庭情况后,把三个孩子以及这个家庭作为帮扶的对象,提供扶贫资金,来帮助这个特殊的家庭渡过难关。然而事实并不像所想的那样美好,他们的村支书却因一己私利从中扣取了政府给三个孩子的救命钱。面对如此贪污腐败的"土皇帝",夫妻二人敢怒而不敢言。

扶贫资金是国家下发的,在金钱的诱惑下,很多人难免心动,但是扶贫工作者要明白扶贫资金的真正意义并不是为己所用,而是为贫困户所用,为生活有困难的人所用,因此,我们的扶贫工作者要身端影直,清正廉洁,坚守底线,帮助贫困群众走上致富之路才是正道。

在基层,扶贫工作的关键不仅仅是要转变老一代农民落后的生活观念,更要转变基层工作者的工作理念。脱贫工作不是一蹴而就、一朝一夕完成的,而是要久久为功,长抓不懈。习近平总书记强调:"好日子是干出来的,贫困并不可怕,只要有信心、有决心,就没有克服不了的困难。"

脱贫攻坚,任重道远,走在路上,如日中天!

从于欢案切入
——论规整"媒介审判"的必要性

孙一鹏

我今天演讲的主题是:从于欢案切入——论规整"媒介审判"的必要性。我将从选题原因、案例分析及影响、建议措施和总结四个方面切入,来跟大家聊一聊这个话题。

写这个话题是非常偶然的,在周日晚间彩排时,我坐在观众席上浏览自己的社交平台,发现无论是朋友圈、空间或是微博都在热火朝天地谈论于欢案,让我对这件事产生了极大的好奇心,想要一窥究竟。面对着自己并不是很满意的稿子,恰巧听到了二号选手在演讲的最后提到"这个世界上,最缺的就是勇敢再来一次的人",当时我就想要挑战一下这个我并不擅长的法学领域。

下面我们切入正题。相信在场有不少的老师和朋友跟我一样,这几天被这个案件"刷屏"了,因其特殊的案件背景及具有争议性的判决,在网上一石激起千层浪。首先我们要明确一个概念,根据《中华人民共和国刑法》中关于正当防卫的概念,第二十条规定,结合判决书上的描述,"在派出所已经出警的情况下,被告人和其母亲的生命健康权利被侵害的现实危险性较小",所以构成正当防卫的紧迫性要素并不符合。而正当防卫的本质在于制止不法侵害,而不是置人于死地,结合案情及受害者伤情,于欢本人也具有主观置人于死的动因。基于以上两点,加上我个人在询问了众多法学院的学生,以及长期在庭审一线从事审判的工作人员后,我认为聊城市中院给出的判决结果是"不合适,但不算错的"。因本案中存在的警察渎职、辱母等情节,我认为应当存在激情杀人的情况,无期徒刑量刑过重,应该适当减刑。至于案情中涉及的警察渎职、非法拘禁、非法借贷等罪名,应另案另判。这是我个人得出的一个结论,也欢迎场下对此事感兴趣的各位同学同我进行讨论。

得出以上的结论是我站在一个准媒体人的角度,本着求实、客观的原则,搜集相关资料、咨询大量业界人士后得出的结论。当我翻阅网页资料时,非常欣慰地看到了众多网民通过摆明逻辑与法理,从法学的角度论证着自己的观点,这表明社会的进步和公民对公共事务的关心。但与此同时,我也看到了很多微博上、知乎上或是媒体在此事件中提出的"当地黑社会与法院勾结""法律不公正,于欢无罪"等不理性的言论。在这之后,我询问了在朋友圈和空间转发类似言论的朋友们,我问他们是否翻阅过聊城中院对此案件的判决书,或者有没有查阅过当前刑法对该罪名的法条原文,得到的答复多是"没有"或者是"看不懂"。"法律不容微博先审判""对于正当防卫的界定法律说了算",这两点应当成为媒体人甚至是全民的共识。我相信目前的法律还不能完全涵盖所有可能发生的状况,但我们希望看到的是通过合理的陈述来推动法律的完善,而不是一味站在感性层面指责法律。

2007年曾发生了一起标志性事件——南京彭宇案。在人们心目中,彭宇案被定性为"青年见义勇为扶助倒地老人反被诬告,法官昏庸不公判决助人青年败诉赔偿"的模式。在该案中,媒体与民众一致认为受伤老人碰瓷彭宇,有媒体甚至写出了"该法官开了判决好人没好报的恶劣先河"、彭宇案"使中国的道德水平倒退了50年"这样的文章。然而,众人心目中的"彭宇案"果真就是现实中的"彭宇案"吗?案中的被告青年果真是见义勇为好事做到底吗?倒地老人果真是道德败坏诬陷自己的恩人吗?判案法官果真是黑白不分胡乱断案吗?后来,案件的发展出现了戏剧性的一幕,彭宇本人在法院调解中承认了与倒地老人发生过碰撞的情况,并且法院在一审判决后也提出了论证彭宇冲撞老人事实的新证据。尽管如此,根据对当今大学生群体的一项调查发现,大多数人对彭宇案有所了解,并认为其性质是好心助人为乐却被诬告和勒索,但90%以上的被调查者却认为自己对事情的真相"不太了解,只有一些印象而已",或者"有一定了解,但对细节不太确定"。这就是我们的民意和媒体在"据理力争"的过程中所展现的"客观"和"有理有据"。

越来越多的社会争议案件的背后,出现了媒体和民意的身影。但是,在这些案件的背后,我们看到更多的是媒体的错位和民意的膨胀,审判未决而民意先行,或者民意与媒体同司法机关形成鲜明的对立面。媒介审判对司法公正带来的冲击也是显而易见的——意念表达超越理性认知、主题先行完胜证据调查、"故事多变"置换"事实认定"、妨碍网民树立正确的法律观念等问题都暴露出来了。在新媒体技术不断发展、人人都可以发出自己声音的今天,对媒介审判现象的规整成了一个必须面对的现实。

我认为,对于媒介审判的规整,应当从以下三个方面入手解决:

一是加大政府监管力度。首先,政府应积极建立健全网络法律法规,以法律的形式明确网络主体的各个部分。同时,网络媒介的管理机制、网络舆论传播中的法律法规也要及时完善,从而运用法律途径预防和减少媒介审判现象,做到真正有法可依。

二是媒介应加强自身的建设与规范。中华全国新闻工作者协会制定的《中国新闻工作者职业道德准则》中明确规定,媒体要维护司法尊严,即对于司法部门审理的案件不得在法庭判决之前做定性、定罪和案情的报道;对公开审理案件的报道,应符合司法程序。这也说明了新闻界已经对"媒介审判"的负面作用有了深刻的认识,现在关键是抓落实。

三是加强对网民的媒介素养教育。"媒介审判"现象之所以在网络媒介中泛滥,其根本原因是网民的文化素质和道德品质良莠不齐。网民素质完善的速度较之网络媒体发展的速度还远远不够,这必然影响网络舆论的发展与传播。因此,为了解决网络舆论的发展问题,提高网民的媒介素养必不可少。可以通过利用公共信息平台教育,将媒介素养教育作为学校基本课程来提升网民媒介素养。

像"于欢案"引发的全民大讨论,本身对公民社会与法治社会的形成是必不可少的过程。社会制度的完善,不仅有赖于完备的法律条文体系,更需要形成全民知法懂法的法治共识。社会的法治共识需要深入每个公民的思想意识深处,而不仅仅是"民意"与"媒体"的决断。也希望诸位未来的媒体人在遇到此类事件时,能够以一个新闻人的视角凝视这个世界,在这个过程中记录、发问,传播客观、公正的信息,将事实更完整、更真实地呈现出来。

用全域旅游康复多彩丽江

张丽娜

我印象中的丽江

记得上次去丽江实习时还是大四一个闷热的暑假,我们扛着单反相机和三脚架便踏上了去丽江实习的征程,在出发的第二天下午我们到达丽江市,带队老师在跟我们每个小组开了会告知相关事项之后,我们便开始了纪录片拍摄的工作。

丽江的云,轻拢慢涌,近在咫尺,铺排相接,变化多姿。感觉这里的一切都那么纯净和美好。而且我们纪录片的拍摄实习也得到了丽江古城消防中队、丽江消防公益促进会以及古城中店铺老板的支持,这里民风淳朴,令人印象深刻。但是在今年年初,微博上爆料的一件事,却让公众对丽江这座古城大失所望。

丽江乱象引爆舆情

据微博上一位名叫"琳哒是我"的女生爆料:在2016年11月11日凌晨,她们一行三人在丽江祥和路一家烧烤屋就餐时遭另一桌就餐人员搭讪和挑衅,之后被拖出饭店遭到12人殴打,造成面部受伤、钱包丢失。在这件事刚被爆料出来的时候,我以为丽江警方会很快做出回应,但是当地警方对此事件却毫无作为,以致舆论质疑办案民警对殴打游客者有所袒护。这次的丽江打人事件最终成了种种云南丽江旅游问题甚至是全国旅游问题的一个引爆点,一时间各种关于云南旅游的负面信息呈井喷之势占据着微博、微信朋友圈、新闻客户端的界面,一时舆论哗然。而深受旅游乱象之害的,不仅是普通游客,连云南省副省长也未能幸免。云南省副省长以普通游客的身份参团旅游,在一家旅游购物商店,游客享受到"一对一"服务,所谓"一对一"就是人盯人。游客购物达不到一定金额,甭想走出店门……这些乱象频出,让丽江旅游形象屡受重创。这时的丽江仿佛变得很陌生,变得不再是我印象中那个美丽纯朴的丽江了。在丽江打人事件发生之后,全国旅游乱象的整治迫在眉睫。在今年的两会上,国内旅游业的整体部署也提上了重要日程。

"全域旅游"带来管理体制的革新

2017年3月5日上午,第十二届全国人民代表大会第五次会议在北京人民大会堂开幕,国务院总理李克强在政府工作报告中提出,要完善旅游设施和服务,大力发展乡村、休闲、全域旅游。"全域旅游"被首次写入政府工作报告,这个概念的核心就是要从原来孤立的点向综合性、多领域的方向迈进,让旅游的理念融入经济发展的全局。"全域旅游"概念的提倡必然促进丽江旅游乱象背后管理体制的革新。云南省省长阮成发就把云南旅游乱象的矛头指向了旅游业背后的官员们:"更深层问题在于,领导干部热衷于追求旅游人数增加,不重视旅游者的感受需求,这次我们将从体制机制上介入,必然伤筋动骨,动一部分人的奶酪。"

国家旅游局局长李金早在2017年两会部长通道谈到的就是"1+3+X"的综合管理模式。这种综合管理模式是继云南旅游乱象的舆论爆发之后,国家出台的针对国内旅游产业发展的具体对策。不管是对今后丽江旅游乱象的整治,还是对全国旅游市场的规范和产业建设来说,这种综合管理模式都是一种在制度上的理论和实践创新。

具体来说,"1"是指旅游局"升格"为旅游发展委员会,"3"是指"旅游警察、旅游巡回法庭、工商局旅游分局","X"是指国家旅游局与各地公安、工商、交通等部门联合执法,共同维护旅游市场秩序和旅游治安环境。实现"从过去单一的部门管理体制,过渡到综合管理体制,以适应这个综合产业、综合需求的体制"。

"1+3+X"综合管理模式中的"旅游警察"概念引起了我的关注,其实,早在2014年李金早就提出了"旅游警察"的设想。今年3月李金早又调研了澳门全域旅游和旅游警察建设情况,发现澳门有了旅游警察执勤后,旅游市场更加有序,刑事案件数量大幅减少。近几年来关于旅游途中遇上纠纷的案件屡见不鲜,但是游客想要维护自己的合法权益却变得困难重重。

就在两会结束后不久,3月20日云南省高级人民法院在两会旅游工作的具体指导下,联合百度地图,推出了旅游巡回法庭地图,如果游客在旅途中出现了纠纷,只需要打开电脑或智能手机,轻轻点击进行检索,就可以直接定位当地旅游法庭,而且法官的电话一目了然,给游客维护自己的合法权益带来了更多便利。

就丽江来说,曾经的丽江风景秀丽,民风淳朴,伴随着1996年至今的商业开发,丽江逐渐商业化。过度商业化与科学管理体制的缺乏,酿成了年初微博热议的丽江打人事件。

　　虽然新格局的建设任重道远,但是我们相信,随着两会"全域旅游"概念的提倡和综合管理体制建设的推进,丽江终会变成最初我认识的那个丽江,美丽质朴的丽江!

"融合梦"何时圆

周静阁

这个世界上,有这样一群人,他们被称作"来自星星的孩子",人们这样描述:他们不聋,却对声响充耳不闻;他们不盲,却对周围的人与物视而不见;他们不哑,却不知该如何开口说话,就像天上的星星一样活在自己的世界里。他们,就是自闭症患者。

不久以前,我看到一组特别荒谬的数据,说中国现在的自闭症患者已经超过了一千万人,并且以每年十几万的速度增长着,平均一百个儿童里就有一个自闭症患者。以我自己为例,在上大学之前的十八年里,我在学校里待了十五年,从来没在学校里见过任何一个自闭症患者,就是在生活中我也没见过。难道这数据不可笑吗?但是之后我又在很多网页上看到了相同的数据。既然数据没错,那这一千多万人都去哪儿了?

直到后来,我非常幸运地成了一名自闭症患者长期陪护志愿者,才有机会对这个群体有了更加深刻真实的了解。原来他们平时就在康复机构里,节假日也是在家里,很少出门,能够上学的寥寥无几。起初我还以为可能是康复需要,可是后来康复机构里的一位妈妈给我讲了一个故事,她说有一次她带着孩子到超市,一个没注意,孩子就把另一个小孩的东西抢了,那个小孩的妈妈就吵她的孩子,这位妈妈就不停地道歉说:"我的小孩有自闭症,他不是故意的。"我们要知道,自闭症孩子没有太多的规则意识,他想要什么就直接拿了。但那位妈妈不理解啊,最后闹得警察都来了,警察了解到事情的前因后果后,就对这位自闭症孩子的妈妈说:"你的孩子有病,还带他出来干什么?"从那之后,这位妈妈别说让孩子进入普通学校了,就是门也很少出了。

我就想问,从1982年我国就开始开展自闭症患者的服务事业,融合教育也推行了近十年,为什么自闭症患者仍处于如此边缘的地带?

这里说的融合教育,也指全纳教育、随班就读,简单地说就是普通学校应接纳所有的学生,而不管学生所具有的各种特殊性。

在今年的两会上,全国政协委员马蔚华提出了建设普通学校内融合教育的支持体系,有效落实自闭症儿童入学"零拒绝";全国政协委员、北大医学部主任助理吴明呼吁,不能把自闭症儿童排斥在普通校园之外。但是自闭症儿童及特殊儿童融合教育老生常谈,常谈常新,遗憾的是,与中国普通九年制义务教育日新月异、软件硬件飞速发展相比,国内自闭症融合教育的发展依然处在初级阶段。

教育专家和媒体在总结自闭症儿童融合教育无法推行的原因和解决办法时,总是列出诸多理由,比如特殊教师资源缺乏、教室建设滞后、体系缺失和随班就读的相关支持政策落实不到位等。其实说白了,就是相关部门还没有给予应有的重视。

2016年8月8日,15岁的自闭症少年雷文锋,从深圳住处走失,177天后,在韶关市新丰县人民医院被医生宣告死亡。此时距雷文锋的16岁生日还有8天。他这一路上几经辗转,最后一站是韶关市练溪托养中心。这家托养中心是东莞市救助站流浪乞讨人员临时安置地,沿着一条蜿蜒的山路上行,托养中心就在道路尽头,高墙大院,铁门紧锁。这里监管缺位,与社会封闭隔绝,成了阳光照不进的灰色地带。在这里,可以勾兑权力;在这里,可以无视法律;在这里,可以饥饿虐待;在这里,更可以死得不明不白。可想而知,连基本的救助都成问题,又怎能期待他们做好融合教育。

社会陷入一种莫名的思维惯性:自闭症儿童的痛苦和磨难就是他们这个群体的痛苦和磨难,必须由他们自己或者从他们中间诞生的"个人英雄"来拯救他们。正如感动中国2016年度颁奖盛典中被评为十大感动人物的支月英和郭小平,他们凭借一己之力,在艰苦的环境和外界的纷扰中坚守清贫与理想,创造了教育的奇迹。我敬仰这些力挽狂澜或者挺身而出的英雄,但不觉得感动,因为我希望看到的是未雨绸缪或是勇于承担的相关部门。这本该是政府的责任或者需要体制保障的权益,最终却要依靠个人的力量去践行,这是很荒谬的。

自闭症儿童融合教育,如果仅仅是政府能够解决的问题,还是好办的。对于提倡了近十年的融合教育,最关键的是心灵的融合。

但是我在康复机构里看到了这样的现象,他们为了更好地融入自闭症孩子的世界中,专门聘用了二三十个"侏儒老师"来扮演孩子,在为机构的想法点赞的同时,我感到的是深深的悲哀。我国的"融合教育"已经畸形到如此地步了吗?为什么非要把自闭症孩子隔离在普通孩子之外?

很多人认为,融合教育仅仅是为了让特殊孩子能够获得支持,完成他们自己的学习目标,受益的只是这些特殊孩子,普通孩子无益可受,甚至会受到干扰,为此很多家长和学生以扰乱课堂秩序、干扰同学上课、不听老师指挥为由,将自闭症孩子阻隔在校门之外。

我一个室友是濮阳人,她跟我说了最近发生在濮阳一所高中的一件事情。一次考试过后,一名高二的男生发挥失常,但是他的两个室友考得都比他好,于是就在今年3月3日凌晨3点50分,这个男生意欲用刀谋杀两个室友,最后造成一死一伤!事后了解到,这三个人都是"00后",还都是优等生,在全市都名列前茅。我真的不明白,素质教育提了很多年,现在依然在大力提倡,但是纵观绝大部分学校,实行的依然是分数教育,唯分是论。当然,分数在一定程度上可以彰显一个学生的能力,但是考高分的学生也并不一定就是全面发展的学生。

如果这个杀人的学生从小就在学校里接触那些残疾孩子,在日常生活和学习中帮助他们,那么他自然而然地就会学会理解、接纳、平等、互助,以及直面困难的勇气。他又怎会如此轻而易举地伤害生命?

因此,政府和我们每一个人都把自闭症融合教育当作自己的事,融合教育才能真正从两会提案融入现实,从而融入每一个人的生活、学习和工作,进一步融入思维,成为一种自发自觉的行为,最终人人都是融合教育的帮扶者和受益者,实现教育的共赢和社会的和谐。

当医生拨打120时

朱灵婕 何丽丽

我看到不少医生流失的数据,大家可能会问:"我们的医生都去哪儿了呢?"

全国人大代表中国工程院院士钟南山先生在今年3月的两会上这样回答道:"医生的流失,除了社会地位不受尊重外,还有一个很重要的原因就是医生的工作风险大、待遇低。"说到风险问题,不知大家是否知道,在我国的一份危险职业排行榜上,医生是仅次于警察和记者,排名第三的危险职业。虽然医生既不像警察,要每天在腰上别把枪和犯罪分子做斗争;又不像记者,要乔装打扮和黑心老板斡旋。但是,你要是以为医生就是坐在屋里戴着副老花镜给人把把脉,那你可就错得太离谱了。医生的职业到底有什么危险的呢?其危险就是医闹。

咱们先来看看去年关于医闹的新闻。大家可以看到,关键词不外乎三个:辱骂、殴打、推搡。所以我总结了一个规律,要想成为一名合格的医闹,必须具备三大法宝:第一,就是有像周星驰那样的三寸不烂之舌。医闹必须对中国话有深入的了解和研究,在语言上有极高的修养和造诣,誓要达到一开口就让闻者伤心见者流泪,能把活人说死、死人说活的艺术效果。第二,就是有像施瓦辛格那样的金刚不坏之身,医闹医闹,重点就在一个闹字,这就要求你必须具备一定的击打能力和抗击打能力。在体格上震慑对方,获得成功的概率就会大大增加。第三,就是有像小李子那样出神入化的表演功底。古语说得好,不想当演员的医闹不是好医闹。职业医闹除了要具备林黛玉那样的基本哭功,还要时刻准备发挥包租婆那样雄壮的狮吼功,要达到让真家属都自叹弗如,能以假乱真的表演效果。不过玩笑归玩笑,我们还是要看到医闹问题的严肃性。刚才给大家看的其实都算是轻度的医闹事件,我们看到更多的是什么呢?医生午休时被连砍数刀而死,外科主任被砍30多刀抢救无效身亡。这些血淋淋的事件到底是怎样出现的呢?

大家可能会说:"这些医闹真是太黑心了。"没错,我们都很同情医生,可是我们也必须清醒地认识到,医闹就像我们以前说的打手,是一种工具类的存在，并不是问题的根源，它只是医患关系紧张的一种极端化表现罢了。我认为，医患关系问题才是如今医生面临的最大困境，也是让医生不得不拨打120的主要原因。那么，是什么让原本鱼水相融的两者变得这样水火不容呢？举个真实的例子吧，金某在协和医院做膀胱镜检查的时候，突遇停电，膀胱镜上一金属片掉进金某膀胱。院方采取措施，当晚9时之前取出金属片。随后几天，双方在医药费上发生争执。金某认为院方应承担医疗事故责任，可是院方拒不承认。当矛盾发生的时候，主治医生将责任推到了院方，金某面对的是财大气粗的医院以及看似中立的医疗仲裁委员会、医学会等，由于利益关系，这些部门与医院走得非常近，很难做出公正的裁决。即使做出赔偿的决定，往往数额也非常少。当在正当制度中寻求不到公正的救济途径时，金某就想到了非制度化的"讨说法"途径，如此，医闹职业应运而生。可是闹过以后医生由于恐惧病人的打击报复，总是慎之又慎，明明一遍就能确诊的病情要诊断多次，这样下去看病就更难更贵，医患关系就更加紧张，矛盾就更容易出现。

说了这么多，那么问题来了。当医生拨打120的时候，谁能来拯救他呢？

政府对这个问题做出了回答。在今年3月的两会上，政府出台了一系列的医疗改革制度，除了完善大病保险制度，实现分级诊疗，全面取消药品加成这些造福百姓的民生措施外，还专门增加了医闹入刑这一项。我相信，在不久的将来，医生的待遇会提高，医闹事件会减少，我们也马上就能享受到更低的药费，更全面的医保和更精确的治疗，可是这样就够了吗？远远不够。法律不能缓和医患关系，制度不能杜绝医闹事件，为了真正破解医生困境，为了不让"天下无医"出现，我认为，我们应该从两个方面来解决问题：在患者方面，我们可以普及一些基本的医疗常识，破除患者们"花了钱就得给我治好病"的想法；在医生方面，我们应该重塑医德医风，规范小部分医务人员的失德行为。当双方发生矛盾的时候，医院方面不能逃避、遮掩问题，而应当做好沟通工作，积极承担起赔偿的责任。一点一点，一件一件，慢慢地，人们会重新拾起对医生的信心，医生也不再是高危职业，医生困境也终会得到解决。

摧毁只是一个短时间的动作，而重建却是一个漫长的过程。我还记得，古时候对医生的评价是"悬壶济世""妙手回春"，对医术高超的医生，我们会称赞道："您真是仁心仁术，救死扶伤。"现在，我们有多久没有听到过这些话了呢？我相信，当医患双方都朝着这个方向努力时，"医生"二字的荣光，才会重新熠熠生辉。

第三期　莫负好时光

四月的郑大,校园里繁花似锦,燕子飞来,眉湖水清,厚山葱葱,
弱冠男子、桃李女子不顾这仍是乍暖还寒的季节,
迫不及待地要迎接最美的春光。
脱下冬衣,换上春装。
或漫步校园,赏景留念,
或读书课堂,求知若渴,
或走上操场,挥汗如雨,
或呼朋唤友,品尝美食。

压抑了一冬的校园,一下子变得鲜活而生动。
此情此景此时此地,
谢灵运当不会有"良辰、美景、赏心、乐事,四者难并"之叹;
杜丽娘也不会有"姹紫嫣红开遍,似这般都付断井颓垣"的哀怨。

生在今日,应该倍感欣喜:
还没到最好的时代,未来在我辈手中;
绝不是最坏的时代,前辈已披荆斩棘。
这是最幸运的时代,
新传少年不会无动于衷。

未来的传媒人呀,
当有"莫等闲,白了少年头,空悲切"的自省;
当有"粪土当年万户侯"的气魄;
当有"一万年太久,只争朝夕"的紧迫;
当有"衣带渐宽终不悔"的执着。

我坚信:你一定不会辜负这好时光,
所以我一定不辜负你!
四月最后一个星期四,
中核八楼,
新传青年说,等着你。

平凡的日子会开花

张飞帆

今天我们来谈好时光,到底什么是好时光呢?我们永远不珍惜现在的时光,要么在怀念过去,要么在期待未来。小时候我们期盼长大后的样子,长大了又在回忆童年。其实每段日子都有必须经历的苦难坎坷,我们改变不了当下的环境,无非是把每段平凡的日子过得闪光。因为让时间变得有意义,所以平常的日子才变得不平常。

2015年的夏天,我走上了新闻节目主播这个职位。慢慢地,做直播、去采访、进社区、搞慰问,这些成了我日常工作的主旋律,工作很忙碌,但因为可以接触到各种各样的人和事,所以总是乐此不疲。每天下午的晚高峰时段,我都会坐在话筒前用熟悉的开场白向大家问好。"了解身边事,关注身边人,谈论社会热点,知晓百姓人生,下午五点欢迎大家准时守候在收音机前收听今天的节目。"通过节目向听众传达新闻资讯,为他们答疑解惑,真是无比的幸福和满足。作为主持人我用话筒传递事实故事,走出直播间作为新闻记者让我拥有更多的机会接触到平凡普通的人,他们的点滴故事影响着我,也鼓舞着我。刘厚忠就是这么多普通人当中的一位。

60多岁的刘厚忠从来没想过退休后的生活会跟电影放映员联系在一起。这一切还得从一次旅行说起。2010年,老刘和驴友偶然来到淇县西部山区骑行,在黄洞乡全寨小学休息时发现,由于学校地处深山,信息闭塞,山区道路崎岖不平,而且全是土路。全校120名学生连一台电视机都没有,更不用说配置电脑、宽带上网了。许多学生没有走出过大山,孩子们的心愿很简单,就是想看看大山外面的风景。电影迷刘厚忠意识到电影或许可以成为孩子们了解外部世界的窗口。于是从2010年开始,他就用自己的退休金先后投资4万多元,购买了数字电影放映机和有关设备,要知道当时刘厚忠的退休工资每月才1 300多元。每周一至两次,他骑着机动三轮车往返100多里山路,巡回淇县西部山区10多所学校放映电影。7年多,刘厚忠为山区孩子服务用坏两辆机动三轮车,一台投影机,一台高清数字电影放映机和两对音箱。在漫长的山区放映道路上,他摔过跤、挨过饿,三轮车翻入过两米多深的沟里,也受过伤。但是,看到孩子们那一张张灿烂的笑脸,刘厚忠一切的辛苦、委屈就会顿时烟消云散,浑身又有使不完的劲。现在刘厚忠的队伍因为有志愿者的加入也壮大了起来,而我也成了逗号电影团的一员。放电影的设备在不断更新,山里的孩子也能感受3D电影的魅力了。老刘说电影会一直放下去。就是这么一件在别人看来放电影的小事儿,老刘却看得比天大,他在用自己的热爱把平常的日子变得格外光亮,同时也让别人感受到了光芒。

如果说电影是刘厚忠的热爱,那么接下来这位老人在做的这件事可以说是一次情怀之旅。

柴全富,是我采访的另一位老人,这可是一位拥有61岁党龄的老党员。这位感受过侵华耻辱,经历过悲喜跌宕的老人,对红色文化饱含深情,有着自己独特的"红色情结"。经常深入十几个省的红色旅游区搜集整理素材,他搜集的资料装了满满十几箱。去年春天,81岁的柴全富老人开始着手筹备"红色记忆展",在建军节当天,他自费出资举办的"红色记忆展"亮相鹤壁浚县文化艺术中心,观展的人上至古稀老人,下至学龄儿童,络绎不绝。柴全富老人很高兴也很激动,他觉得有这么多人关注,自己做这件事就有意义。

一年的工作时间让我接触到许多印象深刻的人,他们中有农民,有工人,有教师,也有警察和更多其他职业的人,倾听他们的故事,也在鼓舞着我把这些平凡生活里的好故事讲给更多的人听。他们就在我们身边,是普普通通的人,但是他们却让平凡的生活变得格外动人。比起山里的孩子,我们拥有太优越的教育资源和条件,比起刘厚忠和柴全富老人,我们成长在这么好的时代,现在经历的每一天都是最好的一天,有什么理由去抱怨时光、无可奈何呢?不负好时光,其实就是在好时光里做精彩和有意义的事,把平淡的生活过出花儿来,就足以称得上没有辜负当下。

原来我的十八岁已经过去了四年

吴 桐

今年寒假在一个辅导班辅导小学生写作业,小孩子总是特别好奇,追着我问:"老师,老师,你多大了?"我没好气地说:"当然才18岁啊。"一个不到10岁的孩子听到我的回答后很惊讶,她说:"老师,你竟然18岁了?你都这么老了?"我急迫地辩解道:"18岁明明还小着呢。"小孩子更加不解,而我也在安慰自己,我的18岁才刚刚过去。心里虽然这样想着,可就那么随意一算,我的18岁已经是四年前了。这四年恍如一瞬,我在这四年间都做了什么?

18岁那年,我高三,参加了成人礼并对着国旗宣誓,要对高考全力以赴。19岁,我大一,憧憬着大学里的一切,懵懵懂懂,期末复习、体育考试、选课……无论什么事情我都想要找学长学姐问个清楚。20岁,我终于如愿变成了学姐,分清了郑大核心教学区的北5305和南1104教室,在夏天虫子到处飞的夜晚到南操场畅聊剧本。21岁,慌张地开始考虑着未来,恶补了整个大学期间的自习,一年下来看过的书比前两年半看得书都要多。22岁,也就是现在,我大四了。

很难说明白我的心情,我曾为了此刻兴奋过,也郁闷过,更犹豫过。就恍若庄周梦蝶般地度过了18岁以后这4年。我从未奢求过我这4年甚至是整个人生过得轰轰烈烈,只想说问心无愧就好了。但我又不能摸着我的良心说,这4年我认真地度过了每一分、每一秒。也不能像知乎上关于大学怎么过才有意义的帖子里回答的那样,谈一场恋爱、逃课疯玩、四处加入社团长见识,但千万不要加入学生会等。每一个人对于不负时光的定义都该是独特的。我也曾设想过这样的情境,我70岁的一天,心情不错地坐在阳台的板凳上晒太阳,透过玻璃窗的反光,我看到了自己,突然惊愕起来,我怎么已经老成这个样子了。设想这些的时候总会让我感到一丝恐慌,我怕这一生就这样子不痛不痒地过去了。所以18岁后的某一天,我想到了一个办法,就是用一个本子记录自己的一天都做过什么,这个本子上记录着我计划当天要做的事情,已经完成的事情和在计划外的事情,以此来证明这一天我没有虚度。这个办法让我感到一丝莫名的心安,就仿佛我变成了时间的主人。

我也曾经疑惑,我们打输了一场游戏,会懊恼气愤;打赢了一场比赛,会兴奋激动。在时间的长河中这么小的事情都足以引起我们情绪的波澜变化,可短暂生命中时间的不断流逝却没能让我们意识到它的珍贵。18岁后的某一天我突然想明白了,游戏也好、比赛也罢,都会有机器帮你记录着实时的战况,不断提醒着你。但是对于时间,你不去记录它,它可能就若无其事地过去了。所以我今天的演讲不是要告诉大家,时间就是生命,赶紧珍惜起来,而是想让在座的每一位都能开始用自己的办法去记录时间,哪怕这一天我在床上躺了24个小时,哪怕这一天我走遍了大江南北。我始终相信,每一天都有值得我们去纪念的意义。

下面想讲一个关于我妈妈的事情。我妈这个人特别爱美,所以特别怕长白头发。经常让我用剪刀帮她从一堆黑头发里剪掉那一两根白头发,而且千万不能拔,因为我妈说白头发就是拔掉一根会长两根。不过随着时间流逝,我发现她的两鬓多了很多白头发。上周末,她又兴致昂扬地邀我去帮她剪白头发,我半开玩笑地讲:"妈,你的头发不能再剪了,再剪就没有了。"我不到9岁的妹妹听到我这样讲,拍拍我说:"姐姐,你这样讲妈妈肯定会伤心的。"今年寒假,我妈让我在网上帮她查一款保健品的功效。她经常会让我在网上帮她查各种东西,于是我没太在意,草草查询后将截图发到了她的手机上。大概过了10分钟,我妈问我,你知道帕金森病吗?我的心一下子就慌了,赶紧追问怎么了。她说最近两年她总是有上肢震颤和手抖的情况,医生说是帕金森病的先期征兆,让她多注意预防。毫不夸张地说,随着我妈的一字一句,我的心都要提到嗓子眼了。从那时起,我便开始关注中老年人的养生知识。其实道理我们都懂,我的18岁已经过去了4年,我们的父母、长辈也要过这4年。

日本有一个著名的临终关怀主治医生,名叫大津秀一,他在多年行医的基础上,听闻并目睹过1 000例病患者的临终遗憾后,写下了《临终前会后悔的25件事》。其中第1个遗憾是,没做自己想做的事,第21个遗憾是没有认清活着的意义,第25个遗憾是没有对深爱的人说"谢谢"。这几个人生遗憾让我记忆尤为深刻,但看到这些遗憾的时候我感到很欣喜,并不是我认为这不是遗憾,而是我现在才刚刚22岁,未来还有很多时间留给我,让我去做这些事情。

每一年毕业季的时候,总会有很多问题抛给毕业生,但总逃不脱"大学四年以来你有什么遗憾"这个问题。如果今年这个问题问到我的话,我会说我最大的遗憾是没有在大一的时候就意识到我会很快就大四了。小的时候我们拼命想要长到18岁,接受成人礼,去做自己想做的事情,而当我们的18岁在一年一年变得越来越远的时候,却发现想做的事情一件也没有做。我们总是在快要离开的时候才懂得珍惜,就像是我们通常会在临终前才意识到人生还有那么多遗憾。但作为一个过来人,我不能因为坠落的夕阳哭泣而继续错过满天的繁星。我能做的就是告诉在座的学弟学妹们,你们的18岁也会有过去4年的时候,未来还要继续过去10年、40年甚至更多年。所以不妨从现在起,你们的18岁才刚刚过去的时候,你的未来还有很多可能的时候,就行动起来,去做自己在大学期间想做的事情,列好我的大学一定要做的10件事,100件事,去图书馆泡上一整天,围着郑大夜跑一圈,带着爸爸妈妈到樱花园里去拍照……如果我们不能给郑大留下一些生活过的印记,就让郑大为我们留下回忆;如果不能给世界留下存在过的痕迹,就让世界为我们留下回味无穷。

我叫吴桐,2017年4月27日,参加新传青年说。这个时间,我会记下来。今天,在座的各位来到演播厅,聆听这一期的新传青年说,这个时间,在座的各位也要记下来。

我生君已老,莫负好时光

赵心航

上学期,快放假的时候,有一天我做了一个梦,梦见姥爷笑眯眯地说:"我这一辈子,最爱的人就是小燕子!"我使劲想"小燕子是谁?",也没有答案。"小燕子是你小时候我给你起的外号啊!"姥爷说。忽地,一阵酸涩充溢了我。我真的已经忘了这件事很久了,可是姥爷还记得,或许他还等着他的小燕子在春暖花开的时候,再回到那个用老故事和二八自行车前梁搭起的旧巢里去呢!不可抑制地,眼泪像顶开地壳的熔岩,从我的心底涌出来;我从被泪水湿透了的梦里浮起来。

头顶是明晃晃的灯,手里还拿着一本《新闻采访》。早上五点,真的太早了。我强忍住马上打电话回家的冲动,头脑和眼眶却被那句"我最喜欢小燕子啦"冲击得溃不成军。

小时候我爸爸在非洲援建,妈妈经常下乡出差,我就在姥姥姥爷的呵护下长大。很长一段时间里,姥姥充当着妈妈的角色,而姥爷,却兼具着爸爸、玩伴、保姆、老师,甚至是哆啦A梦的角色。一种久远的情绪慢慢洇开,我似乎又看见姥爷推着那辆白鸽牌自行车向我走来;看见姥爷用手指蘸着茶水教我写字;看见姥爷微笑着递给我一颗青桃……

姥爷出生在地安门边上一个地主家庭,又是长房长子,到现在身上都保留着那种传统大家庭里的刻板规矩。两个女儿都被教导得温柔和顺,女婿们到了姥爷家里连烟都不敢吸。唯独我从小就像得到了"尚方宝剑",仗着"太上皇"的庇护,招猫戏狗上房揭瓦,无所不能、无所不敢。大概"小燕子"的外号就是这么来的吧。

那大概是我一生中最值得怀念的时光。每天早上坐在自行车前梁上,看姥爷去公园里练太极拳,回来的路上带回香喷喷热腾腾刚出炉的点心。妈妈是不许我边走边吃的,但在姥爷面前就可以。有时在胡同口还有耍猴的,姥爷就带我去看,还让我用点心喂猴子。天气不好的时候,姥爷的锻炼也是雷打不动的,只是不让我跟着了,但回来的时候一定会给我带几个好看的小头绳,或者我喜欢吃的点心。现在想想,一个一米八几、六十多岁的男人,要有多入骨的深情才能细腻如斯。那天看《樱桃小丸子》,里面的爷爷说:"即使,全世界的人都不偏袒小丸子,但我最、最、最、最偏袒小丸子!"克制不住的眼眶湿了,我们的祖孙情深,不也是这样吗?

后来姥爷得了脑溢血,留下了半身不遂的后遗症,但是依然是家里的大厨。我对"好吃"的定义,就是"接近姥爷做饭的味道"。我们有时候坐在一起构思菜谱,我想出奇怪的点子,姥爷就是我的首席执行官,总能把我的想法变成一盘盘精美的菜肴。现在我家过年时一定会做的红糖江米条,就是我和姥爷创造出来的。

"夏天我和掌柜的赌西瓜,他说是红瓤,我说是黄瓤,结果我一个人把一车西瓜都赢了,掌柜的就看着我和师兄们吃……"姥爷的故事陪我度过了每个童年的梦境。从和师兄偷跑去看戏、在锡盟挖井却挖出大蜘蛛这样年轻时的故事,到《射雕英雄传》《七侠五义》这样书上的故事,都是我们的保留节目。等我长大些了,就讲我小时候的故事,偶尔还在姥姥的责备声中讲上一段《聊斋》。每每夜深,房间里还充满着祖孙三人的欢声笑语。

这样的好时光,我要怎么做,才算是不辜负?

我记得姥爷讲他小时候在前门艳阳下喝的酸梅汤,就买回杏干、乌梅和甘草,照着食谱,复制老味道给姥爷;我记得姥爷说年轻时去广州出差,用了一种柠果味的牙膏,很怀念,我就在每个超市寻找,找不到,就拜托所有出国的朋友看看国外有没有。我高一的那所学校正是姥爷小时候上学的学校,他说他的班主任教生物,第一节课就拍着桌子唱数来宝"来来来,我叫李可才",我就逃了一个下午的自习课,跑到校史馆去寻访这位老师的踪迹……越长大,越是想紧紧抓住能在一起的时光,一秒都不想错过。

世界上最痛的,莫过于"树欲静而风不止,子欲养而亲不待";而世界上最让人欣慰的,大概就是在你还拥有着某样美好的事物时,就已经学会了珍惜。

当你在听我的故事时,或许也想起了你的亲人,或许也想起了那些回忆里的些许甜蜜。如果说人生是一匹锦缎,这些细微的小事,就是针脚细密的提花,一针针一线线,绣出了我们的好时光。所谓素年锦时,无非就是平常的日子里,这些闪光的回忆。

"被酒莫惊春睡重,赌书消得泼茶香。当时只道是寻常。"纳兰容若这句诗,每次读来都让我心有戚戚焉。我们的眼界越来越大,脚下的世界越来越小。追求的欲望越来越多,相守的时间越来越少。回家的日子越来越晚,离开的时候越来越早。得到的遗憾越来越多,辜负的时光却越来越好。和最亲最爱的人相处,不怕平淡,不怕唠叨,不怕偶尔的不耐烦和小争执,只怕"当时只道是寻常"的不在意。一旦辜负了,又当是何等的"此情可待成追忆,只是当时已惘然"。

  人说时间像老人,可我想,它像孩子。奔跑不停,极度公平。喜乐苦痛,幡然回顾,在时间面前都变得等长。它无法忍受你的忽视,叫嚣着用各种方式提醒——长辈脸上的皱纹、头上的白发和你我的成长豁达。所以要把时间当孩子宠爱,记录它的好。有天被问起时间都去哪儿了,方可自豪地说:

我曾扛过琐事忙,
守得亲人鬓如霜。
虽少不敢多蹉跎,
所幸未负好时光。

出生入死,向死而生

康勇涵

今天我想说的事有点儿恐怖,还有点儿神秘。

先问大家个问题,清明节出去玩儿了吗?有同学可能会想,这都"五一"了,还说什么清明节呀?因为我觉得清明节是一个特殊的节日。在这个时节里,既有"乱花渐欲迷人眼"的生机,也有"路上行人欲断魂"的伤感,这是一个新生与死亡并存,泪水与欢笑同在的日子。春天很美,但是春天太短了,所以有人会说"花开有落时,人生容易老"。的确,人生短暂又无常,但是人最宝贵的是生命,生命属于人只有一次。所以,一个人的一生应该是这样度过的:当他回首往事的时候,他不会因为虚度年华而悔恨,也不会因为碌碌无为而羞耻;这样,在临死的时候,他就能够说"我的整个生命和全部精力,都已经献给世界上最壮丽的事业——为人类的解放而斗争"。今天我们不操心人类解放的事儿了,那我们的人生要怎样度过呢?答案就在这里,出生入死,向死而生。

如果有一天,你乘坐飞往以色列的航班,你会发现每次到站之后,乘客们一定会鼓掌表示庆贺。因为几十年来以色列一直处在一种不安全的状态,每一次平安落地,他们都会觉得这是一件非常幸运的事情,值得用掌声来庆祝。在潜意识里,他们对活着有一种本能的感恩,觉得活着不容易。而现在我们最大的问题就是,我们经常会忘记我们是会死的,我们认为活着是一件再正常不过的事情。所以,今天逃了一节课,没事,以后逃课的机会多着呢!吃了饭,打一局王者荣耀,不就半个小时吗?去图书馆看书?明天吧,今天想放松一下。我们中国人讲究入土为安,我们可以把人生想象成是一个不断被土埋的过程,很多人都想长生不老,但长生不老真的是一件好事吗?假如我们都能活500岁,情形可能是这样的:你什么时候考四级?着什么急呀?过30年再说;你有对象吗?不着急,那谁300岁还没结婚呢!如果我们永远都觉得还有时间,那么我们永远都不会去努力。

人如蝼蚁,生命是很脆弱的,死亡是一个突然降临的过程。可能你会想,我才20岁,没有必要去谈论这么遥远的话题。我小学的一个同桌,很瘦小的一个男生,我曾经抢过他的铅笔,还吃过他的辣条。某个暑假之后,他就没有再来上学,老师说他已经不在了。他去一个泳池游泳,但是没人监管,就出了意外。所以你看,死亡和年轻并非完全无关。海德格尔说,人生就是向死而生的过程,一旦过了出生的那一刻,死亡就是现在进行时了,也就是说,活着就是去死。这么说来,人生好像是一个很无奈的存在,你看,出生不是我们的选择,所以每个人生下来的时候都是哭着的,死亡也不是我们的选择,当一个人去世的时候,周围的人也都在哭。那么被出生之后就等着被死亡吗?当然不是,虽然生命的两端无法参与,不过上帝却把中间最长的过程交给了我们,时间上就安装着延长生命的开关。一句"不党、不卖、不私、不盲"道出了张季鸾的心声,他走了,媒体人的坚守还在;"新闻记者应该说人话,不说鬼话,应该说真话,不说假话",林秋水离开了,新闻人的坚守还在;"为社会立言,为人民鼓呼,对当政者进行监督",黄远生已长眠地下,可新闻人的担当还在;"如果你的照片拍得不够好,那是因为你离炮火不够近",罗伯特已逝,可新闻人的勇气还在。生命有多长,不在于活了多久,而在于留下了什么。我们是要做一个活着的时候已经死了的人,还是要做一个死了之后还活着的人?

古人说,人要立言、立功、立德,方能不朽。有人会说,这门槛儿太高了,一般人达不到。其实现在我们是有这样的机会的。互联网和新媒体的快速发展,把话语权交给了我们每一个人,发一条微博,说不定就能引起全民讨论,影响社会的进程。在座的各位,我们还有一个特殊的身份,我们是媒体人,我们该做什么?很多同学在学了新闻之后都会有一种莫名其妙的骄傲感,是不是?反正我是,倒不是因为我们是"无冕之王",而是因为我们手中的笔,时时刻刻都在影响着社会的心,所以我们得把笔拿正了,才能对得起社会的心,我们的价值就是为社会留下真实,这就是媒体人的不朽与永生。

如果一出生就要入死,那就向死而生吧!用虔诚对待生命,去做时代风云的记录者,做社会进步的推动者,做公平正义的守望者,如此,方能不负好时光。

我们的 20 多岁

李雪丽

在座的学弟学妹,可能你们大多处于 18 岁左右的青春年华,我今年 25 岁。作为学姐,我想给你们讲讲你们即将经历的和我已经经历的 20 多岁。

我是 2016 级新闻学专业的硕士研究生,李雪丽。

站在这儿呢,我想对一年多前的自己说句对不起。对不起每天带着乌黑的眼圈仍在温习笔记,脑袋里只有"扒粪运动",身体消瘦到只有 90 斤,拿到录取通知书时喜极而泣的那个执着于梦想的女孩。

一年前的这个时节,我看到了努力结出的果实——郑州大学录取我了。学姐第一时间告诉我这个喜讯时,我人在华山之巅——华山的西峰峰顶,看着眼前的风景,突然有种乘风飞翔的冲动。下一秒打电话给我爸,经历特别丰富的他那一刻就一个劲儿地笑,夸我的话愣是一个字都没说,唉!倒是我妈止不住地一直说话:"你这傻妞儿,倒是没浪费我给你烧的香,拜的佛。"我就在电话这头嘿嘿地傻笑。

挂了电话我看到了我爸的短信,他说:"爸爸当年以为你连大学都上不了呢,没想到我女儿那么有干劲儿。"这是我爸爸第一次如此认真地夸奖我,一直以来,他的眼中只有我那三个乖巧的姐姐,还有学神级的军人弟弟。

可以说,那一刻,是我 20 多年来第一次真正感受到幸福。以至于我都忘了时间,在山顶上坐到了日落。

五年前,读了四年高中的我终于赢得了填报高考志愿的机会,瞒着所有人填报了新闻专业——我所有的亲戚都认为这是一个华而不实的专业。

你们说,我该拿什么来证实自己的选择呢?

20 岁,我第一次走进城市,步入我的大学——我期待了 20 年的青春殿堂。

但你们知道我是怎么做的吗?

高中时,班主任赠我一幅字,众所皆知的《金缕衣》:"劝君莫惜金缕衣,劝君惜取少年时。"当时的我确实是想带着它好好经营大学生活的。

事实上怎么样呢?字我是一直带着的,决心却在双脚踏入河南工业大学校门的那一刻毫无预示地完全崩塌。

我加入社团,做事能力没锻炼出来,却跟着一帮人学会了喝酒唱K;组建创业团队,却在一次又一次的策划、沟通、拉赞助中磨掉了激情,无疾而终;在老师无条件的支持下拍纪录片,踩了几次点后嫌麻烦放弃了,致使它胎死腹中,到现在我都没脸见那位老师……

人一辈子最美好的时光就这样被我荒废了两年,如此下去,我人生前20年的努力全都白费了。

大二结束的那个暑假,我们的社会实践小组需要去郭亮村拍摄学期作品。郭亮村最有名的就是万仙山绝壁长廊,被称为全球最奇特18条公路之一的进村公路,全部由郭亮村村民独立徒手完成。村主任带着我们穿过这条奇迹之路时,眼睛里满满的自豪和骄傲。他告诉我们,只有执着和坚持才能成大事,现在的人都活得太安逸了。

可不是嘛,生在盛世,丰衣足食,何必把困难强加到自己身上呢,避过去不就好了。

可是,一味地逃避过后我们还剩下什么呢?

毕业季,每到晚上都能听到校园里的嘶吼声和痛哭声。送别学长的那天晚上,一直高高在上的他却哭得像个孩子,哑着嗓子对我们说:"在你们面前,人人都敬我一声超哥,只有我知道,自己什么都不是,我的四年没有一天是留给自己的。你们一定要知道自己想要什么,记得为它努力。"

当你想到时间的重要时,才知道它的紧迫性。

我开始好好听当年误选的双学位课程,学着拒绝朋友们的邀约,开始认真对待每一次活动,学着对自己负责,开始规划自己的未来。20多岁,一生中最富资本的时光,努力,任何时候都不会晚。

临近毕业的时候,我才发现这段努力的时光有多珍贵,我拿到了国家励志奖学金,微电影大赛一等奖,大广赛三等奖,以及最重要的郑州大学的录取通知书。

当复习过的书籍资料一本又一本装进收废品大叔的三轮车时,我发了一条朋友圈:"谢谢你们,用50千克的身躯换来我50克拉的梦想。"

2016年9月,院里对我们进行入学教育,这一刻来得太不容易,我还记得张淑华副院长特有穿透力的嗓音:"你们的努力换来我们今日的相聚一堂,未来两年或者三年,一定要有目标,有规划,不要辜负了好时光。"

前几天,看到"八个北方傲娇的姑娘"完成考研梦想的喜讯,为她们欢喜的同时也有几许羡慕,大学时一起追梦,奋斗的路上相互陪伴,有梦想,有友谊,更多的是对时光的尊重。

今天我站在这里,是想让大家以我为戒,我们20多岁,一无所有也最无所畏惧,此时的人生像是在洁白无瑕的纸上勾勒出或深或浅的轮廓,你可以随便怎么规划,因为没有什么限制可言,但是现在所走的每一步,到底会成为将来打向自己的巴掌还是鼓舞人心的喝彩,答案只能问问我们自己。

希望我们下次的相遇是在世界精彩处。

无惊无喜倒也无妨

王慧霞

大家好,我是王慧霞,今天我演讲的题目是:无惊无喜倒也无妨。

记得去年的 4 月 28 日,那天晚上是我第一次来到"新传青年说"现场,和这次不同的是,那天我坐在观众席听 15 位同学讲述他们的大学故事,可能是因为感动,可能是因为钦佩或者羡慕,当然最重要的可能是因为我泪点太低……当时在台下的我有好几次都偷偷抹了眼泪。晚上回到宿舍,我给自己写了一段话,其中前几句是这样的:"喜欢演讲,喜欢辩论,却做不了侃侃而谈的演说家,也做不了机智能言的辩论者,那就静静地做一位聆听者吧!"现在时隔一年,一直都在安静聆听的我还是选择从台下走到台上,从聆听者变为讲述者,也许做得不够好,但我还是选择站了上来,为什么?因为呀,我不想再犹犹豫豫不自信,不想瞻前顾后想太多,更不想辜负了这好时光。

也许有人会说,来参加一个演讲比赛就算是不负好时光了吗?对,没错,这在我看来就是不负好时光。"不负好时光"这个话题可以说得很大,也可以说得很小,而在我看来,把需要做的事儿和想做的事儿踏踏实实地做好,纵使生活无惊无喜那也无妨,因为你没有辜负好时光。

给大家讲两个小故事吧。

清明节在武汉,我去汉阳街的路上拍了一张老爷爷的照片。当时正值日落,风有点凉,但吹得人很舒服,在这条沿江的小道上人们来来往往,但这一切好像都和这位爷爷无关,他一个人,一支笛子,一份乐谱,就构成了这样一幅安静得似乎已经静止的画面,一幅让我忍不住按下快门的画面。本想走上前和爷爷聊上几句,心想或许能听到一个有岁月感的故事,可能关于热爱或者其他,但是很遗憾我没有,一是因为当时爷爷专注的样子让我实在不忍心打扰他,二是因为还有其他同伴在等我赶时间。现在每次看到这幅照片我就反问自己:你能做到吗?不要说到了五六十岁的时候,就是现在!如此专注地去做一件事儿,你能做到吗?

第二个故事是关于我认识的一位学长,温和、安静,是我对他的第一印象。和我们大多数人一样，他的大学生活基本上就是上课，还有忙学生会的工作，除了这些，他日常生活中最多的状态就是看书，不说图书馆或者自习室这些地方，就是在宿舍，大家应该都知道，可能其他室友在打游戏，或睡觉或学习的时候，他也能自己一个人泡上一杯茶捧着一本书安安静静地坐一个上午。有学姐问他："已经大三了，为什么不选择出去实习，或者做点其他事情来提前历练历练自己？毕业之后或许能有多一点的选择嘛。"他回答说："毕业之后很多事情就由不得自己选择了，趁自己还能选择的时候去多做自己喜欢的事儿。"这句话会时不时地出现在我的脑海里。依旧是反问自己："你会这样做吗？你会坚持选择自己喜欢的事吗？你会坚持做好你选择的那件事儿吗？"

其实现在想把这些问题抛给大家，你们会吗？我们大概都有过这样的时期：看见别人弹吉他唱歌的样子很帅所以喊着自己也要学会一样乐器，看见别人身材很棒穿衣服好看所以喊着自己一定要减肥，看见别人学富五车出口成章的样子所以对自己说人丑还是多读书吧，看见别人走遍祖国各地看尽大好风光所以你又喊着身体和灵魂总有一个要在路上，不读书就多出去走走吧……我们说要做很多的事，但好像只是说说而已，我们的计划似乎很满，目标似乎很多，但付诸行动的好像没几个，坚持下来的更是屈指可数。

后来呀，我们慢慢地明白，想做的太多，能做的太少，把自己真正想做的事儿做好，就已经不错了，我们不必太羡慕别人的生活，因为就在此时别人也可能在羡慕你这样的生活。如果现在我问大家真正喜欢的是什么，应该会有人对我说就喜欢每天躺在床上对着手机、电脑追剧刷微博吧，但其实不是这样的，你心底里肯定有你真正喜欢的比追剧更有意义的事儿，只是因为做起来比较难或者它看起来比较远，所以我们不敢跨出那一步，选择了逃避而已。现在让我们坦诚地面对自己真正喜欢的东西，为每个明天做个小计划，把日子过成自己想要的样子。

就像《朗读者》第一期里的许渊冲老先生，他每天翻译作品到凌晨三四点，也许对我们这些外行人来说，翻译是一件无聊的事情，甚至有点可怕，比如做英语翻译题。但许渊冲老先生却说翻译让他得到了人生最大的乐趣。有人说不想要一眼就能看到头的生活，没有惊喜没有挑战甚至连意外都没有，之前的我也是这样的。我一直都标榜理性，但其实我的骨子里是无比感性又矫情。我一直都在幻想可以和一个人、一件物、一首歌，甚至一支乐队一见钟情，想着以后回忆起来的时候该有多美好呀，但幻想着的幻想终究是幻想，我的生活依旧是这样，无惊喜也无意外。这种生活到底好不好呢？现在我觉得如果这种一眼就能望到头的生活是充实的，是你自己想要的样子，见想见的人,做想做的事,听想听的歌,那么无惊无喜倒也无妨吧,因为这就是不负好时光。谢谢大家!

韶光"郑"好,都用来茁壮生长

肖田田

"胜日寻芳泗水滨,无边光景一时新。"这是宋代诗人朱熹笔下的春天。追寻诗人的笔迹,在一个春日融融,风和闻马嘶的日子,我在校园里、河湖边寻觅美好的春景。周遭的景物都焕然一新,散发着明媚的朝气。万物峥嵘,都在为春天添一抹新鲜的颜色。微风吹起,湖面荡起涟漪,纪伯伦的话蓦地回响在我心底:"万物都在齐声歌吟,你们之中可会有人情愿充当喑哑无声的芦秆。"我想我是愿意高声吟唱的,我们须当工作、须当奋力向上,才能跟上大地的脚步,跟上大地灵魂的脚步。无所事事,便会成为疏离四季的异客,便会退出生命的队列。尼采也曾说过:"每一个不曾起舞的日子,都是对生命的辜负。"春日荣,风光盛,如此好时光,我们怎能辜负?

莫负好时光——中原般舟小儿康复中心

这个月的8日,是个小雨淅淅沥沥的日子,我们一行9人,转了三次车,经过两个多小时,到中原般舟小儿康复中心做志愿活动。这里生活着一群生病的孩子,他们都是脑瘫患者。刚到那里时,一个阿姨在给自己的女儿做按摩。小朋友8岁了还不会走路,不会说话,只会叫妈妈。看到我们过来,阿姨很开心,说:"你看,这么多漂亮姐姐来陪你玩了,你高兴不高兴?"小女孩只会傻傻地笑。康复运动、电疗是他们每天必做的作业。每一次运动对他们来说都特别吃力,对我们来说很容易做到的蹲起、跳跃,他们做得很慢,颤颤巍巍,要耗费所有力气。尽管如此,妈妈们每一天都陪在孩子身边,从未想过要放弃。她们心里一定怀抱着这样的信念:没有任何苦难折磨能夺走孩子茁壮成长的权利。在这里,我听到最多的不是抱怨,不是哭泣,而是欢笑。妈妈们的乐观,孩子们的天真,点燃着这里的每一寸空气。我想,不是我在给予他们帮助,而是他们给了我力量——深埋地下的种子破土而出的力量。是呀,这样好的时光,怎能用来忧伤?

莫负好时光——校运会

　　上热搜的郑大校运会有太多精彩时刻,有太多让我感动的瞬间。作为记者,奔走在阳光下,穿梭在绿茵场上,追着运动员,用各种抓拍姿势,单反相机一天挂在脖子上,累但却甘之如饴。看着运动员和喊着嘹亮口号的观众,我心里有热血在沸腾,我们是如此的年轻,如此的充满活力与朝气。校运会第二天,我几乎一下午都待在跳高场地。随着横杆一次次升高,高达2.05米,跳高的选手只剩下一位。体育场所有观众都在为他加油呐喊,每个人的心都提到嗓子眼,这种壮观的场景令我感动,就像全国人民都在为奥运选手加油一样。跳高的同学全力以赴,为了达到更高的高度,一次次地奔跑跳跃。这一帧画面定格在镜头下,也永久定格在我心里。韶光"郑"好的日子,我们敢想敢做,丈量梦想的山长水远。

莫负好时光——郑州大学国旗护卫队

　　国旗护卫队女兵是我心中的真女神,相信大家和我一样好奇,是什么练就了如此英气勃发、飒爽英姿的女儿郎?室友是国旗护卫队的,跟着她,我终于了解到一次完美升旗的台前幕后。早晨5点多一点,姑娘们已经出发了。空气很凉,气温很低,肚子很饿,但为了接下来的升旗仪式,她们要早起,多腾出点时间,进行最后的演习训练。赶到行政楼办公室,姑娘们迅速换上军装,戴好肩章和佩枪。她们对待每一次升旗都很认真,化上精致的妆容,涂上"女王色"的口红。她们在仔细地擦磨佩枪,互相整理军装,神情是那样地专注。这里的关系很融洽,氛围也很温馨。长久一起训练,她们之间充满默契,培养出战友般的情谊:互相关怀、友爱,共同承担,不推卸。整理好后,下楼,女兵们又进行了一次次排练。虽然训练动作只有那么几个,一直在重复,但女兵们没有丝毫懈怠,偶尔有人不协调,指导员都会重复提醒一遍动作要领。冷风一直在吹,向来怕冷的我,看到女兵们面无惧色、精神饱满,心里也仿佛热血沸腾,手上充满力量。距升旗还有15分钟时,指导员组织大家唱了两首军歌加油助威,歌声高亢嘹亮感情充沛,黎明都被吸引得比往常早到。6点30分,东方泛起了鱼肚白,参加升旗仪式的学生已经排好了队伍。女兵们踏着铿锵的步伐,登场了。"起来……我们万众一心,冒着敌人的炮火前进,冒着敌人的炮火前进!"伴随着嘹亮的国歌声,五星红旗冉冉升起。太阳也渐渐升起,东边天空染上亮晶晶的朱红色。参加升旗仪式的人都散去了,开始了一天元气满满的工作。指导老师还要给女兵们开个会,总结失误,才能不断取得进步。可能台前幕后的故事不是那么波澜壮阔,但有时感动我们的恰恰是润物细无声的力量。每一个汗流浃背的夜晚,每一次全心全力的训练,女兵们都在成长,成长为一个骄傲,一种精神,一张名片。

　　苏轼有词:且将新火试新茶,诗酒趁年华。趁春光正好,趁微风不躁,趁繁花还未开至荼蘼,趁双手充满力量,趁年华依旧美好,可以走很长很长的路,可以认识很多有趣的人,可以做很多有意义的事。春日荣,风光胜,莫负青春好时光,让我们和每一处破土而出的新绿共同生长。

不负今日,时光正好

郑 杨

我是2014级广播电视学专业的郑杨,非常高兴能够站在这里和大家见面。去年的这个时候,这句自我介绍我也在这里说过,一年过去了,会有哪些变化呢?让我们一起看大屏幕。首先,我们可以看到,演播室变了,变得更加精致了对吧。还有呢,我变了,头发比去年长了很多,人也圆润了一些。啊?我变得帅了?你看你这个人,净说大实话。一年过去,台上这位英姿飒爽的青年有哪些神奇的经历呢?咱们接着往下说。

2016年,我经历了一次感情的终结,是的,你们没有听错,我恋爱了,over了。在大学美好的时光里,我遇到了一位可爱的女孩,从相识、相知,到牵手、相爱,整个过程用了短短的9天。大家不要太惊讶,有时候感情来得就是这么快。两个人在一起的时间里,你会发现校园的一个小角落都可以美到惊艳,空气里都是冰激凌的味道,吹来的微风都有了些俏皮,眉湖里的大白鹅看上去都肥美了不少。可能说的有那么些许的夸张,的确,有一个人的陪伴会让你的生活变得与众不同,但是美好的时光并没有想象得那么久。因为性格上的差异和未来定位的不同,两个人开始频繁争吵、赌气、冷战,到去年的十月,宣告结束。

在大学生活中,一年的时间,对于我们每一个人来说,都可以说是一场蜕变。过去的一年已经结束,已经成为历史,成为不能改变的事情。你可能受挫了,也可能失败了,但是,"不经历风雨怎么见彩虹"。失败并不可怕,可怕的是沉浸在失败当中麻痹自己。然后呢,可怕的事情就在我身上发生了。

分手之后,我过了两个月没日没夜的生活,怎么个没日没夜呢?晚上熬夜剪视频写策划,白天昏昏沉沉;每天的伙食就是矿泉水加面包、薯片,一周可能都吃不上一顿正经的午餐,更别说早餐了;忘掉了曾经最爱的钢琴和篮球,可以宅在自习室里整整一周不出去。终于,两个月的浑浑噩噩也给了我非常好的纪念:肾结石和脂肪肝。我今年21岁,去年20岁,20岁的小伙子,肾结石加脂肪肝,给了我一个大大的教训,当然,经过一段时间的特训,我的身体已经恢复了健康。回到今天的主题,莫负好时光,听完我去年的故事,相信大家都会觉得,我白白浪费了一年的好时光,但是我想说,我并不后悔,而且我觉得,好时光并没有离我远去。那么,好时光到底是什么呢?

有人会说,好时光就是青春啊,年轻就是好时光。20来岁的年龄,正是奋斗向上的年龄,生活充满了无限的可能,但是我看到的20来岁是什么样子呢?我们没有经济实力,没有社会阅历,什么都没有,甚至连恋爱的资本都没有。初出茅庐,有的只有当初渺茫得不切实际的梦想以及空口而谈的未来,我们的压力是很大的,马上要迈向社会的大熔炉,突然到来的就业和生活压力,对于在大学的温床里待了整整四年的我们来说,怎么面对?在青春的好时光里,我们却面对这么多不美好的事情,我认为,好时光和青春是画不了等号的。

所以我想说,时光没有好坏,而是我们的心态决定了时光的好坏。莫负好时光也并不是说让我们仅仅珍惜时间,而是应该保持一颗年轻积极充满好奇的心。

还记得刚进大学时你我的样子吗?我们对生活充满了好奇,也许没有确定的方向,但是做的每一件事都投入了100%的热情。在努力的同时,我们收获了开心与满足,那段时间,对于我们来说,就是好时光。记得在许愿纸上写下的梦想计划吗?仔细想想到现在实现了几个?我当时写下了三个:拿到奖学金,拥有一段值得怀念的感情,拥有一群值得信赖的伙伴。三年的跌跌撞撞,回过头来竟然一个个都不经意地实现了,在学习之余广泛参加校内外的活动,连续两年拿到了二等奖学金;虽然已经宣告结束但是回想起来嘴角会上扬的恋爱;创建了自己的工作室郑经工作坊,和小伙伴们没日没夜写策划做视频的热情一直延续到现在。

有人说人的一生有三天,昨天、今天和明天,这三天组成了人生的三部曲。但我说,人的一生只是由无数的今天构成的,因为我们可以把握的只有今天。昨天不管美好不美好它都已过去,未来发生的一切都是我们不可预知的,只有今天,你能决定今天的你是什么样子。乐观的人,喜欢怀念昨天的记忆,描述明天的美好前景;悲观的人,习惯回想昨天的不安,担心明天的未知。但生命的内涵只在于今天,好时光也就是今天。

它不在于时间是哪个节点,而是在于,在这个时间里,你我是充实的,是积极的,是热情的,是敢想敢做的。你可以低迷,可以痛苦,但是不要以身体作为挥霍的资本,体会过一次惨淡就要去珍惜生活的快乐。不要再用大人的成熟和社会人的稳重去欺骗日益懒惰的自己了,那样只会让我们丢失一个年轻人该有的样子。我们不需要听那么多心灵鸡汤看那么多鸡血文章,我们不应该惧怕走弯路,害怕经历挫折,每一段走过的弯路、经历的挫折都是人生带给我们的财富,时光没有好与不好之分,没有后悔,就是好时光。从今天开始,找回曾经的热情和好奇,保持积极与乐观,不负今日,时光正好。

看世界，从春天开始

刘莹莹

大家好，我是2016级广电二班的刘莹莹，今天我想讲的是"看世界，从春天开始"。

郑州的气温越来越高了，春天呀，还剩一个小尾巴，今天，我想抓住这个小尾巴和大家聊聊天。都说春风暖，吹绿了北国。春天是"桃花春水渌，水上鸳鸯浴"的和谐温暖；是"迟日江山丽，春风花草香"的优美柔和；是"满园关不住，一枝红杏出墙来"的勃勃生机。

然而，在上大学之前我从没感受到这样美好的春天，我一天天地过着单调重复的生活，眼里只有学习和考试，不知道春天有这般的温柔与美丽，也不喜欢主动关注时事。出去踏青，往往是父母带着去看看油菜花，逛逛古镇，就急匆匆地赶回来上课。关注时事也往往是因为要考政治，我也从未想过一个曾经只喜欢看言情小说的我会像今天这般关注时事，像今日这般牵挂着远方正遭受苦难的人们。

这个春天，我参加了一场模拟联合国大会，简单来说就是去扮演一个国家的高层领导，就某个议题和其他国家领导人进行商讨。当时我被分配到的席位是伊拉克总理。在会前，由于对伊拉克的印象还停留在高中地理课本上，所以我不得不开始查资料、看资料，试图去了解这个国家的政治、经济、文化、宗教、风俗、习惯，了解邻国的基本情况，了解盟友和敌国情况。在会议期间你需要每天关注时事，关注最新资讯，以求对突发情况做出迅速处理。议程设置很紧，基本上整天都在忙着商讨，忙着谈判，忙着去给自己的国家争取更多的利益。我们既与其他国家唇枪舌战，也需要与其他国家齐心协力推动会议，达成一个普遍性的议案，实现各国利益最大化。整场会议下来，我真切地感受到我不再只是我自己，我更是一个世界公民。

闭幕式那天，秘书长说，我们相处的时间虽然短暂，却在这48个小时中迸发出了激情的火花。今天之后，大家将不再是气宇轩昂、帷幄运筹的总统、外长，而是重新做回那个挤公交、赶作业的学生。今天之后，这个世界并没有因此改变，它依然充满战乱、饥荒和灾难，唯一改变了的只有你的内心。

是啊，我们这些代表在会场上达成了这样那样的共识，但现实的世界依旧处在动乱与冲突之中,但这也是我们作为中国青年人需要去为之努力的目标。我们奋力前行,不一定能改变这个世界,但是,我们可以让自己不被改变,从而在广阔的世界留下自己的印记。这个春天,我第一次告诉自己莫负好时光,告诉自己要有时代责任感和担当感,要敢于为时代发声。

是的,我想为时代发声。我们只是生活在一个和平的国家,而不是一个和平的年代,还有很多地区的人民现在并不能和我们一样看见春天的明媚。他们的眼里是战火,是逃窜,是无止境的灰色的天空。恐怖主义、国家内乱迫使普通百姓背井离乡,漂洋过海,死伤无数。据统计,2015年仅伊拉克境内发生的暴力冲突和恐怖袭击造成的死亡人数多达7 515人,受伤人数高达14 855人。就在这个月的3日,俄罗斯圣彼得堡地铁发生了恐怖袭击,造成10人死亡,7人受伤。这个月7日,美国向叙利亚一个空军基地发动突然袭击,向该基地发射了50多枚巡航导弹,打了整整6年内战的叙利亚,又到了一个新的十字路口。一名叙利亚父亲衣衫不整地抱着女儿,在逃难的路上,掩面哭泣。阿勒颇,曾是叙利亚第二大城市和经济中心,围城4年,变成了一座不折不扣的死城。这些事情看起来那么远,远到我们虽然呼吸着同样的空气,却拥有着截然不同的人生。这些事情又那么近,近到隔着屏幕我们似乎都能闻到那浓浓的硝烟味。何止外国,我们中国又何尝不是问题重重,国内改革任重而道远,国际上又被某些国家虎视眈眈。

我,无法做到视而不见。一年之计在于春,我们不能辜负这好时光!作为世界公民,青年人应有所行动。它可以是你在网上为萨德问题发出理智声音,可以是和外国友人积极交流促进文化发展。胸怀天下,是当代青年应有的情怀。

狄更斯在《双城记》的开篇写道:"这是一个最好的时代,这是一个最坏的时代。"我们永远在时代的夹缝里徘徊、挣扎、踌躇独行,天上、地下、人间更仿佛找不到一个立足之地。但我们生逢其时,我们有责任用自己的努力捍卫我们共同的生命和世界。都说青年是初升的太阳,是明媚的春天,是民族的希望,是世界未来的推动者。春回大地,已带来万物生机,我们又怎能辜负这好时光?

不负好时光,我们青年人应当为时代做出自己应有的努力,哪怕只有一点点。我们不知道这样一点点努力的影响力会有多大,但这只是个开始,我们自信我们能够影响我们周围的社会,因为我们不只有话语,我们更有行动,我们不是天马行空的想象,我们更有脚踏实地的努力。我们要承担起青年人的责任,为这个社会、国家、民族和世界做出改变!

改变,就从春天开始。

看世界,就从现在开始。

人生不只有年轻,它还是一场马拉松

何博博

在开始我的演讲之前呢,我想问大家一个问题:你心目中的青春是什么样的?当我问我朋友这个问题时,他们有的说青春要谈一场奋不顾身的恋爱,有的说青春要来一场说走就走的旅行。而我想说青春应该是美好的,但是如果我们的青春并没有那么耀眼,是不是就证明我们没有价值,是失败的呢?

我在上初中的时候成绩还算不错,但自从上了高中,才知道自己是多么普通。我突然感到很迷茫,我不再像爸妈期望的那样优秀,我想曾经无论多么辉煌的时刻都不会再有了。就这样忧心忡忡地到了高二,当时学校组织排球比赛,我被老师挑进了班里的排球队。我们从30天前开始准备,每天挤出3个小时训练,连两星期一次的周末休息也没有回家。而到了赛场上,我听见了全校班级中最响亮的呐喊声,每一声都像波浪一样席卷而来,震得耳朵直发颤。我们每个人都大汗淋漓,我相信每个人都用尽了全力。

然而遗憾的是,我们最终因为一个有争议的触网犯规输掉了比赛,就在我们每个人都垂头丧气的时候,我看到我们班的女生还在向裁判极力争辩。之后再回到班里的时候,班里响起了热烈的掌声,像是在欢迎凯旋的士兵们,很多人感动得流下了眼泪,那时我明白了:即使你不是第一,也同样值得被歌颂。

很多人说:"等考上了大学,一切都好了。"然而事实并不是这样,因为这个世界上没有什么事情会一劳永逸。在今天的大学里,我们更多的是因为一些很小的理由而成了愤青,比如努力学习只为争取奖学金,苦练王者荣耀只因室友的段位比自己高。当然这无可厚非,但是在大学里我们成就的高低并不能代表我们价值的高低,更不能决定我们的未来。

因为人生是一场马拉松,有些人刚开始跑得快些,有些人稍晚时候跑得快些,我们以后的路还很长。

人生是场马拉松,年轻只能说有更多的潜力跑得更快。很多时候我们是不愿意竞争的,或是出于自尊,或是出于自卑,而我只想说:"你们真的懂得竞争的意义吗?"

就在去年11月,我参加了一个叫"徒步黄河行"的活动,也就是从郑大出发,徒步去黄河然后徒步返回,来回大约30公里。

我和两个室友还有十几个人从上午七点出发,大家精神抖擞,像是去执行某个神圣的任务,所以去的时候没感到任何的疲惫。

而一点半我们开始返程,忽然感觉脚已经开始充血,又酸又涨,每走一步,两条腿像灌了铅一样沉。两棵树之间的距离只有四五米,然而走起来就像1 000米一样遥远。

我已无心观赏路上的风景,当时心中唯一的想法就是后悔参加了这样的活动。不过最要命的是快到郑大的时候,此时队伍已经拉开了近百米远。夜幕降临,上班族们结束了一天的忙碌陆续回家休息,车灯与街灯交相辉映,映出一片祥和,但此时的我们又累又饿,身体已经透支,每走一步脚都撕心裂肺地痛。

然而我不能停下,不仅是因为一旦停下就再也不想动了,而且我知道同行的人中也许有人和我一样抱怨,但是他们依旧坚持着走下去。我当时就在想:"为什么别人都能坚持的事情而我不能,我真承认自己比别人差吗?我不接受。"于是我就接着走,我脑海里回想着过去的一幅幅画面来分散我的注意力,一辆辆公交车从我的旁边经过,我没有去呼喊,我不想输。就在晚上七点半,我们终于到达郑大门口,总用时十二个半小时。

我明白了:所谓的竞争,并不是和别人比高低,而是证明别人能做到的事自己同样可以做到,明白自己的存在是有价值的,这才是竞争的意义。所谓价值的实现,不是看你现在取得的成就是多少,而是看你相当于原来的位置提升了多少。

我相信在座的各位一定有人和我一样,出身农村,通过自己的努力一步步考上了郑州大学。虽然如今在郑大的我依旧感觉很平凡,但是我的心态已经改变,我不再像高中时那样浑浑噩噩,我知道我在为远方的目标努力着。我想说,我在一步步朝着那个目标前进,四年不行,我就走一辈子,这场马拉松我一定会走到底。

人生就是在攀爬一座座高山,如果你想登上另一座山的山顶,你必须先走到谷底,我更想以一种输得起的姿态去面对以后的岁月。

记录好时光

何丽丽

2月22日,乍暖还寒,雪覆黄花;
3月12日,阳光正好,杨柳又绿。
4月3日,海棠依然,青山湿遍。
4月13日,柳絮如雪,石楠扑鼻。
我是一个喜欢记录的人,用文字、用镜头,记录着万物生长春意盎然的好时光。今天在这里不为演讲,只想给大家讲讲在这段好时光里的故事。

2月22日,乍暖还寒,雪覆黄花。郑州突降大雪,我想,这也许是老天知道我没过六级而特意渲染气氛吧。当室友算着和爸妈约定好的,过线一分给五块,能得多少钱时,我在算着离及格线还差多少分。直到现在我都记得在上大学入学教育时院领导的一句话:"在大学里一定要有两个好朋友,一个是操场,一个是图书馆。"现在觉得这句话真对。

已经做好过了六级请同学喝奶茶准备的我,查完成绩后默默地把钱塞回了口袋,假装平静。别低头,耳机会掉;别流泪,监考会笑。收获是和付出成正比的,单靠考前刷的几套试卷以及"转发锦鲤"就想通过考试,这样的心理实在是太侥幸了。现实也会告诉你:在最该努力的年纪却选择转发锦鲤,那么结果就会是"你尽管转发,实现了算我输"。这次,我用奶茶钱买了模拟题,删掉转发的假锦鲤,立下好好备战六级的 flag,唯有全心全意方能一切顺利。

3月12日,阳光正好,杨柳又绿。我开始了人生中的第一次骑行,30公里,距离不算很远,但起码已经有了起点。帮我画上起跑线的是我们社团的会长——暑假时骑车回家,暴晒8天后依然"肤白貌美"的重庆汉子。

1 067公里,是郑州到重庆的空间距离,从北方至南方,由平原到山地。8天,是思念家乡的心理距离,从胡辣汤至火锅,由河南话到川音。

在大一的暑假,他用车轮来丈量这一距离。远距离骑行就要做好西天取经的准备。饿了,就在路边小饭店停脚吃饭;洗澡时就用一个大塑料袋子装满水从头上淋下;住宿就在野外或公园里搭帐篷。运气最好的一次是找公安局看门的大爷借宿在院内,结果被公安局局长亲自热情接待,让他们在大厅里扎帐篷,于是终于有了一次住在室内的机会。在进入湖北境内时遇到洪水,又折返重新选择路线,改从神农架骑行,出现在眼前的不是传说中的野人,是无穷无尽让人绝望的上坡路以及时有时无的信号,夜晚无聊的时候就数数蜂子,看看星星。

有人说,这么做不值。在骑行的前两天就花费了三百多,足够买张火车票舒适快捷地回到家,就连同行的骑友也抱怨:这样做到底图什么?我想,就像他所写的:"这是一次奇特又难忘的旅行,有些事现在不做以后就可能再也没有机会了。"

4月3日,海棠依然,青山湿遍。清明节朋友圈摄影大赛隆重拉开帷幕。我也通过这些照片分析了大家的清明节去向:仙女在武汉,"放毒"在西安,洛阳赏牡丹,文青下江南,惬意在海边,历史看嵩山。而还有许多像我一样的伙伴留守在西郊公园,数公园里的游客,和他们抢饭,再刷刷朋友圈,为你们点赞。记得有一个关于房价的说法:半个平方米,你可以去日韩、新马泰一游;一个平方米,你可以游遍欧洲;一个卫生间,可以走遍全世界;等你游遍全世界,你的世界观也许就改变了。说法略有夸张,但传达出来的关于旅行的意义,却能给人很深的启迪。旅行,不为跋涉千里的向往,只为漫无目的的闲逛,不为人山人海的名胜,只为怡然自乐的街景。吸引你的是美景,留住你的是底蕴,诱惑你再去一次的应该就是美食了。

4月13日,柳絮如雪,石楠扑鼻。大学里的最后一次校运会和我的20岁生日一起到来,突然有种"迟暮之感"。以后哪个小孩子再叫我阿姨,也许就会直接答应了。两年前的现在,距高考54天。我在班会上对我的高中同学说:"我希望大家以后再见到我的时候会叫我何导。"上大学后,室友给我发了一个微电影比赛的信息,邀请我一起参加。不知道为什么,之前非常企盼的机会来到面前时反而有些退缩。没相机、不会拍,这些再小的理由都能困住自由,但是在平行时空的另一个我也许早就付诸行动了。纠结中,我把自己的亲身感受写入剧本,就这样,我们的处女作《平行时空》诞生了。

在这里,我想把微电影中的片段分享给大家:

我的大学,没有荧屏上的虚假精彩,却有离线世界的亲身演绎;我的青春,没有美好的愿望清单,但有勇敢去做的难忘体验。我想告诉平行时空里的那个我,生活中的选择可能决定于你的一念之间。做,或不做,会是完全不同的两种结果。我希望你所做的决定不是因为逃避、懒惰、懦弱……

在平行世界里的你,不忘初心,积极向上,乐意尝试,追逐着你们共同的梦想,努力让曾经的幻想变成现实,成为你曾经期待的模样。但是,请你想一想,你让平行时空里的自己失望了吗?

花期有多长,我的记录就有多长。也希望你的故事比昨天多一点,又比明天少一点。莫让平行时空里的你失望,也莫负春暖花开的好时光。下次期待你们的好故事,谢谢。

在诗中奔向远方

李富军

每个人心中都曾做过一个无关功利的梦。

"我有一所房子,面朝大海,春暖花开",这是海子对内心召唤的渴望。年少的我们,花一般的年纪,这正是做梦的大好时光,千万不要人云亦云地苟延残喘一辈子。请你记住:你是年轻人,充满朝气,充满可能。

高考之后,我就给自己定过目标——诗和远方,具体来讲就是读书和骑行。因此,开学之初就办理了借书证并买了一辆自行车。最感动自己的就是我已经坚持了近一年,但不止步于这一年。我不知道自己何时会停下脚步,何时会停止阅读,但唯一肯定的就是我一定不会辜负自己的青春时光。

有人问过我什么是青春。记得当时我是这样回答的:"总有别人不曾走过的路,为什么你不去走一走?"这就是我对青春的诠释。一切充满未知,周遭会给你诱惑,你会面对很多困难,但你依然会义无反顾地走下去。记得自行车刚买来时,我就计划着去一趟黄河。在这之前,我还未亲眼见过她真实的身姿,关于她的记忆仅仅停留在别人的描述中。像什么"大漠孤烟直,长河落日圆","黄河水,水阔无边深无底,其来不知几千里",等等。有时候就是那么奇怪,人们会因一段话而爱上一个地方,会想着一定要亲自去看一看,近距离感受它的风采。而我就是怀着这样一种情怀开始了我的远方之行。

当时邀请过室友一起去看黄河,但最终去的人就只剩下我一人。"黄河啊,有点远,天气这么热,还是待在寝室吧。"的确,听到这样的回复,我多少有点动摇。人性中的弱点同样适用于我。是啊,待在寝室多好,骑车子多累啊!是的,安逸总会磨平人们的热血。后来想到一句俗语,"不到黄河心不死",这确实激励了我。黄河啊,我一定要看到你的真容,于是心里又重新燃起奋斗的火焰。

十月的郑州,天还算比较蓝,雾霾少。下午的阳光透过大叶女真(一种树)点缀于菊园的林荫道上,时不时地微风卷着叶子的清香,扑我心脾。我带着简单的行装,就开始了黄河之旅。我幻想着大河的波涛、壮阔。那样的景象浮现在我的脑海里,离黄河愈近,这种感受就愈加强烈。我一直坚信我会到达,但命运就是喜欢跟执着的人开玩笑。

车子行驶在省道上,那时候我距黄河也就剩下十公里左右,但不幸总来得那么突然。一段艰难的上坡后,我感觉车子后轮有点磨,脚蹬踩起来很费力,于是停下车子检查。"我的妈呀,怎么肿了一个小泡",内胎冲破外胎直接肿胀在外面,越来越大,"我的车胎要爆了"。我心里非常着急,尝试去放掉一些气,但来不及了,终于爆了。随着一声脆响,我的激情也被放掉了一大半。当时已经下午四点多了,我内心挣扎了一番——要不要去,最终果断放弃了去黄河,沿着原路返回,下次再战。

省道上过往的车辆绵延不绝,我拖着疲惫的夕阳推着一辆瘪了气的自行车缓慢前行。那时候我渴望见到人,见到修理铺。因为对我而言那就是希望,唯一确定的就是我要修好自行车,平安回到学校。的确,这样的信念一直支撑着我硬是推着自行车从白天走到了黑夜。终于我在大河路找到了一家修理铺,更换内外胎之后,骑着它平安回到了学校,那已是晚上8点多。

有人也许会说我傻,的确我很傻。可以坐车,为什么要骑车?可以待在寝室,为什么要骑着车子去黄河?还没去成。鲁迅《野草》里有一篇《过客》,我对其中的"我不知道为什么要走,也不知道要去哪里,但我确信的是我不能停下脚步"这句话非常赏识。诗和远方总要有一个在路上,但更好的是诗在去远方的路上。因此,黄河还是要去的。

第二个周六,我还是去了黄河。这次成功了,成功到了花园口。当年蒋介石炸掉那里,阻挡了日军南下,但也给河南人民带来了巨大灾难。倚在邓小平题字的黄河大桥上,我的目光随着水波流向远方。有时候感觉历史并不算遥远,它就在你的脚下,无声地诉说着这片土地上曾经发生过的故事。这里的黄河不算惊险,但却很壮阔。画面太美,不知该用什么样的词句描述。"宠辱偕忘,把酒临风",所有的不悦都被黄河吞噬了。那一刻你会发现自然给你的绝不仅是欣赏美景的喜悦,更是一种胸怀的提升。"哀吾生之须臾,羡长江之无穷",与苏子对话,即使他言的是长江,但黄河同样无穷啊!古今对话,变的是吟词唱曲之人,不变的却是黄河,她依旧"一江春水向东流"。

黄河是起点,开封、洛阳我也去了,最远的就是邯郸,但邯郸也绝不是终点。

正是读书的时光,走出寝室,去书海中畅游一番,洗净灵魂的无知;正是远方的时光,走出安逸,去感受别样的人生。去领悟诗与远方带给你的赤诚的自我,莫负好时光,莫负年轻的自己。

莫辜负好时光

李兰馨

莫辜负好时光……所有的这一切都可以从这个月初听到设立雄安新区开始说起。

我当时的想法有两个：一个是，妈呀！赶紧去雄安新区买房，结果第二天政府就颁布了禁房令，禁止炒房客去雄安炒房；另一个就是在异想天开了，什么时候才能建一个"赤壁新区"呢？

赤壁是我的家乡，那里山清水秀，常年没有雾霾，毗邻洞庭湖，淡水多还优质，更重要的是，开发程度还低，连星巴克都没有，更别说一线大牌奢侈品了。这可跟雄安有得一拼。

可是偏偏没有在我家乡画一个圈圈，让新区的春风吹到我大赤壁。可能这还得看命，上辈子没拯救个银河系吧。

我这个人总觉得自己命里欠点什么，就是一个我们称之为运气的东西。我总是会在很多重大的事件上栽跟头，而且还摔得不轻。

在我高三的十次模拟中，有五次是我们年级第一，高考的前一次调考，考出了621分的成绩，然而我的高考，却仅考563分。

那天熬到凌晨查到分数，我一滴眼泪也没有掉，因为我感觉这一切都不是真的，可能，可能我只是做了个噩梦，因为我前几天才做了个美梦，梦见我运气爆棚一不小心就拿到了人大的录取通知书。第二天早晨6点钟，我的班主任给我妈妈打电话，很欣喜地问："李兰馨是不是考了600多分呀，我就指望她是咱们市的文科状元呢！"那个时候，我才知道，我在最重要的考试上输了，而且输得很彻底。我哭着整理好了自己所有的复习资料，准备去联系复读学校。

经过很多人的劝阻，加上自己冷静的分析，还是不愿意把时间浪费在曾经走过的路上，我选择了继续前进，来到了郑州大学，最终证明我没有选错。因为在郑州大学这不到一年的时间，我历练得足够多，体会得足够深。

我总反思为什么会败在高考。当时我总把失败归结为运气差，但是现在想想，差得更多的，好像是运气之外的东西。

那个东西，可能是自醒，因为我清楚地记得，我在高三下学期的最后冲刺阶段看完了《太阳的后裔》《太子妃升职记》和韩版《running man》全集。

那个东西，可能是气魄，因为我清楚地记得，整个高三我一直在和我的好朋友暗自争第一。那时候的我小心眼，我看重结果，我看重每次考试的排名，我看重的是拿到第一的虚荣，而不是积累到的知识。

那个东西，可能是紧迫，因为我清楚地记得那些成为高考黑马的同学能每天早上5点起床在腊月寒风中背文综，而我似乎仗着自己基础好，经常请假不去早读，一直睡到8点钟。

我负了好时光。

带着一份遗憾，当我踏入郑大校门时，我心中只有一个愿望：我再也不要辜负好时光。

而支教，可能就是我的好时光。在今年三月初，我去新乡百威烛光小学支教。刚进校门，我就碰见了两个小女孩，大概六七岁的样子，她们很开心地向我打招呼："老师好！"我当时很诧异，和同行的人说："这些孩子怎么知道我们是来给他们当老师的？"

后来找到了校长，是一个很慈祥、很简朴的爷爷，说着很地道的河南话。当我问他："能不能把您学校的课程表给我看一下？"他说："我们学校，没有课程表。"

我终于知道，为什么我一进校门，那两个小女孩就很热情地叫我老师了。因为……因为这个学校根本请不到固定的老师，所以来学校的大人都是他们的"临时老师"。这个小学的存在只是为了给这附近的孩子一个上学的地方，然而对挽留教师却无能为力。

我们先带他们在操场上玩游戏，获胜的是两个女孩儿，我给了她们一袋草莓干作为奖品。她们很开心地拆开，彼此分享。后来这两个女孩子扯扯我的衣服，拿着半袋草莓干说："老师，这些给你。"我以为她们不喜欢吃这个草莓干，便说："老师再给你换其他的零食好不好啊？"女孩儿说："不是不是，老师，我们是留给你的，谢谢你的草莓干。"说完便像小鹿一样蹦蹦跳跳地跑回了教室。那个时候我感觉，这些孩子真的很善良，很懂礼貌。

在我准备的课上，看着他们一个个端坐在桌前，渴求知识的眼神，像极了曾经的自己，那个低到尘埃，却想要开出花来的小孩儿。每一个小孩，都应该平安地长大，都应该有机会去奋斗创造属于自己的好时光。听这些一二年级的孩子们的梦想，他们有的想当科学家，有的想当艺术家，有的想当文学家，还有的孩子的梦想很简单，只想早点挣钱，给妈妈买一件新衣服。他们很单纯，但都对未来充满了希望。

这是我期待已久的第一次支教活动，我发现我真的很喜欢孩子们睁着像星星一样发亮的眼睛看着我。原来，当老师是这样的，你会给他们精心准备课程,你会给感冒了的他们擦鼻涕;他们会心心念念地想着你,会围成一圈叽叽喳喳地喊:"老师!老师!"会给你留他们爱吃的草莓干,会在你要离开的时候,送给你他们画的画。

  从 2016 年 6 月 23 日高考分数出来,我曾以为自己的人生会落寞、会黯淡无光,我总把自己在重要事情上跌倒的原因归结为运气,然而后来我发现,人生不同的阶段会有那个阶段不一样的风景,比如在高中时代,我泡在题海,我只想通过高考达成自己的心愿,但是走出来了才发现,每一个春天都有不一样的风景,都是我可以抓住的好时光,只要现在我不辜负好时光,好时光也就不会辜负我。

追赶时代　莫负时光

王恩豪

"人间四月芳菲尽,山寺桃花始盛开,长恨春归无觅处,不知转入此中来。"唐代诗人白居易感慨春光易逝,曾写出这样的诗句。

法国思想家伏尔泰曾出过一个意味深长的谜:"世界上哪样东西最长又是最短的,最快又是最慢的,最能分割又是最广大的,最不受重视又是最值得惋惜的;没有它,什么事情都做不成;它使一切渺小的东西归于消灭,使一切伟大的东西生命不绝。"这是什么?

一位名叫查第格的智者猜中了。他说:"最长的莫过于时间,因为它永远无穷无尽;最短的也莫过于时间,因为它使许多人的计划都来不及完成;对于在等待的人,时间最慢;对于在作乐的人,时间最快;它可以无穷无尽地扩展,也可以无限地分割;当时谁都不加重视,过后谁都表示惋惜;没有时间,什么事情都做不成;时间可以将一切不值得后世纪念的人和事从人们的心中抠去,时间能让所有不平凡的人和事永垂青史。"

时间是什么?对不同的人有不同的意义。对活着的人来说,时间是生命;对经商的人来说,时间是金钱;对年轻人来说,时间是一笔可贵的财富。对我们新传学子来说,这是个幸运的时代,既充满机遇,又充满挑战。传播格局在不断变动、日新月异。因为它使信息能够通过多种形式传递,所以满足了用户新的体验和需求,却对记者提出了更高的要求。它既要求记者拥有宽广的专业知识背景,又要求记者了解传播介质的特性,能够使用各种工具及时地发布信息,这是时代对媒体从业者的要求。时间对于我们来说,是追赶时代最需要的东西。

鲁迅先生惜时如命,他把别人喝咖啡、谈天的时间都用在工作和学习上。在北京时,他的卧室兼书房里,挂着一副对联,那是诗人屈原的两句诗,上联是"望崦嵫而勿迫",意思是看见太阳落山了还不心里焦急,下联为"恐鹈鴂之先鸣",意思是,怕的是一年又去,报春的杜鹃又早早啼叫。书房墙上还挂着一张他最崇敬的日本老师藤野先生的照片。他在《朝花夕拾》中写道:"每当夜间疲倦,正想偷懒时,仰面在灯光中瞥见他黑瘦的面貌,似乎正要说出抑扬顿挫的话来,便使我忽又良心发现,而且增加勇气了,于是点上一支烟,再继续写些为'正人君子'之流所深恶痛疾的文字。"鲁迅先生用这朝夕相处的对联和照片督促自己抓紧时间。正是因为有了这种精神,鲁迅在他56年的生命旅途中,著译一千多万字,留给后人丰富的宝贵的文化遗产。

什么是好时光?对我们年轻人来说,心有所向,时刻督促自己的时光才是好时光。一个浑浑噩噩的人,一定不是因为生活中逆境丛生,而是心中缺少希望。

穆青先生说:"要当好一个称职的记者,我的目光和笔触时刻不能离开人民,特别是生活、战斗在第一线的人民,尽管我笔下没有生花的技巧,但我有一颗真诚崇敬和热爱他们的心。"心中有所希冀,往往能在想要偷懒时忽然惊醒,增加些勇气,在生活中快走几步,心中坚持的梦想便更近了一步。

虽然春光短暂,我们却能和时间赛跑来充实自己,虽然春光短暂,我们却能时常提醒自己,时常地快走几步。

虽然我们永远跑不过时间,但是可以比原来跑快一步,如果加把劲,有时可以快好几步。这几步虽然很小很小,用途却很大很大。心有所向,方能一往无前。时常增加勇气,追赶变动的时代,我们要不负现在的好时光。

创造价值，莫负好时光

于虹萱

2017年3月23日，央视前著名主持人郎永淳来到郑州大学进行《以梦为马，创见未来》的主题讲座，很荣幸，我抢到了前排的票，并认真地听完了他说的每一句话。这其中，有这样一句话令我印象深刻，他说："我们在不断地体会价值，创造价值，传承价值。"价值是什么？它与我们的大好青春时光又有何种关联呢？

2004年8月，在我7岁的时候，我的亲生父亲因为一场车祸去世。家里的重担一时间全部落在了母亲肩上。远房亲戚、街坊邻居都面露惋惜前来慰问。然而，几周过后，我连上街买一包5毛钱的辣条都会有人在背后议论"单亲家庭的孩子就是没有教养""孩子还是需要有个父亲啊"。我不想让我的母亲因此受到伤害，于是我带着那种年幼时的冲动与热血发愤要好好读书、听话懂事。一段时间过后，我成了小区里的阿姨见到就必须夸两句的存在。我发现，我的努力成了母亲的安慰，也让她忧愁的脸上开始挂有微笑。当时还不太明白这意味着什么，现在看来，这或许就是那段时间我的"价值"所在吧。上了高中，我渐渐地对外貌开始重视起来，也因此常常感到自卑，看到一些长得好看的男女同学一起聊天，一些要出席公众场合的任务，老师也交给一些外貌出众的同学去做，每当这些时候我都会觉得自己是个没用的人。一次偶然的机会，我被推到全班同学面前唱了一首歌，我发现大家都在用欣赏的眼光看着我。在一个学霸班级里，我的学习并不优异，但时不时地会有人跟我说，在同学们学习之余，我的歌声起到了一种调剂的作用。突然间，我觉得自己不再是原先那个埋头坐在凳子上不吭声一无是处的小透明了，原来我也是有价值的！于是到了大学，我也积极参加了各种唱歌比赛，虽然也时常会被淘汰，但这至少使我不再是个整天窝在宿舍，或者奔波于教室和宿舍两点一线的"无用人"。

究竟价值是什么？4月22号12时23分，天舟一号货运飞船与天宫二号空间实验室顺利完成自动交会对接，达成这一具有历史性意义时刻的幕后工作者们，他们创造了无穷的价值；在奥运赛场上不断突破自我，实现更高、更远、更强的运动员们,他们中的每一个人都是祖国的骄傲,都在助力中国走向世界,他们也创造了无穷的价值……这些事情看上去、听上去是多么伟大,但是换一个角度想,他们每一个人,都只是在自己的岗位上,尽力做好自己应该做的事,这便是在创造价值,同时也没有辜负自己人生的大好时光。由此说来,并不是做一些我们认为"伟大的事"才是创造了价值,才不负好时光。我们现在是一名学生、是一个寻常人的身份,我们不必去追求一些超出自己能力范围的事情,只要做好自己当前应该做的事,努力在这个身份上有所收获、有所创造,那么我们也是有价值的!只有创造了价值,才是真正的"不负好时光"。然而怎样才能创造价值、莫负好时光呢?

看看身边的年轻一代,大部分还处在迷茫的阶段。有多少人是在随波逐流地考研、考公务员,只知道自己不想要什么,却不知道自己想要什么。当然,我自己也不例外。

"韩流"作为青年人竞相热捧的那段时间,为了不落伍,我开始追韩星、看韩剧,到了一种近乎病态的痴迷。后来我认识到了韩剧的幼稚性,但又不想被排除在同学们的谈话之外,我开始了一轮自认为更高层次的"韩流"进阶过程——报班学韩语。每当人们在谈论某部热门韩剧时,哪怕我只看了一集,只要我能重复上来一句经典台词,并且神态学得有模有样,就会得到追剧少女们追忆般的呐喊与尖叫。但实际上那段时间的我却无比痛苦。难道我是为了这样的生活才那么费劲地练发音、背单词、背句型、学韩语的吗?后来听同学们说我唱歌好听,为了不让自己的才艺显得那么单调,我又开始学起了吉他。那段时间的我,三伏天背着庞大的吉他挤公交,手指长茧,然而结果却是一如既往地荒凉。直到现在,直到琴弦长锈,直到手指上的茧褪去,直到原本学会的乐谱完全忘记该怎么弹,我还是因为自卑和不自信而错失了一次又一次演奏吉他的机会。

看吧,我们总是不想成为自己不想成为的人,却不知道自己想成为什么样的人。似乎我们一直机械地在走一条看不见前方的路,因为你根本不知道你想去哪里。我有时候也会怀疑,这样的我,能创造出什么价值?然而我辛辛苦苦做的那些努力,真的就一点价值也没有吗?当然不是!因为学习过韩语,所以有一次陪同学去逛街的时候,我通过仔细观察产品的外包装发现售货员极力推荐的一款韩国化妆品是假货。因为学习过吉他,所以我才会发现高中时校园才艺大赛上一个自称是自弹自唱的男孩子他的和弦都是乱按的,根本就是在放伴奏,于是避免了一个痴情于会乐器的男生,但即将高考的闺蜜轻易坠入爱河的悲剧,现在我们之间开玩笑还会说,她能考上理想的大学多亏了我的火眼金睛。

对,我们不想成为一个无用的人,却也不知道怎么样才算是有用的人。

然而那又如何？在为了不成为一个无用的人而努力的过程中，我们渐渐地创造价值，渐渐地变得有用。搞不清楚漫漫长路上我们想要到达哪里，那又如何？正是因为不知道未来的我们是什么样，所以才要多加尝试，因为说不准哪一次的尝试就在未来派上了用场，你就成了一个有价值的人。创造价值有时候是一个漫长的过程。在这个过程中，你要不断尝试、不断摸索。

第四期 青春颂

青春是什么?
是儿童的梦想曲,老人的咏叹调,也是你们正在演奏的乐章。
古往今来,
落花踏尽的肆意,一览众山的豪情,
惨绿少年的风度,坦腹东床的洒脱;
仰手接飞猱俯身散马蹄的矫健;
匈奴未灭何以为家的壮志,
是男儿们的动人乐曲。
精妙世无双的容颜,不可共载的坚贞,
柳絮因风起的才情,千金买宝刀的豪迈,
是女子们的迷人华章。

不管你能演奏出什么样的曲调,
青春都要一天天地过去,
一曲奏罢不可再。

风景如画的校园里聚集着太多的少年,
或天赋过人,或豪情冲天,或严谨自律,或热情友善,
经过十多个寒暑拼搏,大家一起达到了一个新的起点,开始一段新的生活。
这意味着什么?
可能是课堂上如饥似渴的学习,操场上挥汗如雨的奔跑,演播室里兢兢业业的坚持,领奖台上的风光无限;
也可能是电影院里的感动和哭泣,宿舍里的浑浑噩噩,欢乐场里的醉生梦死。
需要明了的是,青春这首一往无前的歌,
不管你怎样地祈求:"你真美呀,请等一等!"
它都不会停留半分。

你的故事在这里,在你的呼吸里,眼睛里,奔跑中,沉思里。
你的青春颂歌正奏鸣在你年轻的心里。
你的故事也一定是活色生香的。

五月最后一个星期四,
我们希望在中核八楼听到你最真实动人的青春颂。
新传青年说,说说你的青春!

无畏即有味儿

杨婷婷

最近啊，联合国单方面通知我，青年的定义是年龄介于15岁到24岁之间的群体，1992年出生的我就这样被简单粗暴地划分到了中年人的行列。对此我真的怒了，青春痘明明还在的我，怎么就是中年人了？所以今天，我站在这里，想大声地把青春说给大家听，请大家给我评评理，还我一个公道。

那么，青春是什么呢？去年十月，表姐在新西兰皇后镇跳伞的时候遇到了一个老太太，满头白发，她张扬肆意的笑声吸引了所有游客的注意力。她亲自签下生死状，登上飞机，等待跳伞。在她前面跳伞的是个20多岁的小伙儿，飞机舱门打开的那一刻，面对一万五千米的高空，他吓得放声大哭，老太太立刻冲他吼道："嘿，你看看我，赶紧跳吧！"小伙子顿时滑稽地憋住了哭声，被教练带了下去。表姐实在是太好奇，就冲上去跟老太太寒暄："你怎么敢跳这个啊？"老太太哈哈大笑道："我为什么不敢啊？因为我太老了吗？66岁很老吗？我不过才6个11岁啊！"表姐说她完全被老太太的话给刺激到了，想想自己连3个10岁都不到，缩手缩脚地简直太丢人了，就在姐夫的目瞪口呆中完成了英勇的一跳。后来，表姐又得知，这个老太太所在的一个俱乐部里的跳伞年龄记录是一个84岁的老人所创造的。我便想到了王国维先生的那一句"一事能狂便青春"。物质会腐朽，皱纹会增多，但只要保持着对生活的无所畏惧，纵然我们白发苍颜，也能像80岁的杜拉斯那样笑道："我还年轻，青春正好，及时行乐！"所以，青春就是无所畏惧！

央视前著名主持人张泉灵曾经谈到过一个故事，一家银行开了三个窗口，每个窗口排了十几个人，如果此时增开一个窗口，谁会最迅速地挪到新窗口呢？排在前面的人不可能会移动脚步了；排在中间的人有所纠结；而排在最后的人可能也不愿意挪动脚步，因为改变队伍意味着给自己增加由无数的"万一"构成的风险。

而我选择做那个最迅速挪到新窗口排队的人。大二的时候，因为高烧，我在医院足足躺了4天，怕远在家乡的爸妈担心，不敢告诉他们，只能半夜躲在医院的厕所里崩溃大哭。那时我就狠狠地给了自己一巴掌,发誓再也不做药罐子,一定要健康地生活。第一步就是早睡早起,在读大学时我被同学们指指点点,说我不合群,不是所谓的"合格"大学生;在郑州大学读研究生,努力说服一听"运动"二字就生理性腿发软的我,壮士断腕般迈开了第一步,从此便一发不可收拾。从那时到现在,我几乎每天都会去跑上五六公里。咱郑州大学大,我跑过每一个角落。去年我还去参加了太平洋保险公司举办的马拉松比赛,跑了个第三名。我清楚地记得那天跑完全程后,我瘫倒在路边,流在嘴里的汗水比冰糖雪梨都要来得甘甜。之后,克服了对水的恐惧,我学会了游泳;克服了对山的敬畏,我爱上了征服大山。正如习近平总书记的寄语:"心中有阳光,脚下有力量。"不辜负青春,我正在努力践行!

我妈总说我像猴子一样爱瞎折腾。我却觉得像敢向天地叫嚣的孙大圣挺好的呀。我在本科的第一个专业是社会工作,本应该老老实实地待四年,然后毕业。然而某一天我看到了深圳卫视的时事评论员陈迪的电视评论,完全被他犀利的点评和唯我独尊的气场惊到,当时便开始搜索起我们学校的新闻专业。很遗憾,我们学校竟然没有相关专业。但万幸,我发现了一个有一点点靠边的工科专业,也就是我大学的第二个专业——数字媒体技术。比起说服我爸妈,跟学院领导、辅导员无数次沟通的疲惫,转专业成功后所面临的一切才是最让我崩溃的。作为班里唯一的文科生,我要自行补上所有落下的工科基础课——高数、C++等,不然面临的就是在课堂上像个白痴一样,什么都听不懂的尴尬。我跟闺蜜抱怨我的痛苦不堪,她就指着我问:"你转专业时候那股天不怕地不怕的倔劲呢?那都不怕,现在瞎矫情啥呀?"我一琢磨,对啊,我干嘛自己吓唬自己啊!一学期学分上限36,我加上补的小课,才50学分,又没破百,多看书,少睡觉,迟早能够赶上的;班里已经没有我可以融入的圈子又怎样啊,刚好腾出时间倒腾程序,努力刷题啊;羡慕同学们才华出众、拿奖拿到手软可以当饭吃吗,拜托,杨婷婷,你自己加把劲吧,迟早也能手抽筋。整整三年,我基本上做了三件事,补课、看书、比赛。现在想想,我真的挺有勇气和魄力的,所以三年来综合成绩排名年年第一,大奖小奖我拿得不计其数,而毕业前为学院捧回第一个"校长奖学金"奖杯的我更是感激自己一直以来奋力一搏的疯子精神。之后,大家也能猜到,我继续怀揣着我的新闻梦奔跑不止,选择考研,底气十足地站在这里,向大家展示我关于青春的证词。

我挺喜欢海子的这句话:"我不得不和烈士和小丑走在同一道路上,万人都要将火熄灭,我一人独将此火高高举起。"对我而言,无畏的奋斗才是对青春最好的注解。所以亲爱的老师、同学们,现在大家都可以为我作证,虽然我是今天参赛选手中年龄最大的、你们口中所谓的"老学姐",但是我的青春正当时,我的青春正可爱,我的青春正美丽,我的青春最有味儿!

21 ℃的青春

李孟斐　鲍弥佳

如果我问你青春是什么,也许你会给我很多答案。也许你会说青春是"少年不识愁滋味,为赋新词强说愁";也许你告诉我青春是"仰天大笑出门去,我辈岂是蓬蒿人";你甚至可以说青春是晨跑的校园,凌晨的星夜,随手的诗,年轻的你。

那,你有没有想过如果青春也像天气一样可以测量的话,它是多少度的呢?

就拿我来说吧,我的前17年,一直以一个自卑又自傲的样子默默观望着别人的青春,有无比艳羡也有不以为然。可以说那时候的我是一个相当无趣的人:上学提前到校,放学按时回家,先写作业再出去玩,大人说什么都全部乖乖照办。没有过逃课、打架、早恋这些"刺激疯狂"的青春,甚至我的作业本都是爸妈单位配发的,黑色软皮公事公办的本子。我从来没有过那种封面五彩斑斓的本子,哪怕在现在看来,这种作业本幼稚得很。我一直在扮演大人,扮演一个好沟通的、讲道理的、尽量不给别人添麻烦的小大人。哪怕我心底常常泛起咕噜咕噜的气泡,想说凭什么。我想那个时候我的青春大概只有10 ℃,不温不火甚至有些发凉。

那它是什么时候开始升温的呢? 那要从我的18岁说起了。

我无意间关注了一个超级欣赏的博主,叫"北京小风子"。她的本名叫陈京华,23岁,哥伦比亚大学的高才生,独自去过几十个国家,滑板、潜水、跳伞,还精通多国语言,几乎所有我想过的不敢想的她全都做过,毕业之际为周大福珠宝设计的北斗星项链一经发售就秒罄。我一口气翻看完了她所有的微博,突然发现,哇,原来一个人的青春可以这么精彩啊。我又开始思考到底什么叫青春,这样想做就做、想说就说的,具有无限可能的生活才叫青春啊。

我开始尝试一些之前从来不敢想的事情。我开始写小说并且投到一些文学网站上,竟然还获得了不错的点击量;加入学生会、舞蹈队、主持团这种以前觉得"抛头露面"的活动;矫情地想要看看外面的世界就报了国际志愿者,然后认识巴西、埃及、乌克兰等国家的许多好朋友,回来之后剪辑的旅游视频获得了四万多的访问量;也因为"小风子",我对美国有种莫名的执念,非要学托福、考 GRE 去美国读研究生,最好也是哥伦比亚大学。

我的青春开始猛烈地燃烧,甚至可以说是沸腾了。我欣喜于我的这些变化。当然,也为我的莽撞执拗吃了不少苦头,因为一时兴起去旅行,买错机票而不得不改签;为了省钱,搭夜巴住特价青旅,凌晨一点在巴黎街头被各种流浪汉、酒鬼吓得不知所措;加入主持人队就意味着每天早上六点半起床去练声;为了备考托福、GRE,牺牲周末时间去上课,放弃一些我喜欢但不得不放弃的事情。但那又怎样,我从来不后悔我的每一个决定。青春不就是一个不断试错的过程嘛,这堵墙撞不透那就换堵墙撞!

但我很清楚,这一切都要感谢我的爸妈和老师,他们努力地为我营造一个可以让我尽情折腾的空间。在我的每一次冲动莽撞的背后,爸妈边收拾我的烂摊子边说"没事儿,想干什么就去干吧,不后悔就好";前一阵子我竞选"最美班长"失败时,记得团委书记杜老师和辅导员袁老师安慰我说"没关系,尽力就好,才大二,经历以后有的是"。

是啊,我才大二,我才 19 岁,怕什么?

一切都不晚,一切都才刚刚开始。尼采说"迟到的青春就是持久的青春"。我相信我总会踏过很多山川河流,也会见证很多崛起和荒废,虽然它迟了些,但它是我的,我可以抛开那些恐慌和警惕,焦虑和不安,去和这个世界交手,灰头土脸却依旧兴致盎然;光着脚在泥地上奔跑,却依然觉得自己踩在云朵上。

或许这才是大多数人的成长故事,不是电影里的那种打架式的胡作非为,没有青春期狗血遍地,成年后蝇营狗苟的剧情,而是努力补齐缺憾、跟往事和解,最终成长为一个勇敢又柔软的大人。

这是我的青春,我想要它维持在 21 ℃,体感最适宜的温度,也是青春最趾高气扬的温度。

那你呢?

采访青春

罗 碧

青春究竟是怎样的？一个人的青春到底应该怎样度过？以我鄙陋的阅历和浅短的见识很难回答这样的问题。但有幸，在过去的两年中，我采访过校内校外不少人，在交流中，或多或少我们都会聊到青春的话题。他们中，有老人、有孩子，有大师、有学生，幸福的、不幸的，自豪的、辛酸的，我是他们的记录者、执笔人，从别人的青春故事里，我也渐渐找到了关于青春的答案。这也许能算是一场对青春的采访吧。

还记得吗？他叫冯雪松，是央视的高级编辑，20年来追寻民国战地记者、中国战地摄影第一人方大曾。他的青春，是发现小方，然后坚定地追寻他。

他叫谢忠勇，是郑大新校区锅炉房的班长，你冬天的暖气，澡堂的热水，都和他有关，当了30年司炉工了，早已青春不再，可我说他的青春，还像煤块一样默默燃烧着。

女孩叫李娜，小男孩叫刘春虎。他们都是聋哑人，他们的青春，是静寂无声，有口难言。

她叫万超凡，去年的全国自强之星，今年的优秀毕业生。读大学没花过贫苦的家庭一分钱，下乡调研的次数自己也记不清了。她的青春，是奔走乡间，扎根农村。

郑州大学考古队，队员都是学生。他们每天就在五米见方的坑里刨刨刨，挖到一点破瓷片就如获至宝，餐风饮露是他们的家常便饭。他们的青春，是灰头土脸，是馒头咸菜。

他叫郝彬，是著名的速效救心丸的发明人。年轻的时候家人、房产、田地全叫日本人给炸没了，后来立志学医，悬壶济世。他的青春，是国仇家恨，单方药材。

他叫刘宏民，是郑大药学院的院长。当过赤脚医生，在日本留学时受了刺激发奋学习。他的青春，是治病救人，是争一口气。

　　他叫罗碧。为了采访到刘校长，几乎一夜未眠，准备了两个问题，改了又改，背了又背，最后突破各路记者的长枪短炮，得到了全场唯一的采访机会。他的青春，我的青春，是采访和表达，是提问和记录。在这个过程中，这些受访者的青春，也照亮了我的心路，照进了我的青春，成了我的青春，这是一段关于采访的青春，这是一场关于青春的采访，青春的答案，都是他们告诉我的。

　　冯雪松说，他会一直把方大曾找下去，因为小方在哪里，他的青春就在哪里；聋哑人李娜今年结婚了，兴冲冲地给我发来了结婚照，我知道，哪怕青春寂寥，万籁无声，也不能阻挡她寻找爱情的坚韧；在荒芜单调的考古现场，每当有文物出土，都会爆发出热烈的欢呼声和掌声；在乡亲家里，女调研员万超凡和空巢老人一聊就是一下午，我知道，在平淡单调里，青春因为坚守和执着才有意义；郝彬和刘宏民，一个研究中药，一个开发西药，都把青春同国家民族的命运紧密相连，我知道，对他们来说，埋头做好一味药，青春就永不褪色。这是他们教会我的：青春是奉献、是创新、是坚守、是信仰。

　　还有，还有许多。一路上我听到太多太多青春的故事了，这些故事有的正值年少，有的已近耄耋，有的自豪骄傲，有的沮丧失意，一路都是道听途说，望风捕影，我真的好想当面采访一下它，把它打量清楚。

　　如果我有机会能够采访到青春，我一定会这么写：

　　青春接受本报采访时表示，自己和大家没有什么不同，不论是哪一代的青春，不论这份青春属于校园还是工厂，献给中药还是考古，来自城市还是乡村，青春总是你人生中最美的季节。青春的嗓音就是春天的躁动，它不可压抑，它不可一世，它雄心勃勃，它是春光迷乱！青春受访时表示："春光迷乱但绝不是胡闹，想想春风若非强劲，夏天的暴雨可怎样来临？想想最初的生命之火若非猛烈，如何能走过未来秋风萧瑟的旷野？"

　　据记者了解，整个春天，直至夏天，都是生命力独享风流的季节。长风沛雨，艳阳明月，田野被喜悦铺满，天地间充斥着生的豪情，风里梦里也全是不屈不挠的"生意"。百花争艳，万物放纵，蝶舞莺飞，月移影动，青春要搅动起春天，以其狂热，以其嚣张，风情万种放浪不羁，而后去经历无数夏天中的一个，经历生命的张扬，现实的雕琢，爱情的折磨，以及才华横溢，风流数尽，最后在漫长夏天的末尾，期待能够听见秋风。

　　本报记者罗碧，发自青春的报道。

青春,也可以是一场奔跑

沈文文

说到跑步项目,大家应该都不会陌生,各种短跑的速度比拼,长跑的耐力较量,但是有这样一个项目,它需要24个人紧紧地绑在一起,彼此配合,一起大声呼喊着"一二、一二"的口号,向前迈步奔跑,它需要团结与默契,需要勇气与拼劲,更需要有坚持到最后的信念,它叫二十四人二十五足。

这是校运会最具有争议的项目。很多人说为什么要设立这个项目,那么容易摔倒,那么容易受伤,到最后,拿奖的就几个院系,到底是为了什么?我想这也是在场的很多人的疑问。希望我的讲述,能让你们得到答案。

去年,作为绑腿跑的一员,忘不了校运会终点前的跌倒和大家的泪水。带着那份遗憾,今年,我希望,从哪里摔倒就从哪里爬起来,在他们身上继续我们没有完成的使命,我成了绑腿跑队伍的教练。

从此,我们开始了一段难忘的历程。

我还记得初次训练时大家的生疏,绑在一起后的左摇右晃,步步维艰,我对他们说:"只要我们足够努力了,到最后你就不敢相信你可以跑得那么快。"然而一个月的训练过去了,我们还停留在走的阶段,人员一个又一个地退出,每次训练都有人请假,新成员却找得艰难,没有24个人,我们连站上起跑线的资格都没有,又何谈跑完全程,更别说跑进前八了。然而就是这样的状况,我们依然艰难地前行着。当别人开始奔跑时,我们在走,当别人已经开始"一二、一二"越跑越快时,我们还在跑跑停停,我看得到,他们的沮丧与失望,却只能告诉他们,笑到最后的才是笑得最好的,咱们不管他们,跑咱们自己的。但这毕竟是一场竞赛,怎么可能忽视别人的成绩啊。

开始奔跑后,我们无数次地摔倒,爬起,再摔倒。但有两次摔倒,让我印象深刻,因为我们差点就——起不来了。第一次摔倒后,一个女生扭伤了脚,我们送她到校医院后,检查的医生说:"这么危险的项目,学校还去组织,除了摔倒受伤,还有什么!"我没办法反驳他,因为这一刻我也开始怀疑,我们到底为了什么而奔跑,想不出答案,就坚持到最后跑出答案。第二次摔倒是在校运会开始前的几天,我们之前的所有努力,差一点就成了泡影,这次摔倒,一半人有轻微的擦伤,两个人磕破了膝盖,还有一个女生擦破了脸,那一刻我是真的不知道该怎么继续前行了,压力、自责差一点就吞噬了我。当我还在想到底哪里出了问题,不知道怎么开始下一次训练的时候,他们在群里一直讨论着什么时候训练,说没多少时间了,我们不能输给他们啊,那个擦破脸的女生也私聊我说,我就请两次假,结好了痂我就归队。那一刻的感动我到现在都还记得,他们都还在坚持,我怎么能放弃?我们就跑我们自己的,管别人现在跑得快跑得慢,坚持到最后,还不一定谁会笑到最后。

终于,我们进入了最终的场地——中心体育场。环顾四周,终于在一万多人的看台中,找到了属于我们新闻与传播学院的红色,听到了他们的呐喊加油,虽然有些紧张,但更多的是无所畏惧。一队又一队地跑过,我们站到了起跑线前,24个人肩并肩,穿着统一的红色院服,坚定地看向前方。我最后为他们检查着带子,为他们打气,虽然还有无数想要说的话,都化为"新传加油"四个字,因为我们代表着新传,我们为新传而奔跑。最后一声"各就位,预备,跑",他们开始了最后一次奔跑,我也在旁边跟着他们一起跑,那是最漫长的50米,仿佛慢动作一样,一步一步的;那又是最短暂的50米,他们像一阵风一样,一瞬间,画面就来到了终点线,大家欢呼着击掌,将我抛向空中,那一刻的成就感我永远都不会忘记,画面最终定格在了我们的合影照上。

我们在每天早上六点钟的太阳下奔跑,我们也在晚上的灯光下呐喊,无论最终的成绩是多少,那都是我们一点一点的努力,一次又一次的摔倒,一次又一次的坚持所换来的,11秒,是我们的最终成绩,离第8名0.3秒的差距,会让我们遗憾,但不会让我们挫败,因为绑腿跑不只是校运会上的50米,它是一段两个月的漫长奔跑,当我们克服种种困难坚持到最后,就已经是最后的胜利者。我们的奔跑结束了,但新传的奔跑依然在继续,我们每一年都在变得更好,薪火相传,总有一天会站在前三的领奖台上。

青春就是一场绑腿跑,有那么一群人肩并肩跟你奔向同一个终点,途中会有无数次的摔倒,但每次摔倒爬起,我们都会是更强大的自己,更坚定地奔向终点。因为年轻,所以我们无所畏惧,因为只有一次的青春,我们要拼尽全力,让它无怨无悔。

青春是什么

于梦佳

青春这个词啊,我们写过很多,也听过很多。

但是,再一次看到青春,依然不知从何说起。

也让我再一次去思考那个思考过许多次的问题——青春究竟是什么呢?

这个问题,我问了我的吉他老师,他给我讲了他的青春故事。

他今年40多岁,20年前拿起吉他时,是个旁人眼中不务正业的叛逆青年。在别人看来,不好好工作而去弹吉他,这就是胡闹。

迷茫中,老师遇到了一个姑娘。

这个姑娘,也挺不走寻常路的,她在广播上发消息说想结识喜欢音乐的朋友,恰巧那时老师也在听广播,记下了那个号码,一通电话让两个人有了交集。

那一年特别流行《丁香花》,老师学会后,姑娘说想听现场版的,老师就在公园弹给她听。老师还记得,那一天公园风太大了,几乎听不清弹的什么,唱的什么……但是,两个人却从此慢慢地熟悉起来。

后来,两个人相爱了。

那个时候,因生活所迫,老师白天干些杂活,有时候晚上去酒吧唱唱歌,但总归是一种漂泊。

姑娘鼓励他:"你为什么不去开个琴行呢?我们一起去学校,你开琴行,我在你旁边开个店卖衣服!"

终于,在她的鼓励下老师辞掉了工作,回家借钱。而这时,姑娘也辞掉了在郑州火车站附近卖衣服的工作。

两人一起把两个店开了起来,为琴行取了名字叫"乐知衣二",音乐和衣服,乐知衣二!

再后来,因为两家离得远,姑娘家人反对。最终的结果是姑娘回家了,回去就再也没有回来。那天讲到这里时,老师靠在椅背上,望着天花板说:"我去找过她,可是没有见到人。"总之,两个人到今天再也没有见过。

现在,老师已经成家,有了两个可爱的孩子。老师说:"再弹吉他时,还会想起她,没有她,不会有这个琴行。"

直到现在,琴行的名字依然是"乐知衣二"。

青春是什么? 老师说:是错过!

青春是什么,我问了我曾经并肩作战的辩论队友。

本科四年,我们几乎把所有的课外时间都献给了辩论。

我们曾为了比赛,节假日都从早到晚待在院办一楼办公室讨论辩题,我记得有段日子的午饭都是伴着辩论赛视频吃的。我们也总会为了一场比赛摊一桌子的资料。

对于我们而言,大学只是生活,辩论才是青春。

直到现在我最骄傲的依然是每次穿上正装,带上队牌,站在台上说出那句:"正方一辩于梦佳,携新闻与传播学院辩论队问候到场各位。"感到无比自豪和荣耀。

可是我们没能在校赛中站在大学生活动中心的舞台上代表新闻与传播学院辩论队打一场决赛,这也成了我们几个回首大学时光时最大的遗憾。

青春是什么? 队友说:是遗憾。

青春是什么,我问自己。

我喜欢写作,想用文字和影音去发现、讲述好故事,于是我建立了一个公众号。

微信公众号刚建立是不能评论的,只有收到微信的公众号原创保护功能邀请,才能开通评论留言,一个平台不能产生互动是多么无趣呀,为了获得邀请,我坚持了一段时间原创日更。

3月30号,突然收到了微信邀请使用公众号原创保护功能的通知,虽然这是个小事,可是当时那种感觉,简直像收到录取通知书一样,特别开心。

母亲节来临前,我们计划推出一期献礼母亲节的采访活动,将母亲节和时光机结合,以"假如给你一台时光机,你想去哪一段时光,去看看那时的妈妈"为问题切入进行采访。

5月11日晚上,我们在校园架起了机器,三个小时的采访,我们拦了45个路人,24个人拒绝了我们,但21个人站在镜头前接受了采访。

母亲节凌晨,我们将视频准时推送。目前阅读量超过500,也收到了许多肯定和鼓励。现在公众号的粉丝数量是129人。

当然,我知道129人确实不是很多,阅读量500+也不是很多,可是从0到129,从0到500的过程,是从想法到落地实施,是从空想到执行,对我而言,是一种满足和幸福!

曾经一位我们公众号的粉丝说:"我读完了你们前天推的书,好棒,以后继续推书单吧!"还有一位粉丝说:"母亲节的视频,我竟然看哭了。"当我们看到这样的反馈时,说真的,太幸福了!

当然,有人问我们,做公众号有什么用啊?有什么意义?

还有人说,你们写得很不好,你们拍的形式我觉得不好啊。甚至有朋友说,别人夸你们,那只是恭维而已,人家只是没有说出心里话。

起初听到这样的声音,说实话,是真的有点泄气。

可是,后来想想,那又怎样呢!

青春是什么?

在我看来,青春,就是要大胆尝试。青春就是不要被所谓的意义和功利目的去束缚自己。青春,不要让自己成为被别人的看法左右的 loser! 青春,请大胆去做你想做的!

青春或许有错过,也有遗憾。

可是我相信,如果重来,老师还是会选择打那一通电话,认识那位姑娘;我和队友还是会坚定地加入新传辩论队,去代表新传打每一场比赛,去面对每一个新辩题,和每一位新的对方辩友。

因为青春最可怕的从来不是错过和遗憾,甚至不是失败。而是当你回味青春,竟然没有一件事值得被纪念;是你一直站在原地,原因仅仅是你不敢或者你害怕。

青春是什么呢?

是遇见,也是错过;

是收获,也是遗憾;

是成功,也是失败;

是不怕输,是无限的可能性。

青春很短，不如去闯

方雅轩

我的青春，既不如钻石熠熠生辉，也没有在黑暗中一直张望，既不张扬也不低调。这让我常常感叹自己青春的平庸。青春的选择常常是艰难而纠结的，青春的灵魂却永远是自由的。再平静的青春也有飞溅起浪花的时刻，再艰难的抉择也有尘埃落定的那一刻，再普通的灵魂也有它独特的一面。

今天我要分享我青春里的一小段故事，故事是从一个艰难的选择开始的。

去年11月，我申请了一个去土耳其的国际志愿者项目，从申请到成行，整个过程都异常艰辛，这里的艰辛倒不是说申请程序有多复杂，而是我的决定从一开始就遭到了家人的反对，做决定的过程也就充满了纠结与艰难。

首先是亲戚朋友的关注。他们知道我的打算后，纷纷表示反对，每天都给我分享一堆与土耳其有关的负面新闻，仿佛我去了那儿就不能活着回来了。

最重要的是要争取妈妈的支持。妈妈对我的保护欲很强，在得知我的决定的当天，甚至在半夜12点给我打电话，电话里她这样劝我："如果你真想去土耳其的话，我可以让你跟着旅游团去那儿旅游，但我是不会同意你独自去那儿做志愿者的。"我知道，在我妈妈看来，我分明就是去一个她看不见摸不着的地方受苦受难。

我反驳她："不管外面的世界精彩与否，我都想自己体验。您给我说土耳其很乱，但不亲身体验又怎么能知道它到底是什么样的呢！妈妈，您不能剥夺我对这世界的好奇啊。"我和我妈都不愿轻易为对方做出妥协，我妈无奈地说："以后有的是机会，何必非得现在去呢？"其实我也不知道为什么，可能因为我害怕自己身上这种青春特有的激情与冒险很快就会被消磨掉。我想趁现在，还怀有对新鲜事物的饱满激情，赶紧把自己想做的事情都做了。我不想留下遗憾，等到以后我工作了，就算有了从容应对一切意外的能力，但我不能确定我对生活还能保有像现在一样的热情！

为了阻止我去土耳其，我妈不断地给我打感情牌，她一直强调自从知道这事儿后她每天都睡不着觉。

那段时间我的内心十分煎熬,一面要安抚妈妈脆弱的心,一面又要坚定自己随时都可能退缩的心。

我是理解妈妈这种"儿行千里母担忧"的心情的,我更知道总有一天我要离开家的臂弯独自远行啊!我希望她这一次能安心地放手,在我心中,这已经不是一次简单的选择去与不去了,而是选择要不要在梦想面前妥协。那一个月,我想尽了一切办法去说服妈妈,我向她保证我会好好保护自己。最后妈妈做出了让步,我如愿在去年寒假去土耳其当了志愿者。

事实证明我的选择是对的。

我在土耳其西南部的一个城市待了一个月,我看见了这个国家与媒体报道里完全不同的一面。我遇到了好多善良的陌生人。有我在凌晨三点迷路时带我找到酒店的司机,有一路陪着我去车站买车票的小阿姨,还有在长途大巴车上和我分享所有零食的小姐姐。

那天我在日记中写道:

在从费特希耶去伊斯坦布尔的途中
坐在我旁边的这位戴着头巾的土耳其少女
和我分享了她所有的食物
她不会说英语
我们就没有说话
只是静静地微笑着
瞧
微笑的力量真大

陌生人的善意化解了我内心的恐惧,我从一开始的小心翼翼到后来的信任每一个陌生人;从一开始的孤独、思恋和不知所措到后来每天都很开心、满足。我相信"语言不通,信仰不同,心灵却是可以相通的"。和我一起参加项目的小伙伴,他们每一个人都曾给我温暖,从他们身上我感受到了跨越国界的爱与善。

我很想念这些可爱的人儿:请我去他家吃鸡肉饭的巴基斯坦男孩;嚷着要去中国看熊猫的巴基斯坦女孩;喜欢 Jackie Chen 的印度尼西亚男孩儿;带我去学校、向我分享秘密,把床让给我而自己睡沙发的我的 host;半夜还在练习我的名字发音的,教会我许多人生道理的 host 爸爸;为我洗衣服、为我做早餐,在我临走前和我妈一样把洗好的苹果放进我书包里的 host 妈妈;为我庆祝生日、制作生日礼物,教我唱歌跳舞的 host 妹妹。

这些人使我懂得"语言不重要,心才是重要的",从他们身上我真真切切地感受到也学习到了向上的人生态度。那些天我听过最多的话就是"June遇到困难你不用害怕,因为在这里每一个人都会帮助你"。

我的确很幸运,每一次远离家乡,我总能感到家的温暖,我总是遇到像家人一样对我的人。我喜欢那里人们相见与离别时大大的拥抱与贴面的亲吻,我想念相处的每一个日子里的小小的感动,我依然记得用英语回答他们每一个问题前的紧张。

临走的前一天他们对我说:

June 永远不要忘了这里是你第二个家,无论你什么时候回来,我们都在。

June 你记住你可以使用家里的任何东西,也可以带走家里的任何东西,不需要经过任何人的允许。

June 面对生活中的困难永远不要放弃,要永远做一个善良的人。

June 我们真的很爱你,下一次你要带你的家人再来哦。

志愿活动结束从土耳其回来后,我迫不及待地想向妈妈分享这段生活里的点点滴滴,当我完好无损地站在妈妈面前的那一刻,我分明看见泪水在妈妈的眼眶里打转,她抱着我说:"宝贝做了妈妈不敢做的事,妈妈替你骄傲。"

我很感谢这段经历让我和妈妈一同成长,也让我重新学会了信任,找回了最轻松自在的自己。

每个人青春的保质期是不同的,有的人可能青春一辈子,有的人可能一辈子也没有真正青春过。但我想说:青春是不会消逝的,逝去的只是青春痘。

青春很短,不如去闯。

青春——让意外降临

尚　进

　　第一眼看到这个主题的时候,我脑子里突然蹦出一句电影台词:

　　"喂,我叫张士豪,天蝎座,O型,游泳队,吉他社,我还不错哦。"

　　不知道大家有没有看过这部电影:《蓝色大门》。《蓝色大门》是我很喜欢的一部青春片,它没有堕胎、劈腿、渣男的狗血情节,没有小时代的拜金,没有万物生长的做作,它特别的纯粹,就像不经意间吹来的风,勾起每个人青春里都有的少年心事。

　　在座的各位有30位大众评审,还有5位评审老师,可能你们每个人心中,都有一份关于自己的那个少年心事,关于自己青春里的那一份青涩的悸动。

　　我的那一份呢,可以追溯到高中时代的"初恋"。

　　高中的时候,隔壁班有个男生,当我看见他在篮球场上迈着长长的腿,迎着晚霞运着篮球飞快地跑来跑去的时候,我的眼睛里,只有一个不断放大的"帅"字,当这个帅字放大成72号狂草黑体字的时候,我的眼里就只有他了。可惜那时候我们都还太小,我只在晚霞中站了一小会儿,我们就毕业了。

　　但是,注意"但是"来了啊,我想说,正如一位长者所说"人就不知道,自己不可以预料",我也没有预料到,自己竟然在高考后的第十天,约他见面了。这算是为我的青春制造了一个意外吧。于是在一个微风徐徐的清晨,我们在我家旁边的公园门口,见着了。和他见面的唯一目的,就是告诉他,我怕高考后天各一方,我怕以后回想起我的青春会有遗憾,所以趁着这次机会我要告诉他,我曾经喜欢过他。之后我们绕着公园走了一圈,他请我在路对面吃了早餐,我记得那天我还在博客上发了条动态,然后我们就真的从此天各一方,再没联系了。但是,每当我回头去看当初的那段记忆时,我会觉得多亏了那次意外的决定,自己没什么可遗憾的了。

　　这件事让我确立了一个行动准则,一个让我常常遇到意外的行为准则,就是一件事儿,可做可不做的时候,只要有空就一定要做。

　　为什么呢?因为会产生意外。就像我当时一直在纠结要不要约他出来见面,担心会尴尬,担心对方不理我,但是不约他出来的话,我在家干吗呢?吃饭睡觉打游戏吗?那就去,为什么?因为去了,我可能会留下一段意外的回忆,当然事实证明我确实因此留下了一个关于青春的而且自己还挺开心的一段回忆。并且,在今天,我能把它作为演讲的内容分享给大家。

　　但是三年前的我能想到我会有一天站在青年说的舞台上吗?不会的。这就是意外的魅力。

　　还有一个有关意外的故事。有一年暑假,一个朋友想让我和他一块儿去学打网球。当时也是面临着可去可不去的两种选择,最终我还是去了。刚开始很痛苦,室外网球场大太阳晒着,网球场旁边还有梧桐树,风一刮,毛刺挂在身上。练了几天之后呢,就变成绝望了,当时可能被晒得黑了10个度还天天累瘫。惊喜不惊喜?意外不意外?但是又学了一段时间,渐渐上手了,正拍反拍知道怎么打了,虽然水平不怎么高,但是也能品出来一些乐趣。暑假结束,我以为这段网球课的经历也被画上了句号,但是我以为的是不对的。

　　上大学的第二年,第二十一届中国大学生网球锦标赛在郑州大学举办,他们要招募志愿者,于是我报名参加,接着顺利入选了。当时我对接的学校是厦门大学,因为自己有一些打网球的经历,所以平时和参赛选手看比赛的时候还能和他们一起讨论讨论,对方打得怎么样啊,配合得好不好啊,等等。我还记得当时有个老师还帮我给组委会写了推荐信。后来被评为"优秀志愿者"的时候我就在想,我们的青春道路,不一定非要走那条最直的、最按部就班的、最不会发生意外的路,我们也可以走到半道,被一个个意外牵引着,拐弯。

　　大家想一想,其实无时无刻我们都面临着这种选择:一个聚会,你可以去可以不去,那就去,因为你去了,你可能认识一个意外的人,这个人可能十年后和你谈笑风生;一次远足,你可以去可以不去,那就去,你可能认识一条路线,20年后歹徒追你你跑掉了;一节选修课,你可以去也可以不去,那你一定要去!为什么?因为你去了,会发现那节课叫"媒介批评学"。这些你不知道的,所有的行动一定会带来意外。

　　可能有人觉得,沿着既定的路、既定的节奏走,会有安全感,但是,当一件事情可做可不做的时候,何妨一试?不如张开双手去拥抱意外,尽管去拐弯,尽管去尝试,为了有惊喜或者惊吓的青春,让意外降临吧。

青春,我不负你

宋瑞洁

大家好,我今天演讲的题目是"青春,我不负你"。

大家可以设想这样一个场景,几十年后,你的子孙问你,你的青春是怎样的。你会怎么说,是说你为之后悔的时光,还是你为之骄傲的回忆。我不知道你的回答,但也许我接下来的故事能给你启发。

第一段青春故事,由我姥姥20岁时的一张黑白照片展开。

20世纪50年代的中国,为了保证屯垦戍边伟业顺利进行,国家广泛招收山东、湖南、河南等地的女兵积极投身建设边疆、保卫边疆的洪流之中。而身为山东人的姥姥,正是那个年代响应祖国号召加入部队的女兵之一。听姥姥说,20世纪50年代的新疆,是戈壁连着沙漠,是寥无人烟,是夏季38摄氏度的高温烘烤着土壤,灼烧着皮肤;是冬季零下十几摄氏度的寒冷冰雪,皲裂了手掌,冻透了身体。姥姥说那段日子并不好过,家里贫穷的她们甚至没有带一床棉被,寒冬里只能在地窖中靠着仅有的几床军被取暖,疾病痛苦一旦袭来,就会有不少人倒下。为了给发展中的祖国带来经济收入,她们寻矿山、下基层,和男兵一样辛苦。她们的足迹遍布天山南北,扎根在了祖国需要的每一个地方。我问姥姥后悔吗?姥姥指指照片说,那段青春时光永不后悔,只有一心跟着走的决心。

60多年前,这个梳着两个麻花辫的女孩,有着和我现在相仿的年龄,却有和我完全不同的青春经历。20岁的她们离开了熟悉的家乡,留在陌生的西部,将自己的青春,献给这广袤的新疆。60多年正是一代代人的努力,换来了现在新疆的繁荣发展,换来了新时代的新疆乘着"一带一路"的列车驶向全世界。

时光跳转到20世纪90年代,第二张照片是属于父亲的警察青春。

1994年刚工作不久的父亲,就着手处理汽车飞盗案件。案件串联起的是厦门的凶杀案和本地的汽车盗窃案。嫌疑人在厦门杀害出租车司机并抛尸荒野,又一路驾车来到了哈密,转卖被盗车辆却在一年后又偷窃回来。案件的复杂性由不得他说一句疲惫,1 800公里的车程、辗转北疆多地的调查取证;一连几夜翻看材料。速度、效率、分析,这时候的时间就是生命;走访、追踪、抓捕,这时候的细致就是武器。正因为父亲和同事夜以继日的努力,案件在三天内就有了重大进展,并破获这个持续了几年的抢劫杀人和汽车飞盗案件,父亲说,当厦门被害者的亲属来感谢他们的时候,他第一次感受到作为警察深深的自豪感和责任感。

  血迹、尸体、罪犯,这是现在的我所不敢想象的画面,却是父亲青春时期乃至现在的工作日常。我想父亲用青春和时间换来的不仅仅是那一个个的荣耀,更是民众安心踏实的生活。

  说到这儿,照片中的青春已经结束,而我的青春还在继续。就在这个月底,我就要和我工作了三年的学生会说再见了,从开始的莽撞担心到现在的舍不得,太多故事、困难、辛苦、喜悦,我难以言说,看着照片上的自己渐渐成长,我收获的不仅是处事的经验,更是宝贵的经历。我想我喜欢这三年为这个组织奋斗过的自己。

  时代赋予青春不同的含义。我想它是姥姥那个时代青年热血奋斗的口号——国家需要,当不顾一切,到祖国需要的地方去奋斗;也是父亲一直的职业坚守——保障人民的生活,是我们的义务,我们要与一切不法分子做斗争;更是现在新时代我们的呼唤——不辜负自己的青春,不挥霍现在的美好。

  说起青春,我们不应是后悔的,而应是努力的,让自己在回忆青春时能够坚定地说,谢谢这趟永不返回的列车,谢谢当初那个坚持初心的自己!

青春是一场选择

王 燕　王凯悦

大家好,我给大家带来的演讲题目是"青春是一场选择"。

在这里,我想给大家讲两个发生在我青春里的故事,一个是关于选择原谅,一个是关于选择信任。

小学时,我跟堂妹一起住在奶奶家。从小我跟奶奶的关系就不好,因为她偏心我堂妹。偏心到什么程度呢? 有一次我和堂妹一起吃水果,我不小心把水果皮儿甩到堂妹脸上了,堂妹大哭起来,奶奶看到堂妹哭,不问缘由拿起拐杖就要打我。从那之后,我就恨上她了,我不懂,为什么同样是孙女,我到底做错了什么,待遇差别要这么大?

直到上初中,为了方便我上学,父母从外地回来了,而我也从奶奶家搬离。对于奶奶,只是逢年过节才会去她家拜访。跟她联系变少了,可心中的怨恨却丝毫不减。每次她打电话让我多去看看她,我都拿学习太忙没时间当借口拒绝了,我觉得她就是跟我客气一下,不是真心的。

这种状况一直持续到我上大学的前一天,妈妈命令我去奶奶家一趟,我不情愿地去了。在那个本该无比熟悉的屋子里,我跟奶奶就这样坐着,两个人都不知道该跟对方说些什么,气氛异常尴尬。最后我实在坐不住了,就起身招呼了一下准备离开,奶奶突然拉住我,从兜里掏出几百块钱对我说:"这钱你拿着,给自己买点好吃的。"我看到她拉着我的手有些发抖。

我愣住了,"嗯"了一声就跑了,出了她家在路上走着走着,突然很想哭。

去年七月,奶奶因为病痛过世,她生命的最后一段时光我都在病床边陪着她。

现在想想,我真的很幸运,放弃了怨恨,选择了和好,选择原谅,选择了珍惜这来之不易的亲情,才让自己没有那么多的遗憾。

第二个关于选择信任的故事发生在郑州火车站。

去年放寒假,我跟朋友约着一起回家,因为我出发得早,所以到火车站的时候朋友还没来。

就在我等朋友的时候,一个20岁左右学生打扮的女孩子走到我面前说:"同学,你能不能帮我个忙,我刚才取票的时候有人偷了我的手机钱包,我下了火车还要转一次大巴,能不能借我30块钱……"当时直觉告诉我,这人可能是个骗子,没等她讲完我就打断了她,说了句"对不起,我也没钱"就走了。

就这样差不多又过了十分钟,我忽然看见那个女孩子还站在那儿,头低着,一脸无助的表情。

我的心当时就软了,万一是真的呢?如果有一天我也遇到这样的困难没有人帮助我呢?我在心里反复问自己。"哎呀,算了,被骗就被骗吧,就当吃一堑长一智了,如果没被骗也算做了件好事。"这么想着我又重新回到她面前,我到现在还清楚地记得,女孩子看到我,眼睛一下子就亮了,像闪烁的星星一样。"真好看,"我心里想,"眼睛是心灵的窗户,有这样一双眼睛的女孩子一定不会是骗子。"就借给了她50块钱,剩下的就当作午饭钱,女孩一直不停地说着谢谢,还留了我的手机号。

回到家第二天睡醒,发现手机有条新短信,是那个姑娘的感谢信!打开支付宝,她真的把钱还回来了,那种喜悦真的无法言语。

说起来也算奇遇,火车站那么多五花八门的骗子以各种方式骗钱,而我选择帮助的竟然真的是一个需要帮助的人。

这两个选择也许只是我人生中小小的两个分叉,却让我的生命变得更加饱满。

在这里,我想说的是,青春是一场选择,是一场需要勇气、需要信任的选择。选择正确我会感激,即使错了,我也无悔。青春里的选择拥有阳光般的真诚、梦幻般的憧憬和无所畏惧的勇敢,充满魅力、充满光辉,包含着我们的无限可能。

我要我青春无悔

刁思雨

我是2016级广告学专业的刁思雨。很荣幸今天可以站在这里和大家分享我关于青春的感想,这个机会真的是来之不易。假若不是我两年前那个疯狂的决定,我或许并不能站在这里。

是啊,已经两年了,两年前,也是在这样一个炎热的夏季,我第一次参加了高考,可惜名落孙山。我清楚地记得那年我考了523分,刚过一本线。其实我本可以凭借这样的分数上一所差一点的一本或一所好二本,像我爷爷语重心长劝导我的那样,选一个师范专业,毕业后当一名高中或初中老师,也可保一生无忧,在我爷爷这个老传统眼中,公家的饭碗最牢靠;或者像我妈妈费心为我设定的那样,学一个会计专业,以后的工作也好找,每天也不用太辛苦,然后和一个差不多的人结婚,生儿育女,一生安安稳稳,倒也很幸福。

我的人生在此处分出两条路,一条安稳,一条崎岖。爷爷和爸爸妈妈苦口婆心地教导我走上那条安稳之路,他们说"安安稳稳才是真"。是的,一生平平安安稳稳是大多数人的愿望,选择一种平淡的幸福也无可厚非,可是我天性不喜欢平淡,我不要这种一成不变乏味的人生!假若真的让我在余下的几十年光阴中年年如一日地重复劳动,那我人生的意义何在?人生不过区区几十载,我不要寂静无声地单单为了存活而生存于世!假若我一生平庸至极,那我又为何出生?为了体验人生中无止境的痛苦吗?还是为了感受一世爱恨情仇?如果是前一种,那我宁愿现在死去,无尽的痛苦带给我的只有绝望而已;若是后一种,那我的人生又有什么意义呢,毕竟最终只会赤条条来、赤条条走。

我也曾试图说服自己,毕竟像我这样的农民的女儿,在巨大而残酷的社会现实面前,我所拥有的优势很少,我又能用什么和其他人比呢?恰如我爸爸所说:"如果你不听劝导执意按自己的想法来,那以后的路你得自己走,我可以帮你的很少。"我向来不是一个感性的人,当时年幼的我深刻地明白,在无情的社会现实面前,单有一腔热血是远远不够的。我非常清楚单枪匹马闯天涯的痛苦和艰辛。我很想说服自己,可是,我年轻的心在诉说着不甘,我不甘心在拼搏的年纪选择安逸,我不甘心在机会面前选择逃避。我的人生才刚刚开始,青春的激情尚未迸发就要收敛,青春的烈火尚未熊熊燃烧就要平息了吗?我还未走遍千山万水,还未领略过世界的博大,我还未闯荡就要安于现状了吗?我不!我不愿如此平淡地度过自己的一生。我还这么年轻,我才18岁。我不要这种一眼就看到头的人生!我身体里的血液在沸腾,每一个细胞都在号叫,我知道,我的内心渴望澎湃的大海波涛,向往雄伟的鹰击长空。青春还有无限可能,我不要亲手把它扼杀。那个时候,小小的我心里明白,如果我就此屈服于命运的安排,那在接下来的人生中,我一定会后悔。我在青春年华做出这样的决定一定会使我受累一生。

  于是我选择了复读,这是我内心深处的一段隐伤。它是我青春骄傲的心上最深沉的疤痕,每次提及都几乎使我痛彻心扉。又一个365天的轮回,又一季春夏秋冬的虚晃,岁岁年年花相似,年年岁岁人不同。没人知道我承受了多大的压力,没人知道我的痛苦绝望。我像一只困兽般拼命奋斗,只为抓住那虚无缥缈的希望。在那段时间里,我无数次被噩梦惊醒,然后被巨大的绝望和忧虑包围,便再也无法入睡;无数次在被窝里偷偷垂泪,可随即又恨起这个轻易落泪的懦弱的自己,咬着手指在心中愤怒地责骂,从此再不会轻易哭泣;每天15个小时以上高强度的学习,青春时光里的我竟没有半分激扬的朝气。那一段时间我失眠、脱发,时常陷入一种暗自悲伤。我人生中再没有比这更黑暗的时期。我像在悬崖边驾车的马夫,绷紧全身的肌肉,集中全部的精力,以自己18岁的青春韶华为赌注,与虚无的命运做最后的斗争。

  所幸,我坚持了下来,也终于扼住了命运的咽喉,18岁的这场战争,让我终于浴火重生。我将永远感激那个青春时光里的自己,她那么小,那么年轻,却又倔强得让人疼惜。我永远不会忘记那个每天奔跑在宿舍、食堂、教室三点一线上的自己,她目不斜视,年轻的脸庞布满忧虑,沧桑得如同70岁的老妪。虽然我为此付出了巨大的代价,但我永远不会后悔当初的决定,如果再让我选择一次,我仍然会毫不犹豫地选择复读,纵然这一决定会让我遍体鳞伤,我也不要在青春中悲叹,不要在余年里哀伤。人生如棋,虽说落子无悔,但让自己不后悔最正确的方式,并不是落子之后的坚持,而是落子之前经过缜密慎重的考虑做出最无悔的决定,如此,才可真正做到落子无悔!

  青春是什么呢?是夏日阳光透过树叶投下的斑驳凉影,还是繁华落尽通过时光传来的苍凉悲伤?是流年里的昙花一现,还是血脉里的一世张扬?有人悲叹青春是人生中一段美梦,转瞬即逝,独留下无尽的惆怅和无数温柔的回忆;有人高歌青春是永不言败的情肠,此心不老青春永驻,花开不败一世昂扬。但这一切于我而言,都只是虚妄,我只要我,青春无悔!

我的青春我做主

姜一玲

高中毕业的时候,我很年轻。有点傻,有点天真,有点幻想。

我想象中的大学是这样的:蓝天、碧水、红砖教学楼,依依湖畔柳,风景如画。然而现实的大学是这样的:眼前的整个方框内,我只看到了人。我想象中的宿舍,就像韩剧里那样,每个人有独立的空间,布局和自己家一样,现实的宿舍,连阳台都没有。我想象中的同学,很美,现实中的同学,更美。我想象中的我,化了妆就貌美如花,每天日理万机……现实中的我只是躺在床上抠手机。

这个青春完全跟我想象中的不一样嘛。

当我认清了我未来的四年大学生涯将要在春天柳絮纷飞、夏天石楠喷香的柳园,夏天热死人不偿命的六楼,在八人间就像海绵,挤一挤总是有空间里度过时,我打电话,哭着说:"妈妈,我想回家!"

刚上大学的时候,我很年轻。有点傻,有点天真,有点幻想。

我以为我会在社团活动中大展身手。我交了60元的社团费,结果,没有什么结果。我以为我会在学业中积极进取,我着实努力了几天,却又半途而废。我发誓我要好好锻炼,成为一百斤的少女,我买了900元的健身卡,结果,去的次数寥寥无几。尝过了放弃的滋味,走过了这么多弯路,我为什么还大言不惭地跟大家说我的青春呢?我感觉根本没什么可说的呀,没有恋爱辍学的青春,一个青春废宅,完全是一个青春电影里连镜头都没有的路人甲嘛。

所以我来新传青年说这个闪亮的舞台,主要来讲讲我的三个朋友,以及他们如何挽救我这个无知堕落女大学生的故事。

朋友A是我一早就认识的,在萧山机场飞往新郑机场的航班上,飞机进入平流层,往下看是重重叠叠的片片云海,遮住八分陆地。我悄悄戳了戳她:"诶,这本书我也喜欢看的呀。"伍绮诗的《无声告白》,这是我们第一次看的同一本书。从那以后,我们分享今日特价、亚马逊优惠、读书笔记。

朋友A的性格属于钝钝的,穿得中规中矩,走路很慢,有时候我们一起出去,我嫌她走得慢,她反应得三秒,末了说个"哦"。我觉得大家肯定也都有这样的朋友,不爱疯玩,但是你有心事吧,她永远在那里,跟你交流,漫漫长夜里,倾听你的吐纳呼吸。

我困茫的时候,又困又忙,或者又困难又迷茫的时候,我就戳戳她,call call 她。

她是个学霸,英语非常好,也真的很爱读书,每次跟我说话都推荐我该读什么书。她最了解我,最懂我需要什么。在她的帮助下,我至少读了那么几本书,不至于沦为一个文盲。

再来说朋友 B,朋友 B 和 A 是完全不一样的性格。B 聪明机灵,段子讲个不停。我跟 B 经常疯玩,玩到有时候我妈都找不到我!非常着急!

B 可能不是家长老师喜欢的传统的好学生,属于"别人家的孩子"的反例。妈妈就经常跟我说:"你别和 B 玩了,玩物丧志,浪费青春。"

但是青春不玩,什么时候玩?

B 经常翘课,外出旅游。他不是在游玩,就是在游玩的路上。所以 B 的生活经验、各种冷知识都特别丰富。我随便问啥他都能在第一时间给出答案。

他虽然不关注学业,但开了自媒体账号。每天就发美美的旅游照和旅行游记,成了一个十八线微博大 V。生活费已经完全不用爸妈操心,未来的事业一片光明。

他在巴图雅的时候,给我发了个定位,说:"这里的海很清,这里的人很美。"我打开微信位置,才知道巴图雅在泰国东海岸,距离曼谷 150 公里。

B 让我知道,成绩不是一切,课堂不是一切。他把我的目光引得很远,很宽阔。让我触摸科学大道 100 号以外的世界,让我不至于沦为一个目光短浅、心胸狭小的井底之蛙。

受他的影响,我对自己说,我为什么不也试试? 我找到了人生中第一份实习兼职:我负责运营 30 万+粉丝的微博和微信,月入 1 500,不多,但足够我校内生活。我在这份工作中,学到了很多,成长了很多。这些都是我在课堂中学不到的。

没有人的成功是随便捡来的,B 每天推微信文章,写文拍照修图,熬夜熬到吐血。我发微博发微信,前段时间,我负责运营的微博号阅读量骤减,没有到 1 000 万阅读量,金 V 掉了,我特别焦虑。狂蹭热点,当晚发了一条微博,到了第二天,微博转发过 6 000+,金 V 重新回来了。可以说这次经历充分锻炼了我的心肌功能。

朋友 C 是我学雅思的时候认识的助教。她也不爱上课,也不爱出去玩,就喜欢待在宿舍,一学期去食堂的次数用两只手数得过来。她就是老师深恶痛绝的"堕落大学生"类型。

我说那你在宿舍干吗呀,打王者荣耀?她说我看美剧看脱口秀看真人秀。这下我明白为什么她很轻松就考了雅思口语7分,听力7.5分。

以上就是我三个朋友的故事。

所以我想青春啊,就是各有不同,多姿多彩。

青春,就是一株不知名的绿芽,在太阳下疯狂生长。

大哲人罗素说,参差多态乃幸福的本源。没有人能定义你的青春是什么,无论是恋爱翘课,或是头悬梁锥刺股凿壁借光囊萤映雪,无论是呼朋唤友社交达人,还是学生会社团主席……每个人都有青春的甜蜜与苦痛。难道loser的青春就不是青春了吗?我就觉得我自己很青春啊。

世界上没有模板人生、模板青春,青春是自己走出来,摸索出来的。

我走过的路,我玩过的手机,我读过的书,我逃过的课,这些都是我的青春。

世上根本没有一个固定的标准来随便评价衡量青春,乃至一个人的人生。正因为每个人的青春都如此不同,青春才如此值得我们回味与珍惜。

认识自己,拓宽自己,不要随便标签自己,给自己更多的可能性。这就是我青春中明白的最深刻的道理。

做生活的艺术师

康玉垚

今天的主题是青春,在讲青春之前,我想和大家一起分享一位已经耄耋之年的老人的故事。

不久之前,有一位老奶奶映入我的眼帘,她今年87岁,走路已经颤颤巍巍,原本修长有力的双手也渐渐枯槁,但走上舞台的那一刻我们看到的她却泰然自若,淡然若水。

抬手的一瞬,奏响第一个音符,指尖有力,手指在琴键上,宛若少女般灵动,岁月在她脸上留下了苍老,却没改变她手上的那份情。爱慕、深情、羞怯、不舍、挣扎、哀伤、自由,一出出悲欢离合,向我们娓娓道来。

曲终,掌声雷动,回眸的那一个微笑,像儿童一样纯真温暖,起身向听众连鞠两躬,她说这首曲子还有改进的地方。

耄耋之年,她仍然一个人为音乐奔走全世界,满头银发,笑容烂漫,她活得比年轻人更充实。心灵洁净犹如孩童,优雅在她身上与年龄无关。

在这之前,有一群老人走进了大家的视野,他们深情演绎的《我的祖国》让无数同辈甚至青年人感动得泪目。

这是老一辈的艺术家们,满头银发,笑容烂漫,可想他们的青春,他们对于生活的态度是怎样的!

我想问一下,大家有想过自己80岁,或者70岁、60岁的时候是什么样的精神状态吗?

回到我的青春,如果我能活到80岁的话,我自己80岁的时候是什么样呢?我不敢想。

我们来看两种人:

第一种人叫"我叫没兴趣":

——小明,你看,春天的花多美啊,去看看吧!

——没兴趣。

——小明,我们来一起踢球吧!

——没兴趣。

——小明,听说有个音乐会,咱们去听吧!
——没兴趣!
——你怎么啥都没兴趣,生活多有意思,多么丰富多彩啊!
——唉,我觉得什么都没意思,我觉得生活好无聊……

第二种人叫"我叫不开心":
——小明,你怎么了,看起来这么不高兴?
——唉,作业好多做不完,宝宝心里苦!
——抓紧时间,提高效率,请教同学,动脑子啊!
——唉,请教同学多麻烦,我自己写吧。
——那你先做重点,各个击破!
——唉,话是这么说,可还是好多做不完啊。
——不要这么低落嘛,要发挥英雄主义精神!
——唉,我又不是英雄。

不知道大家有没有在对话中看到自己或者身边同学的一丝影子?

我们想一想,"没兴趣""不开心""宝宝心里苦"或者"无聊""累"是不是经常挂在我们这些青年人的嘴边呢?这是一个强调感觉的时代,这也是一个摧毁感觉的时代。

在芒福德的著作《技术与文明》中,他向我们展示了从14世纪开始,钟表是怎样使人变成遵守时间、节约时间和现在拘役于时间的人。在这个过程中,我们学会了漠视日出日落和季节更替,因为在一个由分分秒秒组成的世界里,大自然的权威已经被取代了。

我们每一天都漫步在美丽的校园里,每一天都接受阳光的照耀,可是有谁发自内心感叹阳光的美好呢?我们说眼睛是心灵的窗户,其实表情也是心灵的窗户,从一个人的表情、精神状态可以窥见一个人的内心世界。我曾经观察过一些年轻人,有我的朋友、同学,也有路上擦肩而过素不相识的人。走在路上,坐在教室,排着长队或者吃着饭……很多人的眼神是涣散的,呆滞无光的,表情是迷离或者说一脸"无趣"的样子。

我们在一个信息扑面而来的时代,所谓繁花似锦,所谓热火烹油,我们每天就这样进去出来、出来进去,我们赶集似地往前走。

有人把人的生命比作自然的四季,而青春或者我们身处的大学是人生的夏天,也就是盛夏季节,绽放的季节。春天该做春天的事,夏天该做夏天的事。处于盛夏时代青春的我们呢?

有这样一个人,他在自己60岁的时候给自己琢磨了六个字,叫"玩、学、做、悟、舍、了",他说,最后一个字是"了",但是前面这些字,都是我们生活中必须经历的,玩是什么?乐趣,不顾一切,专注,真诚。玩儿很重要,不会玩的孩子怎么会聪明呢？性情也是由玩儿来滋长的品质。所以我们要玩好，不顾一切、投入专注而真诚地玩。

有这样一群人，他们怀抱着最初的新闻理想，为了一个共同的目标走到一起，在一个狭小的写字楼里尽情挥洒青春的汗水，他们无怨无悔，反而充满朝气与活力，因为有梦，因为生活对于他们是充满挑战、丰富多彩的！

生活这本书的内容是最广阔的，我们每个人都有这本书，可是我们很多人都不读。这是一个强调感觉的时代，这也是一个摧毁感觉的时代，我们需要感觉的全面复活！我们需要去做生活的艺术师！

梭罗在他的《瓦尔登湖》里提出了一个很深刻的概念：黎明的感觉。每天一觉醒来，一切都成过去，然后有一个新的开始，用黎明的感觉来重新感受这个世界，重看周围的世界都是新的，都是充满希望的。我们不妨尝试一下，早晨起来，用第一次看周围世界的眼光，漫步走过学校的林荫大道，再看看周围的人、周围的树，重新观察一切，重新感受一切，重新发现一切，你会觉得三三两两左手拿着豆浆右手拿着包子赶着上课的匆忙，骑着自行车往前蹬的紧迫，或者还没睡醒的呆萌，都是那么美好！

做生活的艺术师，不是说要把自己的生活装点得很艺术，而是给自己的内心一点时间，沉潜下来，丰富自己的内心，丰富自己的情感，因为只有这样，你才可能真正地乐观、坚强，最后精神成人。

青春是美好的，青春的美好需要我们自己来创造，生活的艺术也需要我们自己去体会！

最后跟大家分享著名作家王蒙的一首诗——《青春万岁》，如下：

所有的日子，所有的日子都来吧，
让我编织你们，用青春的金线，
和幸福的璎珞，编织你们。
有那小船上的歌笑，月下校园的欢舞，
细雨蒙蒙里踏青，初雪的早晨行军，
还有热烈的争论，跃动的、温暖的心……
是转眼过去了的日子，也是充满遐想的日子，
纷纷的心愿迷离，像春天的雨，
我们有时间，有力量，有燃烧的信念，
我们渴望生活，渴望在天上飞。
…………

"热气腾腾"的青春

梁琪美

某一年4月,好多年不再外出打工的父亲突然决定要去四川,他刚上火车的时候给我打了个电话,除了叮嘱一些琐事外,还提起了自己年轻时的故事。后来父亲告诉我说,他20岁左右的日子是青春里最"热气腾腾"的时候。

我的父亲生于1968年,那时候十年"文革"如火如荼,所以青春最初的记忆就是放牛、挑水、养猪。20世纪70年代末虽然已经实行了改革开放,但是我们这个"贫下中农"的家庭并没有多大改变,为了减轻家里负担,照顾6个弟弟妹妹,作为家中最大孩子的父亲在不到20岁的时候去了山西偏远的煤矿。他开始的工作是拉车,后来成了一名一线工人,每天弓着腰在低矮、潮湿的矿洞中前行。那高不过一米八,而深度达千米的矿洞可能是他青春里最深刻的记忆,有次父亲半开玩笑地跟我说:"这一辈子可能也没有那几年在黑暗里待得时间长。"然后他又哼起了年轻时常唱起的歌:"村里有个姑娘叫小芳,长得好看又漂亮……"因为常常不能填饱肚子、因为没有机会上学读书,所以在漆黑矿洞中前行、在流水线上重复工作的父辈们的青春常被定义为"苦难"。但在我父亲看来,青春是义无反顾地挑起家庭的重担,是责任和担当。

然后,我想讲讲我自己。今年5月,我作为志愿记者参加了河南省城市坐标定向赛的采访。开始我并没有觉得这是一件有趣的事,甚至有些胆怯和抵触,但现在我却暗自庆幸,如果不是当初还抱着尝试一下的态度,我会错失很多有趣的人。其中我印象深刻的是一个来自郑州回中的高二女生。刚刚过耳的短发、灿烂的微笑让人感受到了青春的活力。由于去年成绩不佳,今年他们小组5人又报名了,并将队伍命名为"北行者"。她说奔跑是一种诱惑,代表着永不服输的精神。除此之外,我还遇到了一些可爱的孩子,他们会拿着卡通折扇给你扇扇子,会举着戏人和你一起玩皮影,甚至还会和你共享一份午餐……可能很多人的生活中都会遇到这些或那些有趣的人,但在我的青春里,在我的这次尝试中,他们是最可爱的人。我想,青春就是要勇敢地去尝试,如果有机会、如果可以去做,为什么要选择退缩呢?

最后我想讲一些我不知道该用什么形容词来定义的感受。在一次摄影培训中,我结识了一个曾三次自费奥运游的自由摄影师,凭着对体育摄影的喜爱,他从2008年的北京奥运会拍到2016年的巴西奥运会,去年他背着几个单反相机跑到了巴西。他有这样一句话让我印象深刻:"巴西很多地方不允许拍照,如果到时候他们把我这个相机没收了,我还有另一个,喜欢是一件很纯粹的事,我只想好好拍照。"我又想起了之前采访过的十几年来一直负责在我校教授民俗风情社团剪纸的赵爷爷,他说:"趁着还有机会,人就要去做自己喜欢的事"。我想一个记者除了去发现、报道事实外,更要懂得感恩,感恩遇见。因为我们采访中的每个人都在不断影响着我们,他们或朴素真诚或坚持所爱,可能以后我们还会遇到一些蛮不讲理的人,但无论是怎样的人,透过他们,我们对社会的真善美总会变得更加敏感,他们就像是浩瀚宇宙中的无数个亮点,隔着几百个光年的距离,还把自己的思想、自己的信仰传达给我们这些不经意遇见的人,给我们青春的理想搭建坚实的壁垒。我喜欢这种正能量的遇见,因为它,我的青春变得更有温度,更加热气腾腾。

现在,我有点懂得新华社记者张严平在采访白方礼老人后所说的那段话了:"如果不是在采访中遇到的那些人,我还会是现在的我吗?也许,我会比现在更老练沉稳,但绝不会比现在更真诚;也许,我会比现在更左右逢源,但绝不会比现在更清澈;也许我会比现在更发达,但绝不会比现在更深情;也许,我会比现在更强悍更有能耐,但我绝不会比现在更宁静从容。"我想青春除了是担当、是尝试,更是还没有遇见的美好。

没有人能替你成长

朱欢欢

当我第一眼看见这期青年说的主题时,我很纠结自己到底要不要来参加。因为这一期主题的关键词——青春,于我而言并不是那么的多彩与绚烂!但后来又想其实我们绝大部分都是很平凡的人,如果我能借此机会好好地、郑重地梳理我的过往并和大家分享,那也是极好的。所以,鼓起勇气,带着《没有人能替你成长》来了!

我从小就在中规中矩的家庭中长大,父母传授的为人处世原则也是待人有礼,低调中庸。从小学到初中成绩虽然是班级靠前,但那时候家人及周围的大人好像还没有谁会认为我的未来就一定是光明的,毕竟《伤仲永》的故事太多太多。那时候小小的我总是希望得到大人的肯定,渴望着有朝一日自己的声音能被他们听见。这个单纯但却找不到任何办法实现的愿望在我心里一住就是好几年。后来啊,就在朦胧中经历了中考,其实我是知道自己实力的,所以当得知自己考上了我们市最好高中的实验班后,我内心是很平静的。只是父母不淡定了,周围的亲朋好友、街坊邻居不淡定了。父母开始重视我的学习,开始希望有一天我能成为他们骄傲的资本,甚至主动增加我的生活费;周围人开始以我为榜样教育他们的孩子,我成了大人口中"别人家的孩子"。那段日子,我能明显地感受到自己地位变了,说话开始有分量了,大人们对我好像也有了更多的耐心与重视。忽然之间,我好像不经意间就实现了小时候那个苦苦追寻的梦。现在每每回头看那个年少无知的自己,我都总想送她这样一句话:"不卑不亢地成长,你想要的,终会来到;也不要怪他人太势力,如果看不惯,何不洒脱一点?走开便是!"

后来我带着大人们给的极大信心来到了高中。

高中时代似乎是我们一生中最极端的三年,一方面我们享受着生命赐给我们的最美好的三年;可另一方面,我们又得承受着高考带给我们的压力与痛苦。我的高一是比较轻松的一年,尽管高一在实验班,我却依然有时间与空间做着不切实际的梦。只是高一后期,随着分班压力的增大,那些喜欢与被喜欢,属于青春独有的青涩气息以及我那个未完成的梦都随着三月的那场雨,消失殆尽,取而代之的是无尽的痛苦。

为了能在高二分班时去文科实验班,我在高一下学期最后几个月拼了命地学习,由于上学期没怎么学习,所以我一方面要学老师正在讲授的内容,另一方面又得重新学习上学期的文科内容。那时候我们还是分小组圆桌学习,一个小组8个人,我们组内除了我之外都是学霸,每天都感到很压抑,压力大。所以一上晚自习,我就一个人搬着凳子坐到教室后面的空桌上默默看书。每天晚上回到宿舍后也会复习功课到深夜。那时候最放松的时间就是整个宿舍的人都睡了之后,独自一人站在六楼阳台,吹着风看校外那条大马路上疾驰的汽车。那段日子我真的是暗无天日,自己活得也是行尸走肉。每周给父母通话都很消极,经常在电话里哭。那时觉得自己没有了未来,无数次想过放弃,但是既不甘心沦为无名小卒,又不想让父母伤心难过,于是,只能继续咬牙坚持。那段日子真的很拼,没日没夜地学。但因为没找到合适的学习方法,所以自己就像无头苍蝇一样到处乱撞。

就这样奋斗了两三个月来到了高一最后一次期末考试,当时所有科目考完后,我回到我的空桌上,任由窗外的夕阳染红我的双眼。后来考试成绩出来,我从上学期时的年级1500多名考到了文科年级第13名。或许,不拼搏一次,你真的不知道自己的潜力有多大!遗憾的是,由于高一上学期浪费了大把的好时光,所以综合高一四次考试成绩下来我没能进入文科实验班。或许,高一拼搏的意义不在于成绩,而是让我清楚:现在永远是最好的时光,奋斗永远不迟。

我的青春依然没有像电影里那般精彩与潇洒。没有早恋与逃课,没有表白与疯狂。相反,很平淡,平淡得我都快忘了我自己正在经历着我一生中最美好的时光。她虽然单调、枯燥但又不乏奋斗的激情。后来啊,看电影《谁的青春不迷茫》泪流不止。林天娇式的学习轨迹我感同身受。

现在回忆我过去18年的青春,她依然不精彩、不完美,也没有很优秀,但我知道,这就是我踏踏实实、一步一个脚印慢慢走出来的路。我相信,不管我处于哪个阶段,"经历+尽力"将会带给我最好的成长,亲爱的我,始终在路上。最后,把我很喜欢的一句话分享给大家:"岁月极美,在于它的必然流逝,春花、秋月、夏荷、冬雪,你若盛开,清风自来。"

努力实现梦想的人最青春

赵 程

大学寒暑假回家的时候,总有人问我:"在哪里上学啊?"我回答:"曲阜师范大学。"那人说:"不错,将来毕业当个老师。"也会有人这样问我:"学什么专业啊?"我回答:"新闻学。"那人说:"挺好,将来毕业当个记者。"可是毕业的时候我既没有当老师,也没有做记者。毕业季来到了,我想这是在场的各位都会面对的一个问题:毕业以后,我们能做什么?

2015年3月,我在日照电视台实习,我人生中第一次当记者,第一次外出采访的对象是一位女企业家。女企业家该是什么形象呢?是《欢乐颂》里精明干练的安迪,还是现实生活中雷厉风行的董明珠?当我走进金星有机农业庄园的大门,看到一位中年妇女,穿着一件及膝的羽绒服,脚上一双毛茸茸的棉拖鞋,一边用手扎起头发一边向我们走来,她就是柳淑芬。她曾在银行系统任职13年,并担任了支行副行长,成了人人羡慕的金领。就是这样一位享受着人人艳羡工作的女性,却在43岁突然辞去公职,当起了"农民",不仅如此,她还将庄园变成了大学生创业基地,两年时间内帮助20多名女大学生实现了自主创业。

她为何会做出这样的选择?

柳淑芬说,与有机农业的"邂逅",缘于一次偶然对"中国餐速食"项目的考察。当时,她看准了上班族对食品安全的关注,便有意引进一批速食加工设备,转行做"放心食品"加工。但在专家论证过程中发现,要做"放心食品",首先得有"放心食材"。但在目前的国情下,原料的质量难以保证。就是这一次的经历,让她萌发了自己做"有机种植"的念头。后来她多次劝说丈夫放弃挣钱特别快的贸易工作,一起转行当"农民"。2012年上半年,夫妻俩在日照市岚山区碑廓镇的一个丘陵上,没用国家一分钱,没有一分钱的银行贷款,将白手起家完成的原始积累全部投资于农业。

夫妻俩在创业之初便定下了"老老实实做良心农民,踏踏实实做安心农业"的工作理念,喊出了"创造百岁时代,从金星安心果蔬开始"的口号,致力于在园区内实现有机种植和营养健康的完美结合。口号易喊,创业难行。

周边的村民都说这是一对"败家子",夫妻俩因为果蔬需要打农药破坏有机种植,就两度毁掉已挂果的西红柿和甜瓜,损失高达300多万元。对于农业一窍不通,他们四处拜师,并斥巨资引进国外专家,高薪聘请了以色列农学博士金敬锡,2013年又引进4名台湾专家,每年专家的费用都在400万元以上。随着专家的到来,生物动力农业理念的引进,柳淑芬在一个不起眼的丘陵上建成了国内唯一规范的生物动力农业示范园区,她用行动让农业回归自然,回归生态。

我采访柳淑芬的时候她已经45岁了,可是她像个孩子一样跟我分享她的有机农业、她的蔬菜大棚、女大学生创业的故事。岁月在她的脸上留下了印记,可是我觉得她的心正青春,对生活的热爱、对事业的追求一点也不亚于年轻人。

转眼之间,我也大学毕业一年了,那些曾经和我一样迷茫,不知道毕业了要做什么的同学们,已经站在了各自的工作岗位:我们班的吴艳飞考取了公务员到临沂市检察院工作,庄鑫作为援疆家属考取了喀什的事业单位,刘迪成了一名记者,等等。我们也曾在课堂上讨论过新闻理想,可是最终我们还是依据自己的内心做出了选择。

如果从年龄上谈论青春,我想在座的各位就是代言人,可是如果从心理上来谈论青春,我认为那些怀有梦想的人才是正青春,无论我们处于哪个年龄阶段,有梦想努力去实现的人最青春。毕业以后的第一份工作很重要,但是,它不是全部,我们应当把我们的梦想和青春放在一起,放在心里,让它们一起成长。

名字叫作"柳淑芬"的女企业家可能只有一个,可是怀揣着"柳淑芬"式梦想的人肯定不止一个,把梦想装进行李箱随身携带,用行动去诠释青春的意义,毕竟,"我会越来越好"这句话有着千万句的解释和争分夺秒的努力。

第五期 毕业季特辑:不怕与不悔

当夜风不再带来凉爽的时候,
当宿舍里的风扇昼夜忙碌的时候,
当窗外的知了开始催人起床的时候,
当辅导员开始提醒毕业事项的时候,
夏天来了。

当答辩结束的掌声在教室响起的时候,
当学位帽在钟楼广场高高抛起的时候,
当五星广场的银杏树下开始合影的时候,
当莲花市场的夜市开始热闹的时候,
毕业来了。

一年一年,秋迎夏送;数载寒暑,春花冬藏。
厚山的树木,眉湖的天鹅,学院门前的凌霄花见证着这一切:
你来了,你经历了,你长大了;如今,你该走了。

从今以后,你少了很多烦恼:
老师的批评,辅导员的告诫,楼管阿姨的吆喝……
没完没了的作业,各类活动当观众,指纹签到……

从此以后,你将拥有梦想已久的自由;展示才华的机会和等待征服的全世界。

临别之际,
让我们重温南振中先生那篇《走出校园不要怕 30年后不要悔》,
让我们6月19日晚7点,相约中核八楼,谈谈2017届毕业生的"不怕"和"不悔"。

整理着装再出发,相见时刻不后悔

吴佩俊

人生每一次重大的相遇,即是一场难忘的别离,转眼间,1 361个日夜从我们手中流逝,我们都知道,自己曾经是当时的王者,也曾知道,在一场未知的旅途中,我不知道在哪里,或许在哪个方向,有人先离我们而去!青葱岁月,灿烂笑脸,转眼间,可能就会被泪雨遮掩。

我真心记得,大一时的我,还是那么的青涩,说句不好听的话,当时的我就是刚煮熟的白鸡蛋,吹弹可破。看看现在,依旧吹弹可破!大一军训时的辛苦,我们几个军训负责人围着南北操场跑来跑去,军训服不知道湿了干、干了湿有几遍,可是我们依旧乐在其中。其次,就是担任年级长,一开始思想的错误,认为年级长就是领导,哈哈哈,谁知道,年级长就是服务大家,燃烧自己的。

大二呢,和专业课初次见面,新闻采访的"真"、新闻写作的"严谨"、新闻摄影的"抓"都让我对这个职业产生了莫名的敬畏感。

大三,潇潇洒洒地又一年开始了,体重直奔"180"的我,突然好像有了中年危机一样的害怕感,确实,挺害怕的!因为身材和时间一样,一眨眼该流逝的流逝,该上升的还要继续上升!

大四,我迷茫了,说实话我这人总喜欢想得多,一点点都没有狮子座的果断,我在迈向未来的道路上,被青春撞了一下腰,因为作为年级干部的我没有成绩来证明自己,我没有保上研究生,所以在后续考研选学校的过程中我犯了难,一个星期换6个学校都是常有的事!记得,当时看到自己的其他院系年级长好朋友一个个都有了自己心仪的考研学校时,小伙伴们都在问我你这大学四年年级长干得值不值?当时自己的心情只能用五味杂陈来形容!

失败的考研经历,带来的是,我害怕踏进学校和院办,我总感觉自己是咱们新传院这几年最失败的年级长,所以大四下学期我一直都在新东方实习,很少回学校。而新东方的实习,也让我重新审视了自己,学会了再次客观地用辩证的眼光看待问题和任何事,不要怕结局有多差,有多让人意想不到,你只要在准备的过程中不悔于自己的付出就行!

不怕未知的迷茫与恐惧！不怕选择前的担心与恐慌！不怕青春是否在哪里会被撞腰！不怕小人长戚戚后的得意面庞！切记，更不要后悔自己的每一次决定，因为那会给你带来意想不到的结局！会给你一次次让你进步的机会，会给你一次次该去总结的经验，让你成为勇士！去迎接每一场战争！

最后，真的要和郑大说再见了，其实从刚上大学的时候，我就想过如果将来自己要毕业了该怎么办？会哭吗？会在曾经让自己记忆深刻的地方留影吗？可是，当毕业真的来的时候，自己也蒙圈了！不想离开这个有时让我焦躁的338寝室，不想离开这个有时让我无奈的荷园，不想离开这个有时自己不想踏入的院办，也不想离开我最爱的年级委和新传2013级！

想想以后，不在郑大了，大姐大辅导员生气后，谁来当她的消防员啊？想想以后，不在郑大了，何玉婷失恋谁陪她去看电影啊？想想以后，不在郑大了，要去行政楼，没有小宇、伯承的陪伴了；想想以后，吃饭的时候再也没法调侃谢然和蓉蓉了，真的不想离开郑大和你们！

想和你们继续在院办加班整材料，继续在北门大排档前相互调侃，继续跟辅导员肆无忌惮地聊她的婚后生活，继续和你们做朋友做伙伴到永远永远。

青春不散，时间不停，毕业的钟声似乎已经敲响，不怕现在分离时的泪眼婆娑，不悔久别重逢时的嫣然一笑！下面我给大家最后唱一首快板：

小竹板打得响
我把郑大新传为您讲一讲
要听清　要记牢
我的新传就是好
哪儿好　哪儿妙
学科建设最齐全
专业老师个个好
教授个个本领高
还有年轻博士来报到
院里活动个个棒
学生团体把名扬
传媒名家进课堂
个个都是好榜样
学生都把榜样学
学院发展日益强

要说谁是好榜样
穆青爷爷那叫棒
勿忘人民记心中
新闻学子有榜样
要说新传学子怎么样
大家都把拇指扬
新闻前线身影出
镜头台前露脸忙
会唱歌　会舞蹈
小品说得那叫棒
今日要把新传别
心中悲凉情难殇
但是心中终不悔
因为新传精神让我强
祝愿母校明日好
祝愿新传越辉煌
祝愿母校明日好
祝愿新传越辉煌

有个目标,有点冲动,有份怀念

冯 菲

大家好!我是新闻与传播学院研究生毕业班学生冯菲,今年考取了北京师范大学的博士研究生。

毕业季到了,很高兴能在新传青年说与大家分享一下我这三年的心路历程。在信息量巨大的互联网时代,我把今天的讲演浓缩为三个关键词,也算是提纲挈领了,这三个词是:目标、冲动和怀念。

首先,来说说目标。刚开始研究生生涯时,我的导师李凌凌老师就给我们开了见面会,她问了我们一个问题:"你们的目标是什么?"当时我们几个同门都有点懵,好不容易考上了研,这股开心劲儿还没缓过来呢,压根儿就没想过下一步的打算,未来对于我们来说也只是一个模糊不清的概念。我们几个人支支吾吾地说:"想着……就先好好学习……好好学学英语啥的。""你们将来是想继续考博,还是考公务员,还是找其他工作?"老师又问。"没想好……""应该会考博吧……"我们基本上都是这种回答。这时,我看到了李老师脸上有点无奈又有点失望的表情。

回去后,我就好好想了想,自己的目标到底是什么。最终,确定了自己的目标,就是考博。做一个目标导向型的人是很有必要的,为什么呢?因为不同目标决定了你这三年不同的过法。举个例子,我的一个同门师姐,她就是一个目标很明确的人,她的目标是出国读博,所以她从一开学就拼命学英语,考雅思,不断地发邮件联系老师,当然,她最终也收获了很多offer。她为了这些offer一共写了135封邮件,可想而知她付出的精力和心血。考博不是到最后了,拍拍脑袋说"我要考博!"就来得及的,想想自己是不是还有时间和精力去发这135封邮件。

我确定了"考国内的博士"这个目标之后,前方的路就很清晰了,我会把大量时间用在本专业的学习上,实习则可以先放一放。当然,重中之重还是要发论文,在研究生期间我发表了四篇独著论文,其中两篇是中文核心。然后,就是最后的复习了,每年的9、10月差不多各个学校的招生简章都会发布,这个时候就可以报名,选择导师和研究方向,针对所选定的方向复习,看一些书和论文,多关注热点事件。当然,除了专业课的复习,英语也是非常重要的,建议有能力的可以尝试考雅思、托福或者英语六级,因为有些学校是可以因此而英语免试的。努力总会有收获。对于我而言,不敢说天道酬勤,但是也是尽力而为了,最终我考取了北京师范大学喻国明老师的博士研究生。如果我们的目标明确了,就只需要关注实现的过程了,但是,现在有很多人都有一个通病——拖延症,我也有。总是快要到 deadline 的时候,效率特别高。当然,这个拖延症也与两个方面有关,一方面是重要性,一方面是计划性。重要性也体现在两个方面,首先是我们想要达到一个什么效果,如果你只是想要一个及格分,你可以在最后关头冲一下;但是,如果你是想要满分,那最好还是不要把希望寄托于最后几天。其次,是这个事情本身的重要程度,如果是人生大事,比如写毕业论文,这个时候再犯拖延症就是自作孽不可活。

关于计划性这一点,其实我们都曾经给自己定过一天的计划吧。我每天晚上的时候总觉得还有很多事没干完,然后,开始定明天的目标清单,恨不得每分每秒都规划好,感觉自己是个超人。然而,白天起床后,又惊觉自己就是个凡人嘛,不要要求太高。然后,我就会发现列的七八个目标通常只能完成一到两个,完成三个就觉得自己好棒啦。那这样我为什么还要设定每日的目标呢,因为如果不设定的话,可能一个也完成不了,可想而知拖延症的危害有多大啊。

第二点,我们来讲讲冲动。这个"冲动"和南振中先生所说的"不要怕"是异曲同工的。现在网络上有很多"'90后'空巢老人""'90后'中年人""研究生老人"这种带点丧文化的词汇。可是作为一个"研三的学长"我还是站在了新传青年说的舞台上,因为我想让自己"永远年轻,永远热泪盈眶"。我们可以想想,我们已经多久没有冲动过了。你也许会说:"才不是呢,我们买东西的时候可冲动了呢,分分钟想'剁手'。"可是如果要买房子你还会冲动吗?不会了,我们为什么不冲动,因为我们已经成长了,我们学会了理性地分析一件事,我们会事先在脑海里设想一系列的方案,然后找出一个最优方案,这个最优方案一定会是成本最低、收益最高,后果我们可以承担的。那么,如果我们暂时找不到这么一个最优方案呢,我们会选择"再等等",有的时候会等到,可是绝大多数时候,我们等来的是"后悔"。

对我们大学生来说,我们所面临的一些机会,其失败的后果都是微乎其微的,绝大多数是我们可以承担的,那我们所顾虑的是什么呢?是"丢脸"。我们在意的是别人的看法,可是哪怕真的有人认为你"丢脸",他第二天基本就忘了,而你自己却能记一辈子。而且"丢脸"也没什么不好啊,若干年后你可以清晰地回忆起你当时那个窘迫、丢脸的时刻,而会忘掉你自认为很辉煌的时候。而这个时候,你也许不会觉得是"丢脸",只会觉得这是你漫长人生中一个非常有趣的小插曲。

在我高中的时候,我参加了一次全校的演讲比赛,当时我的文采也不出众,动作也十分僵硬,最重要的是我紧张忘词,整个人愣在那儿,观众们鼓了一轮又一轮的掌,我还是没想起来。这个时候我看到下面有人在笑,当然他很可能是无意的,可是那一刻我整个人特别失落,我感觉仿佛全世界都在嘲笑我,结束后我恨不得找一个地缝钻进去,我就想:"自己怎么那么胆大呢,就我这水平竟敢报名参加演讲比赛!"很久以后,我问我们班一位同学:"你觉得我那次演讲比赛是不是表现特不好?"结果她回答我说:"哪次啊?"我们人类的大脑其实很智能,它有一种自我修复的功能,为什么我能记这些事记得这么清楚,就是为了"吃一堑,长一智",下次做同样的一件事,哪怕比上次进步一点点都值得鼓励。高中的演讲比赛让我知道"我虽然失败了,但是没什么,如果没有那一次经历,我可能因为害怕而永远也迈不开第一步"。

最后,我要讲的是怀念。中国人是安土重迁的,我们是一个人情社会。这三年时间,足够让我们之间产生牢牢的羁绊,足够让我们对这个地方产生深厚的感情。我们刚入校的时候,听说郑州大学的寝室没有空调,那怎么办?郑州的天气你们也是知道的,夏天热死,冬天冷死。虽然冬天有暖气,可是夏天没空调啊。但是,实际上最热的时候我们已经放暑假了,而图书馆和教室也都配有空调,所以你们知道学校的良苦用心了吧。再说说环境,郑大新校区远离市区的喧嚣,好山好水还有天鹅,是生活和学习的绝佳所在。我就特别喜欢在学校待着,学校的床睡得久了,甚至比家里面的还要舒适。晚上根本没有广场舞的嘈杂,没有车水马龙的喧嚣,有的只是风声、雨声和蛙鸣。当然,床虽舒适,白天还是要尽量感受教室和图书馆的美好呦。

我们刚进郑大的时候都是一张白纸,离开的时候会带上各自的色彩和光芒,会走向不同的方向,奔赴不同的人生。而母校所做的就是默默地目送,她曾迎接你的到来,然后再目送你的离开,带着她的希望和期盼。"多情自古伤离别,更那堪冷落清秋节。"

虽然,现代的交通和通信都非常发达,可是我们知道再也不会有对坐闲话到深夜,再也不会有把酒言欢论古今,再也不会有披星结伴匆匆赶,再也不会有戴月并肩缓缓归。我们知道这些美好的时光回不去了,它们只能作为记忆留存于我们的生命之中。

毕业了,我们把最美好的青春留在了这里,也许未来的某一天我们会再在郑大相聚,寻找当年的那个年轻的自己。那时候,我们会发现:只要郑大在,我们就不会老。

读博是一种生活方式

韩 旭

  2017年3月26日,我答完了最后一门专业课,走出考场,给家人打了个电话报平安,就踏上了返校的火车,开始准备毕业论文的答辩事宜。27日的凌晨,我在火车上度过了自己23岁的生日。回首匆匆而过的两年时光,备考的这半年是我一生中最宝贵的一段经历。

  关于读博,你真的做好准备了吗?

  很多学妹学弟问我:"学姐,你说我要不要读博呢?"他们中,有的是因为不适应企业的大压力和快节奏,有的是因为不喜欢公务员一眼望到头的生活,有的就是想随波逐流,混一个学位,等等。但是,你真的热爱你的专业吗?

  且不说青年教师压力大工资低的问题,只是六七年的读书时间,同龄人早已事业小有所成,而自己还是一片空白。

  即便为了进高校而读博,也要事先考虑清楚,自己是否能接受那种清苦?能不能板凳甘坐十年冷?是否热爱这种寂寞的、无人喝彩的工作呢?而考博只不过是"多米诺骨牌"的第一个环节。一旦踏上,就没有从头再来的选择。

  如果你已经想好并做出决定,那么,无论任何理由,你都可以选择自己的生活。

  读博需要哪些条件呢?

  首先,坚定自己的选择。

  格拉德威尔曾说:"人们眼中的天才之所以卓越非凡,并非天资超人一等,而是付出了持续不断的努力。"其实研一下学期我就有了考博的念头,在我做出决定后就一直朝着这个目标努力。读研两年中,我发表了3篇学术论文,参与了2项科研项目、4次学术会议,阅读了60本书。在郑大的这两年,待在图书馆的时间比宿舍都长。在这期间我不是没有想过放弃,也在一次次地自我否定中挣扎,看到身边的同学都签了好工作,难免伤心失落,害怕自己没有后退的路。只是,这一年可能是自己这辈子最系统学习的一年,失去了永远不会再来。

其次,清醒明辨,认同存在的意义。

我知道,即便在此刻,也还有一些人在角落里给女博士做狭隘的定性。在所有凑起来引起偌大阻力的质疑当中,有许多似乎是有十二万分理由的。比如年龄问题、生育问题、男性话语体系下的女性发展问题。尽管如此,更为明确的一点应当是,无论在哪个行业都存在许多的不确定性,而我们要做的,是坚持学习,抓住让自己更满意的时机。怀着对失败的恐惧,去面对人生的风险。

再次,学会求助,亦要自助。

学会求助,是因为在备考的过程中,选学校、选专业、选导师,找参考书,找真题,要备考经验等,都需要在网上搜集资料,联系往年的学长学姐,在网络这么发达的今天,一定要学会利用身边的资源,为自己添加砝码。

学会自助,是因为人们总有坚持不下去的时候,这时就要在自己心里树立一个目标,暗暗地跟它较劲。其实在考博的这个过程里,每当我痛苦不堪想要放弃的时候,我就会问自己,如果是学长、学姐,他们会怎么做,当我睁开眼睛,我就可以看到方向,我就可以感受到心底深处那股无尽的力量。

当然,读博也会带来一些负面影响。

读博可能会改变一个人的生活节奏和轨迹。比如工作、恋爱、婚姻和家庭。一般博士毕业后接近三十而立之年,而自己的工作经验还是一纸空白。

如果不是足够幸运在读书期间遇到合适的另一半,那么就要在毕业之后面临找工作、适应新环境的问题,也要面对建立一个小家庭的压力,这时候可能身边的朋友已经拥有了自己的房子、车子和孩子,心理上的落差可想而知。

纵然读博有各种不好,那么我为什么选择这条路呢?

于我来言,我觉得读博是人的一种生活方式,而且很奢侈。相对钱来说,读博的机会显得更是一种稀缺资源。你可以体会跟别人不一样的人生,而且这种生活体验是非常有限和难得的,自然也是有价值和意义的。如果说有人选择冒险、挑战生命极限是一种生活方式,那么读博也是。

读博就有机会接近和聆听大师的声音,并与最聪明的人相处,聆听他们在学术、做人等方面的一些感受和教诲。身边会有很多优秀的同学,使自己一直处于一个不断进步、不断上升的状态。也许,我们在生活中不乏听到这样一个声音,女生读这么多书干吗?以后不还是要嫁人的吗?学得好不如嫁得好。在这里,我想跟大家分享一个小故事。

很久很久以前,一对爷孙在河边聊天,孙子天真地问爷爷:"爷爷,我看你每天都读那本厚厚的圣经,您记得住多少呢?反正都是要忘记的,你为什么还看?"

爷爷慈爱地笑着说:"乖孩子,去把装煤的竹篮拿来。"孙子很疑惑,但还是拿来了脏兮兮满是煤渣的竹篮。爷爷又发话了:"去拿这个篮子在河里打点水上来。"

孙子更加疑惑了,但还是照做了。就这样,爷爷一直让孙子拿着空竹篮去打水。反复多次之后,爷爷对早已不耐烦的孙子说:"你再看看竹篮,还是之前的竹篮吗?"

孙子愣住了。之前满是煤渣的竹篮,因为多次受到河水的清洗,现在已经焕然一新。

读书的过程就像是用这个竹篮打水一样。虽然清水都从缝隙中流走了,表面上看我们什么都没得到,但在不知不觉中,人的心灵就像这竹篮一样已经被净化得澄澈明亮。这就是读书的意义。

古希腊语言学家威廉·约翰逊科里曾说:知识,哪怕是知识的幻影,也会成为你的铠甲,保护你不被愚昧吞噬。读书,就是获取知识最好的途径。

最后,读博也只是众多生活方式的一种选择。读与不读,还是要遵从自己的内心。不管未来的路怎样,至少年轻岁月里也曾向上攀登,至少彷徨不定时未曾放弃!

怕，你就输了

蔡 珂

与其他同学相比我的求学之路略显艰难。由于对自己的本科学校并不满意，大三下学期我选择了继续学习，希望能够通过考研进入自己心仪的学校。但那时的我对自己的认识明显不足，将所有事情都寄托于他人，希望能够通过参加考研班、阅读考研经验顺利过关，忽略了基础知识的学习，那一年我考研失败。

本科毕业之后的一年，我仍然发挥自己"不怕"的精神，跟父母说，我想"二战"，还拿出了一系列的计划来劝服他们，但我还是忽略了最重要的一点，那就是踏实学习。不出意外，那一年我仍然失败了。得知成绩的那天晚上，我失眠了，朋友圈里都是同学们晒分数的消息，第一次感觉人生灰暗了，我开始怕了。于是我把所有关于考研的东西都清除了，包括书籍与脑子里的想法。于是，我开始了求职之路。两点一线没有发展的工作，使我重新燃起了继续学习的想法，这一次我重新审视了自己的状态，将原本看不进去的教材一本本地看，原本不扎实的基础一一打牢。这一次，我将内心的"怕"，打败了。

在郑大的研究生时光是短暂而美好的，重回校园的我贪恋着学校的美景，但也总是会提醒自己这样的景色我也只能看这两年。身边的同学们开始讨论起未来的规划，而我也开始重新审视自己的未来。最初来到郑大的时候，我跟父母说，给我两年的时光，让我去学习，然后就回到家里，重新开始工作与奋斗。但真的开始考虑的时候，我迟疑了。这样的未来真的是我想要的吗？我能不能凭借努力为自己谋求一个更好的平台呢？于是，我选择了继续学习。但身边几乎所有的人都告诉我这条路太难，以我现在的实力几乎不可能。这一次，我前所未有地"怕"了，我将这个念头压在心里，仿佛这是一个错误，而我又特别想要去尝试。在这里我确实需要感谢我的男朋友，他帮助我再次审视自己，将这个目标列成计划，将每个阶段该进行的活动都一一列出。这样做的好处是使我不再盲目和恐惧了，其实心里的"怕"一直没有消失。我再次开始看书，只是这一次我不再只看教材，而是将关注点转移到那些学术经典。不可否认，阅读经典对我来说确实很有难度。

但阅读的过程却也充满了乐趣,经典理论的论证过程,向我们展现了学术的严谨性。

紧张的备考阶段我变得焦躁不安,脑海中总会回想起考研失败的情景,心里总是会暗暗地计划考试失败之后的生活。"怕"这个词没有消失过,2017年的3月是所有考博人最忙碌的月份,各个学校的考试陆续展开。备考的日子里我胖了将近10斤,每天白天的学习结束后,便跟男朋友去最近的麦当劳吃着汉堡开始提问与背书,直到九点多,坐着地铁赶在寝室关门前回到宿舍。所以我一直认为我吃下去的不只是快餐还有知识。渐渐地,我的怕也开始变成了不怕,因为我明白,应做的努力已经做到,剩下的则是考场上的发挥了。虽然考场上还是会很紧张,但也已经不再怕了。

本科时有位老师曾告诉我们学习的四个阶段。第一个阶段是 you don't know you don't know,意思是你不知道你不知道,初到一个环境的我们总是有着满满的自信,认为自己什么都懂;第二个阶段是 you know you don't know,意思是你知道你不知道,在对某个专业有了一定的了解后,我们便会意识到自己所存在的不足;第三个阶段是 you don't know you know,意思是你不知道你知道,在意识到自己的不足后,我们会选择认真学习来弥补自己的不足,只是此时我们还意识不到自己对所学专业的了解;第四个阶段是 you know you know,意思是你已经知道你知道了。我想真的到了学习的最后阶段,我们会明白自己已经准备好面对那些未知,对于未来也已不再恐惧。回顾我研究生的这段生活,也许会有遗憾,但我从不后悔自己做出的选择。这段时光是美好的,它教会了我如何去学习,同样,这段时光也给了我不怕的资本,使我能够有机会在自己感兴趣的领域进一步探索,在对未来做出规划的时候,多一种选择。所以,当我们面对未来的时候,告诉自己不要怕,因为我们已经准备好了;当我们站在未来回顾过去的时候,也要告诉自己不要后悔,因为过去的我们也已经做出了最好的选择。

别怕,请勇敢捍卫你的梦想

何玉婷

大家好,我是何玉婷。站上舞台通常,我的名字前面总会加上"主持人"这三个字。今天身份变了,我也感到了前所未有的紧张。其实我很害怕在封闭的环境里单独讲话,当所有人的目光投向我的时候,这种感觉就像十个宫本武藏围着一个脆皮鲁班,我只想落荒而逃。

害怕表达,这对于一个主持人来讲很奇怪吧,说真的我也很难理解自己,所以对于青年说,我至今都是个新人。可今天我决定勇敢地站在这儿,并且一定要尽最大的努力去完成。不为比赛,只因为拿起话筒和母校告别,是我大学里最后一个愿望了。

临近毕业,常常被问到"大学里最遗憾的事儿"这个问题。于是我就努力回想着四年来的点点滴滴。很多人以为我的大学生活是没有遗憾的:国家奖学金,省级、校级的各种荣誉,在最爱的舞台上绽放自己,以及维持了四年专业第一的综合成绩……的确,说有遗憾是有点儿矫情,可这看似光鲜的外表背后呢?是牺牲掉的无数空闲时间,是为了别人去东奔西跑的劳累,是穿着高跟鞋一遍遍彩排时的酸痛,是突发情况下临上场还不知道要说什么的心跳……说真的我也有过抱怨,也想过要放弃,尤其是在事情一件接着一件仿佛永远做不完的时候。我羡慕过室友逛街购物看韩剧,聊旅游八卦化妆品,而我,因为各种各样的活动甚至连一个完整的假期都没有过,这是我的遗憾。可每当我忙到飞起想要原地爆炸的时候,总会有老师和同学特别暖心地跟我说:"谢谢你,辛苦了,做得很棒。"每当听到这样一句简短的鼓励,我所有的烦恼就都烟消云散了。可能在现在的某些人的价值观里,我这样的人简直傻到家了,但是我觉得非常值得,因为这种奉献之后得到肯定的喜悦感是你们永远体会不到的。我从来没有一刻,因为选择成为一名"为大家服务的人"而感到后悔过。

当然,离开学校就不一样了。当大家都在抱怨实习很忙很累的时候,我却觉得我实习的生活特别的轻松幸福,因为每天上班吃食堂,下班吃夜市轻轻松松就胖了 10 斤呢！然而，只有当走上工作岗位的时候我才发现，学校真好。走出校门，我再也找不到一毛钱一张纸的打印店、十块钱能吃得很好的食堂、一个月才 20 元的校园网以及 600 块就能住上一年的宿舍了。不过，怀念学校并不仅是因为这些。更多的时候，我们意识到离开校园我们就是社会人了，我们要学着人情世故、学着处变不惊、学着与世界单打独斗了。那些年曾经说过永不放弃的梦想、曾经励志要实现的愿望，是不是就要在现实面前缴械投降了？我们究竟该坚守我们的梦想到大城市奋斗，还是遵从父母的安排回家乡过稳定的生活？我们究竟该展露自己的锋芒与世界勇敢碰撞，还是接受他人传授的"成功经验"向现实妥协呢？没有人告诉过我们，面对这些问题究竟该如何选择。我们还没有配妥剑呢，转眼便身处江湖了。

大四保研之前是我大学里最纠结、最迷茫的一段时间。说实话我不是一个学霸，对于研究生的学习我是心怀忐忑的，所以我一直在纠结到底是投身工作还是继续学业，这个想法直到我通过了夏令营考核后还在不停地出现。于是我就问自己，我真正想要的是什么，我今后想成为一个什么样的人。没有答案，或者说，没有唯一确定的答案。以前的我没有勇气，总怕自己选错了路，怕自己被嘲笑，所以这不敢那不敢的。这时候有人跟我说，当你不确定自己要做什么的时候，那就都试试吧。说这句话的人是我的辅导员贺老师，我最想感谢的一个人。于是我列了一个清单，把自己以前想做而不敢做的、来不及做的事情统统写上，一件一件去完成，去尝试找到最真实的自己。我想反正我才 20 出头，大不了撞了墙再回来重新开始，反正现在一无所有，最坏又能怎样呢，我不怕！从那时起我强迫自己树立自信，建立属于自己与这个世界对话的方式。后来我在体验了不同工作和生活后选择回到学校继续读研，没有什么特别的原因，只是不想在多年后指着今天的自己说，你为什么不坚持？其实人生最大的遗憾不是我不行，而是我本可以。

今天是 2017 年 6 月 19 日，是我在郑州大学度过的第 1 388 天，今天我们毕业了。大学四年里我有了很大的收获与成长，我非常感谢我的母校，也很舍不得在新传院遇到的每一个人。可是再多的不舍也都要化作前进路上的无限动力，在今天这样一个特殊的毕业礼上，我想用我的演讲告诉大家，不管未来有多少未知、多少困难，哪怕我们没有显赫的家世、没有足够的财富，但我们有自己执着追求、永不放弃的梦想，有足够撑起自己野心的能力，我们就不怕和这个世界较量！我们不是垮掉的"90 后"，我们只是与众不同的一代人。我们愿意让青春那些锐利的理想，成为自己坚守一生的事业。

亲爱的同学们，在未来的人生道路上，

愿有人陪你们走遍万水千山，以梦为马；

愿你们活出自己想要的样子，不负韶华；

愿你们筋疲力尽时有肩可倚,愿你们的眼泪都是喜极而泣;
愿你我千帆历尽,归来仍是少年。
谢谢大家!

遇见你告别你，夏虫可以语冰

谢 然

第一次也是最后一次站在这里，这个时间，对于我来说，既是开端，也是结尾了。之所以决定参加这次的青年说，是因为马上就要走了，可能以后再也没有机会站在这里，面对大家，敞开心扉聊一聊大学这四年中的种种酸甜苦辣，以及以后将面对的漫长人生。

我很清楚地记得，大一开学的时候，我爸爸送我来学校，后来他在南门坐上公交车走的时候，我望着他的背影眼泪"刷"一下就流了出来。因为觉得他走了以后，这个城市对于我来说就只剩下陌生了。也是从那个时候开始，我就告诉自己，爸爸妈妈提供的这种保护和照顾，从我踏入大学的那一刻起，就都不能过分奢望了，然后我的大学就正式开始了。

大一的时候，熊老师让我负责"奖助贷"，晚上我和李浩、黄天宇一起录入信息，一直到晚上11点多，大家一起唱着歌走回宿舍。当时我还是新媒体协会的副会长，跟着会长东跑西跑成天玩，感觉，哎，还蛮有意思的。大学原来是这样的啊，上课也松，作业也少，有那么多时间可以聚会，可以看电影，可以出去玩，真好。

然后大二的时候我进了校学生会，这可能也是我成长的另一个开端，经常熬夜改稿子，同样也认识了很多人，这确实是一个不错的平台，不管是院级还是校级，都能学到不少东西。包括后来从校会分出去后做青媒的部长，从无名小卒到独当一面，这中间我学到了很多，逐渐发现：真的是想要成为什么样的人，就得付出什么样的努力。

紧接着就是对于我个人而言最重要的大三时光，这一年我辞掉了所有的职务，一心一意准备考研，这是我大学生活中最痛苦也最充实的一段了，每天的生活都在机械地重复，每天的脑子都在思考同样的内容，每天都在付出不一定会有回报的压抑里硬撑，也曾背书崩溃到哭，觉得我实在记不住，实在是难挨，为什么那么多条路，偏偏要挑最难的一条走呢？所幸最后结局差强人意，其实等我真的走过了那一段，觉得也不过如此，不过是人生的某个奋斗阶段，过了就过了，但我得到的是对自己能力的一种认可，不只是学习能力,更是自律、自信和自我修复能力等,这让我受益匪浅。

在我为这次青年说写稿子的时候,我认真思考了自己的这四年,觉得自己真的没有白过、没有虚度,大学伊始我完全没有新闻理想,甚至都不知道自己为什么要学这个专业,但是现在的我完全不一样了,郑大教会了我作为一个新闻人应该有的基本素养,教会了我去遵从本心不失真,教会了我用心去做新闻,教会了我为什么要在某些事面前知其不可为而为之,这些都将是我以后人生的领航灯。除此之外,郑大也教会了我要在有限的时间内学会珍惜,特别是人与人之间的感情。

拿我室友来说,记得那时候还是大三,有一天放学,我跟室友吴桐、陈启元去吃饭,路上聊着聊着就说到,我们以后可能就不怎么有机会这样胳膊挽着胳膊一起吃饭了,大学马上就要结束了。然后不久,吴桐去实习了,陈启元我们俩留下来考研,我们三个好像就再也没有一起吃过饭。真的是,以后可能再也没有机会了。上学的时候都把这些一起吃饭的时光当作平常,但是我相信以后等我想起来,可能想到最多的还是一起混饭吃的日子。除了她们俩之外我的其他室友,每个人都很可爱,都有自己的性格特点,但又能和谐融洽地一起度过这四年,这很不容易,包括最后考研结果出来,我们宿舍八个人都如愿以偿,那种既为大家开心又自豪的心情,真的很美好。

所有的这些,将对我以后的人生产生很大影响,因为经历过,明白人与人之间是可以有那种干净得我想跟你在一起,我愿意看着你好的情况存在。包括我的老师,我的朋友,我的所有同学,一眨眼的时间,所有相处的片段都将成为记忆,再也不可能重新来一次了。

这个世界真的既残酷又美好,残酷的是总有钩心斗角生离死别,美好的是不管怎么样,总是有人愿意为你伸出一只手,让你觉得不是自己一个人在战斗。谢谢母校让我认识了这些人,谢谢母校让我有机会成为现在的我自己。

我喜欢这个学校,喜欢落了满地的紫叶李的花瓣,喜欢割草机过去后空气里青草汁液的味道,喜欢下过雨的晚上走在校园里的那种清甜,喜欢我身在其中的那种归属感,就是我到了郑州,就觉得,学校就是我的家。但是终究要走出去了,母校养育的小燕子要离巢了。这四年里我学到的所有的知识,认识的所有的人,培养的所有的能力,都来自这个地方。我会带着那些美好的品质和美好的回忆去面对这个世界了,我不会害怕,因为我很勇敢,我也不后悔,很幸运能来到这里。这四年我过得很充实也很开心,即使再过30年、50年,我可能会忘掉很多事情,忘掉很多人的名字,但郑大带给我的那种感觉,在我身上留下的痕迹,将伴随我一辈子。在这里我度过了人生中最青春、最美好的四年,可能对于郑大来说,我是个年轻的过客,但对于我来说,它是一生只有一次的故乡,离开这里以后我将依然是一个渺小的夏虫,但我会始终忠于自己的理想、忠于自己的内心,拿出万分勇气去语冰,去传播那些能让这个社会变得更好的东西。

最后呢,祝福所有2017届毕业生能够前途似锦,心想事成;永远年轻,永远充满斗志。

如果,一定要说句再见的话,那么,就此别过,来日方长。

光阴渡我

丁靓琦

每一次"开始"和"告别"都蛮有仪式感。譬如四年前的开始，身着军绿色的迷彩，摇身一变成了自己渴盼已久的大学生，用满腔无知者无畏的懵懂朝气开始了跌跌撞撞的探索；又譬如四年后的现在，穿上了令人羡慕的学士服，和大学有关的时光在毕业典礼上流苏被扶正的那一瞬间也画上了句号。四年，说长也长，长到有1 460个日出日落；说短也短，短到只有一句"结束了"的喟叹。

四年的生活就像一条河流，流淌着我们的悲和欢、平淡与波澜、奋斗和沉沦、爱与青春。彼时渡河的时候，觉得每天三点一线的生活也不过如此，直到今天，船真的要靠岸了，认识到来路无法重回，才发现大学四年，好的坏的，都是最珍贵的。

然而，恍惚间，大学四年就过去了。我们都曾经以为大学四年是很长的，从迷茫懵懂到三十而立是很长的，长到好像永远不会过去。或者说，20多岁，和我们生命中任何一个十年一样，它至少有整整十年。而十年，在年轻的我们看来，是一段特别长的时光。

但现实却并非和我们想的一样。对于大多数的我们来说，二十几岁就好像只有三年。第一年在大学里无所事事，睡着懒觉逃着课，第二年在茫然惊醒中海投简历备考研究生，第三年做着不喜欢的工作，待在不喜欢的城市，在七大姑八大姨的催促下发现都该成家了，然后浑浑噩噩，竟然都要30岁了。

二十几岁，各种压力接踵而至，要工作要赚钱要贷款买房要结婚生子，排得满满当当。好像分毫之间稍加犹豫，时间就替你做出了决定。敢不敢出发，敢不敢放弃国内"听上去不错"的安稳，敢不敢挑战遍布荆棘的远方，敢不敢坚持前途未卜的恋情，敢不敢拿最美的几年去换一个未知的未来。在各种权衡和焦虑中，似乎迈开脚才能找到答案，不忘记初心才可以无所畏惧。

今年春节，等待考研成绩的那段时光，我感受到了几近疯狂的焦虑，真的是睁眼闭眼都是考研成绩，我几乎是以自我折磨的方式寻求安慰，我觉得我得受点儿虐待、受点儿苦,我觉得我得惩罚我自己,那个分数才有可能不会让我失望。我姐看我日子过得无精打采,问我去哪儿聊聊。我说音乐桥吧,比较安静,她调侃我别再跳下去自残,我装出一脸不屑。她开车技法纯熟,是个老司机,不像女司机。和我一贯的记忆一样,她很出色,领导力强,情商超高。我们站在桥上,北风大,她借火,火被风吹灭好几次。

她和我说了毕业两年来的种种,言语依然带着锋芒,但是隐隐觉得少了当年的精神气儿。她说毕业后没有托父母关照,自己找的工作,碍于压力被迫与外地的前任男友分开,在银行的工作不如人意,业绩压力如山,身边的同事每天不是讨论宝宝就是讨论包包,觉得生活无趣。她面无表情,好像在说别人的故事,令我觉得我眼前的焦虑不值一提。我看看灰蒙蒙的天空,看看她,心里竟然很难过,说不出一句安慰的话。面对生活的重击,可能很无能为力吧?

记得我当时说,如果我考不上研,拿到第一份工资就约我姐喝酒。她笑着说,太看得起我了,第一份工资不上缴爸妈请我喝酒。后来,她毅然决定辞掉银行的工作。四月底,她拿到港大的offer。我没有请她喝酒,也没有拉着她说一些祝贺你丢掉旧生活开始新生活之类的话。张爱玲说,人生有一些非走不可的弯路,我知道这一天早晚会来的,有能力有勇气的人都有自渡的能力。她值得,有担心但也勇敢前行,有遗憾但永远不会后悔。

毕业季总少不了各种聚餐,聊来聊去逃不掉未来两年的打算。有人说在媒体实习,有人说想做销售。有时候我觉得很多人工作就是用时间换金钱,等有了足够的经济来源,这些需要被换的时间就可以相对减少。可是当我问一些才华出众、经济条件又好的学长学姐,为什么不直接开个公司呢?他们很多人都告诉我更在意的是现在在做的项目本身。慢慢我也领悟到,走得太快并非一件好事,对未来的胸有成竹是装不出来的,也只有无愧于心才能真正快乐。

大二那年,一个姐姐租我们寝室床位准备考研,后来得知考场失利,很长一段时间微信聊天我都不知说什么好,而两年后的现在,她已经是一家健身房和两个茶叶店的合伙人,前一段工作之余还有雅兴来郑大和我一起逛了逛眉湖和厚山。有时候我真的觉得,这一生,每个人能活成什么样还真不确定。我们聊到何为无愧无悔,她说童年有游戏的欢乐,青春有漂泊的经历,老年有难忘的回忆。她现在日子过得很充实很快乐,我羡慕她活得清楚和自在。

人生多歧路,这是人的宿命。如果严肃对待人生,不得不一次次面对歧路面前的困惑与焦虑,人生就是无数的选择。存在主义哲学家萨特有一句话"人是自我选择的",人选择成为自己所是的,并且要对自己的选择负全部责任。既然我们都会做数学题,加加减减一定会发现时间真的没有我们想象的那么多,容不得我们犹豫和惧怕。

我们大概一直在畏惧不确定性和变老,在渴望的成就和时光中博弈。其实人生中有些路注定是要去走的。如果你畏惧黑暗,就永远看不到黎明。送给二十几岁,处在迷茫失智阶段的你和我自己。

一切都是最好的安排

金毓慧

两天后就要离开郑大了,而且很有可能三年之内都不会再回到这座城市。如今走在校园里,这四年过的每一分每一秒都在回放。

想起冬天深夜里的烤红薯,想起北五教室等夕阳的天台,想起大一光棍节全宿舍一起唱《十年》,想起为了提案会小组选择讨论到凌晨三点,想起没有拿到的奖学金……这1460天里,我可能学会最多的,不是知识,而是慢慢尊重自己做的每个选择,学会欣赏生活的不完美,学会独立地负重前行,学会和那些窝心的事平静相处。

大三下学期,我同在座的每一位处在这个阶段的同学一样,面临考研还是工作的选择。作为一个生活中连系鞋带都纠结要不要扎个蝴蝶结的人,我一如既往地陷入纠结和慌乱之中。我向往充实忙碌的工作生活,也不想放弃研究生这个可以提升自己的阶段。仅仅一周,我就陷入了逃避、焦躁、再逃避的死循环中。可只有我自己清楚地知道,这种患得患失、难以抉择而止步不前的状态是人生最浪费时间和生命的事情了,没有之一。

暑假前夕,我在南五教室的天台坐了一整夜。我问自己,考研比一夜暴富还难?结果怎么样?又决定得了什么?第二天我就搬着书去水环学院专用考研教室了。一个人备考,个中滋味,如鱼饮水,冷暖自知,不多说。仿佛经历了人生记忆中最热的夏天和最冷的冬天,终于,等到了复试通知。走之前,去找孙书记盖章,他还说,厦门是个很美的城市,好好准备。厦门大学出了白城校门就是大海,面试完我坐在海滩听了整整三个小时的海浪声。我给一直鼓励我的爸爸打了个电话:"喂,爸,关于考研这场仗我已经打过了。"结果无憾了。我想如今我足以承担得起6个月前自己做的这个决定。也许是当你认真地去面对你现在拥有的生活时,命运也会给你好的安排。最终,还是在统招的11个名额里面看到了自己的名字,也如愿以偿地收到了厦门大学的录取通知书。

当面临我们所认为的重大选择时,我们往往会害怕。这无可厚非,害怕失败是人之常情,畏惧退缩是本能反应。其实,人生中大多数时刻,我们所害怕的并不是失败,而是害怕丢脸,害怕辜负他人的期望,害怕所谓吃瓜群众不明真相还讽刺的目光。我们畏惧的也不是选择本身,而是畏惧将来会后悔这个选择,畏惧一不留神就离想要的生活渐行渐远。所以很多事懒得去尝试,也渐渐习惯了安于现状。

有时候我会质问,作为要买房买车养孩子赡养父母还要被逼婚的一代人,我们"90后"活得这么累,逃避退缩怎么了?安于现状又碍着谁了?举个例子吧,这四年大家肯定不止一次听过这样的话,"要是当年高考考好的话我肯定不是现在这样",抑或是"我最后悔的事就是来了郑大",可尽管如此,郑大优秀的人还是多如牛毛,生活总要继续,人生总要继续,待在自己的小格子里安于现状,自怨自艾缩手缩脚,活得皱巴巴的人生,一点都不帅。

在这儿想推荐一部叫《荼蘼》的电视剧,它只有6集,豆瓣评分却高达8.7分。它使用了平行时空的拍摄手法,讲述了女主角郑如薇在毕业时面临人生选择的 Plan A 和 Plan B。A 和 B 选择不同,生活轨迹自然大相径庭。特别的是,每当人生不如意,她就可以在 Plan A 和 plan B 之间切换。也许你会很羡慕,如果拥有这种技能,自己的人生简直开挂了。可女主角总是说,真的好想好想知道答案以后再选择,可惜,那只是我的痴心妄想,谁都只能在人生的考卷上慌张地写下那唯一的选择。正是在不同人生的切换中,她终于意识到没有一种选择是十全十美的,每条路上都会有无止尽的惊喜和惊吓。认清生活,努力生活就好。

如今即将毕业,我们每个人都像郑如薇一样,学习、工作、升职、爱情、婚姻,这每一件未知的事都在让我们做选择。想起广告专业话别会上,常燕民老师说,心理学上有句话"所有发生的事情都是好事情",最后我也想说,条条大路通罗马,就像谈恋爱一样,适合自己的才是最好的。选择一条适合自己的方式,努力生活,一切自会有最好的安排。也希望等到二三十年后,在座的各位拖家带口重聚时,仍旧一身无悔,意气风发。

勿忘初心　方得始终

张淏晴

　　四年前,刚结束高考的我对未来充满期待,稚嫩的我怀揣着对新闻事业的热爱,把高考志愿的第一专业都填上了新闻学,最终我被第一志愿郑州大学新闻学专业录取,接到录取通知书的那一刻,我兴奋地跳了起来。现在想想,那时的自己固执得可爱,也让人感动。而今,我即将离开郑州大学,想起当时的一片赤子之心,我很难说自己对得起当时一腔热血的自己。是的,这篇演讲稿说的不是青春、不是离别的伤感,而是一个普通大四毕业生的遗憾。

　　相信很多人跟我一样,大学四年都是平淡无奇地度过的,既没有风花雪月的浪漫,也没做出轰轰烈烈的成绩,而是保持着不挂科、不保研的成绩,拿点儿奖学金不温不火地四年就过去了。

　　南振中院长在我们2013级本科生开学时曾寄语,人生就如登山,不要迷失在"快活三里"中。当时的自己踌躇满志,意气风发,全然想的是如何脱颖而出,想入辩论队、想当拉拉队员、想入校报当小记者……把优秀的计划写满了一张又一张便利贴,根本没想到会迷失在大学这个人生的"快活三里"中,今天回忆起南院长的讲话,才觉得皆是深意,只怪自己没坚持初衷。在被辩论队、校报等一个又一个学生组织淘汰后,我并没有越战越勇,而是慢慢变得不那么雄心壮志,渐渐地我习惯了有课上课、没课睡觉的生活。是的,我的大一生活基本上沉沦在"快活里"无法自拔,心中怀有愧意,而日子周而复始并没有什么变化。这是我的第一个遗憾。

　　我的第二个遗憾,是对专业的不自信、不了解。高考时,每天11点回家,还要看半个小时cctv新闻频道的《24小时》才能入睡,那时的自己对新闻是热爱的、痴迷的,而即将毕业的自己再提对专业的感情,我很难用"热爱"一词来形容。"新闻"二字,在我的脑海中是复杂的。入学以来,传统媒体的影响力日渐降低,尤其是纸媒经营每况愈下,新闻记者不再是"无冕之王",老师上课也会讲一些就业压力、行业困境,朋友间闲谈也会调侃当时自己选专业的"失误"。逐渐地,新闻行业在我的脑海中已不如当时那么神圣,我也开始怀疑当初的选择了。

对本专业的不自信导致了我并未扎根了解新闻业,我本科期间,只是在大河网实习过一两个月,而我的工作主要是运营微信公众号,其中写稿的机会是寥寥的,这偏离了我当初想当一名记者的初衷。实习经历少,导致我对新闻业的感悟多是二手信息,道听途说。"凡经历,必留痕迹",我没有亲身去感悟新闻业界,是我本科期间的一大遗憾。

我最大的遗憾是没有搞清楚自己真正想要的是什么,直白地说,我考研的一大动因是为了逃避就业压力,相信很多人也是如此。于我而言,人生像是一条小船,总是随着时代的大波大浪航行,有一种被命运推着走的感觉,这样的人生可能不会有太大的差错,但绝谈不上精彩。我羡慕我的一位舍友,她大二的时候就知道自己想要什么,热爱新媒体运营的她并不像我一样刷刷微信微博就忘了,而是每天分析网络动态,学习PS技术,制作表情包,大三就找到了两份不错的实习工作,这也锻炼了她的专业能力,她现在工作了,刚开的公众号月涨一万粉丝,做自己喜欢的事就是来劲儿。而我在找实习工作几次被拒后,我并不知道自己真正想要什么,是想考公务员,还是当传统记者,或进入BAT之类的网络公司,我的自我定位并不明确,这是我本科阶段最大的遗憾。

在外人看来,我的人生多少有些顺利,读着自己喜欢的专业,本科还是本省最好的大学,研究生考试也通过了,但是自己心中的遗憾只有自己知道。在此,作为一名普通的毕业生,我跟大家分享了我本科期间的遗憾,这可能也是你、是他的遗憾。我们身处浮躁的时代,很难不围着各种琐事转,但是只有勿忘初心,才能方得始终。愿30年后的我们回忆起青春年少的奋斗,能够打心眼儿里对自己说,我不后悔。

演讲的最后,祝愿我的同学们毕业快乐,愿我们但行好事,莫问前程,感恩郑大!

无悔:做自己尊重的人

赵亚萍

大家好!我是2013级广播电视学专业的毕业生赵亚萍。本期是毕业特辑,站在这个演讲台上,我来跟大家分享一下,作为一个毕业生心中的感受。

有人说,岁月是一本太仓促的书。是的,1 000多页就这样匆匆翻过,1 000多页承载着我们太多的回忆。我不想说太多大道理,我想分享给你们一些直到今天,每每提起,都让我特别感谢自己并为之骄傲的事。

我是艺术生,学习了表演和播音两个专业。高三那年考完统招,我特别想去所有表演爱好者梦想的最高学府北京电影学院看一看,感受一下难度最大的表演考核,去看看那里的老师,去看看每年都会上头条的电影学院的优秀同龄考生,看看北影门口年复一年坚持梦想等待机会的演员。我想去,虽然那个时候的我从来没有独自出过远门,去过最远的地方就是河南嵩山少林寺,还是跟父母一起。当我提出这个请求的时候,遭到了全家人的反对,在他们看来,从没离开过父母怀抱的乖巧女儿独自一人去北京,简直是恐怖又危险的举动。但我不甘于错过机会,于是我自己做攻略,查路线查酒店,把路上所有可能出现的问题都想到了,然后把方案交给父母的时候,我看到了他们惊讶的眼神和肯定又担忧的目光,也许是感受到了我的迫切和渴望,他们也只好同意了。后来我自己一个人去了北京,一个人参加了中戏、北电的考试,参观了电影学院,完成了人生中第一个规划。这是截止到目前,最让我感激自己的一件事。

我是经历过"二战"的人——高考二战。我给自己立的目标是郑大。为了考上郑大,我在最宝贵的高三时光用了一个月学习美术,用了两个月学习播音主持和考试,在最后回到学校的时候,我只剩下最后不到100天的时间。而距离郑大播音系上一年录取的最低分数线,我还有一百多分的距离。如何在三个月内提高一百多分,我迷茫了,身边从来没有一百多天提高一百分的事例,我问自己,我可以吗?在经历了短暂的迷茫后,我决定试一试,拼上我的全部。说干就干,我每天比别人早一个小时去上自习,晚上比别人晚睡两个小时总结一天的错题,下课别人在聊天,我就站起来背单词。100天的时间,我证明了自己,我实现了自己立下的高考目标。

也许是这次成功实现梦想的经历,让我明白,只要努力,一定能够实现自己的目标。于是我在大学积极地参加学生会,锻炼自己的工作能力;加入校艺术团曲艺队,继续我的表演爱好;争取校内外的主持机会,延续我的专业舞台;勇敢加入骑行队,规划远征日本冲绳岛和青海湖,挑战自己的体力极限。

当我完成大学时光回头再看这一切的时候,无论成绩如何,结果如何,我都感到无比幸福,因为我在我的青春里做了我认为最有意义的事,想做的事没有放弃,成了自己想成为的人而没有妄自菲薄,没有庸俗颓废。

但是,我在大学里,就没有后悔的事吗?当然有。从第一次院里举办青年说以来,我就特别想参加,想跟那些优秀的演讲者一起站在这个讲台上,可是,因为自己的胆怯,我一次次向自己的懦弱妥协,直到今天,我临近毕业的最后一天,我的最后一次、唯一一次的演讲机会,我来了。

感谢自己的勇敢,让我没有抱着遗憾离开校园,让我能在以后回想起来,没有辜负现在的自己,尊重了梦想,尊重了自己的青春时光。

曾听人说,好像我们都是在快要毕业的时候才突然爱上学校的,就像人生很奇怪,我们总是在快要结束的时候,才突然想要好好开始。还记得每次早操签到,从文字签,到指纹签最后到拍照签,我们每次逃离集体活动的借口都花样百出。但是此刻,站在青年说的讲台上,站在我仅剩的最后一个小时的大学生涯里,我却异常想念那一个个被我们吐槽的签到,我想念考试周去图书馆占座的大家,我想念运动会一起为院里加油的大家,我想念迎新生我们一起唱的校歌,郑大,梦想开始的地方。只是,从今以后,都只能想念了。

不悔梦归处,只恨太匆匆。

让我最后一次借这个讲台,对母校说一句:"郑大,我爱你!"同时,也祝愿在场的各位勇敢追求自己的梦想,尊重自己,不怕不悔,不留遗憾!谢谢大家!

生活即在眼前，此刻"好好告别"

周文豪

关于毕业，我们可以想到很多词语来形容它，是我们即将离开学校前的短暂停留，是我们对大学时光的不舍和怀念，是我们走出校园前的心理准备。对于即将毕业的我们，此时的心情又是如何呢？是面对社会环境和工作压力的忐忑，是对未来生活的无限好奇和憧憬，或者是做好了准备，勇敢向前，不畏惧生活的"欺骗"。

作为 2017 届的毕业生，面对未来，如何准备好"不怕"的心态，当我们 30 年后回首过往的岁月，又如何使"不悔"理所当然？

《牧羊人的奇幻之旅》中有一句话："当你真心想要去做成一件事情的时候，整个宇宙都会联合起来帮助你。""不怕"是我们从校园出发前做好的心理准备。但生活中有很多磨难不断地打击着我们的自信，让我们不再那么勇敢，不再坚持下去，不再有乐观的心态面对生活的冲击，也成了我们对未来胆怯畏惧的重要原因。

大四这一年突如其来的不幸与失败把我分解得支离破碎，严重破坏了我简单幸福的生活以及制订的学习计划。2016 年 10 月 4 日，陪伴我 22 年的爷爷因为得了恶性肿瘤离开人世，我记得很清楚，是 2016 年 6 月过了端午节，我和室友正在外面拍摄专题片，收到了妹妹发来的微信说"爷爷突然晕倒了"，但父亲不想让我知道，怕影响我的学习。当然，我也没有告诉任何人，我不喜欢将这些不幸的事告诉我身边的朋友，我习惯用微笑面对朋友和生活。是的，每个人都会迎来死神降临的那一天，我尝试着说服我自己：一切都会过去的。这期间我想过放弃考研，但是家人对我的支持又使我不得不把自己拎起，重拾状态，因为我把考研看得很重要，从最初进入大学我就为自己规划好了未来努力的方向：毕业之后继续学业。

我是一个不愿服输的人，到了 2017 年 3 月，考试确实是通过了，一直悬着的心放下了，精心准备复试，出人意料复试被刷了，那段时间很困惑，也在不断地反思，但是对于结果我只能接受，我是一个考研的失败者，这是事实。

面对这些，我要怎么办呢？有人说：时间可以淡忘一切。我尝试了各种方法来解决一时的困难和生活的磨难。转移注意力是一个特别好的方法，我埋头读书复习，但当我一个人默默地站在走廊上复习大学语文时，又会想起小时候和爷爷生活的点点滴滴，又是一阵落泪。此时此刻需要压力的释放和精神的激励，我是一个网球爱好者，西班牙网球运动员纳达尔是我的偶像，也是我学习的榜样。为了激励自己，我把微信名字前加了球迷们为他加油的西班牙用语"Vamos"，将自己和偶像联系起来，这也是一种方法让自己走向不怕的心态。我还记得在我还抱着通过的希望，却错过了调剂，以及看到网站公布面试成绩的不及格，之后的那段时间，我看了很多视频汲取正能量，我记得我看《朗读者》看到不停地流泪，被朗读者的故事所感动，反观自己，觉得我遇到的这些困难只不过是人生短暂的失意，人生的路还很长；我记得我看《海豚湾》《聆听中国》《人间世》这些纪录片时，被里面的故事感动，为影片传达的主旨流下了不同感受的眼泪。这些影像一幕幕地在我眼前播放，此时我的心境也平静了许多。

　　我不是一个成功人士，也不是学习的佼佼者，我是再普通不过的一名大学生，然而生活中遇到的困难却时刻在提醒我：不要怕。"不怕"是一种心态，当我坚定了自己重新出发的初心时，一种信念在我心中萌芽了。未来本是渺茫，我又何必为此焦灼踌躇。做好接下来的每一分、每一秒，难道不能给我的内心注入一剂勇敢的良药吗？所以我想说的是：生活即在眼前，给失意抑或是得意的过去挥手告个别，重新出发的少年不畏惧生活的苦难。

　　我记得董卿在《朗读者》"告别"那一期引用了海子《小站》里的一段话："我们最终都要远行，最终都要与稚嫩的自己告别。也许路途有点艰辛，有点孤单，但熬过了痛苦，我们才能得以成长，告别是通向成长的苦行之路。"走出校园是和大学的自己告别，和四年的青春告别，接下来是工作、继续学业、复习再战等选择，都需要不怕的信念支撑我们。前几天，我在微博里看到一个同学发了这样的一段配文："大学四年的笔记与大学四年的奖状，现在看来还是呈正比吧，此刻，一切归零，从新出发。"

　　面对困难，我们调整心态，用不怕的信念，寻找前行的办法。30年后，当我们过了知天命的年纪，回首这些岁月，愿不后悔当初的决定和不怕的信念。

第六期 "一带一路"说

公元前138年,年轻的张骞和一百多名同伴一起,带着皇帝的旨意,和建功立业的梦想,开启了一个冒险旅程——沟通西域。

13年后,历经磨难的张骞带着仅存的一个随从,带着不灭的梦想和丰硕的收获,载誉归来。

从此,张骞成了中国人心中一个闪闪发光的名字。

从此,丝绸之路成了后人永久歌颂的主题。

千百年来,丝绸之路不断在陆上、海上延伸和开拓。作为丝绸之路起点的中国,在沿途各国心目中意味着自由、梦想、繁荣和财富,《马可·波罗游记》就是证明。

2013年的秋天,习近平主席出访中亚和东南亚,发出了共建"丝绸之路经济带"和"21世纪海上丝绸之路"的重大倡议。"一带一路"(One Belt And One Road)又一次开始吸引世人的关注。

2017年5月,习近平在北京出席"一带一路"国际合作高峰论坛开幕式时,提出了坚持以和平合作、开放包容、互学互鉴、互利共赢为核心的丝路精神,将"一带一路"建成和平、繁荣、开放、创新、文明之路。

从此,"一带一路"建设又一次开始了新的伟大征程。

河南是古丝绸之路重要的经济、文化和商品贸易枢纽,在其形成、发展、繁荣中发挥了重要支撑作用。21世纪,河南要成为"一带一路"建设的重要节点,这是党和人民的共同期待。

如何主动融入"一带一路"建设,积极打造内陆开放高地,是中原儿女必须共同面对和解决的问题。

如何发挥专业特长,成为"一带一路"建设中的弄潮儿,值得每一个新传学子思考和回答。

9月是收获的日子。无论是深入社会实践的学长学姐们,还是刚刚经历过高考的2017级新同学,我们相信你对于这些问题都有了属于你的答案。

9月最后一个周四的晚上,我们在中核八楼期待你的精彩表现。

新传青年说,郑大听你说!

"一带一路"实现中国梦

薛鹏飞

大家好,我是来自2015级穆青班的薛鹏飞,今天来这里和大家聊一聊"一带一路"。从我的口音大家应该能听得出我是个东北人,人们都说东北话很凶,但在我看来东北话才是世界上最嗲的话,现在很多人都说叠词表示自己很萌,吃饭饭,睡觉觉,但是这在东北话里再常见不过了:"嘎嘎甜""齁齁咸""吧吧苦""嗷嗷累""杠杠强"……

首先第一点,我要说"一带一路"不仅是国家的"一带一路",更是我们每个人,尤其是我们河南人的"一带一路"。再看看我们输出的货物都有什么?除了丝绸之外主要是瓷器、铁器、茶叶,等等。我们制造这些商品的工艺水平领先世界,成为我国强盛文明的象征。前一阵发布的iphoneX只是个日用品,而我国的丝绸和瓷器在国外是绝对的奢侈品。iphoneX大多数人用得起,而中国丝绸与瓷器除了各国元首及贵族能够使用外,也就是相当于王健林和马云之流可以用得起。而茶叶更是不输现在的可口可乐,世界闻名。

说这些就是要告诉大家:曾经的中国制造,都是自主研发,技艺领先,跟代加工一点关系也没有。"一带一路"的一带原起点是哪里?两汉时期在长安,魏晋时期就在我们的邻居城市洛阳。那么洛阳从中国建立的首个朝代"夏"开始,有十三个王朝定都于此,加起来共有105位君王在这里定都建国。比如我们熟悉的魏文帝曹丕,正是他将洛阳改成现在的这两个字。其实我来到河南后,一直的一个疑惑就是:皇帝上朝时说河南话不?比如每天早上:"上朝啦!噫!今儿这天儿可怪好哩呀!各位老师咱今天唠点啥?"刚才说的是过去的大河南有多辉煌,接下来我们再来看看现在。

第5次人口普查的数据显示,当时河南已经是全国人口第一大省,而现在我们算上流动人口已经过亿,但是我们的经济文化建设的发展速度,与一些发达省份仍然有一定的差距,这与我们这样一个人口大省的身份多少有些不符。

前两天这个消息估计刷爆了在座各位的朋友圈,入选"双一流"的确是我们郑州大学的骄傲,但是很多人,甚至包括郑大的一些学生,在各种场合质疑此次郑大的入选,今天我想在这里回击这种说法:在华夏文明和中华文明发源地的河南,郑州大学是中原第一学府,我自信我们配得上这个头衔!作为一名郑大学子,振兴大河南的重任就在我们在座的每个人,在我们每个郑大学子的肩上。我们来自五湖四海,但河南郑大给了我们学习的平台,我们就有振兴第二故乡河南的责任和义务。这就是我要说的有关"一带一路"的第一个观点——发展"一带一路"对振兴中国经济,提升中国国际地位有着重要的作用。"一带一路"我们每个人都要参与其中,我们在建设国家,国家也在塑造我们。

第二个问题,"一带一路"是实现经济上对欧美及日本的一次绕道超车。说到绕道超车,我想到了一个人——格力空调的掌舵人董明珠,尽管我不喜欢格力手机董小姐头像的开机画面,但我对董小姐的智商和前瞻力佩服得五体投地。众所周知,董明珠投资了银隆新能源汽车,国产汽车技术自主化和赶超国际先进水平是我们几代造车人的梦想。理智地看,在燃油车时代,国产汽车在发动机和变速箱技术上超越欧美已不可能。我们想用十几年的研发与已有百年技术文化积累的欧美日比拼发动机,并不明智。但在能源匮乏、环境污染日益严重的今天,新能源汽车必然是未来汽车的发展方向。而新能源汽车的发展与欧美相比,我们的起跑线甚至在它之前。如果真如董小姐所说的 6 分钟充满电,续航 200 公里,寿命长达 30 年,到时董小姐的汽车一定会独霸天下。之所以说这些,就是要我们不因循守旧,要开辟一条国家战略与国家实情因应对接,经济发展与国际形势并重的"新路径"。而这条新路径就是习近平总书记提出的"一带一路"。

我们以前把经贸方向瞄准了欧美等发达国家,但如今,我们的劳动密集型产品如成衣、食品、工艺品等,现在正在慢慢地失去市场,而轻工类、电子类、汽车类产品的技术含量又落后于欧美发达国家。

比如看看我们手中拿的手机,把手机出口到美国,相当于郑州挖煤往山西大同运,这样会有市场吗?而"一带一路"涉及 65 个国家和地区,有我们广阔的市场,看看这些国家,我们的优势产业和产品对他们有着无限的诱惑力。我们绕过欧美发达国家,加强与这些发展中国家经贸合作,势必前景广阔,棋高一着。

我们必须承认,美国是人类历史上难得一见的优秀国家,几乎在各个重要领域都占据着霸权的地位,但是现在这个大国却出现了经济上的问题,而这个问题就来源于美国人发现了一个赚钱的绝佳方法,就是美元霸权。美国人发现,通过迫使全球使用美元来进行贸易,这样其他国家就不得不用自己的优质资源来交换美元,而一些在国际贸易中取胜的国家,比如中国、日本，积累了大量的美元无处安放，最后只能再投资回美国。这样美国人就能用这大量的美元在世界上兴风作浪。这下美国人发现了，与其辛辛苦苦发展制造业搞生产，还不如发展虚拟经济，躺着赚钱。这就是为什么美国的经济看起来蒸蒸日上，但是失业率却节节攀升，制造企业的大量倒闭是美国精英阶层自己选择的结果。那么这样一来矛盾就很明显了，因为在这种模式下，只有一小部分人可以赚到财富，贫富差距的不断拉大，导致美国内部矛盾逐步激化，阶层分裂、族群分裂、经济滑坡、经济社会发展后劲不足，这些问题如果不能得到根本地解决，美国的衰退可能就在眼前。

而这个时候中国在干什么呢？中国撑起了世界的实体经济，中国正在带领亚欧大陆和非洲兄弟一起搞"一带一路"，如果"一带一路"最后能发展好，那么世界将会建立一种基于实体经济的新的经济秩序。那么，"一带一路"倡议有可能成为全球地区合作最大的一个平台，对各国在经济贸易发展方面发挥非常积极的影响，从而有可能改变世界经济版图。这就是我说的第二点，弯道超车，建立全新的经济秩序。

我要说的最后一点，就是为什么我们中国人能做好"一带一路"？这个问题美国人也不懂，整个亚洲，阿富汗、巴基斯坦，局势这么乱，美国人派了那么多飞机、大炮把那儿都炸成蜂窝了也没能摆平，为什么中国人就能行呢？

之前看过这么一幕啊，在巴基斯坦，一个中国工程师在前面走，后面跟着6个拿着枪的人保护他。这6个人都什么来头呢？两个是政府军，两个是地方军，两个是部落武装。按说这三伙人见面应该打得不可开交啊？但是人家说了："中国人是来这里修路修桥建医院的，搞基础建设，我们都受益啊。"这就是我们为什么能做成"一带一路"，因为我们中国人与西方国家看待这世界的角度是完全不同的，我们怎么说，我们叫天下，何谓天下？就是天下大同，和合文化，我们不在乎肤色，不在乎文化，不在乎信仰，只要你接受我们的仁义，接受我们的以礼相待，我们就是朋友就共同发展。

以上三点只是我对"一带一路"的个人理解和观点，可能不完全对。但我想每个人都应该挽起袖子加油干，走好属于我们每一个中国人的"一带一路"。谢谢大家！

讲好中国故事

刘袁抒

如果说过去的中国更多的是"多做少说""只做不说"的韬光养晦，那么今天，走向世界舞台中心的中国有责任也有条件向世界宣扬自己的主张、讲好自己的故事，以获得更多理解和支持。

2013年习近平总书记提出了促进全球合作共赢的中国方案，那就是共建"丝绸之路经济带"和"21世纪海上丝绸之路"。

"一带一路"分为五个方向，联通欧亚非，途经几十个国家。这条路，是经济发展之路，更是文化融合之路，讲好中国故事至关重要！记者是时代的瞭望者，是社会的传声筒，把中华优秀文化推向世界，让"中国故事"传得更远，"中国声音"叫得更响，我们，义不容辞！

量体裁衣是前提。与外国友人交流，不管是大的方面比如中国经济发展、社会进步、文化传统，还是小的方面如衣食住行婚丧嫁娶，他们都扑闪着蓝色的大眼睛，听得津津有味。中国人民大学新闻学院院长赵启正曾说，这就好像我们随手从自己果园中摘下苹果送给他们。可是，有的人往往喜欢把原生态的苹果加工成果酱、果干，甚至为了简洁高效，直接把苹果中的维生素C提炼出来送给客人。"来来来，介绍一下你们中华文化。""我们中华文化博大精深、源远流长！"这样的回答怎能叫人满意？"记得2008年奥运会吗？几千人在模仿活字印刷小木块，拼出一个字'和'，'和'就是我们文化的核心词之一，我们在日常倡导家和万事兴、邻里和睦。说到邻里和睦，我想给你们讲一个小故事，叫作'五尺巷'……"外国人更喜欢了解的是这样"原汁原味"的中国。在跨文化传播中，要入乡随俗，就需要深入而细致地研究哪些内容人们更容易关注？哪些方式受众更乐于接受？什么样的语言受众更易于理解？哪些地方是禁区？只有做好课前预习，才能有的放矢。

讲好故事是关键。柏拉图说："谁会讲故事谁就拥有世界。"传播，归根到底，就是给别人讲一个好故事。跟所有人打交道，最容易达成共识、引起共鸣的是什么？是人。新闻也是如此！我们要用个体的"人"，去化解宏大的议题。

　　因势而谋、应势而动、顺势而为是重点。习近平总书记说,做"看不见的宣传"。西方的宣传策略是上乘的宣传,让被宣传者沿着你所希望的方向走,却认为是自己在选择方向。宣传是讲给别人听的,不能只顾自己的主观愿望单方面讲述,而要认真掂量该说什么,说多少,怎样说……近几年,我们国家在倡导"我的梦"和"中国梦",如何向"一带一路"沿线的国家宣传我们的主张呢？很多媒体一味解释"中国梦"的政治含义和经济意义……浙江电视台国际频道则制作了纪录片《穆罕奈德的中国梦》,记录穆罕奈德在中国义乌的创业过程和情感经历,反映了一个普通阿拉伯青年把自己的人生梦想融入中国人民追求幸福的中国梦。影片播出后,在阿拉伯国家引起热烈反响,很多阿拉伯商人都来义乌考察商机。这样的宣传无疑是成功的。

　　仔细想想,新中国经过60多年的奋起直追,改革开放30多年的跨越发展,它的变化令人震撼。强起来的中国,需要展示自己；变革中的世界,需要了解中国。向世界发声,对我们记者也提出了新的要求。更高,要站到国家层面、世界层面去看问题；更快,更加敏感把握时代,把握世界脉搏；更强,我们需要掌握更加扎实的专业技能以及对外交际技能。

　　这是最好的时代,这也是最坏的时代。机遇与挑战并存,未来扑面而来,你准备好了吗？

跨越千年时空——"一带一路"筑梦中国

缪怡然

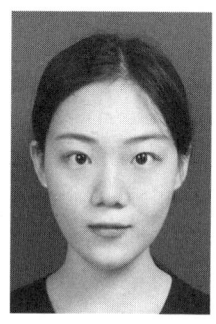
尊敬的各位老师,亲爱的同学们,大家晚上好,我叫缪怡然。今天我演讲的题目是:跨越千年时空——"一带一路"筑梦中国。

关于"一带一路",首先我们要摆脱一种错误的认知。"一带一路"不是一个实体和机制,而是一种合作发展的理念和倡议。"一带",是2013年9月,习近平总书记在哈萨克斯坦访问时首次提出,建设"丝绸之路经济带"。"一路",是2013年10月,在出访东盟国家时,习近平主席强调愿同东盟国家加强海上合作并首提一起建设"21世纪海上丝绸之路"。

2000多年前,我们的先辈筚路蓝缕、扬帆起航,开辟联通亚欧非贯穿东西的丝绸之路。古丝绸之路打开各国友好交往的新窗口,书写人类进步发展的新篇章,因而在瞬息变化的今天,为适应世界发展的潮流,我们又重新拾起老一辈的精神,实现战略对接,优势互补。

从国际上来看,经济全球化深入发展,同时世界经济缓慢复苏、发展分化,各国面临的发展问题依然严峻,都希望找到新的经济增长点,进一步激发区域发展活力与合作潜力。

就国内问题来说,一方面,经过30多年的改革开放,我国经济发展取得了显著成就,成为世界第二大经济体。另一方面,中国产能过剩问题也成了制约经济发展的重要因素。因而中国既需要扩大和深化对外开放,也有能力统筹国内国际两个大局,愿意在力所能及的范围内承担更多国际义务。

我前面的选手对"一带一路"的意义内容阐述得非常详尽,想必大家的心里也都非常清楚了。那下面我想以一个故事给大家展现"一带一路"。两位阿尔及利亚老人的日子过得挺自在:上午他们一起到楼下买点菜和面包回来,有闲暇就约一两个朋友去咖啡馆里坐坐;下午就带上一张格子桌布和食品,去附近的沙漠里,老两口看看风景、聊聊天;晚饭过后,沿着住房外围散散步然后折回来,伴着漫天繁星权当是锻炼身体……

他们?他们是谁?得从去年十月说起。

  凌晨的绵绵细雨一直延续到早上,厚厚的云层在慢慢消散。这样的天气对于在地中海沿岸的阿尔及尔是司空见惯的,好在它不像阴雨连绵的雾都伦敦,旅客们都在候机室耐心等待着云层散去。候机室的前排坐着一个年龄只有10岁的小女孩,她叫朱丽叶。

  朱丽叶这次是从加拿大来到阿尔及利亚的,朱丽叶从小随父母一道在魁北克生活,不过经常趁假期回国。她的左右分别坐着一对花甲老人——她的祖父和祖母,他们在等从阿尔及尔赶往瓦尔格拉的航班。

  朱丽叶一家人在魁北克定居多年,安土重迁的祖父祖母却一直不愿离开自己生活多年的家乡,地处撒哈拉沙漠边缘的瓦尔格拉省虽然降雨比较少,但是每年三四月份漫天的沙尘暴和肆虐的狂风依然像是一场灾难:道路能见度不足10米,两旁道路标志牌被吹飞,质量较差的房屋房顶被狂风掀掉或者被沙尘压垮……2012年3月,朱丽叶祖父家的房子就是被风沙摧毁的,房顶有一边大幅度向下倾斜,好在没有造成人身伤害。远在魁北克的儿子得知消息后,打来电话:"爸妈,来魁北克和我们一起生活怎么样?现在房子坏成这样根本就没办法住了……"

  还没等儿子说完,电话这头的老人家就打断了儿子的话:"我不去那里!我更不要离开这里!这里再不好,我们也愿意一直在这里生活!"

  祖父像个老顽童,态度决绝而明确,儿子拗不过父亲便没有再要求,只好请人帮忙把房顶修好。房子是修好了,但是谁又能确保灾难不会重来。

  四月的一场沙尘暴来得更加猛烈,祖父家的房顶完全倾斜着,更糟糕的是祖母的左腿也在这次沙尘暴中被倒下的墙压坏了。当然这次遭殃的不仅仅是祖父家的房子,周围居民的住房也受了不同程度的影响。朱丽叶一家第二天就赶了回来,他们帮忙收拾好了东西要求祖父母去魁北克。谁知都这样了老两口还坚决不去:"看到没,那边已经开始建房子了,而且是外国人建的,我们不久就可以住上新的房子了。"但最后为了脚能够尽快恢复,才答应去魁北克。

  以往这里房子的使用年限较为短暂,由于瓦尔格拉的大部分建筑材料都是就地取材,比较简易,又谈何抵御撒哈拉沙漠强大的风沙!一旦有新建的住房,很多旧宅就被取而代之了。而当现在说起房子时,祖母激动不已:"我们现在才知道要住上中国人建的房子了,今后沙尘暴来时我们再也不必担惊受怕了。"说着,脸上的笑容深陷在皱纹里。原来中国水电集团公司在阿尔及利亚北部盖了许多保障房,从2010年开始陆陆续续已经投入使用,并且在质量和施工进度上都得到居民的一致认可。

  为了居民的便利,与房建配套的学校、体育场和商店。当然,房建项目解决的不仅仅是像朱丽叶的祖父祖母的住房问题,还解决许多拥有一个或两个孩子的离异家庭、住在危房里的居民以及一些年轻失业者的住房问题。朱丽叶说,祖父祖母在魁北克的这些日子从来没有像这次回来这么开心,因为这次他们不需要再去加拿大了,最重要的是他们能住上"外国人"建的房子了,不用再担心被沙尘暴吹倒。

我相信可能很多同学心里会想这有什么值得拿出来说,对我的这个故事也不屑一顾。可如果你是生活在沙尘暴肆虐,担惊受怕并且随时都会有生命危险的地方时,你还会这样认为吗?

这就是我们的"一带一路",习主席所讲的"要让'一带一路'建设造福沿线各国人民"。许许多多像朱丽叶祖父母那样的沿线居民,正以切身经历证明了这一点。中国制造正在改变他们的生活,而这只是"一带一路"中千千万万个出色的中资企业的缩影,"志合者,不以山海为远",在"一带一路"建设过程中,它们凭借过硬产品和技术让许多沿线国家的基础设施得到了改善,一批又一批的中国企业投入援建工程中,同时一批又一批的中国年轻人也选择远赴各国。在那里,用青春书写着不一样的成长故事,用实践助力"中国梦"的实现。

那我们大学生呢?是不是也该为"一带一路"贡献自己的一份力量?同时我们作为新闻学子,"风声雨声读书声,声声入耳;家事国事天下事,事事关心",同时处于新时代的我们,是新闻人,也当知新闻事。

西岭千秋雪,驼铃不止;东吴万里船,风雨不停。这是昔日丝绸之路的繁盛之景。与天地兮同寿,与日月兮同光。今日之"一带一路"必将在中华儿女前仆后继的努力下重新焕发出她的魅力!

丝路绵延梦如帆

钱博宇

清晨,阳光明媚,你走在路上,手里拿着一杯星冰乐,在街的拐角处,你看到一个广告牌,上面写着"积极建设'一带一路',促进我国经济发展"。

你从报亭买了一份报纸,第一版用初号字大大地印着"'一带一路',发展友好国际交流"。

你坐到教室,戴上耳机开始听广播,广播里面,习近平主席正在为大家介绍"一带一路"建设的最新进度。

于是你开始好奇,"一带一路"究竟是什么?"一带一路"是"丝绸之路经济带"和"21世纪海上丝绸之路"的简称。

2015年3月28日,国家发展改革委、外交部、商务部联合发布了《推动共建丝绸之路经济带和21世纪海上丝绸之路的愿景与行动》,它将充分依靠中国与有关国家既有的双多边机制,借助既有的、行之有效的区域合作平台,旨在借用古代丝绸之路的历史符号,高举和平发展的旗帜,积极发展与沿线国家的经济合作伙伴关系,共同打造政治互信、经济融合、文化包容的利益共同体、命运共同体和责任共同体。

提到丝绸之路,我们不会忘记:两千多年前把自己最美好年华贡献其中的丝路开拓者张骞;将线路首次延伸到了欧洲罗马帝国的班超;七次远洋航海,留下千古佳话的郑和。这些开拓者之所以名垂青史,是因为他们使用的不是战马和长矛,而是驼队和善意;依靠的不是坚船和利炮,而是宝船和友谊。就这样,一代又一代丝路人架起了东西方合作的纽带与和平的桥梁。

驼铃古道丝绸路,胡马犹闻唐汉风。穿越千年、绵延万里的古老丝路,因习近平总书记提出的"一带一路"重大倡议而重返全球视野。2013年的秋天,习近平主席在哈萨克斯坦和印度尼西亚提出"一带一路"的理念至今4年。在这4年里,通过全球100多个国家和国际组织的努力,"一带一路"逐渐从理念转化为行动,从愿景转化为现实。

2000多年前,我们的先辈筚路蓝缕,穿越草原沙漠,开辟出联通亚欧非的陆上丝绸之路;2000多年前,我们的先辈扬帆远航,穿越惊涛骇浪,闯荡出连接东西方的海上丝绸之路。而就在瞬息变幻的今天,为了适应世界发展的潮流,我们又重新拾起老一辈的精神,实现战略对接、优势互补。

关山梅落、玉门春迟、天山雪洛、瓜州人稀,古诗词里的丝路沿途,满是羌笛、战马、关塞、狼烟。而今,我们站在大漠边缘,瞭望长烟骤起,我们会骄傲地发现,我们的祖国,正在飞速地发展。如今,绿树成荫,遮盖了黄沙漫漫;欢声笑语,代替了兵马戎戈。我们伫立在祖国大漠之巅,我们看到的是什么?我们看到的是,中国如一条巨龙般腾跃而起,那古老丝路之上,早已不再充满着死亡的气息,而是繁华美丽,氤氲着这世间最绚烂美丽的色泽。

如今,我们的祖国发展昌盛,我们这些青年,更应该努力奋斗,争取为祖国发展付出自己的一分力,故今日之责任,不在他人,而全在我青年。青年智则中国智,青年富则中国富,青年强则中国强,青年梦则中国梦,巍巍中华,重回汉唐盛世。

加法的力量

邢皓月

两千年前,汉武帝做了一道算术题:汉朝+西域=?为了解出这道题,他两次派遣使臣西行,走过了大漠、草原,饮过了风霜、冰雪,将一粒粒种子播撒在这条人迹罕至的道路上,最终收获了一条生机盎然、流光溢彩的丝绸之路。

两千年以后,我们做了一道更大的算术题。出题的人是习近平总书记。它在我们四周画出了一个巨大的带面,询问着新时期的每一个人,该如何加减取舍、迎接挑战。看着这一条条像光一样璀璨的线,我们知道,毫无疑问,我们解出了这道题,我们收获了一条经济之路、政治之路、外交之路,更是一条文化之路。

即便时隔两千年,我们也必须感谢汉武帝,没有他把两者加起来的创举,可能很难有我们今天的想法。除了汉武帝,我们也必须感谢中华上下五千年历史中的每一位先贤,因为没有他们"和文化"的奠基,我们也很难解出这道"一带一路"的难题。

那什么叫作"和"呢?相信在座的大家都听说过十根筷子的故事吧,一个人很难折断一把筷子,十根筷子分开来很容易就能折断。这故事的核心,就是"和"。在生活中也有很多这样的例子,比如拔河,十几个人齐心协力攥着一根麻绳,喊着统一整齐的口号,为着一个目标努力着。所以说,只有团结起来才会有力量。

在数学里,两数相加所得的数,我们叫"和"。而在生活中,与人为善是"和",睦邻友好是"和",互帮互助是"和","合则两利"是"和","合作共赢"更是和。我们发现,前人教给我们的许多道理,怎么都逃不出一个"和"字。而这一个字,不仅适合我们的日常生活,在今天同样适合整个世界。

70多年前席卷整个世界的"二战"还历历在目,但同样令人震惊的是一个民族竟能有如此大的魄力,几个民族竟可以帮助如斯。这不仅是因为大家面对同样的敌人,更是因为大家有着一样的愿景——和平。这不仅是13亿人的梦,更是70亿人的梦,这个关于和平的梦,我们从过去期盼到今天,这是我们命运共同体的基础,更是我们"和"的内核。

今年暑假,我国与印度的边界问题升温,准备打一场边境持久战的印度,偏偏内忧外患,国民对此抱怨甚多,国内外局势一度十分危险。我们发现,这个世界需要一种和的解法,来化解矛盾、共赢共利。需要这样一种和的解法,来开拓未来、抵抗命运。我们更需要这样一种和的解法,来满足自己,实现自己,成就自己。对我们每个人来说,它是为人处世的准则,对于这个世界来说,就是交流共享,就是发展合作,就是互利共赢。两千年前,因匈奴入侵我们被迫回答这个算数问题,终于通过加法化解了匈奴与汉族的矛盾,使得西域与东方互通有无,造福百姓;两千年后,我们主动写下这个等式,是因为我们有了这样的资本和勇气。我们带着高昂的文化自信重新踏上这条辉煌的路,为中国梦与世界梦的共振发声,为我们自己和世界上同我们有一样梦想的人呐喊助威。

正如习近平总书记所说:"各美其美,美人之美,美美与共,天下大同。"两千年的灿烂星河,我们为其镶嵌了更多璀璨的词汇。从"人类命运共同体"到"一带一路""大众创业、万众创新"再到"共商、共建、共享",我们化被动为主动,我们的梦想正在逐步实现,中国故事正吸引越来越多的目光。我们坚信,一个充满生机活力的中国正在屹立于世界的东方,而我们,何其有幸,亲历盛世。

我的"一带一路"说——梦回汉唐盛世

申 雪

作为一名新传人,我想"地球村"这一概念,对大家而言,肯定都不陌生。那么我想请问大家,自从传播学大师麦克卢汉提出这一概念以来,我们所处的世界真的成为地球村了吗?

我们一直口口声声说的地球村,我想更多意义上是全球信息的一个相通吧,那么作为一个完整意义上的村子,它的经济文化交通民心真正相通了吗?

翻开漫漫历史画卷,西汉张骞通西域,开辟丝绸之路,这是我们中西的友好往来。19世纪末,西方资本主义国家急需资本扩张,暴力打开了亚洲各国的国门,这,是中西的被迫往来。1914至1945年中间的两次世界大战,席卷了亚欧非等大陆,战争的交集使人们觉醒,开始了要和平、要发展。于是,有了联合国、欧盟这样的组织,有了一定制衡,的确达到了和平的目的,可是这些组织让我们真正成为一个地球村了吗?

"二战"后,美国提出了马歇尔计划,西方有很多人,喜欢用马歇尔计划来形容我们现今的"一带一路",他们为什么会这么形容呢?这样形容正确吗?

来,让我们把镜头拉回那个时代,看看那时的中国和美国。

清朝后期,"满大人"是西方媒体用来形容中国的惯用词,1949年之后呢,"红色中国""共产党中国"这些又成了他们的热门词汇,但无论哪个用语,都带有一定的负面意思!

但这次西方媒体选用"马歇尔计划"这一词汇,却是一个有趣的转变!

因为在"二战"结束后,西欧满目疮痍,百废待兴,美国提出"马歇尔计划",拿出资金、技术以及过剩的产能,来帮西欧国家复兴。这个计划用时四年,耗资150亿美元,让包括德国、法国在内的西欧国家迅速恢复经济增长能力。

所以在西方媒体中"马歇尔计划"可是一个正能量词汇,而且在西方人眼中几乎就是"救世主"的代名词!

从负面否定到正面认可,足以说明西方媒体对中国看法的改变,但他们这样形容,我们就该满足了吗?

记得我国外交部部长王毅曾这样说过,"一带一路"比马歇尔计划既古老得多,又年轻得多,两者根本不可同日而语!的确,现在的中国已不再是过去那个中国了。

2013年9月和10月,习近平主席先后两次发表演讲,提出了共建丝绸之路经济带和21世纪海上丝绸之路的倡议!

短短3年多时间,"一带一路"倡议,从规划、成立机构,到召开国际高峰论坛等一系列活动,都取得了辉煌成就!

尤其是在基础设施建设上,中老中泰铁路、巴基斯坦喀喇昆仑公路二期、瓜达尔港口,中哈、中俄、中缅油气管线等,一大批陆、海、空和网络各领域互联互通项目均得以落地。

中亚中欧班轮的开通发展也不断激发了沿线经贸活动的勃兴。

哈萨克斯坦、土耳其、伊朗等沿线国家不像"二战"时等待救援,更像是为了自己的复兴,紧抓机遇,同中国共同发展。

"一带一路"的发展不仅是满足中国自己的需要,更是满足沿线各国的需要。所以说,"一带一路"远胜于马歇尔计划!

除了基建以外,在贸易合作上。我国对"一带一路"沿线国家出口比重也在逐年上升。

在资金融通和产能合作上,我国企业在"一带一路"沿线国家累计投资超过185.5亿美元,上缴东道国税费10.7亿美元,为当地创造就业岗位17.7万个。

在促进民心相通上,我国与沿线各国开放旅游、互派留学生、援助医疗、人才流动等,均在稳步推进!

可以说"一带一路"建设不仅连通了沿线各国设施、政策和经贸,而且把各国的文化、民心、感情和命运紧紧地联系在了一起!实现了真正意义上的"相通"和真正意义上的地球村!

中国,不仅崛起了,而且正以大国思维重写我们的历史!中国,不仅是中国制造,我们的创新科技产业正在熊熊燃起!中国,不再是国微言轻了,我们的合作共赢在渗透全球!

少年强则中国强,少年梦则中国梦,巍巍中华,梦回汉唐盛世!

你我同路　命运共联

师文颂

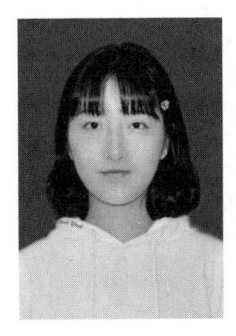

9月21日下午4点50分,也就是本次活动彩排的前两天,负责新传青年说的潘村秋学姐给我发来了老师批阅过的我的演讲稿,文末红字赫然写着:"可以用讲故事的方式讲述'一带一路',建议修改一下。"

讲故事？还是"一带一路"的故事？对于我,一个刚刚被高考洗脑的大一新生来说,写一篇以"一带一路"为主题的演讲稿,那不就是像答政治题一样的,把是什么、意义、怎么做串起来说一遍就是了嘛。可我与"一带一路"的故事,是即使登上危楼亦难触及的星辰,张开双手亦难捕捉的床前明月光啊。从接到通知开始我就冥思苦想,一直到睡觉前,还是一点头绪都没有,难不成,我真的是一个没有故事的女同学？唉,不管了,洗洗睡吧。

第二天一早,眼还没睁开的我按照惯例摸到手机刷空间。有同学发了几张前一晚看电影的截图,脏乱的贫民窟,警察局的铜墙铁壁等诸多元素加在一起,乍一看挺有深意的,作为一个没事喜欢看看电影、写写影评的大好青年,我不免好奇地百度一下——《罗莎妈妈》,制作地区——菲律宾,本作品选送"丝绸之路国际电影节"。这一系列的信息让还没睡醒的我猛一激灵,这算不算我与"一带一路"的故事呢？

洗漱完毕,我要去食堂享受一天之中的第一餐了。正在低头琢磨该吃点什么以满足自己嗷嗷待哺的胃,肩膀突然被人拍了一下。"嘿！好巧啊！""是啊！你也报的郑大！""对啊,你哪个专业？""我德语啊！""啊？你怎么想着学德语啊……我感觉……""没有啊,我觉得挺好的,亲戚朋友都说'一带一路'的建设给小语种带来很大的需求,学得好了好就业啊。"嘶……又是"一带一路",这次与老同学的偶然碰面如同小石子在湖面打了个水漂,让我的心里泛起了层层涟漪。

谁知,前浪未平后波又起。坐在餐桌前静静地吃早餐的我,抬头环顾四周,烤肉饭——这好像是土耳其的原创吧？咖喱味烤肉饭——咖喱好像是来自印度的吧？海鲜饭、红茶,分别来自西班牙、印度……这么一说,"一带一路"好像给我这个极度挑剔的美食爱好者带来不少小福利呢。

不知道在座的各位有没有这样的经历？在商业街买水果，一小兜就要十几块，有时候你喜欢吃的品种还没有。可如果你在手机上打开淘宝，无论是越南的火龙果，还是菲律宾的杧果，抑或印尼的榴梿，从下单到端上餐桌，平均只要三天而已，免运费的也占了绝大多数，可谓多快好省！

晚上回到寝室，回顾这一天的经历，我不禁觉得"一带一路"和我之间的距离，似乎并没有我想象中的那么缥缈，它于我反而更像氧气，时时刻刻环绕着我，让我无法与之分离。

而"一带一路"所承载的意义，可远不止让我对舌尖上的世界有所体味那么简单。通过"一带一路"文化年、艺术节等活动的开展，沿线国家的优秀影视、书籍打破了好莱坞、欧美文化独大的局面，进入中国观众的视野，丰富着彼此的精神世界；而"一带一路"为年轻人提供的留学、创业、就业机会，也在潜移默化中改变着我们的就业观念；道路等基础设施的建设与连通，在带给我们便捷购物体验的同时，也在深刻地改变着我们的消费方式，促进我国进出口贸易的蓬勃发展……那些我尚未接触到的，由"一带一路"所生发出的改变，还有很多，中欧班列的开通，使我们坐着高铁游览欧洲的梦想不再遥远；签证一站式服务的开启，让我们中国护照的含金量越来越高，咱说走就能走……

"一带一路"给我的世界带来如此之大的变化，那外国朋友又是如何感受的呢？经过仔细地观察我发现，"一带一路"给外国人带来的影响，远比我想象的要大。在郑大的校园里，随处可见骑着小黄车的外国留学生，他们使用支付宝、微信购物比我都要溜。要知道，支付宝可是咱们中国的专利，它是随着"一带一路"的建设才渐渐传到沿线国家，并被他们接受和使用的。

央视网曾对在校外国大学生进行沿街采访，询问他们不愿离开中国的原因。一位身披头纱的伊朗姑娘说，中国的现代化发展之快让她惊讶。一位目光深邃的帅气小哥说，这是东方文化之间深入骨髓的认同感。当记者问到他们喜欢唱的中国歌曲时，他们这么回答：赵雷的《成都》，邓紫棋的《泡沫》，宋冬野的《董小姐》……我们眼中和我们如此不同的外国人对中国歌曲的品味，是不是和你想象之中的不一样呢？

说到歌曲，我突然想起习近平总书记面对国际上一些针对"一带一路"的不和谐声音而做出的回应，他说："'一带一路'不是中国一家的独奏，而是沿线国家的合唱。"是的，当中国在伊朗修高铁，当伊朗青年了解了孔子，知道三人行必有我师；知道曾经遥远的东方不仅有现代化的北京，还有扫码就走的小黄车和欧洲没有的微信支付；《成都》和《泡沫》也让这些身处异乡的青年发出触及心灵的吟唱……

我们为"一带一路"取得成就和获得的认同感欢呼雀跃，但也要低下头来正视它存在的问题和面临的挑战。我们深知,稳定是发展的前提,没有稳定,就没有发展。可"一带一路"沿线的许多国家,却正陷入不稳定——慢发展的恶性循环之中。政局不稳,国际关系不稳,与中国关系不稳……这些棘手又不得不解决的问题,需要我们认真去考量。

　　"一带一路"带来的成果是惠及我们每一个人的,那么,它面临的风险与挑战也需要我们共同担当。

　　我感谢这次演讲,它让我认识到了,"一带一路"于我、于我们,绝非难以企及的星辰,也绝非虚无缥缈的月光。身处国际大环境之中,没有人是一座孤岛,全人类的命运共写在一页纸上。

悠悠丝路，壮我中原

陶培培

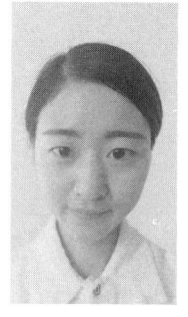

国庆节快到了，一个外地同学想去开封玩。我说："哟，开封好啊，八朝古都。"不过呢，我们河南除了八朝古都开封，还有十三朝古都洛阳、七朝古都安阳、夏商古都郑州等，是中国建都朝代最多，古都数量最多的省份。

河南是中华民族和华夏民族的发源地，从夏朝至宋朝，河南一直是中国的政治、经济、文化和交通中心。咱河南最不缺的就是文化底蕴，"何以解忧，唯有杜康""天下名人，中州过半""九朝不改青山色，百洞斧凿佛像尊"，还有那"谁说女子不如男"的花木兰。我们有着令人"羡慕嫉妒"的古代文明，甚至古人称：得中原者得天下。

可是我们现在还是那么的风光无限吗？我们还有那份文化自信吗？答案是否定的。

何苦的纪录片——《最后的棒棒》里，唯独河南被当作了一个反面典型的绰号，我对这点非常反感。当然这和本人无关啊，只是纪录片中的当地人确实是这么做的。之前某档综艺节目的主持人对一个外国留学生说："你是河南毕业的吧！"结果哄堂大笑。我当时非常气愤，为什么河南会被当作一个笑柄，甚至是一个贬义词？想了很久，后来我觉得最深处的原因还是在于河南的经济。一个始终活跃于人们面前、拥有得天独厚的优势、不断努力、费劲一切心思却始终没能达到应有位置而又不肯认输的人，最容易受到个别轻而易举就能成功的人的冷嘲热讽与轻视。其实这样的人，是缺少一个机遇。我们河南就是缺少这样一个机遇。现在，"一带一路"的机遇来了。设立经济特区让福建、广东火了，西部大开发让四川、重庆火了，现在，我们要火了。

丝绸之路经济带的建设，事实上为河南实施东进西出的双开放战略提供了一个极为有利的新契机。我们河南地域开阔平坦，劳动力充足，交通便利，市场广阔，拥有极大的发展潜力，我们要努力去发展一些制造产业以及其他类型的服务业。加快产业升级，品质优良才更具市场竞争力，获得更大市场收益。当然，政治老师功不可没，教得非常好。但是，政治老师又告诉我们，要坚持两点论和重点论的统一，牵牛要牵牛鼻子。生物老师还告诉我们，打蛇要打七寸。

在融入"一带一路"的问题上，我们的重点在哪儿？在于地理位置。河南处于新亚欧大陆桥的咽喉位置，又拥有获批的郑州航空港经济综合实验区，有利于海纳百川，成为丝绸之路经济带上的物贸集散地。这绝对是个千载难逢的机遇。是机遇，就需要牢牢抓住。因此我们要着重发展物流。当然，作为整体的一部分，我们要跟随党和政府的脚步，顾全大局，与其他地区通力合作，实现共同发展，共同进步。

大道理容易懂，具体怎么做，咱们省内的专家和领导要比咱们了解得都多。我呢，只是一个怀揣着繁荣河南梦想的人，我相信，在座的各位，也都同我一样。记得之前在北京，有邻居家的孩子问我："你是哪儿的人啊？"我说："我是河南人。"他却说："河南那破地方"。遗憾的是，当时的我不善言辞，只会怒目而视，没能怼回去。现在想想，其实是因为我也觉得河南很穷。不过，怒目而视，是因为我不能容忍别人这么说我的家乡。对，我们穷，可谁又没穷过呢？我们只不过是住得离海太远。是的，部分河南人爱占小便宜，但会慢慢改的。当然，我们也希望那些克扣工人工资，挖山毁林搞建筑，偷漏关税的商人们能改正自己的错误。现在，我想做的就是能够为河南的发展尽一分力。

"术业有专攻"，我们应当共同努力，发挥自己的专业特长。河南有着几千年璀璨的文化待发扬光大。文化是一种软实力，是一种"不战而屈人之兵"的力量。文化需要发扬与传承，这就需要我们去拼搏。在河南加快融入国家"一带一路"的过程中，在国家深入推进"一带一路"建设的过程中，我们新传学子要积极发挥作用。一方面，我们要将被历史尘埃所虚掩着的文化发掘出来，融入时代，创新发展，拓宽文化传播渠道，促进文化输出，让别人也看看我们究竟有着怎样的文化。另一方面，我们要发挥语言的力量，增强文化自信。想被看得起，首先要自己看得起自己。文化建设主要靠什么？是基础设施吗？是高端技术吗？都不是，是人才。我绝不相信一个人口过亿的大省会缺少天赋异禀的人，因为这不符合数学概率。但其实是我们对待文化缺少一份情怀，对媒体缺少一份认真的态度。未来是属于我们的，我们还有什么理由去懈怠。我们肩负着这份使命，就应该竭尽全力将中华文化发扬光大。

"君子讷于言而敏于行。"我们需要懂得怎样去做，更要拥有努力去做的态度，把计划落到实处。主动融入"一带一路"建设，积极打造内陆开放高地是我们的共同梦想。发挥专业特长，成为"一带一路"建设中的弄潮儿，是我们新传学子的共同目标。河南的发展与进步将会为推进中华民族的伟大复兴做出更大的贡献。在这个激流猛进的时代,让世人看到我们巨大的力量!

从敦煌看丝路

王 妮

敦煌是丝绸之路上一个很具有代表性的城市。两千多年前它便是丝绸之路的名城重镇,是四大文明交会的圣地。丝绸之路在此留下了最为辉煌的文化遗产和最为丰厚的历史印记,在国际上也有着重要的影响力。著名学者季羡林曾说过:"全世界历史最悠久、范围最广泛、自成体系而又影响十分深远的中国文化、印度文化、希腊文化和伊斯兰文化,交会之处只有一个,那就是敦煌。"

今年暑假,我有幸在敦煌生活了一个多月。遇到了很多有意思的人,也感受到了敦煌的魅力。下面我就通过暑假期间我在敦煌认识的一些人来讲一下我的体会。

第一个人叫闫鹏,敦煌本地人,曾是一名流浪歌手,目前在敦煌开着一间酒吧,有自己的乐队,他是主唱之一。每年的7月25号他都会在他的酒吧里举办海子诗歌节。在今年的海子诗歌节我认识了他,那天刚好是他和我在敦煌认识的另一个朋友共同的生日,觉得有缘分就把海子诗歌节和生日庆祝一起进行。关于海子诗歌节主要有四件事,喝酒咱就不说了,剩下的三件就是即兴的读诗、写诗和唱民谣。那天晚上的民谣一直唱到凌晨两点多。在那之前我从未想过诗歌真的可以以这样的方式去传播,给人直接的、自由的、享受的感觉。闫鹏有一个梦想,就是能把全国各地的音乐聚集在敦煌,设想从千年前的丝竹管弦到今天的民谣和摇滚,真是一件很神奇的事情。

第二个人叫王晓波,也是敦煌本地人,学雕塑出身,大学毕业后回到敦煌。起初在敦煌研究院从事莫高窟的修复和复制工作,敦煌博物馆的莫高窟45窟的复制工作就是他参与完成的。今年他在敦煌建了自己的雕塑工作室,位于许多独院独户连起来的一个小区,很安静。他也有个愿望就是能把在敦煌搞艺术的人都汇集到此地,连成一片,大家可以创作,也可以交流。另外,在8月3日有一个国际夏令营来敦煌体验当地文化,当地的政府就让他负责陶艺、雕塑、壁画的部分。他算是一个敦煌本土文化实实在在的传播者。

第三个人叫叶金盛,广东人,美术出身,在敦煌租了一个两层的小房子开茶室,白天煮茶卖茶,不仅卖从南方带来的茶,也跟着当地人学当地一些茶的做法。我就是跟着他,这个广东人,学会了敦煌正宗的杏皮水的煮法。到了晚上他就练字看书。其实茶室只是他在敦煌安定落脚的地方,更重要的他是想了解敦煌的文化,从衣食住行,到历史、宗教,再到生活哲学等各个方面。了解是为了临摹莫高窟的壁画,甚至是创作,不仅能画其形而且能画其神。敦煌对于他的吸引力是我无法用语言来描述的。其实从他的茶室就能看出敦煌的包容性,他的房东是本地人,他们虽然不太了解茶,但是几乎每天都会来点不同的茶尝尝,并且和叶先生品评交流一番,有时候我也在场,就看着他们一边是带点广东味儿的普通话,一边是后鼻音浓重的敦煌话,确实挺有趣的。

这三个人中,前两个人是好友,叶先生在我去敦煌的后半个月也先后和前两个人认识了。在这里又要提到"包容性",在敦煌认识和联络一个人是一件很容易的事情,而且大家都很愿意去交流沟通,接受新事物。之所以具有很强的包容性,很重要的一个原因是这座城很小,最多也就几个郑大那么大吧,好像丝路沿线的这些依附于绿洲而建的城市都挺小的,因为小,人与人之间就很容易建立起联系,而丝路自身环境的脆弱性又要求他们必须与外界建立联系以求得生存与发展,如此往来便形成了文化生生不息的延续、传播与融合。经过上千年的积淀,才形成了独特的丝路文化。

关于丝路文化的发展我想大家都有一定的了解。它起始于古代中国,是连接亚欧非的古代陆地上商业贸易的路线。最初用来运输丝绸、瓷器、茶叶等商品,后来慢慢发展成了东方与西方之间政治经济文化等诸多方面进行交流沟通的大通道。汉代至今的两千多年来,来自不同国家和地区之间文化的碰撞、交流与融合,形成了璀璨的丝路文明。盛唐之后,虽然丝绸之路的交往从未停止,但由于少数民族入侵,还有后来的闭关锁国等多种原因,导致它逐渐走向没落。但是随着时代的发展,特别是最近几十年经济、交通、科技、文化等方面的进步,丝路也焕发了新的生命力。2013年9月,国家主席习近平访问哈萨克斯坦时倡议共建丝绸之路经济带,这是一个跨越时空的宏伟构想,承接古今,连接中外,并赋予了丝绸之路新的时代内涵。当然,这些不可阻挡的时代变化,也带来了丝绸之路上文化交流的方式与内容的变化。而不变的是它对世界各地的人和文化的吸引力。

就像敦煌,它真的有那样一种魅力,或者说是丝路的魅力,能让各地的人汇集到此,就在前几天敦煌还举办了有几十个国家的代表与媒体参加的国际文化博览会。在这里有各个地方各式各样各种身份的人,使得各种文化在此交融。所以我相信,不论多少年过去,敦煌,也是丝路,在这样从未停止的文化交融下,它的底蕴只会变得更加丰富与深厚。

跨越千年的承诺

段玉梦

"一带一路",每当唇齿间念出这四个字的时候,总觉得像是在念着"一心一意"或"一生一世"这类温情的承诺一般。稍用些想象力,思绪就能飘回两千年前那个气势恢宏的大汉王朝……

我是个政治敏感度并不算高的人,往日咱们新传青年说高举当下时政大旗的时候,总是让我望而却步。可这一次的主题"一带一路",在我看来却不再只是一个冷冰冰的政治词汇……原因就在我下面演讲的内容里。

接下来的话题可能转得有些快,望大家见谅。高三那年暑假我读完了刘慈欣的《三体》三部曲,其中有些情节令我感触颇深,比如说,当人类面临三体入侵的恐惧,进入大低谷时期之后,再次经历了第二次文艺复兴和第二次启蒙运动。这种把历史写进未来的情节令我不禁有个奇妙的想法:或许每段历史都有自己的灵魂,他们在最初的朝代逝去,却可能在任一时空再次醒来。究竟他们能在新的时空演绎出怎样的绝代芳华,谁也不得而知……

没错,我在想:如今的"一带一路"或许就是这样一段在现代转醒的历史吧。它是带着千年前那个壮大华夏山河的承诺而来的吗?它会使如今的中华民族再度复兴到汉唐盛世那般的辉煌吗?它又能将中国的国运引领向何处?

想象归想象,这个时代的任务当然只能靠我们自己来完成!怎能寄希望于那虚无缥缈的灵魂宿命之说呢。虽然前面我一直在讲"一带一路"与丝绸之路的羁绊,但其实这四个字的全称是"丝绸之路经济带"与"21世纪海上丝绸之路",而且它指的也并非实体,而是一种合作发展的理念和倡议。

"一带一路"的格局可不单单局限于一个中国,它涵盖的区域可是亚欧大陆,它影响的范围可是整个世界!但首先,不得不说我们的"一带一路"倡议可是极大地帮了周边兄弟国家一把,他们有我们需要的市场和资源,我们投桃报李,帮他们发财致富!没钱搞建设,没关系,我们有亚投行可以提供贷款；诸多材料不够，没关系，我们有廉价的过剩产能；技术不过关，没关系，我们有世界的先进水平！这不仅能与周边兄弟国家建立友好关系，而且能为我国缓解甚至解决产能过剩、资源不足、外币储蓄不断贬值等一系列重大问题。如此看来"一带一路"可谓是两全其美的双赢之策了！

可是不能忘了，风险与利润往往相伴而行。看似百利而无一害的"一带一路"倡议，亦有着许多隐患。我们来大致分析一下。首先是作为"一带一路"重要节点的中亚地区，宗教冲突不断，政局动荡不安，谁能保证我们今天投资，他们明天不会换新的领导班子，对之前的账通通不认，最后我们反而落个得不偿失。然后来看看相对稳定又有优势的东欧地区，可事实上，东欧加入"一带一路"的16个国家，最近五年的GDP复合增速没有一个超过3%，欧洲经济愈发衰老，东欧昔日优势不再，我们又能从中获利几分呢。接下来就是我国产业转移的主要地区——东南亚，这块地方看起来就安心多了，既没有内忧又没有外患，这些年来承接中国产业转移，与我国配合得可谓是相当默契。可是仍旧不能掉以轻心啊。

反观现在的印度，巨大而廉价的劳动力市场，经济飞速发展带来的创业热潮，莫迪政府上台后大刀阔斧的改革，这一切是不是让你觉得很熟悉，是否让你想到昔日飞速发展的中国。当有朝一日印度与东南亚发展差距大到一定程度时，印度就会成为一个对外资有着异常吸引力的黑洞，将周边的资金、资源统统吸附过去。到那时，我们在东南亚花的心思恐怕都要为他人作嫁衣了。

"一带一路"尚有坎坷艰辛的漫漫长路要走，或许因为某一次的失误，新一轮的经济危机便会一路席卷而来。如何避免这种情况，如何使国家掌握最准确而全面的信息，做出最正确的抉择，不正是我们新传学子的责任吗！我们新传人也许不是走在最前面的人，但必定是看在最前面的人！

若将"一带一路"视为带着承诺从千年之前转醒的约定之人，那我们新传人当化作在它前方探路的鹰。用敏锐的洞察力刺穿虚假的表象，深入事物的本质，看清背后隐藏的究竟是危机还是机遇。我们的使命是使它对前路了如指掌，为它的承诺保驾护航！

我在脑海中勾画这样一幅场景：一位身着锦衣华服的老者，缓缓睁开紧闭的双目，直直地朝着我们的时空走来。他不断变幻着，每踏出一步都使他更加年轻。他的步伐愈加轻快，他的面容愈加坚毅。华服褪去化作西服，老者变幻化作青年。他双眼如炬，目光所及之处是整个华夏大地乃至更远……

他开口，郑重且坚定："吾愿中华国泰民安，吾愿华夏福运绵长！"这是祈愿，亦是承诺。

我等新传学子在不久的将来定能化作矫健的鹰,翱翔于这片天地之间,为守护这份承诺贡献自己的力量!

"一带一路" 携手共建

马小倩

2013年,习近平主席提出"一带一路"的国家战略;2015年,国家发展改革委、外交部、商务部联合发布《推动共建丝绸之路经济带和21世纪海上丝绸之路的愿景与行动》;2017年5月14日,习近平主席出席"一带一路"国际合作高峰论坛,与世界各国对话"一带一路"。

"一带一路"已经走过了三个年头,在这三年中,我们的人员、技术走向世界,海外的材料、资源流入国内,与"一带一路"沿线国家合作发展,共创世界美好未来。我们相信,"一带一路"绝不是中国的独角戏,相反,我们更希望"一带一路"成为世界人民的大合奏,让各国搭上中国经济发展的特快列车,推动世界前行。

"一带一路"在东南亚

从秦汉时期开始,东南亚就是海上丝绸之路的必经之路;21世纪的海上丝绸之路仍旧邀请了东南亚国家作为重要据点。

中国与东南亚在"一带一路"倡议中重点合作的有两点:一是基础设施建设,二是互补型经济发展。基础设施是各种行业合作开展的前提,而东南亚的基础设施并不完善,各国基础设施建设资金需求巨大,大多数国家的储蓄率较低,资本市场不发达。在这种情况下,中国建设亚洲基础设施投资银行、丝路基金等机构来进行资金的筹措,并且提供设备,技术人员等,推进东南亚地区的道路、港口等基础设施建设。中国经过改革开放三十多年的发展,建筑业、重工业、轻工业、航天工业等,都取得了不错的成绩。

如今,中国正处于产业转型的时机,产业的转移和升级必不可少。东南亚国家能源和原材料丰富,工业基础差,与中国的经济具有高度的互补性。中国可以与东南亚国家开展自然资源贸易和开采合作,扩大对稀缺油气资源、森林资源的进口,适当增加对矿产和煤炭资源的进口。而中国的优势贸易产品是机械及运输设备,占据了中国将近一半的出口份额,东南亚后发国家急需这类产品,以加速工业化。另外,中国人口红利逐渐下降,人力成本逐渐上升，老挝、柬埔寨、菲律宾、泰国、印度尼西亚等国丰富而廉价的劳动力也有利于中国劳动密集型和资源密集型产业的合作和转移。

"一带一路"在欧洲

古丝绸之路连接了欧亚大陆。通过古丝绸之路，欧洲与亚洲进行经济贸易，其间推动文化的交流与传播。

2017年5月，在北京举办的"一带一路"国际高峰论坛上，我们与欧洲国家进行了一系列的对话与协商。中东欧国家对"一带一路"的倡议具有两面性。这其中有匈牙利第一个参与支持"一带一路"的倡议，有100多个国家和国际组织签署了共建"一带一路"的备忘录，也有双方对具体概念和实施的理解差异。尽管我们一再强调"一带一路"是互惠互利，并不是另一个"马歇尔计划"，但是欧盟的高层在公开场合还是强调保持合作的透明程度和规则秩序，对于习近平主席提出的"五通"，欧盟的理解大多偏向于空间概念。在共享的情况下实现人力、资本、技术、人员无障碍的流动，我方把重点更多地放在了如何进行基础设施建设和贸易往来。互联互通理念在欧洲维度上被扩大化了，这就给我们的工作带来一定的困扰和不便。

欧洲国家对"一带一路"的响应比较复杂，一方面是相互理解上的偏差，另一方面是欧洲民粹主义的兴起、难民危机的出现、英国脱欧的动荡和恐怖主义的泛滥，使得欧盟本身已经自顾不暇。不过，我们仍旧相信"一带一路"倡议协作。亚欧的交通运输成本下降，区域内自贸协议的签订将会推动欧盟经济的发展，同时也将推动欧亚一体化的加速。

值得关注的是，不仅是欧洲经济贸易的增长，"一带一路"沿线欧洲诸国旅游业也增长迅速。旅游是欧洲经济复苏的关键，更重要的是，中国游客已成为欧洲旅游市场的后起之秀。我们相信，在"一带一路"的沿线，诸如希腊、波兰、捷克等有较强对外开放和合作意愿的国家，旅游业将会再次快速发展。

"一带一路"不仅是一条贸易投资之路，还是一条创业创新之路。我们相信，在中欧合作之下，中国与欧洲各国的经济发展必定会上一个台阶。

"一带一路"在俄罗斯

在"一带一路"的建设中，我们不仅寻求与东南亚和欧洲的合作，俄罗斯、乌克兰等国也是我们重要的合作伙伴。中俄更多的是在政治上的合作，贸易额还偏低。在"一带一路"合作下，俄罗斯经济整体实力强于周边国家（除中国外），并且商务环境较好，宏观环境具有较强的投资吸引力，俄罗斯优势产业集中为资本密集型产业，并且资源依赖度高。

俄罗斯虽有丰富的资源,但其对资源的利用大多停留在开采和生产初级产品阶段,很少能进行精深加工,所获得的价值增值十分有限,中国企业可以在俄罗斯投资资源密集型产业。另外,俄罗斯丰富的石油、天然气也为中俄油气合作提供了基础。并且,六大经济走廊中的中国—中亚—西亚在中国与俄罗斯、伊朗和周边阿拉伯国家的合力建设下,也取得了丰硕的成果,推动了中国与以俄罗斯为首的欧亚经济同盟和阿拉伯国家的经济发展。

"一带一路"建设不是一蹴而就的,这其中的机遇与风险共存,大国之间的博弈与合作,经济共同体内部的考量,甚至是美国的态度,都会影响"一带一路"的进程。但是,我们仍然相信,中国有能力、有信心与相关国家共同扛起经济发展的大旗。正如习近平总书记所言:"中国古语讲:'不积跬步,无以至千里。'阿拉伯谚语说:'金字塔是一块块石头垒成的。'欧洲也有一句话:'伟业非一日之功。''一带一路'建设是伟大的事业,需要伟大的实践。让我们一步一个脚印推进实施,一点一滴抓出成果,造福世界,造福人民!"

中原崛起与共建"一带一路"

尚继茹

之前,一篇广泛流传于各大网络论坛及微信朋友圈的文章中称"河南被尊为中国人老家",但事实上,在经济大战略及相关资源的全国配置中,河南长期归属洼地之列,当下,"一带一路"堪称最热词,但是在国家级的官方陈述中,这个倡议似乎跟河南没有直接联系。事实真如文章中所说的那样吗?

让我们用事实说话。2015 年,河南首家保税直购体验中心——中大门保税直购体验中心在河南保税物流区开幕,宣告个人海外购物模式走向"阳光通道"。

"新鲜卢森堡"项目在郑州启动,河南航投与卢货航联袂进军跨境 E 贸易,让中原百姓距离"买卖全球"更进一步。

位于河南的聚美优品中国分拨中心,员工正在流水线上作业,仅 2015 年"双十一"期间,该中心跨境贸易电子商务就备货 200 万单。通过这些我们看见了一个正在崛起的中原,一个与时俱进的中原,一个正在逐步走上发展高地的中原!

河南古称中原,素有"九州腹地,十省通衢"之誉。地处丝绸之路的咽喉要道,在经济全球化的平面世界中,更多承载了重塑世界贸易区域中心繁荣的新梦想。繁华盛唐,各国商贾云集中原大地,各国语言交流沟通、各种商品按价交易,各种文化碰撞交融,在城市化快速发展的今天,河南将拥有更广阔的发展空间,发挥中原独特的区位优势,赢来新的发展机遇。

但我们也得正视自身发展的短板,就目前来看,产业结构层次较低、结构不优的问题依然突出,"农业大而不优,工业全而不强,服务业不大不强更不优"的特征也较为明显,特别是化工、有色、钢铁、建材、纺织等传统高载能产业占比大,产能的过剩程度较为严重,转型发展的任务相当繁重。在目前的新常态下,河南发展既存有诸如经济下行压力加大,传统产业优势弱化,出口拉动能力不足,人口红利下降,粗放式增长难以维持等不利因素,又存在人才引进机制稍显落后的问题,创新型人才是现代社会发展的急需人才,也是我省融入"一带一路"发展的关键因素。

面对我省特殊的发展现状,我们未来的发展出路在哪里呢?

作为"一带一路"的重要交通枢纽,我们首先要做的就是完善基础设施建设,为"一带一路"的发展提供更多可能。以米字型快速铁路网建设为重点,实现快速铁路通达全部省辖市,推进省际快速通达,提升高铁、地铁、普铁、城铁"四铁"联运水平,大力加强信息网络系统建设,加快实施"宽带中原"工程,优化4G网络,加快推进郑州国家级互联网骨干直联点建设,及时跟进国家"互联网+"行动计划,打造网络强省。

其次,河南作为传统的粮食大省,在保持自身原有优势的基础上应该加快产业转型的步伐,推进创新型、绿色产业发展,加大人才引进机制,以创新驱动发展。习近平总书记在2014年调研指导河南工作时指出,发挥优势要打好四张牌,其中一张牌就是"以构建自主创新体系为主导推进创新驱动发展",为河南省加快创新发展指明了方向。习总书记提到:"技术跟粮食一样,要自己端起核心技术的饭碗,靠别人靠不上,所以我们自己要自立自强。"我们要打造创新强省。

最后,作为拥有丰厚历史文化底蕴的中原福地,要加强自身的文化体系建设,加大宣传力度,不断宣传中原的优秀传统文化,给传统文化注入新的时代内容,打造文化强省!"一带一路",是一个涉及44亿人口的宏大的国家发展倡议,所以,我们的发展决不能故步自封,要杜绝闭门造车。我们要推动企业走出去,政府层面应加大统筹和协调服务的力度,合理界定和发挥政府、企业及智库等的作用,在"一带一路"建设中形成合力。在与沿线发展中国家的合作中,要创新企业合作发展模式,提高企业人才引进机制,完善国际合作协议。树立良好的河南形象,乘着"一带一路"的快车,加强彼此间的人文交流,输出优秀的中原文化和良好的中原形象,打破一直围绕着河南的"地域黑"魔咒,让国人,让世界重新认识中原,树立我们的文化自信。

因此,作为新闻媒体人,为了促进"一带一路"更好地发展,我找到了三个可行的方法,简而言之,就是三个E:第一个E是eyes,即目光,摒弃傲慢与偏见,以诚恳尊重讲述丝路故事;第二个E是extensiveness,即延展,拒绝偏激和狭隘,以开放包容共铸丝路精神;第三个E是exchange,即交流,告别画地为牢,以交流互动谋求文明共识。一片土地的历史,就是在它之上的人民的历史,"一带一路",是用生命与执着蹚出来的经贸往来之路,是用信念与希望蹚出来的文明交融之路,是打破千山横亘,万水阻隔,是天涯若比邻的友谊之路。我国是"一带一路"的倡导者和推动者,但建设"一带一路"不是我们一家的事,"一带一路"不应仅仅着眼于我国自身发展,而是要以我国发展为契机,让更多的国家搭上我国发展的快车,帮助他们实现发展目标,我们要在发展自身利益的同时,更多地考虑和照顾其他国家利益,坚持正确义利观,以义为先,义利并举,不急功近利,不搞短期行为。我们作为优秀的中原儿女,也要不断增强自身实力,提升自我素养,为"一带一路"的发展贡献自己的一份力量。

"一带一路"之你我生活

万颖 王红

假若你问"'一带一路'是什么",高中生会顺口说出"'一带一路',不就是指'丝绸之路经济带'和'21世纪海上丝绸之路'嘛";历史老师会一五一十地讲出"一带一路"的历史渊源,张骞的访问故事,郑和下西洋的冒险经历;政治家会侃侃而谈,告诉你"一带一路"的战略意义,牵涉的国际合作等。但是,今天,我想通过几个小故事告诉大家,"一带一路"并不是一个空泛的、遥远的、政治化的概念,而是实际的、眼前的、生活化的一个福利。

中泰铁路

大家应该看过《泰囧》这个电影,剧中的主角之一王宝强,拿着仙人球,背着旅行包,坐着头等舱只身一人来到泰国,为母亲祈福。但是我们也知道,王宝强扮演的角色,只是一个开着街边小店,每天靠卖一张张葱油饼生存的小生意人(小贩)。他每个月挣的钱或许刚刚够他交房租、交水电费,以及养老保险等。他又为什么能去泰国呢?因为泰国物价便宜啊,所以泰国也成了中国老百姓热衷的旅游地。

而今有个好消息是,随着"一带一路"的深入发展,2017年10月"中泰铁路"将要开工,从昆明出发到曼谷,只需7个小时,可以说是朝发夕至了,而且往返票价仅需700块钱。那么等到"中泰铁路"建成之后,我们在节假日出行时,除了考虑成都、西安、洛阳、青岛等地方,还将会多一个新的选择——泰国。

买买买

接下来我想谈论的是一个女生关注的话题——买买买。我的身边有很多同学,都特别爱逛淘宝,每天中午吃完饭就打开手机,刷会儿淘宝。女生的购物车里可能大部分都是化妆品、护肤品之类,比如圣罗兰圆管口红、可莱斯面膜、赫拉气垫等。

然后她们就开始每天省吃俭用,之前经常订的外卖,不定了;准备买的新衣服,不要了;妈妈给的零花钱,不花了。就坐等着"双十一"的到来,剁手买买买。

而如今,我们河南有了郑州航空港经济综合实验区,现已汇聚全球500多个著名品牌,10万余种跨境商品,7 000余种奢侈品,涵盖化妆品、生活用品、果蔬饮料等,商品丰富程度在河南乃至全国都少见,让顾客能够"一分钟买到所需,一小时逛遍全球"。

而这些商品都是免税的,这就意味着,我们可以花更少的钱买更多的商品。

老　外

走在郑大的校园里,我们会发现,学校的留学生很多,住在松园的同学会更有感触,因为那里住着很多医学院的留学生。但是仔细听他们的口音,其中大多来自印度、巴基斯坦、尼泊尔等南亚、东南亚地区。当然也不乏一些西欧人士,比如,这位,前一段刷爆朋友圈的外教丹尼尔,来自英国,他喜欢打中国的太极拳,并且到河南陈家沟学拳,喜欢早餐吃面包加辣条,喜欢和中国学生交流,更喜欢中原河南这个地方。

而当你走在北上广这些沿海城市,随处可见的是来自世界五大洲的游客、商人、留学生等。对比看来,河南的开放程度并不够。

而现今,"一带一路"涉及53个国家、94个城市,我们与中亚、欧洲、俄罗斯等这些国家联系得更加密切,国家也出台了许多留学生优惠政策,相信在不久的将来,随着"一带一路"的继续推进,会有越来越多的国外面孔拥入。

最后,引用习近平总书记的一句话:"'一带一路'建设不是空洞的口号,而是看得见、摸得着的实际举措,将给沿线地区国家带来实实在在的利益,给你我的生活带来不断的惊喜。"

"一带一路",共同发展

杨翠丽

2015年9月,李克强总理来到"小红书"的郑州保税仓库。当李总理得知小红书做电商半年多,销售额7个亿时,表示"你们的增长真是够快的!"他指着"小红书"的包装用语"今天的心情,三分天注定,七分靠shopping",随即就花200元下了一单。

让我们来看看欧亚大陆桥的另一端。"双十一"漂洋过海,俄罗斯人民也剁手?安娜丝是一名医学院的学生,今年的"双十一"她为自己挑选了93件衣物。她从2013年开始通过阿里巴巴的速卖通网购。据悉,阿里速卖通进驻俄罗斯后,日均网站浏览人次超1560万,平均每天有30万个包裹从中国发往俄罗斯。看来,"一带一路"离我们并不远。或许,酷爱海淘的你已经不知不觉参与其中了。那地处中原的河南省应该怎样在这个浪潮中抓住机遇,激流勇进呢?

以郑州航空港和郑欧班列为基础,与他省建立合作机制,利用云计算和大数据技术,继续发展跨境电子商务,建立现代化物流体系。线上+线下,发挥电子商务服务实体经济的作用,带动服务业和制造业的发展,构建航空港产业体系,助力河南经济腾飞。

战国时期推行合纵连横的军事政策,其实是为了在争霸的过程中减少阻力。因此,河南省要与他省建立统一协调机制,东联西进,共同发展,逐步开通郑新线、郑沪线等,实现班列常态运行。

制定人才战略,培养国际化人才

三国后期,诸葛亮去世后,再也没人能够担起大任,从此蜀国国运陨落。相反,魏国统治者广搜人才,后续人才跟上,成了唯一霸主。可见拥有一个智囊团多么重要。"一带一路"倡议既涉及硬实力的比拼,也涉及软实力的较量。政府应该承担国际化人才培养的重责,加快跨学科培养"一带一路"建设人才,设立"一带一路"国家留学基金;完善人才引进机制和实践平台,与企业加强合作,进一步实现产学研结合。

突出互补性，增强合作的可能性

用人者，取人之长，避人之短；教人者，成人之长，去人之短也。选择与我省发展互补性强的国家和地区，继续在航空运输、农业、矿业、物流等领域开展务实合作。中亚地区气候干旱，大量土地难以有效利用，迫切希望引进先进的农业生产技术。中原地区种植经验丰富，拥有高校智库资源，因此首先要加强与中亚五国的农业技术交流。中亚地区轻重工业发展不平衡，我省应积极推动这些产业走出去。沿线国家油气资源丰富，河南省经济发展较快，对能源资源的需求量日益增长，二者应加强能源合作。

坚持走出去和引进来相结合

河南省是农业大省，因此涌现出了以双汇、思念为代表的国际国内知名的食品加工品牌。同时也出现了以宇通客车和新飞公司为代表的制造品牌。这些企业在走出去时要注意抵御风险，解决水土不服的问题。一是企业要有对策，二是政府要创造良好的营商环境。引进来要注意利用 CI 系统，塑造新的河南形象，通过国际友好城市建立合作伙伴关系，创新招商引资平台。不单纯以引进单个企业为目的，要以"环圈"产业链的视角去思考产业发展，建立以研发设计、现代物流、仓储、信息数据等为主的现代服务体系。

看来"一带一路"大到影响国家间的贸易，小到影响每个人的网购。那么作为媒体人，我们应该怎么做呢？

做好财经新闻，引导企业建立商会组织。"走出去"使企业在"一带一路"国家投资过程中面临的机遇与风险并存。身为媒体人，要具备过硬的专业素养，及时给自己充电，进入学科边缘的交叉地带，做好财经新闻，为企业发展提供建议。比如，积极引导企业建立商会组织。古代有以地缘关系为基础建立起来的四大商帮，极大地促进了当地经济的发展。而今，我们更要通过建立商会，发挥其智库咨询的功能，提高共同应对风险的能力。

为政府献言献策，提高人民币的国际地位。在促进中国对"一带一路"沿线国家和地区出口贸易效率提高的政策选择中，贸易自由化与基础设施条件的完善是最为重要的政策方向。作为媒体人，做好基础设施建设的跟踪报道，并综合分析国内外的经济和政治形势，就促进贸易自由化为政府提供建设性的意见。比如，在与中亚国家的贸易发展到一定程度时，积极推动人民币成为区域性结算货币，建议政府发挥宏观调控职能，实施优惠外汇政策等。

创新运用新媒体，加强文化交流与合作。拍摄旅游宣传片或纪录片，推进优秀影视作品的出口。在这条经济带上有中国文化、伊斯兰文化、基督文化。贸易过程中,必然会伴随着文化的交流与碰撞,要积极寻求文化价值观的相似之处,体现中国的担当与东方智慧。己欲立而立人,己欲达而达人。寻求共同点,突出利益共享。

关注"一带一路"沿线文化遗产,促进遗产文化交流与合作。以"'一带一路'国家发展网"为基础,不断推动内容创新,开设专题频道,推出特色栏目,运用互联网+、大数据技术,通过数字化方式,实现对文化遗产数据的记录和传播。

我们的征途,是黄沙瀚海

杨 岚

新传青年说,郑大听我说。大家好,我是杨岚。今晚的主题是——"一带一路"说,但是说句真心话,"一带一路",可是真的不好说。我也是第一次接触这么大的主题,所以,浅薄之处,还望大家海涵。现在,让我们一起走进那片黄沙瀚海的奇迹。

2017年,"一带一路"峰会在北京召开。多国首脑在此齐聚,中国更是拿出最高外交礼遇隆重接待。什么是"一带一路"?又为什么可以得到如此高度的重视?简单说来,"一带"就是"丝绸之路经济带","一路"则是"21世纪海上丝绸之路"。两者都是以地域为纽带,组建国家经济互助平台的倡议。至于它为什么可以让世界聚焦,我将从三个方面为大家阐述。

丐帮开银行,世界金融回暖新契机

金融是现代经济的血液,但是在全球金融危机的格局下,哪怕是资本主义大国,也面临着供血不足的困境。没钱咋办?找有钱的借咯。于是,作为世界头号资本大国的美国笑了,利用金融手段从世界各国吸血的把戏再次搬上台面,并且严防死守,不许他国染指这块大蛋糕。

中国不服,搞了金砖银行,开设了丝路基金和亚洲基础设施投资银行。可惜这种行为一开始被定义为——丐帮开银行,自取其辱。组织着一帮经济实力不强的国家,还妄图在世界金融市场兴风作浪?想得美!

可是,不知不觉间,风向变了。截止到2017年6月,亚投行成员总数增至80个,其中联合国安理会五大常任理事国已占四席。这再也不是一帮穷孩子的小打小闹,而是真正的国际资本运作系统。"一带一路"最基础也是最根本的任务——发展经济,已经有所依托。世界金融一家独大的局面已经是过去式,未来,是各国联合,以金融为杠杆撬动发展的时代!

和而不同,发展之路代替流血冲突

"二战"结束了,但硝烟未停。强权的阴影仍然在世界的各个角落挥之不去,强国为了一己之利,不惜生灵涂炭。

没有流血,也没有冲突,我们以发展构建新的国际关系。但各国间不一样的文明,不一样的利益链条,不一样的信仰、宗教和各种新仇旧恨,都是协同发展道路上的巨大阻力。为了解决这一系列问题,中国提出:"一带一路"建设要以文明交流超越文明隔阂、文明互鉴超越文明冲突、文明共存超越文明优越,推动各国相互理解、相互尊重、相互信任。

我们的许诺,绝不是空头支票。2017年"一带一路"峰会,关系紧张的美、韩、朝共同赴会,积怨已深的中东各国也暂时止戈。大家坐到代表平等的圆桌前,为了共同的发展目标开始各抒己见。

欣欣向荣的背后,是我们的拼搏和坚守。"一带一路"倡议提出以来,质疑和嘲讽的声音就从未停息。如此宏大的计划,需要多么惊人的号召力才能组建?又如何能够让国情各不相同的参与国齐心协力,组成共同的利益链条?

桃李不言,下自成蹊。

止戈为武,对和平的追求根植于中华民族的文化和血脉;兼容并包,尊重和理解让各国在合作中创造了崭新的未来。靠着坚船利炮和殖民掠夺积累的财富,只能用于支付高昂的军费,以和平发展谋得的利益,才能为人民带来真正的幸福。

老马识途,经验之谈指导未来发展

虽然"一带一路"的建设已经初具规模,但是盲目乐观也不是好事。我们还是要慷慨激昂之后,回到对未来建设之路的展望上来。未来,这"一带一路"要如何发展?习总书记给出的答案是——中国经验来指导。

话不多说,让我们来看看中国经验究竟包含哪些内容。

经验一:要想富,先修路。设施的联通毫无疑问是合作发展的重头戏,未来,我们将持续推进四位一体化建设,实现陆上、海上、天上、网上全线联通。但是呢,一口也吃不出个大胖子,建设还是要一步步来,所以,以原有的基础设施为依托,聚焦关键城市和关键项目,才是当前的必经之路。

经验二:农村包围城市,先富带动后富。以一团乱麻的中东问题为例,咱们不指望能"一夕之间"解决世纪纠纷,但是,我们可以先从矛盾不那么尖锐的地方入手。埃塞俄比亚就是一只很好的领头羊,别的国家针尖对麦芒的时候,它不参与矛盾,在"一带一路"倡议的扶持下,同时推进基础设施建设和对外贸易发展。榜样的力量是无穷的,眼看着隔壁家的穷小子有了要发达的气势,周边各国的目光自然就从打架转回了发展上来。百年难题的化解,也就只是时间问题而已。

从"一带一路"建设前的经济体系构建,到计划推行中兼容并包的大国情怀,再到对"一带一路"未来发展的合理规划。中国,从来不曾止步不前。这一次,我们有备而来,也必将满载而归!在座的各位,你们有没有信心?

从门可罗雀到一呼百应,这一带,千丝万缕,维系着珍贵的和平;从阡陌相通到康庄大道,这一路,天南海北,传递着发展的福音。

新传青年说,郑大听我说。"一带一路",我们的征途,绝不仅仅是黄沙瀚海!

第七期　说说这五年

党的十八大以来,在以习近平总书记为核心的党中央领导下,全国人民团结一心,砥砺奋进,取得了一系列重大成就。高铁、支付宝、共享单车和网购成了很多外国人心目中的中国"新四大发明"。

用改革红利让人民受益,这是党和政府的决心。五年来,中国人生活条件改善了,生存环境更宜居了,医疗体系更完善了,出行更方便了,治安条件更好了,社会风气更正了,幸福感更强了。中国日渐成为全世界人都想来,来了就不想走的地方。

五年来,郑州大学成功入选教育部"世界一流大学建设高校",郑大已经站在一个新的更高的发展起点;新华通讯社与郑州大学共建穆青研究中心,中共河南省委宣传部与郑州大学共建新闻与传播学院,新传学院进入快速发展的时期。

五年来,你的家庭、你的家乡都发生了很大变化,家庭生活更幸福了,家乡更美了。

五年来,奋斗努力的同学们或者从中学生成长为大学生,或者从大学生成长为研究生。大家成长了,成熟了,距离自己的目标更近了。与此同时,大家的眼界更开阔了,梦想更远大了。

这不平凡的五年,相信大家都有满满的收获和感悟。

金秋十月,充满着丰收喜悦的日子。

十月的最后一个星期二晚上,"新传青年说"期待你来"说说这五年"。可以说说你的家庭、你的家乡、你的母校,抑或你的国家;如果你有宽广的国际视野,也可以说说你眼中变化的世界。

砥砺奋进这五年

郑 翅

庄子有言:"人生天地之间,若白驹过隙,忽然而已。"五年的时间,于我们几十年的生命而言,不长不短。2012—2017年,于我、于家、于国,都是极不平凡的五年。正所谓,五年砥砺奋进,五年筑梦前行,五年之变,请跟我看三看:

一看人之变——点亮成长梦,坚毅铸理想

于我而言,过去的五年,从15岁的懵懂少年,到20岁的意气青年,正是个人价值观形成并渐趋成熟的关键五年。这五年,我走过初三,步入高中,跨入大学,经历了中考、高考这两次学生时代的大考;这五年,我度过自己的18岁,成了法定意义上的"成年人"。如果说这五年中我的变化,那就是备战高考的过程使得"坚持"融入了我的性格。我国青年作家刘同说过,一件事只要你坚持得足够久,"坚持"就会慢慢成为"习惯",原本需要费力去驱动的事情就变成了家常便饭,原本下定决心才能开始的事情也变得理所当然。而坚持也带来了十分丰厚的回馈,因为坚持,我来到了这里,因为坚持,主持、弹琵琶这些被义务教育耽误了三年的兴趣爱好,在这所校园里得到了继续发展的机会。在恰好的时光里做自己喜欢的事,这不正是青春最好的模样吗?这五年于我,是用坚毅点亮梦想的五年,而对于正在腾飞的中国,也是不断前进,一步步实现中国梦的五年。五年前,我的同龄人中只有极少数同学持有手机。而五年后的今天,移动支付、网购已经成为我们生活中不可或缺的一部分,大学生出门不带现金几乎成了常态,共享单车也遍布街头巷尾。而这些,也都是中国互联网经济飞速发展的缩影。我和我的国,都在筑梦的路上前行!

二看家之变——点亮新居梦,改革助小康

这五年中,我家发生了很多大事:我考上了大学,表姐为人妻为人母……最重要的是,我们搬家了。说到买房这件事,中国人对房子的痴迷可谓达到了无与伦比的地步。有钱了第一反应是买房,没钱的借钱也要买房,

在《欢乐颂》中樊胜美对房子的追求也恰恰体现了国人对房子的执念,而我家也不例外。我家的老房子,是私人开发,产权不明,加上地处老城区市中心的边界,物业、治安都比较差,所以买房这事,工薪阶层的父母念叨了很多回。下定决心买房是在2015年冬天,精心挑选了城南新区的一处房源,接着申请住房公积金贷款,付首付,次年春天交房。这个过程中,让父母一直赞不绝口的是,住房公积金贷款的整个手续办下来只用了两天时间。办理住房公积金贷款需要在公积金管理中心完成,备齐材料,在流水线式的窗口走上一遍,就完成了所有手续,不会再像以前那样,在好几个办事地点跑了一趟又一趟。而这些正得益于党的十八大以来国家推行的一系列政务改革。政府简政放权带来的实惠与便利,让老百姓的获得感与日俱增,也助力着千万家庭的小康梦。家庭乔迁新居的喜悦与自豪,也包含了一家人初尝小康滋味的新鲜与满足。我的家和我的国,都在小康的道路上前进!

三看国之变——点亮中国梦,辉煌铸华章

今年"十一"假期,当我穿梭于人群之中,欣赏祖国的美好河山时,却收到了在美国留学的同学的一条信息,说的是美国的拉斯维加斯枪击案。"还是中国好"这句话,我说的时候不假思索,思考了以后,我还是这样说。回望党的十八大以来极不平凡的五年,中华民族伟大复兴的中国梦正在一步步实现。五年来,学有所教,劳有所得,病有所医,老有所养,住有所居的生活,对中国人来说,正在从美好愿景加速变为现实;五年来,脱贫攻坚被摆到治国理政的突出位置,"精准扶贫"成了农村基层干部与农民的一场硬仗。过去的1 400多个日夜中,共有5 500多万人脱贫,换算到秒,平均每三秒就有一个人脱离了贫困;五年来,"一带一路"的国际倡议、"两个百年"的奋斗目标、"四个全面"的战略布局、"五位一体"的总体布局等,从中国社会的方方面面,释放发展与改革红利;五年一个起点,中国道路越走越宽。我的国,正在新长征路上,辉煌前进!

百舸争流,奋楫者先;中流击水,勇进者胜。五年的锐意进取,五年的开拓创新,五年的坚毅前行。我和我的家,我的国,都在五年的砥砺奋进中创造了骄人的成绩。这一个五年,我们砥砺奋进,下一个五年,一定会更好!

五年,从未改变

李 猛

大家好,我是2016级广播电视学(1)班的李猛,今天要给大家讲的是"我这不变的五年"。嘿,我好像看到下面有些同学已经是一脸疑惑了,李猛,你是来错片场了吧?这里是新传青年说,可不是听你瞎掰呼的。的确,但是你也先别急着砸鸡蛋,且听我来说说我这不变的五年如何撑起了五年之变。

五年前,距今已经太过久远。我本以为我还是五年前十四五岁的阳光少年,可仔细一想,自己都已经是超过十九岁的学长了。细数这五年的时光,怎么会没有一点变化呢?五年的光阴,已经足够重塑一个人了。五年足够让一个人脱胎换骨、改头换面……这五年,有人在不断地丰富学识,有人在不停地强健身体,当然也有很多人变得越来越好看。

五年前的我应该还在上初三,那一年也就刚刚15岁。当我说到这个数字的时候还能清晰地感觉到心脏那倏地停滞。我还记得那一年发生了很多小事,也正是那些小事支撑着我走到了今天。

在那一年里遇到了我这二十年里最喜欢的一件事,当然那不是小姑娘啦,小姑娘才十四岁。我清晰地记得那是在上我最讨厌的数学课,我的同桌拿出一本杂志塞在课本下问我要不要一起看。我向来对女生爱看的杂志是不感冒的,可是抬头看看数学老师,我低下头和她一起看了起来。课上完的时候我们也刚好看完其中的一篇文章,可是她却一直呆坐在座位上,许久都没动。我侧头望去,看到了她已经泪盈于睫的双眼。我还清晰地记得当初自己望着她想哭又哭不出来而忍俊不禁的感觉。她直勾勾地望着我说:"李猛,这篇文章太感人了。"我却傻不愣登地回了一句:"也不过如此啊,我也可以写出来。"

是不是太大言不惭了?可是就是这样的一句话,把我推到了今天。自那天开始我就尝试着去买市面上的各类杂志看,也尝试着给杂志投稿。五年前,我的一篇文章被修改了近十遍,苦心人天不负,我的第一篇文章刊登在了一本杂志上。也正是那一天,我知道,第二个我诞生了。

在这五年里我听到了太多人的怀疑、讽刺和挖苦,高中室友曾说:"就你的文章也会有出版社要?"时至今日我仍记得,但是从无责怪,反而心怀感激,他这样的一句话远胜过无数个自勉之语。于是在五年后的今天,我和北京的某图书出版公司签订了出版合同,明年会出版一本属于自己的书,实现自己五年的不老梦。这五年里,我初心不忘,时刻自省。正因为这五年的从未改变,撑起了五年后更好的自己。

如果问我这五年里还有什么后悔的事,那么大概除了我没表白那个喜欢了很多年的女孩之外就是没有参加艺考了。我喜欢主持和播音,曾一度想去艺考,可最终还是在父母长辈们的劝说下权衡利弊后放弃了。可是我放弃了艺考,却并没有放弃我寻梦的道路。五年来,初心未变,长梦不改,进入大学之后我加入了广播站、电视台。大一每天六点半去中体中核练声,抱怨过太多次,却不敢放弃,因为我知道,有太多东西比多睡半小时重要得多。

于是在五年后的今天,我和哲思阅易签下协议,成了喜马拉雅的主播,也做了《故事林》杂志的主播,给别人的公众号做播音兼职。明明可以靠脸吃饭的自己,最终还是选择了卖文和卖声。如今距离梦想仍旧遥远,可是我知道,这五年来我一直都在前进着,站在哪里不重要,重要的是初衷不改,一路向着光明行走。

回首这五年,说五年里谁都不曾改变是不可能的,我们站在岁月的角落里,任时光打磨得越发温润或雕刻得棱角分明,它带给了我一个不够优秀但是更好的自己。可是在这五年里,有些东西又是从不曾改变的。梁启超先生说:"十年饮冰,难凉热血。"我知道在这五年里,自己的那一腔热血,那浑身热忱是永远不会被消磨的。正是因为这五年中不变的初心才撑起了如今更好的自己。我相信,不论走多远,都不会忘记自己为什么要出发。希望下一个五年之后,抑或五十年之后,我仍能睁着浑浊的眼,张着掉光了牙的嘴,告诉世人,这一生里,我都从未改变过。

于无声处听惊雷,看砥砺歌行又五年

李奕霏

从题目大家可以看出,我们今天的主线是"时间"。每个人的一生绕不开的一个话题就是时间,人生也总是被分成不同的阶段。比如说我吧,今年快二十岁,所以我的人生大致可以分为四个重要阶段。党的十五大后凝心聚力,攻坚克难的四年半;党的十六大后栉风沐雨,披荆斩棘的五年;党的十七大后筚路蓝缕,焕发新机的五年;党的十八大后砥砺奋进,阔步前行的五年。这么一划分,突然觉得前二十年过得也是一颗红心跟党走,根正苗红好青年。说到这里大家肯定要说,你说了这么多,跟你一个连北京都没去过的人又有什么关系呢。今天我们就来说说国家越来越强,人民越来越富,我越来越好的这五年。

这个题目放在高中,我相信大家一定是手到擒来。为什么呢?因为那个时候我们的生活中还有每晚七点的《新闻联播》。你每天的政治课就是《新闻联播》的重播时间,还是滚动播出的。所以你会很清楚中国的大政方针,民生民情,甚至习近平总书记今天又系了什么颜色的领带。可是现在呢,新闻对我们来说可能更多的是荷园的新餐厅和今天松园要停水。说到底是庙堂之高我们不可企及,我和人民大会堂之间隔着一个二次安检。所以我们今天就聊点和我们生活息息相关的。

正如习近平总书记所说,党的十八大以来的五年是党和国家发展进程中很不平凡的五年。"很不平凡的五年"这七个字让人精神一振。五年来,党中央解决了许多长期想解决而没有解决的难题,办成了许多过去想办而没有办成的大事。政治层面有反腐倡廉,经济层面有雄安起飞、"一带一路"建设,社会方面有全面二孩政策、精准扶贫等。在世界有很高显示度的和最值得一提的还要属我国的"新四大发明":高铁、支付宝、网购、共享单车。

作为"郑漂"的学生党,我相信在座的很多人和我一样遭遇了人生的"重大挫折",那就是抢火车票。前一阵我在坐火车回家的时候还在感慨,从前,车马很慢,一学期只能回一次家,但自从有了高铁就大大缩短了回家的时间,时速350km的"复兴号"和300km的"和谐号"任你挑选。

我国的高铁不仅因为速度快而闻名，之前也因其"平稳性"在 YouTube 上爆红了一把，事情的起因是一个外国小哥在高铁上做了一个立硬币的实验，在高铁飞速行驶的过程中硬币在窗台上屹立九分钟不倒。结果，日本人看了这个视频表示不服气，于是他们也在新干线上做了相同的实验，测试结果可以说是很悲剧的。澳大利亚金融评论报记者安格斯曾说过："如果中国向澳大利亚出口高铁，本土的火车就该进博物馆了。"这也显示出中国高铁在世界上较高的知名度和较好的口碑。除此之外，全列 Wi-Fi 覆盖、高铁上叫外卖以及高铁动车在线选座功能，也给中国高铁无形之中又做了一个广告。不过，在线选座对于我不见得是个多好的消息。像我这种跟郑大四万多学生抢课都抢不赢的手速，让我和全国人民一起抢票，我能坐到什么位置，我自己心里还能没点数吗。

当前高铁已经通到了很多地势险要的地方，比如四川，当我坐高铁去成都的时候，我想起李白的《蜀道难》，因为那里地势确实十分险峻，但是中国工人修筑起了一条高铁专线，两面是崇山峻岭，下面是万丈深渊。所以说高铁不只是一个交通工具，它同样也承载着你的梦想，从前，你有诗和远方，但是你的远方也就在诗里，你没法儿去，你说，就那么一个"猿猱欲度愁攀援"的地方，猴儿都爬不上去，你说你怎么去。但是自从有了高铁，你就有了"世界这么大，我想去看看"的底气。当然火车提速也给我带来了一点点困扰，那就是不能误车，从前车马很慢的时候，人跑得都跟火车一样快，误个一两分钟没关系，我们可以扒火车，轻易和火车肩并肩。所以大家知道为啥印度百岁老人能打破马拉松纪录了吧，可能是长期挤不上火车只能跑步，锻炼了一副好身体，当然，这些都是玩笑话。

说罢高铁，再来说说网购，我们郑州大学最近一直是"头条体质"。撇去最近的"双一流"大学不说，去年"双十一"就火了一把，标题是"郑州大学双十一消费 3510 万元，8 万件包裹领跑全国高校"。网购确实给我们的生活带来了许多便利，打破了商品交易的地域限制，真正做到只有想不到，没有买不到。

这 5 年我的家乡同样也经历着一次蜕变，为了保护环境，关停了许多重工业企业；为了双创，取缔了很多小吃摊；为了加快城市化进程，拆了很多老建筑。虽然现在的家乡和我小时候记忆中的样子不太一样了，但是历史前进的步伐是不会停下来的，而历史的发展必将伴随着一部分事物的消亡。北京有一位胡同摄影师"南城老李"，他用了近 20 年的时间与推土机赛跑，将北京的老胡同用相机记录下来。所以我相信，就算有一天胡同没有了，但老北京却能一直活在北京人的心里，同样的，不管家乡再变样，它独特的韵味却能活在每个信阳人的心里。

一言以蔽之,这五年,我们老有所依,壮有所用,幼有所长。货恶其弃于地也,不必藏于己;力恶其不出于身也,不必为己。这五年是发展的五年,也是收获的五年,真正做到了发展成果由人民共享。

"心事浩茫连广宇,于无声处听惊雷。"这也许就是大国的崛起,每一步都伴随着振聋发聩的雷声,向世界宣告着我们"敢叫日月换新颜"的勇气和决心。

五年,我家的变化

刘 林

大家好,我是来自2016级网络与新媒体专业的刘林,今天,我想和大家分享的是《五年,我家的变化》。拿到这个题目,我与好友网上聊天时就问她:"你觉得这五年我有啥变化没有?"大约20秒后,她先回了两个笑哭的表情然后又回了这样一句话:"五年不知道,记忆里你好像就没长高过,只是长胖了不少,哈哈哈!"真是个扎心的、好笑又好气的回答。

放下手机后,我就躺在床上想我身边的变化,然后想起了五年来的辗转,从浙江回老家中考,去市里读高中,3年后考进了郑大,充实又迷茫地度过了大一。又想起老家那条五年了还是一直没能修好的路,想起五年来奶奶都是一个人在乡下老屋过着清苦的生活。想起2014年9月26日下午接到的母亲那个电话:"喂?小超,你爸爸在船上被缆绳扭断了脚,现在在福州的军医医院里,我在他旁边,你们不要担心,好好读书!等我消息。"听到这个消息,我倒没来得及伤心难过,只是感觉脑海里响了一声闷雷,然后整个世界便黑了。

我急忙去银行取了500块钱,买了去贵阳的末班车,在末班车上才想起跟班主任请了假,又在网上订了从贵阳到福州的高铁票。一路上无法闭上眼睛,一天似乎就想了一生的事情。

到达福州已是次日下午,母亲去车站接的我。她眼睛已经哭红,而且已经肿得和脸颊一样高,头发也凌乱得只是胡乱地扎了一下。一路上她一边哭一边责怪我不该过来,应该好好读书。我不敢看她,在出租车里我对着车窗抽泣,在路上我低着头,我始终不敢看她。到了医院,父亲安静地躺在病床上,右脚膝盖以下裹着厚厚的石膏,吊在支架上面,床头柜上摆了几张X光片和医生写的诊断。父亲看到我说了第一句话:"你来老师知道吗?""嗯!知道……爸。""我没事儿,你们不用担心,过几天就赶快回去上课吧!"两个男人间真的是不知道怎样表达情感。我放下书包借口上厕所冲了出去,情绪终于对着洗手间的镜子决堤了,开着水龙头不停往脸上泼水,然后使劲哭。脑子里充斥着父亲以前说过的话:"前三十年,看父敬子,后三十年,看子敬父。""爸爸文化水平低,没能力教育你们,但希望你们都成才,不要走爸爸走的老路。""人要自己看得起自己,自己都看不起自己,别人也不会看得起你……"不知是什么力量抑或某种情绪促使我做了这样一件从此想起就觉得肉麻的事情,我拿出手机模糊着双眼给父亲发了一条短信:"爸爸,后三十年,看子敬父。"发完短信后手机屏幕已经泪洗了。

那年冬天,父亲出院回家,我们一家人倒难得的都在,只是父亲和母亲经常吵架。父亲是个乐观的人,母亲是个悲观的人,吵架是因为父亲右脚残疾了却没有得到相应的赔偿,渔业公司只承担了父亲的医疗费用以及停职的工资,母亲气不过便时常说父亲软弱,父亲似乎有自己的委屈和难言之隐,便常和母亲吵架。忍不住,我偷偷给渔业公司的老总打了电话说了一通,然后追加了三万块钱的补偿,父亲残疾了一只脚最后只以获得六万元钱赔偿告终。

一个晚上我睡下后,父亲来到我床边坐下帮我掖了掖被子,我背对着他裹着被子。他用手隔着被子抚摸着我,说了一席话:"爸爸没用,爸爸没能照顾好你们。你要好好读书,你如果读得好了,弟弟妹妹也会读得好。你们倘若都读得好,爸爸哪怕是拄着拐杖背黄泥巴卖也会供你们读下去。你们以后不要再来扛这三斤半的锄头了,爸爸希望你们都坐办公室……"我紧闭着眼睛没有出声,泪水却早已淹没了整个脸颊,直听到父亲的拐杖声渐行渐远,为我轻轻地关上了房门,我才忍不住咬着被子放肆地抽泣起来。那个夜晚出奇地长,也出奇地冷,我没有睡意,睁着眼想了一整夜。

转眼一想,时过境迁,过去的已成记忆和浮云。虽然过去的五年辗转不定,风雨飘摇,命运似乎给我们开了一个玩笑。但我们以后还有好多的五年,未来的五年也许我能再长高5厘米,能考研成功然后有一份安定的工作,也许家里的那条路能修通,然后奶奶也和我们一起居住。未来的五年也许父亲的脚不能痊愈,但不会再受天气的变化而复发。未来的五年,也许一切都会好的。

不要问我为什么,因为父亲是个乐观的人,母亲是个悲观的人,而我是个喜欢悲剧的乐观的人。因为"后三十年,看子敬父",因为人要看得起自己,才能被别人看得起,因为我生在一个繁荣富强的国家。

因为,以梦为马,未来可期!

五年,你我共同成长

徐丽娟

大家好!我是来自2017级广告学一班的徐丽娟。今天,很高兴可以站在这里让我来跟你们说说我的这五年。

"挽住云河洗天青,物华又与岁华新。"时光荏苒,虽不到沧海桑田,但已然是时移世易。这五年于我,是不平凡的五年。这五年,我经历了人生的两个转折点——中考、高考;这五年,我也蜕变成了一个全新的我——从初中生到高中生再到大学生;这五年,于我,不仅是年龄的增长,更是心智的成熟与胸怀的宽广。

五年前,我还在上初二。当时的我,可以真真配得上"年少轻狂"这四个字。虽不及毛爷爷的"书生意气,挥斥方遒",但也总觉得自己能够"一个人抵得过千军万马"。所以,当时认识我的人都会拿一个字来形容我——"狂"。

那时的我,正值青春的叛逆。看不惯一切的不平等,想要成为正义的使者;看不起这世上的一切,总是唯我独尊、狂妄不羁;但同时,又总是觉得这个世界很美,美好到每天醒来都是最蔚蓝的天空,每天睡去都是最安详的夜晚。而那时的我,却是个愤青,企图改变世界,改变一切不公,拯救我想拯救的,毁灭我认为该毁灭的。

我,把这,称为血性。

但是中考,却把我打得猝不及防,体无完肤。

后来,我去河北上了高中。中考的失败和高中的得来不易让我把心思全都放在了学习上。平静的高中三年过后,我发现,我变了。

曾经的我,看到不公平的事情,定会二话不说拔刀相助。可是如今的我,会先选择默默观察,而后再决定是否插手;曾经的我,看到某国的侦察机又在我国领海上空转悠而我们的外交部却总是说"我们警告,我们严重警告⋯⋯"的时候,会对这个我以为"懦弱"的政府嗤之以鼻,觉得中国就应该拿个大炮"砰"地把它给炸了。可如今的我,再看到类似的消息,会说"中国,要坚持和平"。曾经的我,对父母的关心毫不在意;可如今的我,在车站看到接我的父亲时,会热泪盈眶;曾经的我蛮横霸道,如今的我却在努力理解他人;曾经的我厌烦与爱国有关的一切,可如今的我在国家90周年阅兵时会对着电视大喊:"中国,你太棒了!"会在国庆节对着家里插上的小红旗兴奋地喊道:"中国,生日快乐!"

而我,把这,定义为成长。

五年的时间,让我看到了曾经的幼稚,明白了曾经的迷茫;五年的时间,让我收获的不是狐朋狗友,而是生死之交;五年的时间,也让我越发想和我的祖国共同成长。

这五年,我们的祖国,也变了,也成长了。

从2012年刘翔退赛遭到网络上的漫天辱骂到去年巴西奥运会孙杨落败时全网的"孙杨,加油,你永远是冠军"的鼓励与肯定,这不仅是我们国人心胸的成长,更是体育精神在国人心中的传承;从4G到高铁再到如今的5G,我们看到的是中国速度;从中国精神到中国梦,我们看到的是中国决心;从丝绸之路到"一带一路"再到亚洲基础设施投资银行;从APEC到G20,从全面小康到精准扶贫,中国的进步无可非议,中国的成长举世瞩目。

中国,正在以全新的姿态站在世界的顶端!

党的十九大刚刚闭幕,在那长达三万字的报告中,从主要矛盾的变化到新时代中国特色社会主义思想,我们看到了中国的进步与成长。五年的时间,足以让一个人成长。每一个中国人的梦汇聚起来就是大大的中国梦,而每一个中国人的成长也足以推动整个中国的成长!

"茫茫九脉流中国,纵横当有凌云笔",五载风雨,不忘初心,砥砺前行,方得始终。

最后,我想说这样一段话与大家共勉:"青年兴则国家兴,青年强则国家强。青年一代有理想、有本领、有担当,国家就有前途,民族就有希望。美哉,我少年中国与天不老;壮哉,我中国少年与国无疆!"

细说这五年

徐 健　安奥杰　陈 瑶

我是来自新闻与传播专硕 2017 级的徐健,和我的组员安奥杰、陈瑶一起讲述我们眼中的这五年。

徐健,来自山东省郓城县。2013 年在济南市就读于山东女子学院。

安奥杰,来自河南省开封市,2013 年在郑州市就读于郑州大学升达经贸管理学院。

陈瑶,来自河南省濮阳市,2013 年在长沙市就读于湖南科技大学。

2013 年,著名的济南洪家楼夜市吸引着外地和本地的美食爱好者。每晚 10 点到凌晨 4 点热闹非凡,但每每清晨也给环卫工留下了一地垃圾油污,熙熙攘攘的街道打扰着两旁的住户。2017 年,济南全城创建卫生城市,所有的夜市、摊市集中经营管理,不再打扰周围居民,不再留下一地垃圾。

2013 年,长沙地铁只有一条 1 号线,主要站点五一广场常常人潮拥挤,交通陷入瘫痪。2017 年,长沙开通地铁二号线贯通东西,连接三大客运枢纽,开启省会地铁换乘时代。此外,长株潭城市一体化进一步加快,建起城际快车后,仅 20 分钟就能从湘潭火车站直达长沙市中心火车站,十分方便快捷。

2013 年,郑州的商业圈主要集中在二七广场,但由于商圈繁华、品种丰富,越来越拥挤,堵车成了家常便饭。2017 年,花园路农业路商圈、曼哈顿商圈、CBD 商圈逐渐发展形成,人们的娱乐休闲购物不再局限于二七广场,逐渐向外扩散,可供选择的地方也越来越多。

2017 年,同时也是我们三人,以及千千万万学子从全国各地度过高考、考研大关来到郑州大学求学。来到郑大,我们即将拥有更加美好的未来,而对于郑大的历史,我们也同样应该了解。

2013 年到 2017 年,郑州大学五年来共招收本科生 66 595 人,研究生 23 698 人,现有全日制在校生 7.2 万余人,是全国在校生规模最大的大学。五年里,郑州大学取得了大大小小无数瞩目的成绩,其中 2016 年,郑州大学"学霸班"30 人全部保研的新闻引起社会广泛关注。这个班就是"卢嘉锡化学菁英班"。重视学生的个性化发展和拔尖创新人才的培养是郑州大学推进人才培养模式改革的不竭动力。

当然,还有最重要的,就是今年我们郑州大学入选"双一流"大学了!这不仅标志着河南高等教育发展实现历史性重大突破,同时也开启了郑州大学"一流大学"建设的新篇章。

而在与我们息息相关的生活方面,五年来郑州大学也发生了很大变化。放眼望去,现如今学校的餐厅焕然一新,也成了许多学生口中的"别人家学校的餐厅"。摩拜、OFO小黄车、"猪八戒"也在郑大随处可见,大大方便了我们的出行。

五年来,我们曾经生活学习过的城市在进步,我们现在学习生活的学校在进步,最令我们骄傲自豪的是我们伟大祖国母亲的进步。

在经济方面,我国国内生产总值已达74.4万亿元,位列世界第二;经济发展的质量和效益明显提高,经济结构加快调整;重要领域和关键环节改革取得突破性进展,供给侧结构性改革初见成效;对外开放推出新举措,"一带一路"建设进展快速,一批重大工程和国际产能合作项目落地。另外,我国还成功主办了二十国集团领导人杭州峰会,推动会议取得一系列重要成果,在全球经济治理中留下了深刻的中国印记。

在依法治国方面,党的十八大以来,以习近平总书记为核心的党中央坚持和拓展中国特色社会主义法治道路,坚定不移全面推进依法治国。中国特色社会主义法治理论实现了新飞跃,中国特色社会主义法制建设实现了新跨越,加快建设法治政府步入了新阶段,司法改革和公正司法书写了新篇章,全民守法和法治社会建设迈出了新步伐。

在生态文明建设方面,我国经历了从山水林田湖草的"命运共同体"初具规模,到绿色发展理念融入生产生活,再到经济发展与生态改善实现良性互动的变化。中国的绿色发展还为世界贡献了中国方案。2016年,联合国环境规划署发布《绿水青山就是金山银山:中国生态文明战略与行动》报告。中国的生态文明建设理念和经验,正在为全世界可持续发展提供重要借鉴。

在民生方面,党的十八大以来,习近平总书记多次就民生问题发表重要论述。习近平总书记提出的"民生观",一方面在宏观层面上具有原则性、实惠性、持久性;另一方面在实际工作上则涵盖住房、就业、养老等关乎老百姓生活的各个方面。党的十八大以来,在学有所教、劳有所得、病有所医、老有所养、住有所居等方面取得了实实在在的成就。

在外交方面,党的十八大以来,国家主席习近平多次出国访问,足迹覆盖全球,推动双边关系、引领多边进程,取得了丰硕成果。5年来,习近平主席出访28次,时长193天,足迹遍及五大洲56个国家以及主要国际和区域组织。5年来,中国同70多个国家和国际组织新建或提升了不同形式的伙伴关系,建立的伙伴关系总数增至100多个,从大国到周边,从发展中国家到多边领域,中国的"朋友圈"越来越大。

5年时间,说长也长,说短也短,我们的衣食住行,工作学习生活各个方面都在发生着巨大变化,而与我们传媒学子息息相关的传媒行业也在发生巨变。出现了大数据新闻、新闻算法、机器人新闻、航拍、直播等全新技术,需要我们去探索创新。

寥寥数语,道不尽5年来我们伟大祖国的发展进步,也说不完她的美好前景,我们郑大学子只能倾尽全力在学校汲取营养,为祖国的下一个5年、10年做出自己的贡献。

五年 = 普通成长

路佳明

时光雨洒落在你我心里,岁月带不走成长的痕迹。

读过一本小说,叫《被偷走的那五年》。这是一本关于失忆的故事,主人公何蔓车祸后失去了五年的记忆,就是在这五年里,她变得偏执,和挚友决裂,还失去了自己的爱人。

五年可以改变很多事情,也可以冲淡很多记忆。就像在 2012 年,大家一定关注着吴斌、张丽莉以及莫言获诺奖,还有日本非法购买钓鱼岛,现在会不会觉得这些事情都像发生在上辈子?

五年还可以塑造一个人,撒贝宁成了资深段子手,董卿成功开设《朗读者》,习近平总书记带领着我们强了起来。

五年成就了很多伟人伟事,但是对我来说,就是从 14 岁长到 19 岁,我只做了一件事,那就是普普通通地成长。

跟朋友说起来五年来都做了什么事,他们大都不无戏谑地说学习了啊。在大家的印象里,这五年始终围绕着中考和高考,但是仔细想想我们努力的日子好像已经过去了很久很久。只记得高考前最后一段时间每天都特别开心,和同桌相互鼓励,做适量的题保持手感,每天吃好玩好睡好,最后我们同桌三人同时来到郑州大学。

从始至终我一直认为学习不是生活的一切,比它重要的事情还有很多。

高考前几天,我们老师天天开玩笑说:"同学们,珍惜机会,现在谁想发脾气就随便给你爸妈发,他们一定不说你,现在家里你最大,等过几天高考结束了,就没这个福利了。"当然也没人这样做,大家都知道,高考越近,离开的日子也越近。

从小我爸妈就比较忙,我跟着奶奶长大。对爸爸妈妈的印象就是他们每天晚上回家,一大早就又不见了,常常是他们回来的时候我已经睡着了,他们走的时候我还没醒,有时候很长时间都见不到。我们一直沟通比较少,导致我们彼此不了解。他们认识的是奶奶口中的我,我认识的是奶奶口中的他们,不沟通导致我们有一点点误会就会被无限放大。在高一的冬天,同桌不小心把一整杯热水洒到了我裤子上,结果就是由内而外的湿,等热气散去,那叫一个透心凉。更让我心凉的是我妈妈说她在我姥姥家,没空给我送裤子,不沟通加上青春的叛逆,会觉得特别委屈,每次跟我姑姑说起来都会一把鼻涕一把泪的。但是高考后每天和父母朝夕相处,看到他们一直在我看不到的地方努力,很感动也很愧疚,我也开始愿意打开心里的那把锁告诉他们我的想法,现在可以说我和我爸妈是最正常的亲子关系。

下面赤裸裸地夸一夸我的一个好朋友,她阳光、活泼、开朗、可爱、热情、有才,最重要的是她教会了我如何去对别人好。我一直比较慢热,比较不会表达自己内心的情感,她做着榜样带着我走了过来。也因为她我整个初中及高中生活都特别温暖,她现在还在读高三,我毕业的时候她写了一些东西给我,她总是能够用她的文字写出我的心声,在这里分享给大家。

来吧,
趁着夏天,
趁着不需要太努力也可以挥洒汗水的季节,
趁着高考,让分别有理由些,
给自己点慰藉,还可以期待明天。

来吧,
趁着夏天,
趁着你最大的期许不过是一个凉爽的夜,
趁着一牙冰西瓜都可以让你满足,
没那么多难得的渴盼,
快乐就来得简单,
这是一个不算糟糕的今天。

来吧,
趁着夏天,
趁着你不得不依赖上换衣洗澡,
趁着还有美丽的裙子可穿,
收拾好自己还有热情,美给世界看。

来吧,
趁着夏天,
趁着你不用担心那场初雪谁来陪你看,

趁着一切冰冷都不会让你伤感,
你不想要去拥抱谁,
也不需要谁给你取暖。

来吧,
趁着夏天,
趁着有蝉的不止与骄傲,
趁着有暴雨的张扬和疯狂,
趁着不需要依赖上任何危险的安逸与温暖,
趁着夜很短暂,
一睁眼,就是白天。

这里想说的或许是趁着夏天,趁着年轻,去喜欢你喜欢的人,去做你喜欢的事,去坚定你的梦想,去找回你的初心。

我给大家分享的都是很琐碎很细小的事,这些事情很难去升华,但这一点一滴的感受和经历共同塑造了现在的我。五年来,我没有宏大的视角去记录世界的变化、国家的变化,只是一步一步地走了过来,目光所及都是与自己密切相关的事,我只是想说这是我真实的状态。

五年经历了中考与高考,始终陪伴我的是亲情和友谊,还有很多很多的事情没法在这里跟大家分享,但是那些事情足够让我回味一生。我想,这都是成长吧。

董卿在《朗读者》中说,冷遇见暖,就有了雨;春遇见冬,就有了岁月;天遇见地,就有了永恒;人遇见人,就有了生命。我们一直都在遇见,希望这五年大家都遇到美好的自己;下个五年,大家能遇到更好的自己。谢谢大家。

前行之路

吴梦凡

　　曾经有人问过我这么一个问题:"绝对安全的止步不前,与前途未卜的踏夜前行,你会如何选择?"

　　这是一个很有意义的问题,相信在座的所有人都遇到过这样的纠结。我们的世界是由过去、现在、未来组成的一条不可逆的单向射线。过去不可重回,未来不可预知,并不是吉卜赛的占卜师说的我们没有看到菲特法典的能力,我们能清楚知道的,永远只有当下。

　　只要前行,就必定面临坎坷,遇到阻碍。未来是扑朔迷离的,它可能是充满希望的光明大道,也可能是毁灭我们的万丈深渊。

　　更何况现代社会是一个发展异常迅速的时代。学者们把21世纪比喻为一个万物都在高速奔跑的广袤平原,有太多的变化发生在我们周围,无时无刻。大到国家,小到个人,不可捉摸的未来更加让人不安。变化又是一个中性词,蓬勃的发展叫变化,萎靡的退步也叫变化。未来到底会是何种变化?即使前行的道路荆棘纵横,我们也非得前行不可吗?

　　我是一个大一新生,我的大一英语书第一课有一句话让我印象深刻:"The future is built on a strong foundation of the past."未来是建立在坚实的过去基础上的。要想回答这个问题,我想让我们先回望过去,以一个见证者的角度借鉴历史,从中得到答案。

　　既然我们这次青年说的主题是"说说这五年",那么,就让我们退回五本日历,回到2012年。

　　作为华夏子民,先来看看我们亲爱的大中国所经历的变化吧。以党的十八大胜利闭幕为起点,党中央携全国人民共同前行,创造了新纪元的"四大发明"——高铁、共享单车、微信支付与网购。高铁拉近了游子与故乡的距离,使断肠之人不必在悲凉的夕阳下叹息;共享单车缩小了世界的范围,上一秒我去图书馆的坐骑可能是你,下一秒接女朋友的爱车又换了它;微信支付与网购更不用说,它们解决了实体店所有的麻烦,当然同时也"解放"了我们的钱包。总的来说,我们的祖国变化之大,的确可以用繁荣发展来概括。

　　拓宽视野,调侃一下国际上发生的事吧:2013年朴槿惠成功当选韩国第一位女总统,遗憾的是2017年她也成为韩国历史上第一位被弹劾下台的总统;2014年卡梅伦开玩笑说要退出欧盟,结果玩脱了,2016年英国真的和欧盟一刀两断了;2016年希拉里忙着提前邀请各路大佬来参加她的庆祝会,结果意外被特朗普大叔超越了。

　　看起来世界也经历了非常复杂的五年:有好事发生,也有厄运降临。那么以史明鉴结束,现在让我们回到最初的话题——绝对安全的止步不前,与前途未卜的踏夜前行,我们会选择哪个?

　　答案是显而易见的,或者说……答案是我们无法选择的。

　　就像开头定义的那样,21世纪是一个以每秒三百马赫速度变化的世界。换言之,世界不会等你一分一秒,它会无法抗拒地飞驰向前。你不前进,就会被世界抛弃;你不前行,就意味着退化;你不前行,就代表着今天这个演讲的主题"说说这五年"与你无缘。你虚度,你浪费,你就是以一种死亡的状态萎靡了这1 825天!因为时间流逝的意义就在于变化,而不前行的原地踏步者不会有任何改变,他们是被世界抛弃的游魂。

　　我们没有选择,唯有前行,无论前路是黑夜还是光明。但是,我们能够选择我们前行的态度:是积极地大步踏歌,还是被动地碎步推搡?

　　不前进虽然有着可以确定的安全,但止步不前也意味着与一切希望绝缘。前行的路上纵然有沾血的荆棘,但荆棘之上也可能有着血染英姿的玫瑰。你渴望改变吗?你想要进步吗?那就选择相信希望大于绝望,相信心中那名为"可能性"的野兽,勇敢地前进吧!

　　不可否认,包括中国,这五年也有很多美中不足的事情:比如这五年有三年我在履行每个华夏学子都要进行的艰巨任务——高考,剩下的两年我在九年义务教育体系中放飞自我;比如这五年中国虽然开放了二胎政策,但老龄问题仍然没有明显改善,反而给父母多了一个骗你好好学习的理由——"再考不及格小心我生二胎!"

　　但无论如何,即使道路崎岖坎坷,我们还是站在了这里,我们挺过来了。这是我们选择积极前行的结果。让人欣慰的是,前行者往往怀抱着希望,我希望我们有下一个五年,下一个能够坚持前行的五年!

　　而且,总的来说,2017这一年作为这五年的结果,还不坏,不是吗?而以上这些成就,都是你们,或者说,我们每一个人的功劳。是的,所以最后我要说,不要妄自菲薄,你,就是这五年,这个2017年,这个完美结果的缔造者。

　　何出此言?

　　世界在变化,世界在进步,世界是一个整体概念,但整体是由无数个至关重要的"个体"组成的。就像这五年里,我们钟爱的郑大成了"双一流"大学,离不开每一位教师、员工与学子们的努力;我们新传院于 2017 年 8 月承办中国新闻史学会近 20 年来最大规模学术年会的圆满结束,是所有认真负责的新传师生的功劳……运行的机器离不开每个小齿轮的运转,骏马少了一块肌肉的舒张便无法飞奔。每一次完美的结果都是由每一分绝妙的小精彩所构成,而这在五年坚持前行的你,就是这份小精彩。

曾经有人问过我,绝对安全的止步不前,与前途未卜的踏夜前行,我会如何选择。

这五年已经给了我充分的理由去回答这个问题。

一起前行吧。

我和我的"笑忘书"

杨 岚

二十次季节轮换,一千八百二十五个昼夜在不知不觉间更替,这样算起来,那也是很长的一段岁月了,足够发生很多故事。我给这五年的回忆取了个名字——"我和我的笑忘书"。五年是什么概念?

虽然我内心也很犹豫,因为这些事情都是我心里的悄悄话,没有想过要对谁说。但最终还是站到这里了,那就好好地,把故事说完。

五年前,我十四岁,在丽江念初三。十四岁,辣条和橘子味的汽水,笔记本里的小心思,球场上轮廓分明的学长,放学了嘻嘻哈哈走在路上的一群人……但这些与我无关。十四岁的我,有两张不一样的面孔。学校里面,旷课、迟到、喝酒泡吧,谈时间很短的恋爱,再很快失去新鲜感,大部分乖宝宝在叛逆期脑子里的念想,在我这里都不只是想想。唯一的软肋是我弟弟,他一放学,我就得把头发规规矩矩地扎起来,去路口接他回家,把两个人换下来的衣裳扔到洗衣机里,然后做饭洗碗写作业,晚上看电视抢遥控器再斗斗嘴,一天就这样结束。

大家可能发现问题了,对,这个家里,没有家长。家长很忙,一直都是,那几年更忙。一年也就回家几次,我和我弟,两个人相互依靠,就是一个小小的家。

突然有一天回家,发现爸爸妈妈回来了。

不是为了我们姐弟,因为,外婆走了。

从小最疼我的外婆,走了。

就像是人喝醉酒的时候受到刺激会突然清醒,甚至比平时更理智。我原本也以为我会大哭大闹,会愤怒会情绪失控,但是我没有。我只是突然之间,从青春的叛逆中被拽了出来,找回了我对未来的期待。

我记得这样一段话:"孩子的长大其实并不是一个过程,那只是一个瞬间。在某一个瞬间他们突然转换到了成年人的视角。大家都欢呼雀跃,因为他成了一个'懂事'的孩子,但是没有人去问,一粒种子,在一夜之间把自己撑成一棵树,会有多痛。"

爸妈匆匆地回来，再匆匆地走。距离中考还有一个月，我的成绩，年级倒数第四。

我也没想到我可以对自己这么狠，抓住每一分钟去学，有时候深夜了，情绪和体力都濒临崩溃，就猛掐自己的大腿，把眼泪逼回去再继续学。最后一次模拟考试，距离中考还有17天，我的物理考了41分，物理老师把我叫到教室外面，他说："要考试了你倒是安分多了，但是的确太迟了。你这几天加把劲，争取到时候考及格……"一个星期后的班级测试，我考了满分，拿试卷的时候整个教室一片沉默。我知道那不是荣耀，背地里大家都心照不宣，以为我是从哪里找到的答案。所以，我也沉默。

中考，我的分数超过省重点20多分。虽然很不甘心，但是还是选择留在市里念高中了。填志愿的时候其实还是很失落的，所以去得很晚，没想到我们班好几个老师在办公室，物理老师也在。他看着我，笑了。我的愧疚突然就塞满了内心，在我行为乖张的日子里，这些人是真心替我着急的，现在，也是真的为我开心。"老师啊，我都毕业了才道歉，是不是有一点晚了？"又是一片沉默，然后在场的人眼眶都红了，包括我。十四岁，结束在凤凰花盛开的夏天。

然后是充实又朴素的高中，扎起了头发也收起了尖锐的棱角，和所有的考生一样，绷紧全身的发条只为了高考。飞快的，三年就过完。离开学校的时候，特别舍不得那颗很古老的羊蹄甲树，春寒料峭的时候它会开满树的花。十七岁，结束了啊。

爸妈又回来了，办了一场异常风光的升学宴，带着我给各路几乎没见过的亲戚打招呼。然后通知我，志愿填报云南大学法律专业，毕业以后考公务员，多待几年他们走走关系，基本上也算是稳定下来了。

"然后呢？"

"然后，谈恋爱结婚带小孩，安安稳稳地过日子啊。"

"如果我说不呢？"

"……"

2016年，我顺利被郑州大学新闻与传播学院录取，来报到的时候，我一个人。那年我十八，按照自己的选择读了自己喜欢的学校，条件是自己承担全部费用。对家里并没有什么不满，我坚持自己的选择，这是我该付出的代价。

十八岁的大学生活，很精彩也很充实。虽然一步步都需要摸索，虽然这一路我走得很笨拙，但是内心我知道我是在前进的，这样就好，我很知足。

前个假期回家的时候，一直像小尾巴一样跟着我的弟弟居然比我高出很多。晒黑了，也瘦了，轮廓分明的样子，就像是当年十四岁的时候，球场上耍帅的学长。就算是这样，一起逛街的时候，还是会习惯性地牵着我的手，像小时候一样。今年他如愿考上省重点高中，成绩比当年临时抱佛脚的我好了很多。报到时我去送他，在我当年错过的学校门口合影，到宿舍楼下，我说，就送你到这里了。他笑着转身，自己背着包走了，然后我知道，他长大了，我也只能送他到这里了。

　　五年，喜怒哀乐都尝过不止一遍。好的都记在心里写成书，差的都笑笑然后忘掉，明天，还是要满怀希望继续走啊。我和我的"笑忘书"到这里全部结束，谢谢大家。

五年勇敢过,得失在心间

侯钰莹

说说这五年呀,单凭勇敢一个词,就可以贯穿全文,总结中心。也可以为这篇冗长的演讲稿注入生机勃勃的灵魂,让我突破重重阻碍来到这里,遇见来参加这期青年说的,最好的你们。

首先,作为初来乍到的"小石器",第一次接触青年说还是放假前的"一带一路"专题。当时,我有幸成了大众评委,青年说的舞台在我面前,我对自己说:"这是场群雄争霸的考验。"现在,我有幸成了演说选手的一员,青年说的舞台在我脚下,我想对勇敢上台的自己说:"我一定要战胜自己,完成考验!"

这些话,说起来好生轻巧。但五年前的自己,可是完完全全做不到。那时的黄毛丫头啊,正是一个不大不小的年纪,不多只少的勇气,面对着自己很感兴趣的讲题,一个个点子噌噌噌地雨后春笋般冒出来,可就是讲也不敢讲,连名都不敢报,别说小小演说家了,就连个演说选手都没当上。坐在观众席上的自己与上次坐在评委席上的自己同样在问,下次登上讲台大放异彩的那个人,会是我吗?

五年前,登台的那个人不是我。五年后,现在的我总算可以笑着对自己说:"别怕,犹豫和胆怯都被我赶跑了,来吧,带着勇气,就在这个舞台上,让自己光芒万丈!"

五年来,我在寻找勇气的路上跌跌撞撞,终归正途。

而这五年来,日夜与勇气为伍的不只一个渺小的我,还有如今万千学子梦魂萦绕的高等学府——郑州大学。2012年,郑州大学入选"中西部高校综合实力提升工程",一省一校,重点建设,郑州大学所肩负的不仅仅是振兴河南省高等教育的使命,更是为中原、为中华培养高素质人才的光荣任务。压力不可谓不大,工作不可谓不繁重,任务不可谓不艰巨,郑州大学难道没有过一丝的畏缩吗?是的!没有!优秀的高等学府从不畏惧挑战。这五年来,优秀的郑大师生同心协力,屡创佳绩,不畏征途远,只恨今时短。曾经,河南的高等教育错过了太阳又错过星辰。无数河南学子披星戴月,笔耕不辍，为的只是去获得那少之又少的优秀教育资源，其中之辛苦岂可为外人道也。而今天，河南人的郑州大学入选"双一流"建设行列，同样，建设"双一流"大学，让更多莘莘学子享受到更好的教育资源，郑州大学无所畏惧！

五年来，郑大在坚持勇气的路上砥砺前行，终焕光芒。国之栋梁，郑大成长。

少年强则国强，少年智则国智。五年来，越来越多的新鲜血液注入科技领域，越来越多的青年志士选择为科研事业奉献青春。年愈少，人愈勇。从天眼探空到蛟龙探海，从神舟飞天到高铁奔驰，从航母下水到大飞机首飞……这五年，中国工程捷报频传，令国人骄傲、世界瞩目，更是成为中国由大到强的新"名片"。量子纠缠实验、高铁大幅提速、可燃冰成功试采、"天眼"打开、"天梯"架起、"墨子号""慧眼"发射、"海斗号""潜龙"探海等被全球网友惊叹为"黑科技"，也彰显出21世纪的中国正在为人类科技创新和社会发展贡献智慧的荣光。

除了科技，网络的飞速发展也给人们的生活带来了焕然一新的体验。说起网络啊，那可真是一言难尽。网购、网游、网恋，三巨头齐头并进，网络行业也随之欣欣向荣。马云和他的阿里巴巴，貂蝉和她的蓝爸爸，不用出门也能找到对象啦。

大家都说网络一线牵，珍惜这段缘。大家也说网络好啊，缩短了人们之间的距离。可我们是否看到：当大家聚在一起的时候，手机屏幕阻挡了我们望向家人、朋友的目光，游戏音响盖过了真挚的欢声笑语。大家紧紧坐在一起，却又像被一道透明的围墙分隔，咫尺天涯，各自一方。当人们各自扣着自己的手机，连抬头都显得吝啬时，又何谈国之崛起呢？

五年勇敢过，有得有失，冷暖自知。如汪国真所写的："到远方去，到远方去，熟悉的地方没有风景。"无论是我们自己，还是我们无比热爱的郑州大学和祖国，都在向着心中的远方无畏地前行着。

我们的征途可是星辰大海呀！

万卷书还是万里路,这是个问题

李 杰

五年前,2012年的夏天,我收拾行李从复读学校高中毕业;五年后,2017年的夏天,我收拾行李准备到郑州大学报到。命运在我身上出奇地画了个圆圈,我用了5年时间,来到郑州大学,也走回了高考时期望的起点。

这5年,与其讨论我个人的成长,不如将这一切归功于这美好的时代。世界变化太快,像洋流一样包裹着所有人一路向前。无论经历人海沉浮或者扶摇直上,总会有一些收获,闪着光躺在你每个回忆过去的夜晚。

5年前,在复读一年参加高考之后,我依旧失利。懵懂的少年,倒开始妄想背包行走天下,毅然报考了南方小城里一所理工类院校的文科专业。5年间,没积累更多知识,火车上倒是认识了不少旅客,听闻许多来去匆匆的故事。

感触最深的是一个青年农民工,他初中毕业学习开吊车,曾在非洲援建的时候经历恐怖袭击,遇见他时,已回国多年跟着工程队造桥。因为他常年待在偏远地区,几乎与世隔绝,所以他对我们出门不带现金,用支付宝和微信付款感到诧异。这不禁让我反思,或许当时的初衷并没错,多走走看看,长了阅历增了见识,也好不被时代遗弃。读万卷书不如行万里路,灵魂和身体,总有一个要在路上。

我也曾在火车上听人聊到读书求学。卧铺车厢的隔壁,是几位互不认识的年轻人。稍年长的话也最多,一路介绍自己是怎么考上研,怎么拿奖学金,怎么做到不花家里人的钱,给自己添置了手机、电脑、相机。如果说前面的话我是当他自吹自擂,听听就算了。当他说到相机,我是真的心动了,想要拍照。当时就有个简单的动机,一定要考研。这个想法一直坚持到了大四,考研一战失败之后。

我永远不会忘记,我是如何厚着脸皮回家跟爸妈说我可能考不上研究生了,也永远无法忘记他们虽然努力安慰我但仍然免不了失望的样子。这时候我才明白,自己要走的路还是没想清楚,没下定决心。总想多走走多看看,却慢慢地不愿意脚踏实地地读两本书,多学一门知识。身体是没停,灵魂早就搁浅了。

好在,在第四年,命运给了我一巴掌让我清醒。接下来是收心、忙毕业、复读二战。没听错,又是复读,可能是我最擅长的。也许是因为擅长如此,也可能是背水一战,我再次背着从大学收拾出来的一点行李,潜伏到了郑州大学校园里,自习室里,新传课堂上。这一年我的脚步大多局限于郑大校园、教室、食堂、出租房。日子越过越长,脑子里的东西越攒越多,肚子上的肉也越积越厚。总算,这最关键的第五年没有白费,我过了初试,进了复试,选了好导师,遇上了最好的同学,代价是近乎足不出户地束缚身体,和身上多的这20斤体重。

今天在经历了5年的彷徨、蹉跎、盲目之后,我站在郑州大学的演讲台上,可以自信地告诉自己,你是可以的。也用这兜兜转转一大圈,最终找回最初的梦想这般戏剧性的人生告诉各位,趁年轻,多读书,然后在此基础上,可以多走走看看。

每个人都梦想用脚步丈量自己的人生,但5年过后,你可能会发现,脚步能到达的地方,灵魂早已乘书本翱翔于天际,俯瞰过那芸芸万象。

说说这五年之——不忘初心、继续前进

王德昕

亲爱的各位老师、同学们,俄国大文豪托尔斯泰说过:"这世界上最重要的人是谁?就是现在在我眼前的人;这世界上最重要的事是什么?就是现在我要做的事;这世界上最重要的时间是什么?就是此时此刻。"所以各位朋友,此时此刻,你们就是我最重要的人。

说说这五年,五年?我的人生还没有几个五年呢。今天是 2017 年 10 月 31 日,五年前,也就是 2012 年 10 月 31 日,大家还记得这一天你做了什么吗?我是不记得了,但是我知道当时我一定在努力学习,不然我是考不进郑州大学的。其实,当时我一看到这个主题是有一点怕,我怕我说的这五年是每一个学生都会说的,那个从中考到高考,然后从五湖四海来到郑州大学,这几乎是相同人生轨迹的五年。所以,我要说点不一样的。我决定讲两个我亲身经历的故事。

这就要先从我的故乡说起——山东省烟台市下辖的一个县级市龙口市,人们口中的一个美丽的海滨城市,也是山东省最富裕的县级市。龙口市是 2017 年全国百强县的第八名,在龙口这个小县城里就有十几家上市公司,但是迅速发展的同时,龙口也出现了很多问题。比如 2016 年 5 月的裕龙岛事件,为了开发龙口湾海底丰富的油田,龙口市政府与新加坡裕廊集团合作,投资 330 亿美元,在龙口湾南侧海域建设人工岛,计划建设裕龙化工基地,如果建成将给龙口市及山东省带来可观的税收及利润。但是,令人意想不到的事情发生了,由于化工企业带来的污染,龙口人自发上街游行抗议,据不完全统计,一夜之间在街上游行的就有 2 万余人。各大主干道完全被堵塞,政府广场、海边广场等多个主要广场人满为患。然而最让人意想不到的也是最暖心的是,因为人们的抗议,政府宣布暂停项目,重新制定环境评价论证方案;并且对整个龙口市的环境问题加大整治力度,该整治的整治,该取缔的取缔。这就是发生在我身边的最真实的故乡故事。可以清楚地看到,这五年的发展不仅使龙口人挣了钱,也使人们的思想发生了翻天覆地的变化,龙口市政府的开明民主的确也让人惊叹。要知道,这样的境况在五年前真的是不敢想象的。

除了我的家乡,我还一定要说一说祖国。我呢,不想说什么神舟十号、嫦娥三号、蛟龙号,也不想说什么"一带一路"、精准扶贫、云计算,这些取得的卓著成就我前面的同学说过了,后面的同学还会再说。我想说一件小事。几年前,我去上海旅游,在上海城隍庙看见有记者在采访,我很好奇就凑到了前面,我听到记者在问一个很简单的问题:"你幸福吗?"这个问题好小,甚至有些好笑,当场的很多人都笑了。但是我也想来问问同学们:"你幸福吗?"不要笑。这其实是一个很重要的问题,是关于当今世界发展最快的国家,人民幸福指数和生活质量的问题,比什么火箭升空更加应该受到我们的关注,因为这切实关系到我们每一个人的日常生活。而这一个甚至人们自己都没有认真思考过的问题,国家却先给我们操了心。我想,我们要说说这五年,这五年里的变化从这一点就全都可见了——就是从关注无尽头的物质发展,转移到发展可以使人们获得什么上来了。最好的例子就是刚刚召开的党的十九大,习近平总书记说我国社会的主要矛盾已经转化了,转化为人民日益增长的美好生活需求和不平衡不充分的发展之间的矛盾。国家的政策变了,人们的心态变了,想法变了,少了躁动,多了真情和关怀。

我想,在座的每个人都大概知道这五年里祖国取得了什么样的成就,这使我开始有一种恐惧。世界正在翻页,而如果我不够好奇和好学,我会像一只蚂蚁被压在过去的一页里,似乎看见的还是那样的天和地。习近平总书记曾说"不忘初心,继续前进",一切向前走,都不能忘记走过的路,都不能忘记为什么而出发。而今天我们回首过去,说说这五年的目的,我想,也是为了让我们不忘赤子之心,更好地走向未来。

说了这么多,说了我的家乡,我的祖国,最终还是要回到我自己身上。其实我一直以为,一个人层次的提升不是渐变的坡度,而是层级的台阶,哪怕每次只上一个小台阶,三五个台阶下来,就发现和之前的境界是天壤之别。跳上了层层台阶的我们今天来到了这里,回首这五年就是在回首我们的奋斗历程。而相比于过去五年的故事,我更关注未来五年郑大学子的故事,关注未来五年大家可以达到的高度。我希望和大家共同书写下一个五年的故事。谢谢大家。

理想燃烧这五年

王子勍

这期"新传青年说"的主题是"说说这五年",看到题目我就开始想,五年前的我是什么样的生活状态呢?

2012年,我初二,和同学一起追着电视里的《爱情公寓》,在紧张中度过了传说中的"世界末日",每天挑剔着食堂的饭菜,讨厌着再也上不完的数学课。

现在的我,每天要奔赴各种各样的活动,在忙忙碌碌中度过一天又一天。

偶尔闲下来的时候也会想想过去,那些快乐的时光。我一直都非常感谢一些人。他们是我这五年最重要的构成,可以说,没有他们就没有今天的我。

高中的时候班里有几个人和我玩得特别好。我们承包了班里的大书柜,几乎买齐了市面上所有的马尔克斯的作品。我把这段时间称作"文学理想燃烧的岁月",我们一起读诗,一起写小说,谁要是写出了好的作品,我们整个小团体都会激动兴奋。北岛曾经写过,"那时我们有梦,关于文学,关于爱情,关于穿越世界的旅行",我不觉得这是很悲哀的诗句,因为热情洋溢、理想燃烧的岁月本身弥足珍贵,不是谁都能够拥有过。

我承认自己身上存在明显的"理想主义"气息,许多人都质疑理想主义的价值,但就我而言,我更认可龙应台在《不相信》中所说的:"理想主义者也许成就不了大事大业,但是没有他们社会一定不一样。"

今年暑假我开始学习摄影,在摄影班认识了许多新朋友,他们中有已经小有成就的职业画家,有刚刚入职的大学老师,有和我一样即将开始大学生活的高中毕业生。我们经常一起约着外出拍照。

今年的七夕情人节,我约了玉坤姐姐一块出去拍照。梁老师说,别人都约会去了,只有这两个傻姑娘真上街拍照了。都说是"莫说相公痴,更有痴似相公者",画家这天也闲着,便跑到商场与我们俩会合。拍了一下午照片的我饿得不行,在麦当劳点了吃的。画家给我们俩拍照片,说要取名叫作

"闺蜜在七夕"。在商场门口看见一个年轻妈妈带着她儿子在卖玫瑰花。我跑过去给小朋友拍照。小朋友很可爱,举起一朵花给我,说:"送给阿姨。"我掏出钱包要给钱,孩子妈妈说,孩子送给你的,不要钱。虽然被叫了阿姨,但还是感觉蛮暖的。

几乎整个八月我都在外面拍照片,我特别享受和画家还有玉坤姐姐一起"扫街"的那种痛快的感觉,连一向支持我的爸爸妈妈也觉得我似乎有一些太疯狂了。

但是有句老话用于摄影应该也很合适:不疯魔,不成活。

上了大学之后,我一直被困在学校里,很长一段时间,我不知道该拍什么,有时候我也会下楼去拍一些照片,但是我在整理这些照片的时候,非常失落,因为它们都大同小异。

有一天下午我背着相机在纠结要不要去外面拍照的时候,在学校眉湖旁边看见几位穿着漂亮旗袍的阿姨,我很开心,给她们和同行的叔叔们拍了很多照片。和他们交流才知道,原来是从郑州大学毕业了三十八年的校友集体返校。为了这次活动,阿姨们特地穿上了漂亮的旗袍,叔叔们也都是西装笔挺。三十多年过去了,叔叔阿姨们还像上学时一样,会说"男生们蹲在前面,女生们站在后面"。

很可爱,也很美好。

于是我想,摄影本身就是和时间的一种博弈,它让我们知道,时间流过,还能留下一些东西。

五年过去,离开我生活了十几年的焦作,到离家并不算太远的郑州。很多人走进我的生活,又慢慢走开,很多事情都不一样了。但是还好,有些东西、有些人还一直都在,我的理想主义的热情并没有消减,我有我热爱的事情,我希望我能够把它们做得更好。

这一路我们依然与爱同行

吴淑静

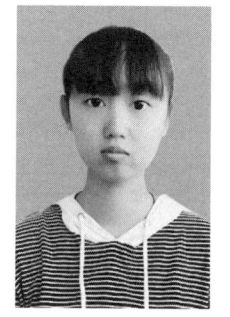

假如一个人能活到一百岁,那么五年的长度,不过匆匆回首的二十分之一。五年,能带给我们些什么变化呢?

说说这五年,其实听到这个题目的时候,我的内心一开始是拒绝的,因为我,似乎并没有什么变化,不足一米六的身高历经五年依旧不足一米六。五年前冒出的第一颗痘痘的地方,在五年后长江后浪推前浪,一浪更比一浪强。

五年前,我十三岁,扑腾着马尾辫从教学楼前的一排玉兰树下跑过去,尽头是另一栋教学楼,以至于我无数次"啪叽"一声一脸拍在墙面上,却死性不改并且乐此不疲。五年前我距高考还远,上课跑神说话,下课疯玩打闹,三五知己好友相约江湖,梦想行侠仗义,觉得生活就是这样简单随性。

可是,2012年9月,我历经了这五年的第一个意外。

我爸生意失败,百万外债一巴掌把我家一夜打回到了"解放前",对于我们这个并不富裕,甚至不算有一个稳定生活来源的家庭,这无疑是个天文数字。于是,那个我眼中大手一挥,视金钱如粪土的老爸开始因为家庭支出斤斤计较,开始暴躁易怒,自卑敏感。

一年又一年,他回来的次数越来越少,也越来越疲惫不堪。他依旧在努力营造着我不比别人差的生活质量,挣扎着不让生活的压力从他深深刻下的皱纹里传染给我。可我从一次次深夜压低声音的争吵中,读懂了他欲言又止里的强颜欢笑,他从来不知道,我有多害怕,他就这样撑下去了。

在这样一个半灰暗的五年里,我妈化身成了美少女战士。她说,我们虽然没有钱了,但是我们其实不需要太有钱啊,我们还有地方住,有衣服穿,有饭吃。五年来,她好像对于这种生活一直过得津津有味,看多了抛夫弃子的狗血剧,我曾经旁敲侧击许多次她是否会离开我们。幸运的是,五年来的1825个早上,我都能听到她大着嗓门吵吵着让我起床。

如果没有日渐增加的皱纹与白发,时光似乎在我妈妈的身上定格了五年。因为这五年间,她所有衣服都是原来的样子。她所有包包都是原来的样子。她说,其实我不喜欢买新衣服,那些都是你们小女孩们才追求的。

可是我的美少女啊,你看着商店里那件新裙子的眼神,像极了甜品店外站着的小孩子。

三年前,我雄心壮志,贞洁烈女"非清北不嫁",然而越来越差的身体,越来越重的学习,以及梦想与现实剧烈的反差,击溃了我最后一道心理防线。

那一年,我失眠,发脾气,无数次深夜醒来摸着手腕跳动的脉搏想一刀划下去,每当此刻,我妈总迷迷糊糊地转身,拍拍我的背,像哄一个做了噩梦惊醒的小宝宝。

那些年我恶语相向,她温柔得像一潭水,牵着我慢慢走出了生活铺天盖地的阴霾。

五年后,我身在郑大,挚爱郑大,我没有清北的潜力,也满意现在的生活,这是我妈教会我的。

这五年来发生了许多事,从最初的争吵到后来的理解,还好,我们都没有放弃对方,放弃自己。

谢谢这个不风平浪静的五年,让我学会了老爹的承担与坚强,学会了妈妈的信任与满足。

没错,现在我们依然没有多少钱,可那又怎样,我已然热爱了这样一个阴晴不定的生活。

有时候想想,生活才真正是个善变的女人。该变的不变,变了的又不知道该不该变,我们都在被时间拔苗助长,一个又一个变化劈头盖脸地砸下来,没有人管你接不接受,因为生活从来不稀罕跟你商量着来。

你可能觉得你现在的生活一团糟,可那又怎样,所谓变化不过改变了你生活的温度,但你可以决定自己的态度啊!

你可能觉得这么些年你失去了很多,可那又怎样,不轻装上阵你如何所向披靡,打败生活以得到更多啊。

未来还有许多五年,许多意外,愿往后我们都能坚强且乐观,知足且上进,将生活的每一个意外活成惊喜,将那些狂风暴雨活成最明媚的太阳。

最后,不敌我老爹百般威逼利诱,替他说句话给远方的某人。

再一个五年,等我有钱了,偷偷带你环游世界。

中国在腾飞

武勐娜

当我还是初中生的时候,特别讨厌父母和老师的管束。当时,我就想:海阔任鱼跃,天高任鸟飞。等我上了大学,我就跑得远远的,看你们还管得着我!说来,也有五年了,我来到了父母称之为家门口大学的郑州大学!所幸,我家到郑州大学还要一个小时的车程,没有真在家门口!当然,现如今,父母和老师也不可能像我在中学般管着我了!

然而,我今天并非想讲这五年我如何熬到如今,我想说说咱们的大中国!也就是我今天的主题:过去这五年,中国在腾飞!

想必,不用我说,大家也能感觉到,这五年中国的经济可谓蒸蒸日上!经济总量从2012年的50多万亿到2016年的70多万亿,2017年上半年,中国的经济总量就已达到了38万亿。虽然我们在世界的经济总量排名没变,仍是第二名,但已经逐渐与第三名的日本拉开差距,与第一名美国缩小差距,大有超越美国的趋势。

经济基础决定上层建筑。物质文明的高速发展,必然带动精神文明的发展。过去,我们穷!为了改变这种困境,我们盲目学习富裕的西方。因此,也曾差点丢掉自己的传统文化。但自党的十八大后的五年内,我们的确快速地富了起来。伴随着的却是"碰瓷""扶不扶""中国式过马路""养儿不孝"等道德问题的涌现。"仓廪足而知礼节,衣食足而知荣辱。"富起来的国人开始反思,我们的社会怎么了?最后,我们明白了:适合自己的才是最好的,我们中国的民族文化才是最适合我们的。于是,"老吾老以及人之老,幼吾幼以及人之幼""仁义礼智信,温良恭俭让""志当存高远""业精于勤荒于嬉"等传统美德重新走进人们心间。

现在,中国人敢于在世界上表达自己的主张。自尊的人,才能使别人尊重自己;自信的人,才会赢得别人的信服。现在孔子学院开遍全球,中国制造开始享誉世界,民族精神缓缓觉醒。中国人的形象不再是"东亚病夫",而是一只崛起的雄狮。

拿破仑说:"中国是一只沉睡的狮子,然而中国一旦被惊醒,世界会为之震动。"习近平主席访问法国时说:"中国这头狮子已经醒了,但这是一只和平的、可亲的、文明的狮子。"

我们的血液中流动着"以和为贵""和而不同""美美与共,天下大同"的文化基因,我们对世界是友善的。过去这五年,"一带一路""亚投行""G20峰会"等彰显着中国热爱和平、谋求共同发展的理念。

然而,习主席也说过:"我们不惹事,但也不怕事,坚决捍卫中国的正当合法权益!"

我们热爱和平,反对战争,但不代表我们无视挑衅,忍辱偷生。近五年,面对日本可笑的所谓钓鱼岛国有化闹剧,我们同仇敌忾、据理力争、加强警戒,将其野心扼杀在摇篮之中;面对南海争端和南沙群岛被侵占事件,我们铁腕出击,毫不胆怯,捍卫主权;还有萨德事件,简直是不可宽恕,不能饶恕!国家虽然采取了冷静的态度,但我们民众自发不买韩国货,不去韩国旅游,自觉维护国家尊严。

面对危机,我们之所以能够解决,不只因为我们国家的综合国力强大了,更因为我们全国同心,其利断金!

危机与机遇并存。过去这五年,中国融入世界经济发展潮流,推动经济转型、治理污染、净化政治环境、促进创新、扩大就业、改善民生!

君不见,你买东西可以不带钱,微信、支付宝很方便;君不见,郑州出门也能坐地铁;再瞧瞧,共享单车也不少!

经济发展起来了,社会环境和谐了,人民幸福感提高了。举国上下,自然横竖一条心,不就内外安定了吗?

这五年,古老的中国用睿智交出了一张令国人满意、令世界叹奇的答卷!

这五年,崭新的中国用拼搏与毅力矗立东方!

第八期　新时代·新征程

一代人有一代人的使命。党的十九大,做出了中国特色社会主义进入新时代的重大政治论断,确立了习近平中国特色社会主义思想的历史地位,确定了决胜全面建成小康社会、开启全面建设社会主义现代化国家新征程。到21世纪中叶,要把我国建成富强民主文明和谐美丽的社会主义现代化强国。目标已经明确,蓝图已经绘就。当代大学生的使命就是让目标早日实现,蓝图成为现实。

一代人必须有一代人的担当。习近平总书记在党的十九大报告中深情地说:"青年兴则国家兴,青年强则国家强。青年一代有理想、有本领、有担当,国家就有前途,民族就有希望。"这不仅是对青年未来的美好祝愿,更是对青年投身祖国建设的号召。党和人民希望青年一代能够勇做时代的弄潮儿,在实现中国梦的生动实践中放飞青春梦想,在为人民利益的不懈奋斗中书写人生华章。

我们深知,打铁必须自身硬。作为新闻后备军,作为未来传媒人,我们需要认真研读党的十九大报告,让习近平新时代中国特色社会主义理论武装头脑,我们才能真正做到志存高远、脚踏实地,才能更好地踏上新征程。

11月28日(周二)晚上,我们期盼能够在中核八楼演播厅见到你。

你可以分享心得,畅谈体会;也可以总结过去,展望未来。

你可以慷慨激昂,挥斥方遒;也可以娓娓道来,润物无声。

我们只希望,能够见证你在新的时代,踏上新的征程,开始人生新的篇章。

远航不忘挥桨人

钱博宇

大家好！我是2016级穆青班的钱博宇，很高兴能够在这里见到大家，下面，就由我为大家带来我想讲述的故事。

1949年的秋天，有这样几位老人，他们走过炮火连天的岁月，他们蹒跚着步子，却昂首挺胸，脸上带着骄傲的笑容，一步，就踏进了一个新的时代。他们牵着手，在那个秋天，种下了一棵树苗，有好多人都说，都快入冬了，这时候种树，能活吗？那几位老人微微笑着，没有回答。68年后的今天，那棵小苗，已经长成了一棵参天大树，引得全世界的人民前来参观、景仰，没错，这棵参天大树，正是我们如今的中国。

这五年来，中国正经历着不可思议的飞跃，港珠澳大桥、胡麻岭隧道、郑万铁路、复兴号、上海洋山港自动化码头、中国移动互联网等一个个超级工程，已将我们伟大的祖国推到了这个时代的最前沿。

今天，我们演讲的主题是"新时代·新征程"，可我，却不想在这里和大家谈论这五年、十年、百年来我们祖国的伟大创举，因为我觉得，不论是卫星上天、航母下海，还是消灭贫困、普及教育，我们党、我们祖国所做出的伟大举措和科技创新，都已经家喻户晓。

可是，在中国这艘大船越行越远的今天，我们是否关注了那些兢兢业业的挥桨人呢？今天，我就想和大家一起看看，那些默默推动着这个世界、这个时代变得越来越好的人们，让我们听听，他们的故事。

一名普普通通的"80后"，与我们印象中开着父母给买的玛莎拉蒂在街上挥霍青春的那些"80后"有所不同的是，他把他的青春，一分不差地，奉献给了这片闭塞的山村，在他心中，有着对行医的执着。他的名字叫贺星龙，自2000年毕业于山西运城卫校，为了报答那些给他凑足3025元学费的乡亲们，毅然选择回到了家乡，成为一名村医。

行医17年，行程40多万公里，骑坏7辆摩托车，用烂12个行医包……在足以绕地球10圈的行医路上，贺星龙，这位普通的"80后"，这位普通的乡村医生,却用他的实际行动生动地诠释了大爱无疆的奉献精神。17年来,不管是寒风凛冽、暴雪封山,还是大雨泥泞、酷日当空,贺星龙不是在准备着出诊,就是行走在出诊的路上。

了解了这个人之后,我在想,我们平日能读到的故事里,山里的孩子们读书,都是为了有一天能够走出大山,而贺星龙,为什么却选择回到那个荒凉的地方呢,而且这一待就是17年?后来,我慢慢明白,他用脚步丈量出的,不仅仅是大山的宽度,更是人心与人心之间最温暖的距离,而这距离,不正是推动着我们的时代向前发展最不可或缺的精神动力吗?

不知道大家是否还记得那张照片?在天津塘沽天津港发生爆炸时,有热心网友拍下并画成漫画的"最帅的逆行"。

2015年8月12日深夜22时30分许,天津塘沽天津港的居民大部分已进入梦乡,沉寂的夜幕中,瑞海国际物流公司西南角突然起火。天津港附近多名消防员挺身而出。

23点06分,第一批灭火力量到场,发现多个集装箱猛烈燃烧。据参与灭火的消防员介绍,首批投入的消防员有100多人。喷水十多分钟后,现场发生了第一次爆炸,威力并不是很大。23时30分许,现场再次发生爆炸。这次爆炸威力惊人,多名战士随即倒下,再也没有起来。

在这次扑火行动中,有17名消防员牺牲,其中包括2名"80后"战士、4名"90后"战士,最小的一名,还差一个月才满18岁,而还有人,才刚刚结婚12天。

"刚子死了,牺牲了。我在车上,去塘沽。我回不来,我爸就是你爸,记得给我妈上坟。"这是一名消防员奔赴现场途中和朋友的对话。

我真的很想知道,火海在前面,人群在后面,究竟是怎么样的一种力量,能支撑着这些年轻的灵魂,不顾自己的生命,像飞蛾扑火一样,去做那些被我们称作"大义"的事情。

我不得不承认,当我在心中描绘这些英雄形象的时候,我没有办法产生代入感,因为他们,似乎离我太远,他们做着我想都不敢想的事,也许在他们赶到火场的那一刻,他们的心中,早已没有了自己的安危,他们在乎的,是他们一心想要守护的这些人民,和这个国家。

这些人看起来离我们很近,是因为他们从事的都是一些我们平日可见的职业,可是这些人似乎又离我们太远,因为他们用自己的时间甚至是生命,践行着那些我们只能用来讴歌的故事。

我们之所以能在这新时代安稳幸福地生活,是因为我们有敢于徒手和持刀歹徒搏斗的缉毒警察;有连续手术七八个小时拯救病人生命后自己倚着墙壁睡去的医生和护士;有穿着一双草鞋在山村里为孩子们授课的志愿者和教师。正是因为有他们,正是因为他们挥动着手中的船桨,我们的国家,我们的社会,才能不断向前发展。

在我们歌颂这个时代的时候,在我们凝视中国如巨龙般崛起的时候,不要忘了,这些在平凡的岗位上,用自己一生的时间去支撑时代前进车轮的人们。你若远航而不忘挥桨人,这盛世,终会如你所愿。

新时代记者要有新担当

滕文强

"您好,我是郑州大学校报记者团的学生记者滕文强。"从 2016 年 9 月入学到现在,这句话是我进行自我介绍时用的次数最多的了。2017 年 11 月 8 日,是我国第 18 个记者节,作为一名校园记者,除了自己感到无比骄傲之外,更多的是对记者这个行业未来的思考。

如今的舆论场景已是,在诸多公共事件中,情绪太多,事实太少;在不少舆情传播中,动辄出现讹传与反转;在时下的舆论空间里,有太多主观先行、立场站队下的对撕互怼。话语与话语碰撞,情绪与情绪纠缠,真正的真相又是什么,答案来得并不及时或澄明。

也因如此,记者以在场姿态和客观立场还原的真相,仍是最大的信息刚需。

在武昌面馆砍人案中,顺着那些网传消息和脑补情形,人们提炼出火车站旁宰客景象、欺生坑外地人等场景,"事实"一波三折,舆情也在撕裂和被打脸中一地鸡毛;在杭州保姆纵火案中,公众一开始就被"男主人和女保姆有染"的造谣、受害者家属要求"一个孩子索赔一个亿"的不实消息带着跑;在榆林产妇坠楼事件中,稍微被当事医院释放烟幕弹,很多人就急匆匆将矛头对准产妇家属,"婆媳矛盾""丈夫直男癌""产妇下跪"等说法也谬种流传。而最终厘定事实、廓清真假的,还是那些诚挚而公允的文字和镜头。

2016 年 9 月我加入了郑州大学校报记者团,成了一名校园记者,开始了我小小的新闻梦。还记得我进团时我师傅对我说的第一句话就是:"记住,你是记者,要记录真实!"

在这一年多的时间里,我接触到更多的是对记者责任的重新定义。"学弟,你是我见过采访最细心、稿子写得最认真的学生记者了。"在我把改过五遍的终稿发给采访对象刘桐江时,他给我回了这样一段话。

2017 年元旦,抱着试一试的心态,我接下了"异国他乡庆元旦"的选题。当我联系上我的第一个采访者的时候,我的心情无疑是激动的。她是韩国人,在采访时,她对我问的问题似乎不感冒,却对我的记者证产生了极大的兴趣。她对我的记者证看了又看,用不标准的中国话念着"郑州大学校报记者团",眼睛一直盯着记者证上"学生记者"那一行。开始我还疑惑,就一个记者证,有什么好看的? 直到2017年3月她回国了,她在临走前通过微信给我发了一句话:"我羡慕记者,我看到报纸了,报纸我带回韩国了,祝你天天开心。"虽然只有这一句话,但那一刻,真的让我感觉到无比骄傲,我没有辜负她的期待。

从潜心科研保研复旦的刘桐江,赛场上下始终如一的校运会1 500米冠军聂旭东,到八朵金花齐上名校的234学霸宿舍,郑大的金相工匠郭文文,每一次的采访,我身上都肩负着真实与责任,肩负着对受访者的尊重,肩负着读者的期待,这也让我对记者这个职业产生了希望与憧憬。

在刚刚过去的党的十九大,"变"这个字,先后在十九大报告中出现了43次。习近平总书记在十九大报告中,给出了一个新的重大政治判断——中国特色社会主义进入了新时代。时代在变,社会在变,我们这些未来的媒体人所处的传播环境在变,那在这个充满变化的新时代,记者,作为时代的瞭望者,又该有怎样的责任与担当呢?

在我看来,首先要明确新目标。从横向看,要善于培养自己的新闻敏感,捕捉重大的时代主题,展现社会的发展图景;从纵向看,记者要有历史的眼光,站在历史的高度,对社会发展前景有一个预见性的展望,发挥记者时代瞭望者的作用。

其次,明确新担当。在一个伟大的时代,人们追求美好,向往阳光。身为记者,既需要记录这个时代的温暖与成长、进步与变革,也需要不忘责任担当,探寻真相,鞭挞丑恶,守卫正义与公平。新时代,当传播模式和传播环境发生深刻变化,记者所要做的不仅仅是报道新闻,更重要的是要拨开谜团,还原真相。要记住没有一场雾霾能够遮蔽冬阳,也没有一阵风能永久凛冽。对于我们,唯有真相不可辜负。

正如习近平总书记所说"人民有信仰,民族有希望,国家有力量"。同样,在新闻行业,记者有信仰,新闻才能有力量。新的时代,我们作为未来的新闻从业者,时代的责任赋予我们,时代的荣光也属于我们。没有任何一个新闻人是容易的,但每一个新闻人却都是大有可为的。就像梁启超先生所言"十年饮冰,难凉热血"。因为使命,我们永远在路上;因为职责,我们必须在现场!

不忘初心　继续前行

何燚宁　张易昔

何燚宁:尊敬的各位老师!
张易昔:亲爱的同学们!
合:大家好!
何燚宁:我是2017级新闻与传播专硕班的何燚宁。
张易昔:我是张易昔。今天,我们俩想跟大家讲讲我们自己的故事,说说我们的国家。
首先,我想讲讲我人生中意义非凡的一件事——支教。

2016年8月,我乘坐高铁、汽车,辗转颠簸了12个小时,终于来到了国家级贫困县——内蒙古多伦县。

那个时候我刚刚大学毕业,从来没有接触过真正的工作,更没有走上过讲台。没想到,一到多伦县回族小学,我的肩上就多了几份沉甸甸的责任——担任一年级四班的数学老师和副班主任。

我们班有30多个孩子,我当时就在想,郑州市区的小学一个班起码也得有六七十个孩子。多伦的小学人数这么少,难不成是小班教学,精英教育?

后来,我发现事实跟我想象的截然相反。班里的孩子少,完全是因为许多孩子上不起学,学校招不到学生。而更严重的问题是,学校里的老师不够用。

老师不够,怎么办呢? 课还是要上的。于是,在多伦县回族小学,老师既教语文,又教数学,有空闲的时候再带带体育。有人说,你这数学是体育老师教的吧,在多伦,还真是这样。

如果说多伦师资力量的匮乏,受教育机会的稀缺让我感到震惊,接下来,还有更让我揪心的事儿。

在郑州,小学的家长吐槽着辅导孩子写作业是多么的心烦,每天接送孩子有多么的无奈。而在多伦,小学一年级的孩子只能住校,看到刚能够着洗手池的孩子踮着脚尖,努力地洗好自己的衣服,我不知道那种感觉怎么形容。

有一次我问一个小女孩儿："你想爸爸妈妈吗?"她懵懂地望着我说："想,可是我知道爸爸妈妈要挣钱。"

多伦本地的老师常说,这个学校学生的家长都不管孩子。可事实上,并不是不想管,而是离得远。青壮年外出打工,这些孩子就成了留守儿童,早早地学会了独立,学会了生活。

"到西部去,到基层去,到祖国最需要的地方去。"我很骄傲,因为我能为西部教育献上一份力,我能在中国新时代开启之前,贡献自己一点点的青春力量。我用一年的时间,做了一件终生难忘的事。

何燚宁:我的好朋友易昔所到的多伦县回族小学只是"郑大支教队"中的一个点,而在更多的偏远地区,还有更多的贫困家庭,还有更多上不起学的孩子。我们必须清醒地认识到,在我们国家的发展进程中,地区之间的发展不平衡,经济差距悬殊,知识鸿沟不断扩大。

在十九大报告中,习近平总书记提出"建设教育强国是中华民族伟大复兴的基础工程,必须把教育事业放在优先位置"。支教,只是实现中华民族伟大复兴中国梦这一伟大进程中的小小举措,而更多这样的政策,正在促进着教育资源的公平。

张易昔:不忘初心,我会记得多伦县的每一条街道,会记得孩子眼里对知识的渴望,会记得家长把孩子送到学校时,那种舍不得却又充满期盼的目光,我更记得我去支教的初心。继续前行,我将更加珍惜短短两年的研究生学习时光,虽然凭我的绵薄之力不能彻底改变孩子们的现状,但我希望,未来,我能为中国的教育事业贡献出自己的力量。祝愿多伦县回族小学的新校区会越建越美,老师越来越多,未来,那里也可以成为培养精英人才的摇篮。

何燚宁:我也来讲讲我的2016。我的2016,可以说是跌宕起伏,一波三折。考研一战复旦失败,二战郑大,方知此处心安,便是汝乡。大四的时候我不知道是哪里来的勇气,一个人去了上海,在五角场找个地方住下来,每天在复旦大学光华楼里自习,到新闻学院去蹭课。如果非要说哪来的勇气,我想那是对新闻传播事业的执着追求,是一直在省内上学的河南孩子"世界那么大,我想去看看"的内心追求。

在复旦,我经常在校园里看到留学生,大概是西方文化更加开放,两个人隔得还很远,他们就会亲切地和认识的中国学生打招呼。中国学生用一口流利的英语和他们热情又随意地聊上几句,不是"How are you?"和"Nice to meet you."确实是在用英语口语交流日常生活。这个时候,旁路过的我就会在心里默默想,我什么时候也能说上一口流利的英语呢?

一战复旦虽然失败了,但是在上海的短暂考研生活使我认识到,天时、地利、人和的重要性。在上海,我没有亲人,没有朋友,在考研准备的半年里,因为种种原因搬了三次家,总有一种漂泊感。因此,2016年的9月,我毫不犹豫地辞掉工作,回了郑大,只想着能再次回到郑大,那该有多幸运。

没想到,我的梦想成真了。研究生开学,我更加珍惜来之不易的学习机会,也默默向往着国际范儿。于是,我面试了学校国际交流与合作处的助管,在这里,我主要的工作就是在外事接待中拍照,写新闻,作为一个"小透明"而存在。

上个月,高等院校香港校友会联合会一行来访,我照旧去拍照写新闻。我从来没去过香港,提到香港,我想到的是港式下午茶,古惑仔电影,还有现在女生们痴迷的香港代购。

他们中有的是香港高校的老师,有的是政府官员,有的是商界从业者。提到我们中原的文化,都饱含着浓浓的感情。驻港办教科部副部长肖家虹谈道,现在香港的孩子很少有机会来内地,不像中原的孩子们从小就生长在这样的环境里。看再多遍的《中华上下五千年》,也不如亲眼到这些历史古迹去看看感受更深。如果香港的学生有机会到中原地区亲自看一看,他们一定会对我们的民族文化有更深的理解。

我羡慕香港的繁华,原来,他们也羡慕着我们中原地区的孩子,能从小耳濡目染,在中原文化的宝藏中汲取养分。我们河南虽然没有北上广的发达,但是生在这里的我们,却有着先天的文化自信。洛阳龙门石窟,安阳文字博物馆,登封少林寺,开封龙亭。这些我从小就去过的地方潜移默化地把中华民族的历史输入我的大脑,作为中华儿女的文化自豪感深入内心,成为我前行的巨大力量。我们应当看到,中华文化就是我们最值得骄傲的DNA。

如今,中国已跃升为全球第二大经济体。前一段,特朗普的外孙女阿拉贝拉还特地录了一段视频秀中文,只有6岁的她用稚嫩的声音向习大大和彭妈妈问好,背起古诗、三字经,表演了中国儿歌,俨然一个中国小女孩的发音。习主席也给她打了"A+"。阿拉贝拉从小就在孔子学院学中文,在全球化的今天,中华文化早已从中国,走向了世界。

在去历史学院参观小博物馆的路上,一位香港的老师跟我聊天,他问我去没去过香港,我说没有,但是我们院有一个去香港城市大学的项目,我想试试。他说,城市大学在九龙潭那里,也是一个很美的地方。就这样,我又有了一个继续前行的目标。希望有一天,我也能用一己之力,促进两地沟通交流。也能走向国际,展现我们中国人的文化自信。

张易昔:在"一国两制"方针下,大陆和港澳台地区不断交融,走进了新的时代,踏上了新的征程。

习近平总书记在十九大报告中指出:文化自信是一个国家、一个民族发展中更基本、更深沉、更持久的力量。如今,中国已成为国际上第二大经济体,我们对民族的文化更加自信。有了民族文化的精神力量,我们更有信心迈开脚步,走向世界。

张易昔:个人就像一条小小的溪流,个人命运交织在一起,汇成了我们这个拥有五千年历史文明的泱泱大国。不忘初心,继续前行,这是我们的声音,更是我们这个国家发出的时代最强音。

何燚宁:今天,我们大学生都是20岁左右,到2020年我国全面建成小康社会时,很多人还不到30岁;到21世纪中叶基本实现现代化时,很多人还不到60岁。也就是说,实现两个一百年奋斗目标,我们青年一代将参与全过程。当代青年建功立业的舞台前景广阔,梦想成真的前景空前光明。我们应担负起历史重任,在激扬青春、开拓人生、奉献社会的进程中书写无愧于时代的壮丽篇章。

合:
习近平总书记在十九大报告中说:
青年兴则国家兴,
青年强则国家强。
青年一代有理想、有本领、有担当,
国家就有前途,民族就有希望。
我们广大青年要坚定理想信念,
志存高远,
脚踏实地,
勇做时代的弄潮儿,
在实现中国梦的生动实践中放飞青春梦想,
在为人民利益的不懈奋斗中书写人生华章!

共享梦想　砥砺前行

向依航

大家好,我是2017级广播电视学专业的向依航。今天,我想和大家一起探讨一个话题——共享梦想,砥砺前行。在开讲之前呢,咱先思考两个问题。其一,什么是共享梦想? 其二,我们要与谁共享梦想呢? 好! 问题咱先到这儿,接下来就要讲故事啦。

我几个星期前去百年职校参加了一个志愿活动。百年职校是我国首家全免费职业学校,十年来已在十座城市建校。2014年百年职校进入安哥拉,建立了第一所海外学校。来这儿也是我第一次做志愿者,我原以为困顿、迷茫是所有被帮助人应有的状态,然而我错了。故事的主角叫姗姗,第一次见到她时,那由内而外散发的自信,还有脸上幸福的微笑都让我莫名感动。后来,我才知道那笑容背后承担了太多的生活痛苦。8岁那年姗姗失去了父亲,第二年母亲也离开了她,她和奶奶住在一起。她说,跟那些缺少父母关爱的孩子相比,她很幸运,因为她并不知道享受父母关爱是什么感觉,一直以来都是和奶奶相依为命。10岁那年,她开始学习做饭洗衣服收拾家务照顾奶奶。生活很难,从来不敢向奶奶要钱,因为家里根本就没有钱,连能种的地都没有,只能靠政府每个月的一点补助,还有别人的爱心帮助。她告诉我说,她的梦想就是当一名舞蹈老师,在农村教孩子们跳舞。那一刻,我从她清澈的眼神中看到了希望。是啊,每一个人的梦想都应该被尊重,即使外部条件限制了你,但你也不要放弃,因为放弃了梦想的生活是一定不会幸福的。我第一次听到姗姗说这句话的时候,鼻子一酸。因为我真的没有想过在一个本该心无旁骛地为梦想奋斗的年纪里,姗姗却只能考虑温饱问题。可是我们每个人心中都会有理想的生活、理想的自己,姗姗也有。

近日,看到一则新闻。在雄安新区端村学校,一群农村孩子和一个来自北京的"关爸爸"因为舞蹈走到了一起。2013年关於带着他的芭蕾舞进入端村。此前,他一直在城市里教芭蕾舞,或者指导一些大型的舞蹈活动。按照中国的芭蕾舞专业院校的要求,芭蕾舞演员下身需比上身长12厘米。以芭蕾舞对身材的严苛要求来说,端村的女孩几乎没人达标。但关於不想把芭蕾变成"一些人的特权",他回忆自己的童年,在农村长大,直到芭蕾舞给他打开新世界之门。关於想让芭蕾也走进其他农村孩子的世界里,他想在端村打造一块芭蕾的试验田。于是,关於从教孩子们梳头、穿衣开始,还承担了所有学生的服装费用。"芭蕾舞不仅是要让她们感受到美,最重要的是要让她们感受到爱",关於让芭蕾舞点燃了端村孩子们的梦想。

我觉得我们需要更多像关於这样的人,主动打破社会上存在的这些差距,就像我们去百年职校做志愿者,就是想把自己学到的知识、听到的故事分享给这些需要帮助的孩子,陪伴他们一起成长。这些,其实都是在共享梦想。虽然我们每个人的梦想可能会不同,但当我们每个人梦想的实现汇在一起,就成了我们的"中国梦"。

从党的十八大到党的十九大这5年,我国财政投入了2 800亿元,还有5 000亿元的扶贫贷款,修了30万里的扶贫公路,村庄之间实现道路联通、网络联通,更多的农村人群纳入医疗教育的覆盖范围以内。偏远地区也有机会感受到时代的进步;贫困的农村也有了不断做大的市场机遇;北漂们也拥有了更多发展的权利而不只是活着的权利……国家在实现站起来到富起来再到强起来的路上,是不允许有人仅仅活着,而是要让穷人也真正站起来,寻求自我发展的尊严正义。中国文化的仁、义告诉我们,一个民族要站起来,是要让每个人都站起来。这样的互帮互助正是在共享梦想,而共享梦想的过程更是我们实现梦想的过程。

钱学森等老一辈科学家曾在自己最年轻的时候,放弃国外的优渥条件回到祖国需要的地方;而新一代的中国年轻人应该到世界需要的地方。就像2014年百年职校进入非洲安哥拉时,很多中国青年主动申请义务支教,去帮助世界上每一个需要帮助的人。是啊,中国现在走出去的不单单是经济,还有中国青年!青年人就要戮力同心,携手奋进,不懒散不懈怠;要做实现中国梦的突击队,不只图享受,或光凭"颜值"混日子的;要磨炼肩膀,能负重负荷,以大担当干大事业,牢记责任重于泰山,凤夜在公、勤勉工作,敢啃最硬的骨头、敢挑最重的担子!

让我们在共享梦想的新时代下,先做好自己,然后讲好我们的中国故事,在新的征程中砥砺前行!

新时代谈文化自信
——"非遗"保护,持续关注

杨晶茹

薛永山是刘井薛氏石刻传人。刘井薛氏石刻2006年被批准为河南省非物质文化遗产,薛永山本以为这门流传几百年的手艺可以在他这一辈人被发扬光大,谁曾想,自己可能是这门手艺最后的传承人了。

刘井薛氏石刻发端于河南省偃师市诸葛镇刘井村,但岁月变迁,与石结缘千年的刘井村不再以石刻为荣,随着伊滨区的不断扩建,刘井村的村民也将被迁居到新的小区开始新的生活,刘井薛氏石刻就在这样的新生活号召下,慢慢走向销声匿迹。

2010年,就在小区将集体搬迁,薛永山在接受记者采访时曾说到,希望可以有一个专门的馆舍保存和展览宝贵的石刻作品,但老人的希望并没有得到落实。2017年暑假,我和几位高中同学去探访这位石刻传人,没想到薛爷爷还住在这个刘井村中。

2006年的"非遗"项目申报成功之后,薛爷爷还很开心,不断有媒体去报道,不少人前来想要一览"非遗"项目的风采,但是这又给薛爷爷造成了困扰。家里存放了几十年的石刻作品一件一件被运走,说是上面的人想要"借"出去展览,展出就还回,可是两年多过去了,一件件精美的石刻作品被运了出去,而被还回来的很少。关于石刻的作品越来越少,薛爷爷年龄也越来越大,干不动那石头活儿了,只能偶尔拓一拓拓片赚点小钱。在被申报成为省级非物质文化遗产之后,政府计划给予的补助也因为各种原因,没有送到薛爷爷的手中。

薛爷爷有两个儿子,也懂些石头手艺,但是因为这样的石头活儿养不起家人而放弃,都外出打工了。薛爷爷孙子辈的已经与石刻手艺完全脱离了,现在也都是在外面工作;之前也收过一两个徒弟,也都没有结果。现在的薛爷爷老两口,只能依靠着低保、卖拓片的钱和儿子们给的生活费度日,日子也是捉襟见肘。

老人回忆着当年是如何接触石刻这门手艺的,而现在他却不停地感叹着,石头活儿养活不了人了。

不仅仅是薛爷爷面临着这样的困境,还有许多已经出名的非物质文化遗产也面临着失传的危险,事实上,非物质文化遗产由于其特殊的生产性和传承的不易而有专门保护的价值和必要,然而当下却面临着后继无人、与现代社会脱节、知名度低等困境。

中国民间文艺家协会主席冯骥才先生痛心地说:"民间文化的传承人每一分钟都在逝去,民间文化每一分钟都在消亡。"

诚然,我们国家从很早之前就意识到了民间优秀灿烂的文化急需保护及继承,但现在看来,不管是媒体报道还是民众的关注点,都聚焦在新被申报为文化遗产的那一批项目上,那么已经被批准的项目呢,它们应该何去何从?

目前重申报、轻继承的现象严重。实践证明,为了保护而保护是起不到作用的,最多只是挂了一个非物质文化遗产的帽子,并不能停下它消失的步伐。另外,媒体的过度宣传也使得"非遗"面临着困境,一方面,对于新晋的"非遗"项目进行热火朝天的报道,短期内确实能够提升这个项目的知名度,但无法保持公众持续的关注度,热度一过,照样无人问津;另一方面,媒体不恰当的报道渲染可能会引起项目向过度商业化的方面倾斜,没有了原汁原味的"非遗"情怀,有的只是市场上迎合大众审美的流水线产品,何其悲哀!

都说解决问题的第一步是要直面问题本身,相信更多前辈已经发现并开始着手解决。前一段时间,我们新传学院对"非遗"文化进校园进行了尝试,11月20日倪宝诚先生聚集多位专家学者举行了一次民俗文化盛会,除了数十位民俗文化艺术家的身影外,还可以见到多位活跃在现场的大学生。

我非常钦佩被誉为"民间美术开拓者"的倪宝诚先生,50年深耕河南,一直致力于挖掘、打捞河南文化,我和小伙伴也非常赞同倪宝城先生对于"非遗"保护的看法,在今年的暑假,我们也成立了生岁行工作室,希望可以将我们自己走访的一些成果放在这个平台上,与更多的小伙伴一起行动。

记得倪老师曾说过:"你们要和倪宝诚一起与上天抢时间,在我有限的生命里,一起为传统文化做些事儿!"

我们相信新的时代一定会赋予新的文化创造,我们要做的就是在传统与创新中筑梦前行,在新时代激活传统"非遗",让它们焕发新的生机和活力。

追寻梦想,担当责任

房靖欣

作为一名新传学院大一的新生,上了有12周的课了,但到现在我依旧不懂什么叫"新闻",只隐约记得,"新闻是新近发生的事实的报道"。嗯,这好像是课本上对新闻的定义,除此之外,好像也不知道什么了。

正如著名作家王小波一本书的名字一般,总有"一只特立独行的猪",我第一志愿就是新闻专业,甚至前三个专业志愿全都是与新闻传播有关的专业,口说无凭,请大家直接看我高考的志愿填报表(展示志愿填报表)。

当时我好多同学都调侃我说:"房靖欣啊,你还真是对新闻专业爱得深沉啊。"其实啊,不光是我的同学,我妈对我的这个志愿填报也是相当有意见啊,在她看来,新闻这个行业天天累死累活的,到头来也仅仅是挣得不多的工资。恐怕这不仅仅是我妈一个人的想法,大多数家长的想法都一样,应该是可以形成统一战线的。的确,做新闻人,常常睡得比狗晚,起得比鸡早;有着吃地沟油的胃,却操着全天下的心。而且不仅仅在中国,甚至在全世界,传媒这个行当的工资水平大多排在各行业的中下水平,显然,如果为养家糊口,这个行业算不上好。唉,可怜天下父母心吧,毕竟我老妈也是为了我好。而我之所以力排众议,对,我妈就是那"众议",按照自己的意愿填报,可能是因为一个人的一段话吧,这个人便是在座的都很熟悉的央视著名主持人和评论人——白岩松。

这的确是一个需要点儿理想主义才干得下去的行当。可当下这个时代,谈理想好像已经过时,更何况人群复杂,骗子也时常谈理想,这种情况下,拿理想来吸引年轻人干这行有点儿玄。而漫长的岁月中,之所以有很多优秀的人才愿意走进新闻这个行当,都是有点儿理想与责任的。想让这个世界变得更好一些,打击丑恶,弘扬善良,也因此时常收获一些卑微的成就感,并感受到人们对这个行当的一种尊重。

这是白岩松在《白说》中的一段论述,这段话是我在高三时偶然读到的。其实在此之前,我对媒体这个行业,并不感冒,在我看来,媒体人大多数情况下只是在戴着脚镣跳舞。可是当时的我真的是被这段话给打动了,这段话说出了多少媒体人的无奈和希望啊。或许媒体人正是在一层又一层的脚镣下,用理想与责任在跳着那为了社会可以变得美好一点的舞蹈。

理想,是多么不现实的词啊,可是作为一名新闻人,能没有理想吗?或许新闻人的理想不是我是否能,我是否可以,而是我们是否能,我们是否可以。其实新闻人的理想很简单,只是希望能通过一篇篇报道让世界变得美好一点,让幸福成为中国民众的代名词。

责任。作为一名媒体人,仅仅只有理想是远远不够的,还应有可以支撑理想的责任感。正如普利策曾经说的那样:"假使国家是一艘船,新闻记者就是站在船上的瞭望者。"泰坦尼克号的悲剧时刻提醒着我们,作为社会这艘巨轮的瞭望者,如果受命于某种指示,报喜不报忧,那么他提供的信息就失真了,那么这艘巨轮的安全也就没有了保障。简言之,作为一名瞭望者,我们有着自己不可推卸的责任,这种责任是我们对自己理想的一种信仰,一种坚守,一种执着。

担当。有责任感就够了吗?试问一下,当下哪个媒体人不知道普利策的那句名言,哪个媒体人不知道自己是社会巨轮的瞭望者,哪个人不知道自己的责任?可当利益与责任放到天平上时,却有那么多人使天平向利益倾斜,因此一篇篇只为博取眼球,争取点击率的报道"横空出世"。可悲、可叹啊!责任是个名词,担当是个动词,要知道,做远远比想更为重要,因此,作为新一代的媒体人,我们怎么能做思想上的巨人、行动上的矮子呢?

作为一名媒体行业的预备军,我无一刻不在告诫自己,不可无理想,不可忘责任,不可怯担当。亲爱的朋友们,青年乃一国之希望,请不要认为前路漫漫,唯有从现在的我们做起,高举党的旗帜,服务大局,凝心聚力,沟通世界,有朝一日,真正成为党、政府、人民的耳目喉舌。

最后,我想用《白说》中的一句话来结束我今天的演讲:"现实也许还有很多的无奈与失望,但能支撑我们前行的依然是明天!"

新时代,勇踏新征程

李步霜

各位评委老师、同学们好,我是2017级广告学专业的李步霜,今天我演讲的主题是"新时代,勇踏新征程"。

大家可能对我这个主题感到很熟悉,我的灵感就来自于南振中先生的一篇文章《营造有利于人才成长的小环境》。与之不同的是,"时代"一词奠定了更为广泛的受众基础,也彰显了其更宽泛的影响力。

就像102岁的焦若愚,一位真正经历过沧海桑田的人。81年党龄,他见证了中国共产党从全面抗战到带领全国各族人民决胜全面小康的光辉历程。1937年,22岁的焦若愚义无反顾地投身抗日救国的行列;80年后,已是期颐之年的焦若愚,成了出席中国共产党第十九次全国代表大会的2 287名代表中最年长的一位。

从年龄上来看,或许我们所处的时代不同,或许我们正值青春,但正如焦若愚所说:"或许我的时代已经过去,但我曾经奋斗过的青春会追随着党和国家在新的征程中散放光华。"

习近平总书记在5月4号考察中国政法大学时说,中国的未来属于青年,中华民族的未来也属于青年。时代给了我们一个特别的称谓"90后",而成长环境又给了我一个特别的称呼"农村的孩子"。我仍然记得,我的童年充满了山间的乐趣。每天一放学,邀上几个小伙伴,拿上用竹子自行编制的小簸箕,再扛上几个小桶,三步五步地跑到田间小沟里,不论是玩水嬉戏,还是捕鱼抓虾,我们玩得不亦乐乎。没有如今"00后""10后"上不完的补习班和兴趣班,也没有写不完的作业。或许我们没有他们在兴趣班学到的特长,或许我们没有他们在繁重的课业下取得的好成绩,但我们对各种事物都充满了浓厚的兴趣和好奇心,正是因为我们所处时代的独特性,馈赠了我们别人所不具有的各类新奇的想法。

不论是小学、初中、高中,还是现今,我步入郑州大学,这对我而言又是一个新征程,更是一个能加速促进自身发展的、有利于人才成长的新时代。或许我们在起初感到彷徨,感到迷茫,感到无所适从,但正值青春年华的我们,又何惧区区迷茫。我们更应该努力地去适应、去发展自身。

身处郑大,身在新传,我们能目视眉湖荡漾的清波,更敢于直面未来的挑战。就像王健林所说,我们可以每天先定一个小目标,不管是每天记10个、20个,还是100个单词,不管是每天锻炼10分钟、20分钟还是1个小时,只要能坚持下来、持之以恒,总有一天你会发现,质变这一必然结果已然发生在你的身上。

作为青年一代,如何能够快速适应时代发展,加速促进自身发展,我有三点建议:其一,就是我刚刚提到的,每天定一个小目标,可以让自己在迷茫时找点事做;其二,每周都有自己固定的阅读时间,多阅读经典;其三,积极参加社会实践,能够快速融入社会,洞悉时代发展的趋势。

如果说我们未来的征程是星辰大海,那每天的坚持就是一条能横跨星辰的航线;如果说日复一日的生活是一潭死水,那每一个小目标都是为生活注入的源源不断的活力,就算是米粒之珠,也可绽放光华!

2017年10月18日,中国共产党第十九次全国代表大会在北京开幕,提出了中国发展新的历史方位——中国特色社会主义进入了新时代,也提出了新时代、新使命、新征程。

"不忘初心,牢记使命"的主题,决胜全面建成小康社会,实现两个一百年的奋斗目标;中国持续成为世界第二大经济体,GDP增速保持在6%以上,6 000万贫困群众成功脱贫以及近年来新兴的共享经济、电子商务等。这一切的一切,都在明确地告诉我们,新的时代已经到来。这是一个具有鲜明中国特色社会主义性质的新时代。而我们作为正在成长的青年,则更应适应时代的发展,在新的征程中乘风破浪,一往无前。

"历史和现实都告诉我们,青年一代有理想、有担当,国家就有前途,民族就有希望,实现我们的发展目标就有源源不断的强大力量。"习近平总书记说,"青年一代的理想信念、精神状态、综合素质,是一个国家发展活力的重要体现,也是一个国家核心竞争力的重要因素。"

我说,既然我们是青年,既然我们正值青春,就要顺应新时代、勇踏新征程!

新时代:我想抛给自己两个问题

王晨阳

去年,第七期新传青年说的主题是"新闻人·新长征"。当时,我以穆青老先生等三代名记者的事迹,阐述了自己对"一代人有一代人的长征路"的理解。

今天的主题是"新时代·新征程"。站在这里,我想抛给自己两个问题。这两个问题算是一面镜子,古语云:"人欲自照,必须明镜。"

我们的确处于一个新时代,"新"成为关键词。从新闻业的环境讲,报业寒冬,新旧更替,正在迭代;从所处的大社会背景看,社会主要矛盾发生变化,经济进入新常态,互联网浪潮冲击。变化让人新奇,也使人迷茫,尤其是我们年轻人。

曾有老者评价我们是"少不更事,却多愁善感"。

我们把时间拨回到86年前。一群与我们年龄相仿的青年人,创立了红色中华通讯社,它就是新华社的前身。众所周知,他们创办了《红色中华》。但当我们翻开史料,会惊喜地发现在《红色中华》创刊之前,他们就利用当时新兴的无线电广播技术,向全国播发了中华苏维埃一大开幕的消息。

是的,在战火纷飞的年代,前辈们依然对新技术报以巨大的热情。

同样是新闻人,同样面临新环境。条件优渥的我们,更应该把密苏里新闻学院曾提出的两个问题抛给自己:

——What's your narrative?(你的过往是什么?)

——What's your calling?(你的使命感是什么?)

这两个问题我先做出回答。中学6年,我的过往和使命都是考军校。我追求的生活是战车隆隆、军号嘹亮。然而,因为这副眼镜,我到了郑大。生活突然变成了写作、摄影和剪辑,这也是一种"新"。经过半年的痛苦挣扎,我才把曾经的向往给淡忘。作为一个慢热,却又执着的人,我想在新条件下做点事情。

于是一年多时间,我撰写了80余篇军事文章和新闻稿件,最终刊发的有30多篇。刊发媒体包括新华社旗下的《世界军事》,解放军报社旗下的《解放军报》《中国国防报》《环球军事》,中国军网和航天科工集团主办的《军事文摘》等。其中,大概有六七篇被中国知网收录。

幸运的是,在此过程中我碰上了又一种"新"。2015年被称为中国自媒体元年。当年,风光无限的微博突然衰落,与此同时,微信公众号、今日头条、阿里UC云观等自媒体平台纷纷上线或改版升级。在"双创"的号召下,自媒体浪潮一夜之间兴起。

2016年年初,我受邀在国内最大的军事网站中华网军事开设个人自媒体专栏,并成为专栏作者。互联网迭代速度快,能量巨大,雷军曾说:"处于风口上,猪都能飞起来。"我很想知道自己行不行。

于是,我决定单干。当年在今日头条开设自媒体账号。自媒体创业并非一帆风顺,付出的非常多。自从投身自媒体以来,在不耽误学习的前提下,每天需要投入5个小时左右的时间,专门用来思考、创作、编排、互动。

上线至今,我一直坚守几条准则:每天坚持原创文章3~5篇;不做标题党,不恶意炒作;在文章编排上,化繁为简、图文结合。

2016年年中,"媒体矩阵"热潮掀起,互联网自媒体平台走向2.0时代。今日头条创始人张一鸣对此评价:"自媒体2.0时代,'平台+资本+品牌'是最关键的3个要素。"我决定趁势而上,开设新平台,侧重短视频和趣味军事。与今日头条平台形成互补效应,提升品牌影响力和溢价能力,形成对用户的虹吸效应。

一年多的时间里,学习和阅读同样成了我每日生活必不可少的事情。

功夫不负苦心人。截至目前,在今日头条军事自媒体领域数万个账号中,排名前1%;大鱼号平台,排名全平台第9,双双获得投资。

你以为我的故事讲完了?其实没有。

我们是互联网时代的原住民,互联网思维深深扎根在我们脑海里。然而对于"70后",互联网时代意味着冲击、落伍、脱节、被淘汰……我爸就是这样的"70后"。他拥有一家工程服务公司。在他看来,至少要拥有上家、仓储、人力和下家,才是完整的工程服务业。为此,他建立了一个完整的体系,一家企业,自己就要解决大部分配套问题。这也让企业的沉没成本非常高昂。随着供给侧改革和中国制造2025的深入推进,作为依附于第二产业的公司,转型升级的压力非常大。

我决定试一试。从客户、物流、企业管理服务能力和上家4个方面进行改善。比如在客户方面,我们通过新媒体平台精准周边推广,每月可增加百余笔有效需求。在仓储物流方面,减掉自己的仓库和运输车队,选择"京东+顺丰"模式。

经过一番努力,公司实现初步转型,服务范围拓展至镇江、芜湖、扬州;

企业固定资产投资减少70余万元,预计每年可减少沉没成本100万元左右。

所以,通过这一年多发生在自己身上的事情,我想告诉大家:要对"新"保持敏感,并报以极大热情。

寥廓天地携剑游,书生意气正当时

肖田田

党的十九大落下了帷幕,而我们在新目标指引下的崭新道路才刚刚开始。

回顾历史,从封建社会到社会主义社会,从半殖民地半封建到民族复兴,从东亚病夫到东方巨龙,中国一路走来并不容易。但好在如鲁迅先生所言:"我们自古以来,就有埋头苦干的人,有拼命硬干的人,有为民请命的人,有舍身求法的人,他们是中国的脊梁。"

雄关漫道真如铁,而今迈步从头越。我们就是中国今天的脊梁!

习近平总书记在北京大学师生座谈会上谈到:现在在高校学习的大学生都是20岁左右,到2020年全面建成小康社会时,很多人还不到30岁;到21世纪中叶基本实现现代化时,很多人还不到60岁。也就是说,实现"两个一百年"奋斗目标,你们和千千万万青年将全过程参与。

今天,我想用身边的故事来说明青年一代的担当,青年一代的参与,青年一代的奋斗。

我今天讲的故事有关一位学长,一个郑大2015届毕业生。为什么讲他呢?因为我大一时靠自己努力赚的第一笔钱是这个学长发给我的。大一的寒假,我偶然间关注到"大手小牵"公众号,当时有一期推送是要征集高中学习经验的文章,我就抱着试一试的心态投了一篇稿子,结果被采用了。这位学长,大手小牵的创始人兼CEO给了我50块钱稿费,并对我说:"姑娘,你文笔不错,到我们平台来当语文老师吧。"

之后,我顺利通过面试,正式成为大手小牵家教平台的一名认证老师。学长2015年毕业,同年开始创业,和2个同届同学合伙创办了大手小牵家教平台。当时李克强总理提出的"双创"正在社会上引起广泛热潮,政府给予创业青年诸多扶持办法和优惠政策,比如提供指导服务、税收减免,等等。

学长还是郑大创业学院第一批学员,他说:"学校果断成立创业学院并邀请一些真正的企业家来讲课,对创业者来说是一种很好的帮扶。"学长是国际学院的,我很好奇,为什么会投身教育行业。学长说,他大学期间,前三年一直在做家教兼职,接触了很多中小学生以及他们的家长。寻找家教的人很多,但是我们身边却没有一个正规靠谱透明的家教平台。一方面大学生在找家教兼职时走过不少弯路,另一方面家长给孩子找家教也不方便,无法直接跟踪老师的授课进度,及时把控教学质量。因此他就总结自己的家教经验,做了这样一个互联网家教平台,开创一种自由教师所特有的教育模式。大学生通过严格面试成为认证教师后,就可以在平台上免费当家教。家长可以根据老师星级和教学数据为孩子挑选到合适的老师,这一切都是在线上完成。现在大手小牵已经形成完整的运营模式,从技术开发到市场开拓,从招募教师到吸引学生。

我自认为是大手小牵的资深老师了,从创办初期我就加入了它。我见证了它的成长,也深感学长创业的艰辛。学长说:"咱们的团队是特别草根的那种。"在大四,学长产生创业念头之后,就一直在寻找合伙人,他想创办一家互联网企业,但是自己不懂技术,花了很长时间才找到技术合伙人。终于,大家毕业了,可以投入全身心放手干了,又面临没有资金的问题。走出校门后,生活成本变得很高,他们团队自己筹钱,认真规划每一笔开销,计划着要用到多久,生活一下子变得苦了很多。我开玩笑说:"要是直接找个工作,你们就不用吃这么多苦了。"学长说:"是挺苦的,有时啊,我会想等把筹的钱花完了,我就乖乖找工作。"

幸好,公司成立第22个月总算盈利了,一直走到现在,幸好,初心不变,砥砺前行。看着平台一天天完善,越来越多的郑大和河大的优秀大学生加入我们的行列,越来越多的家长更加信任我们。中间也会遇到一些不讲信用的家长,给我们的工作造成一定的阻碍,甚至给我们的经济造成了一定的损失。不过这些都挺好的,"凡杀不死你的都会让你变得更强大",正是困难锻炼了我们的团队,因为我能明显感觉到小伙伴们从非常稚嫩的大学生变得更加成熟稳重,团队强大了才是我们取得成功的前提。现在大手小牵已经两岁多了,平台上已经有1 300多位学生,1 200多位认证教师,而且全是郑大和河大一本院校的大学生。创业团队由最初的3人增加到7人。学长充满自信地告诉我说,他们今年参加了第五届中国创业者大会,还成为学校院系运动会赞助商,迈出了郑州,开拓了开封市场。

一直很敬佩这样的人,不仅有坚忍不拔之志坚持自己的理想,而且还为社会贡献出自己的力量。已经有很多大学生通过在大手小牵做家教而实现经济独立,已经有很多家长为孩子挑选到高质量负责任的老师,已经有很多中小学生因此学业有所提高。

特别喜欢毛主席的一首诗词——《沁园春·长沙》,"怅寥廓,问苍茫大地,谁主沉浮?恰同学少年,风华正茂;书生意气,挥斥方遒。"时间之河川流不息,每一代青年都有自己的际遇和机缘,都要在自己所处的时代条件下谋划人生、创造历史。寥廓天地携剑游,书生意气正当时。青年是时代最灵敏的晴雨表,时代的责任赋予青年,时代的光荣属于青年。

东方未晓,莫道君行早

韩彦平

大家好,我是来自2016级穆青班的韩彦平。我今天演讲的主题是"东方未晓,莫道君行早"。

大家一定知道,2017年10月18日上午,中国共产党第十九次全国代表大会在京开幕。Very lucky,在值班时我接到了拍摄任务,去行政楼三楼拍几张"郑州大学博士生收看党的十九大开幕式"的现场照片,在现场随着五六百人一同看完了报告全过程。当听到习近平总书记说到"中国特色社会主义进入了新时代",内心相当激动,激动的是经过我们这些年的艰苦奋斗,距离我们的梦想又近了一步!

看完了十九大开幕会,内心不仅对将来充满期望,也对过去的五年充满了好奇。还记得五年前,习近平总书记在全国组织工作会议上的讲话,"志之所趋,无远弗届,穷山距海,不能限也",大意是"志向所趋,没有不能达到的地方,即使是山海尽头,也不能限制"。

既然选择了远方,就只有风雨兼程!回望风雨同舟,一起走过的五年,正如前一段热播的纪录片——《辉煌中国》中展示的一样,珠港澳大桥、复兴号、移动支付、共享单车、物联网、大数据、云计算、Fast天眼、蛟龙号、C919国产大飞机……这一切都是我们在新时代的成就和辉煌。这五年,中国桥、中国路、中国车、中国港、中国网,一个个奇迹般的工程,正在托举起中华民族伟大复兴的中国梦。但是正如习近平主席11月10日在越南岘港APEC峰会上所言,"发展之路没有终点,只有新的起点。往者不可谏,来者犹可追"。

展望未来,十九大报告中特别指出,当今我们的主要矛盾已然发生了变化,未来的五年,我们不仅要敢于做梦,还要在新时代踏上新征程勇于圆梦。未来的五年,是关键的五年。2018年,我们将迎来改革开放40周年;2019年,我们将迎来中华人民共和国成立70周年;2020年,我们将全面建成小康社会;2021年,我们将迎来中国共产党成立100周年。我们的中国梦也在新时代愈发清晰明了。习总书记在十九届中共中央政治局常委同中外记者见面会时的讲话中就谈到:"经过长期努力,中国特色社会主义进入了新时代。

新时代要有新气象,更要有新作为。"

放眼未来,"雄关漫道真如铁,而今迈步从头越。从头越,苍山如海,残阳如血。"回望毛主席在长征途中写的《忆秦娥·娄山关》,我们应该更加自信,更加坚定地阔步向前。我们当下就处于一个伟大新时代的新长征起点之上,我们青年人正是新起点新征途上的主力军!正如习总书记在十九大报告中提到的:青年兴则国家兴,青年强则国家强。青年一代有理想、有本领、有担当,国家就有前途,民族就有希望。中国梦是历史的、现实的,也是未来的;是我们这一代的,更是青年一代的。中华民族伟大复兴的中国梦终将在一代代青年的接力奋斗中变为现实。

"东方未晓,莫道君行早;踏遍青山人未老,风景这边独好。"我们如今有幸生活在一个新时代,应当奋力抓起新时代的接力棒,站在风景正好的当下,我们应该有责任,更应当有信心、有勇气。想起自己两年前,在高中读书,每当感觉有压力,未来渺茫的时候,就会誊抄几页《少年中国说》,激励自己奋发努力。梁启超先生在一百年前的时候,就大声疾呼:"故今日之责任,不在他人,而全在我少年。少年智则国智,少年富则国富;少年强则国强;少年独立则国独立;少年自由则国自由;少年进步则国进步;少年胜于欧洲,则国胜于欧洲;少年雄于地球,则国雄于地球。"

西方哲人有言,"这是最坏的时代,也是最好的时代",而决定这个伟大新时代的,正是我们这些为实现中国梦而不懈奋斗的新青年,正是我们这些为实现第一个一百年目标矢志不渝的新青年!世界是我们的,我们朝气蓬勃,正在兴旺时刻,好像早晨八九点钟的太阳,希望寄托在我们身上。世界是属于我们的,新时代的前途更是我们的!站在新征途的起点上,我们风华正茂,指点江山;更应该有中流击水,浪遏飞舟的信心与勇气!

我们的征途，是星辰大海

李雪娟

上个月18日，北京又一次成了世界的焦点，万众瞩目的党的十九大，终于揭开了她神秘的面纱。习近平总书记在十九大报告中提出了中国发展新的历史方位——中国特色社会主义进入了新时代。我和在座的各位一样，何其幸运，扑面而来的，是一个新的时代，生逢其时，是我们最大的机遇和挑战。

在这里，关于新时代，我想和大家分享三个故事。

第一个故事的主人公本来是个医院院长，按照原本的人生轨迹，他应当从医院院长的职务上光荣退休，安享晚年。但是这一切都因为一群人而改变。2004年，在看到医院艾滋病区的孩子们无法正常入学后，他和同事们一起创办了"爱心小课堂"，轮流为孩子们讲课，教他们读书、写字。之后的12年里，他尽全力守住孩子们知识的家园，在2006年正式创办了"红丝带学校"，无偿收治来自全国各地的艾滋患儿。他是郭小平，山西省临汾市红丝带学校校长，2016年度感动中国十大人物之一。他用尽全力，为那些艾滋患儿们带来不一样的人生，带他们进入他们的人生新时代，进入中国艾滋患儿教育新时代。

第二个故事呢，和我们息息相关。两年前，一个北大考古文博学院的硕士毕业生写下了一篇在朋友圈里广为流传的文章《我们有一个梦想，让北大同学随时随地有车骑》。但之后近两个月，都没有人来分享自己的自行车。在他和一起创业的朋友都要绝望之时，有了第一个愿意吃螃蟹的人，他飞速地给那辆车上了车牌"8808"，从"8808"开始，他们的共享单车业务开始走向正轨。时至今日，"共享单车"已经由一个词组变成了一个领域，甚至成为了外国人眼里中国的"新四大发明"之一。这个人是张巳丁，OFO"共享单车"联合创始人。他和朋友们一起，让我们进入了新的便捷的"共享单车"时代。

第三个故事，有点漫长。48年前，一个15岁的下乡知青，在一个叫作"梁家河"的地方度过了七年的艰辛岁月。他过了跳蚤关、劳动关、饮食关、思想关，不断学习，为梁家河的老百姓们办沼气、打井、办铁业社、缝纫社、代销店，带领梁家河的老百姓进入了梁家河的新时代。48年后，他"打老虎"

"拍苍蝇",说"绿水青山就是金山银山",要打造"美丽中国",带领我们进入中国特色社会主义的新时代,为全国人民勾画宏伟蓝图。想必大家都已经猜到了,他是中国共产党第十八届、十九届中央委员会总书记习近平。

这三个故事的主人公都开启了新的时代,踏上了新的征程。有句话说:"'80后'遇见改革,'90后'是互联网的原住民,'00后'拥有与生俱来的国际化基因,见惯了鸟巢上空的华丽焰火,世博会上的人山人海和G20时西子湖的醉人夜色。"的确,到现在,世界已经不过是一根网线的距离,一个屏幕的大小,世界就在这里,世界就在中国。以电影发展为例,20世纪六七十年代,李小龙靠着一身孤勇,凭一身武功闯荡好莱坞,"闯出"了好莱坞首位华人主角;此后几十年间,中国电影人继续勇闯好莱坞,东方面孔为人所熟知,坐在各大电影节的评委席上,抱走国际奖杯;再到中国文化输出,《功夫熊猫》《阿凡达》中随处可见的中国元素;以及前段时间,凭56.81亿元人民币的全球票房成功跻身全球TOP100票房影片榜的《战狼2》,打破好莱坞对该榜的垄断。从"观察世界""融入世界"到"影响世界",中国电影人在奋斗。

再回首,历史的长河滚滚向前,我们被裹挟着来到了这个新的时代。而我们青年人作为时代的弄潮儿,又何尝不应该以影响世界为目标,向星辰大海进发呢?"中国制造"和"中国科技"正在影响世界。即使不能像马云等商界大佬一样改变一个国家乃至世界的生活方式,起码要做到对这个世界"make a difference",这一点点的不同组合起来,就是一个新的时代。就让我们以珠穆朗玛峰为目标,即使未能登顶,也已站在青藏高原之上,"五岳"尽在我们脚下。所以,我们的征程,是星辰大海。

"往者不可谏,来者犹可追。"这是最好的时代,这是最坏的时代,这是全新的时代。这个时代的未来掌握在我们手中。我们又怎能不为之奋斗?时代赋能,我们更要努力踏上新征程,让中国成为蓬勃之中国。"历史只会眷顾坚定者、奋进者、搏击者,而不会等待犹豫者、懈怠者、畏难者。"所以,让我们勇做时代弄潮儿,书写精彩的人生华章!莫等闲!我们的目标,是星辰大海。

贫穷真的限制了我们的想象力吗

李雅楠

贫穷限制了我们的想象力,我们也永远想象不出人到底会贫穷到什么程度。

网上最近有一个话题特别火爆,贫穷限制了我们的想象力。话题里说:我们想不到奢侈品的一件衣服不能手洗、机洗、水洗、干洗;我们想象不到有钱人买一只几十万的手表只是为了参加一次活动,王思聪的朋友圈下面,别人问他怎么给狗买票,他回答说这是他的私人飞机,不用买票。

我们羡慕着有钱人的生活,感叹着:有钱就是了不起。然后做着一夜暴富的白日梦。也许我们也永远不会了解人到底会贫穷到什么程度。

今年十月,党的十九大刚刚结束的第二天,我参加了新华社河南分社组织的一次关于扶贫的精准调研,去了驻马店的上蔡县,在那里,我第一次知道贫穷到底是什么模样。

因为贫穷,有一对夫妻因卖血双双染上艾滋病;因为贫穷,有两个青年人去抢劫加油站最后把自己送进监狱,留下一家老小相依为命;也因为贫穷,一对老人的子女偷偷转让了老人的土地,让两位八十多岁的老人只能靠每个月217元的低保生活,再没有其他收入来源。

每去一户人家,心里真的都特别紧张,害怕问到什么敏感问题,害怕让被访问的贫困户觉得不舒服,也害怕自己做得不好或者会做错什么。

我走访过的一户人家,家里只有两位老人和两个小孩,孩子的爸爸精神有问题,去年快过年的时候不知怎么受了刺激挥刀砍向了孩子,孩子的妈妈为了保护孩子生生被砍了十几刀最后不幸离世,丈夫知道是自己砍死了妻子,受不了刺激最后也自杀了。大一点的女孩今年8岁,上小学二年级,已经什么都懂得了,她知道自己妈妈为了保护自己和妹妹而去世,也知道自己爸爸之后的自杀。

我不知道她之前是不是像她这个年纪的孩子一样对这个世界充满好奇,会在写完作业之后无忧无虑地玩耍,但是我走访他们家的时候她很安静,很羞涩,不怎么敢和人说话,她好奇我手中的文件,却只远远地趴在门口看着我,哪怕我叫她过来也不敢上前。这件事情对她应该是有很大的打击吧,但是我真的能看到她的坚强,我永远记得她看着我的眼神。希望她可以忘记这些,好好上学读书,用知识去改变自己,让自己的未来变得更好。

在这几天的调研中我见到了太多人因为天灾人祸导致极度的贫穷,不过我看到更多的人,虽然贫穷,但他们的眼里是有希望的。他们不会因为有国家的补助就安于现状,他们会在身体允许的情况下去做政府安排的例如保洁员或者道路养护员等工作,也会尽力让孩子上学,不仅仅是国家的义务教育,还有高中和大学。他们知道,局限在他们的家乡不会让他们孩子的生活有所改变,只有让孩子接受教育,走出去了,才能改变他们的生活。

这样的贫富悬殊,的确让人心灵受到了极大震撼。所以我们更应该珍惜现在的生活。人生中美好而又值得追逐的东西有很多。

我们都是芸芸众生中再普通不过的一员,我们可能永远无法理解他们的贫穷和他们的生活,但那并不影响他们用自己的自信、乐观、诚恳、坦然去打理他们眼前的这个世界。他们不会因为别人的只言片语迷失了方向,继而产生自己一无是处的感慨。

要知道:一个人的想象力是用来服务自己生活的,而不是感叹别人的万事如意,却忘记了自己的生活只有自己才能改变。

金字塔尖耀眼,而塔基辽阔;塔尖有风云叱咤的美景,塔基有宠辱不惊的生活。

他们有高低之别,却无高下之分。

贫穷不是原罪,也不是一个人不思进取的理由,贫穷是他们要比别人更加努力的动力。贫穷从来不会限制你的想象力,它限制的只是你自己。你把生活活得精彩与否,也永远都取决于你,而跟别人无关。

我很荣幸能够参与这次精准扶贫的调研,虽然我能够做的事情不多,但也是在为2020年全面建成小康社会的新征程发挥自己的一份力量。

但愿从她们的眼睛里,只看得到笑容。

合格的"传媒人"

梁 露

在党的十九大开幕式上,习总书记指出"中国特色社会主义进入了新时代",那么"新时代"又需依靠谁来投身,依靠谁来接力建设中国梦呢?对此,习总书记也在报告中特别强调了对青年的殷殷期待和谆谆嘱托。并深切期望,一代人必须有一代人的担当,青年一代有理想、有本领、有担当,国家就有前途,民族就有希望。

但扪心自问,作为一个十八九岁的女孩,我们又怎么会知道自己该如何成为一个有理想、有担当的青年呢?人们总说,十八岁是女孩花一样的年纪,毫不夸张地说,是一个从丑小鸭变白天鹅的年龄,是开始忙着打扮自己、忙着广交朋友的年龄。当然,十八岁更是一个新征程的起点。于我而言,踏入郑大,进入新闻与传播学院学习,就是属于我的新时代,属于我的新征程。从高中的埋头苦读,到现在能有勇气站在这儿,可谓在我的新征程上迈出了一大步。在入学之前,浅薄地认为"传媒"就是将信息传播给大众,但随着上课及专业知识学习的深入,现在我开始慢慢发现舆论引导的重要性,感受到了一种责任的重要性。说句掏心窝子的话,我也不明白填志愿时自己为什么会选择这个专业,可能是认为学广告能跟很多大明星接触,也可能是冥冥之中的缘分。不过管它呢!木已成舟,反正就好好地朝着我的"传媒人"之路前进吧!

那么问题来了,何为"传媒人"呢?"传媒人"指的是传播行业的从业人员,在这个行业里的记者、主持、编辑等职位的人员。大约4万年前,人类进入口头传播时期,是一种典型的"在场"的面对面的交流与传播,每个人都是"传媒人"。如今的全媒体时代,是属于媒体人新的时代,新的征程。在未来,"传媒人"必将会扮演更为重要的角色,能更好地在世界舞台上唱响"中国声音",传递"中国力量"。

信息的效力,在信息时代胜过武器,在如今全面建成小康社会的决胜时期,媒介显得尤为重要。面对浩如烟海的信息和信息来源的多元化、复杂化,我认为,作为一个未来"传媒人",我们应该在保证"人才"的基础上,进一步强调"人性",如此才能在漫漫长路的摸索中,成为一个合格的"传媒人"。

年少时很喜欢柴静的《看见》,上个月又重新看了一遍,因为时间地点的改变,心态也发生了很大的变化。柴静是优秀的主持人,更是出色的记者。书中有这样一句话令我印象深刻,她说:"你可以选择不当记者,但是你当了记者,就没有选择不去的权利。"这是在非典时期,柴静冒着被感染的危险,毅然决然地成为现场记者时所说的话。每天闻着消毒水的味道,每天亲眼看着感染的人离去,这种切肤之感,让她一点一滴脱离外在与自我的束缚,对生活和人性有了更为深厚与宽广的理解。我想,冒着危险冲在前方,将各种情况传播给大众,这就是属于"传媒人"的"人性"吧。

白岩松说:"30年前,什么叫独家新闻?天安门广场放一袋面,哪家媒体跑得快,把这袋面抢回家,就是独家新闻。但现在的局面是,天安门广场放了一百袋面,跑得快跑得慢的都有份,那么大家还拼什么?拼的就是你把这袋面扛回家后,用它来做什么。"在如今信息爆炸的时代,并不缺少新闻,但媒体生产内容的好坏,取决于选择什么样的内容呈现给观众。我想,这就牵扯到"传媒人"的职业素养问题了。作为"传媒人",并非是创造了某些东西,而应该是呈现了某些东西,应该是指引人们正确地认识、了解并明白我们的世界,我们的国家,我们的社会。在从事传媒工作、向大众传播信息的同时,坚守好自身的职业道德操守,思考好"何可为,何不可为"。做好本职工作,剩下的是非评判就留给群众、交给社会吧。我想"传媒人"能在道德尺度的要求下为大众服务,这更是"人性"的深刻体现了。

只要稍加留意,就会发现"传媒人"无处不在。新闻记者技巧性的提问,让全中国人民更加深入思考十九大报告的内涵,深切了解中华民族的现状及所构建的未来蓝图;现场记者的及时报道,让大家第一时间了解了九寨沟地震的状况,众志成城抵抗灾难,100天后重现九寨沟之美;摄影记者巧妙地按下快门键,让我们共同见证了特朗普访华的重要时刻,共同感受中国的强国外交。当然,在钦佩他们的同时也庆幸自己能作为一名未来"传媒人",能够在不远的将来为祖国献出自己的微薄之力。

岁月虽好,容颜易老,愿我们能如刚入校园般意气风发,坚定信念,在新的时代踏上新的征程,时刻铭记十九大报告,不忘初心,砥砺前行,成为一名优秀的"传媒人"。

新时代,我们在路上

孙艺霖

今天是 2017 年 11 月 28 日,算一算距离 2017 年大学英语四级考试仅剩 17 天了,想到我这自打高考后直线下滑的英语水平,也在心里为自己捏了把汗。学校也许是出于提高整体英语四级考试过关率的目的,将四级考试安排在大二上学期,但是,这英语水平到底提高没提高,我心里能没点数吗!

也就是这样一场对我们来说普通的考试,却让一个女孩起诉了教育部。对于长春大学视力残障学生小倩而言,四级卷子没有盲文卷意味着无法参加考试,而拿不到四级考试证书;同时未来考研也面临极大阻力。每一次的申请,每一次的努力,终于,于 2017 年 6 月长春大学设全国首个英语四级盲文考场,"小倩们"可以不再"被选择"专业,可以自主选择未来的方向。

小倩在争取四级盲文考卷的道路上取得了成功,而另一个人在这条"生死墨脱路"上的前行却没有那么幸运。按常规,9 月是服役期满战士退伍回家的时间,可由于任务需要,他延期服役 3 个月;20 天后,他随队赴某山口执行武装巡逻任务,在一滚石多发的悬崖路段,不幸被飞石击中,壮烈牺牲。这一天,距离党支部批准他为预备党员只有 2 个多月;这一天,距离他退伍回家与亲人团聚不到 90 天;这一天,距离他 19 岁生日仅剩下 1000 多个小时;这一天,是他第 11 次在"生死墨脱路"上执行巡逻任务。他就是西藏军区边防某团五连战士——梁昆炜。算起来,这前前后后已经有 29 名战士在这条路上牺牲,梁昆炜是第 30 个。林芝军分区有一份不断增补的《墨脱军人档案》,里面既有巡逻路上的死亡笔记,也有美丽墨脱的戍边故事。记录的内容是这样的:焦大银,三连战士。1975 年 6 月,焦大银和战友在巡逻过程中,经过一处密林时,突然遭到 3 条毒蛇攻击,当场牺牲,年仅 19 岁;姚林,二连战士。姚林身系保险绳为战友下河探路,不幸被巨浪卷走,年仅 18 岁;饶平,一连班长,2004 年 7 月 7 日,饶平和战友巡逻过程中,行至一处陡坡时,突发泥石流,饶平奋力推开不知所措的战友,自己被无情的泥石流吞没,年仅 24 岁。是他们化成了永恒的山脉,用生命和鲜血筑起了一道抵御外敌、稳定边疆的铜墙铁壁。

让我们把时间调回过去,梁启超先生有句家喻户晓的名言"少年强则国强"。的确,没有那许许多多的仁人志士抛头颅洒热血,就没有国家的独立进步。林则徐在边疆吟唱出"苟利国家生死以,岂因祸福避趋之"。李大钊振臂一挥,俄国十月革命的春风吹进了华夏的土壤。毛泽东开辟革命的新道路,引领中国人站了起来。新中国成立后,梁先生的那句话仍然很受用,君不见,在钱学森、钱三强、邓稼先、王淦昌等一批批科学家的无私奉献下,我国第一颗原子弹、第一颗氢弹、第一颗洲际导弹、第一颗人造卫星,等等,如雨后春笋般破土而出。袁隆平院士的杂交水稻让中国十几亿人吃饱了饭,"神舟五号"的顺利升空实现了中华民族千年来的飞天梦,他们推动着国家在历史的长河中前进。

时光的车轮滚滚而过,从上个月召开的党的十九大上,我们知道:中国特色社会主义进入新时代。我国的主要矛盾不再是高中课本上背得滚瓜烂熟的,人民日益增长的物质文化需求同落后的社会生产之间的矛盾,而已经转化为人民日益增长的对美好生活的需求,同不平衡不充分的发展之间的矛盾。

如今我们身处新时代的洪流,新的时代为我们提供了许许多多的机遇,有的人看准了机遇、抓住了机遇,并取得了巨大成就。在新时代,仅"互联网+"这一方面,就为大众创业、万众创新提供了前所未有的平台。有人看到,骑自行车对身体好、对环境好,但将自行车时时刻刻带在身边也不现实,于是就推出了共享单车。地铁口、车站旁,一辆辆黄色的、红色的、蓝色的共享单车成了一道亮丽的风景线;有人看到打车难、等车难,这时候滴滴打车应运而生,将线上与线下完美连接了起来,最大化节省了司乘双方的时间与资源;有人看到移动通讯每个月都是一笔不小的支出,于是QQ走进了大众的视线;有些人抽不出时间做饭,于是外卖小哥忙碌的身影便成了我们生活中的习以为常。

也许在过去我们看到生活中的矛盾、生活中的不便,只能在心里抱怨两声、吐槽两句,因为没有机会、没有平台,更没有条件,我们很难将想法付诸实践。试想,共享单车、微信,如果没有智能手机做后盾,如果没有互联网保驾护航,又怎能越走越好、越走越远呢?新时代的中国,造就了摩拜的胡玮炜、ofo的戴威、滴滴打车的程维、QQ的马化腾、微信的张小龙,他们精彩的人生与新时代的机遇紧紧联系在了一起!

我们中国撤侨军舰发出的舰笛声,我们歼—20发出的轰鸣声;我们的铁路跨隧道过千山,那是中国铁建人挖出来的路;我们的卫星上九天阅凌霄,那是中国设计师在图纸上画出来的路;这些路汇聚在一起,让全世界的目光都循着这条路的源头,投向了中国。摆在我们面前的是一条充满机遇和挑战的路,摆在国家面前的注定是更辉煌美好的明天!

鲁迅先生曾经说过:中华民族自古以来就有埋头苦干的人,就有拼命硬干的人,就有舍身求法的人,就有为民请命的人。无论是小倩争取教育平等的路,是梁昆炜保家卫国的路,还是马云等互联网大咖功成名就的路,唯有时代才能容载下最大的梦想,让我们在新时代的道路上砥砺前行!

新时代，做有信念的新闻人

王 艺

长征血战，抗日烽烟，开放探索，改革攻坚，我们一代代中华儿女穿过革命、建设和改革的险滩激流，今天我们终于可以自豪地说："党的十九大，新时代新征程，近百年犹未老，一世纪正青春。"

改革开放以来，我国经历了近40年的经济飞速增长，而同时，科技文化等各方面也在不断进步，从一穷二白的年代发展到今天，中国改变了很多，也发展了很多。但是今天我只想跟大家说一说我们新闻的新时代新征程。

从电报、报纸到广播、电视，再到现如今的新媒体融合发展，毫无疑问，这是一个信息爆炸的时代，我们可以看到前人无法想象的海量信息，人人都有了发言权，民主和法治似乎也在不断发展。路见不平，我们可以在微博或者朋友圈里一声吼，随时随地生产新闻、浏览新闻，国际大事国内逸闻一切尽在掌中。然而在这个似乎已经是"全民记者"的时代，谣言也传播得更多，真相往往更显得稀缺。

而在这样一个泥沙俱下的时代，我们更渴望一汪清泉，理想不应被轻视，真相应该有人去守望，在最新的时代，我们也更需要有信念的新闻人。

新时代，做有信念的新闻人

新时代，快节奏的新闻快餐往往更受欢迎。但是，不论什么时候，新闻的严谨不应该丢弃，这是对每一代新闻人的尊重，是对新闻精神的尊重，更是对新闻的尊重。不得不说，社会在进步，时代在变迁。然而，变化得越多，才越知道什么是不变的。每一个时代都需要"老编辑""老记者"精神的传承，每一次征程都需要对新闻责任的追寻，每一个新闻人都需要报人情怀的回归。

记得之前，新华社有一则超火的新闻，它的标题只有一句话："刚刚，沙特王储被废了。"当我们都在为这则新闻的简短和小编的傲娇俏皮点赞时，很快就有精益求精的老编辑发现其实在这则新闻中的"废除"，应该是"废黜"！当时我也不禁反思："妈呀！别说词语辨析这种错误了，我交的作业里有时还有打错的字呢，就这还检查过了，就我这样配得起新闻学子之名吗？"

铭记是为了追寻，回望是为了传承。我们曾不止一次地学习穆青精神，曾庄严地在穆青像前宣誓，那是我们对新闻的诺言，是我们的报人情怀。而情怀之所以触及心灵，就在于对新闻常存一颗敬畏之心，如医生般严谨，像匠人般坚守，一丝不苟，一缕不错，认认真真写每一篇稿件，仔仔细细校对每一个词语。

新时代，做有信念的新闻人

澎湃新闻曾说过："只有公正的审判，以及严肃报道、全面调查，才能将事件从口水中打捞出来。"的确，情绪不能代替事实，中立、客观、真实应当是每个新闻人的信念。网络发达，舆论伤人，每个人都不是一座孤岛，尤其是新闻人，每一句言论都应该真实而理性，而不能让情绪控制自己的大脑。

这一段时间，江歌案闹得沸沸扬扬，我曾在一天晚上扒这个新闻到凌晨一点，越看越生气，越看越难受。我对室友说："我们能原谅她一时的懦弱，但不能原谅她之后对江歌妈妈的恶毒。"可以说，在开庭之前，在真相大白之前，我就已经在心里对人性做了审判，我情绪激烈地谴责她，鄙夷她。然而，在开庭之前，一切都不曾明朗，我们任何人都没有代替法庭审判的权利。我们不知道具体细节隐情，我们不曾调查探究，但是，我们每一句不冷静的话都可能成为煽动新一轮舆论攻击的武器。

新时代，做有信念的新闻人

天下大事必作于细，每天多问问自己是否每一次的作业都认真完成，而不是敷衍了事，甚至复制粘贴；是否永远有直面人生的勇气，而不计较得失成败，丢脸与否；是否一直保持对新闻的敏感和热爱，留心每一件小事，关心每一天的时政；是否不断充实自己，笔耕不辍，读书不倦。新时代，做有信念的新闻人，不随波逐流，不哀怨悲观，在创新中坚守底线，在变化中坚守信念。

"生为华夏人，冠以炎黄姓"，在我们祖国新的时代新的征程，吾辈当勤勉，以信念再赢这新闻之荣光，用青春护卫这盛世之中华。